스토리텔링 진화론

스토리텔링 진화론

창작의 원리에서 도구까지
위대한 이야기는 어떻게 만들어지는가

이인화 지음

해냄

이 책은 재미있고 감동적인 스토리를 만드는 방법에 대한 해설서이다. 더 구체적으로 말하면 서사 창작을 지원하는 컴퓨터 프로그램들을 들여다보고 현대 과학이 알아낸 서사 창작의 비밀을 살펴봄으로써 작가들에게 새로운 방법론을 제시하려는 시도이다.

컴퓨터를 창작에 사용하고 또 창작 과정을 컴퓨터를 통해 연구한다는 발상은 거부감을 줄 수 있다. 그것은 작가라는 직업이 자유롭고 독립적이며 반과학적인 이미지를 함축하고 있기 때문이다. 호메로스가 「오디세이아」를 음송하던 시대로부터 작가는 어두운 밤 모닥불 옆의 청중들에게 나타나 자기만의 신비로운 힘으로 상상의 세계를 펼치고, 강렬한 감정을 불러일으키며, 감추어진 인간 본성의 비밀을 알려주고 고귀한 행동에 대한 열망을 불어넣는 존재였다.

컴퓨터를 통해 서사 창작을 탐구하는 것은 이러한 작가의 독립성을 부정하는 것이 아니다. 이 책의 목적은 작품을 창조하는 각각의 개인과는 별개로 존재하는 서사 창작 자체의 원리를 디지털 시대에 맞게 재해석하는 것이다.

오늘날 디지털 기술은 인간의 다양한 정신노동을 지원하고 있다. 이에 따라 근대 산업사회에서 발달한 여러 문화 형식들이 컴퓨터 인터페이스와 소프트웨어 기술, 그리고 데이터베이스의 논리로 재해석되고 있다. 이러한 재해석은 기술이 인간의 정신을 대체할 수 있다고 생각하는 기술결정론이 아니다.

21세기 사회의 문화는 네트워크화된 컴퓨터 환경에서 생산, 유통, 소비되고 있다. 원고지에 펜으로 소설을 쓰는 작가는 거의 사라졌다. 디지털 패러다임에 입각한 문화의 재해석은 현대적 HCI^{Human Computer Interface} 환경에서 생산되고 소비되는 문화적 객체들을 있는 그대로 이해하려는 진지한 지적 노력이다.

1990년대 이후 인지과학과 컴퓨터 공학은 서사 창작에 관한 새롭고 획기적인 견해들을 제시해 왔다. 이러한 견해들은 대학에 수용되어 디지털 스토리텔링을 낳았고 시장에 수용되어 100여 종에 달하는 컴퓨터 프로그램, 즉 서사 창작 지원 도구와 서사 자동 생성 도구를 만들어 냈다. 이 도구들은 오늘날 북미와 유럽의 영화 시나리오 작가들, 게임 시나리오 작가들, 소설가들에게 애용되고 있다.

이처럼 현대 과학이 창작 연구에 도입되면서 명작이 천재적인 재능의 산물이라는 낭만주의의 신화는 도마 위에 오를 수밖에 없게 되었다. 이제 위대한 작품이란 한 사람의 일평생에 걸친 감정적 체험의 산물로서 작가가 수년 혹은 수십 년 피땀 어린 노력으로 연구하고 고치고 다듬은 결과물이라는 새삼스러운 깨달음이 영향력을 넓혀가는 추세이다.

이 책에서 말하는 서사는 흔히 스토리라고 불리는 것으로서 소설, 영화, 게임, 드라마, 애니메이션, 만화 등 다양한 매체의 원천이 되는 것이다. 이러한 서사는 실제로 천재적인 재능을 가진 사람의 손에서 태어나기도 한다. 그러나 안톤 체호프나 가와바타 야스나리 같은 천재는 너무나 희귀해서 통계적으로 볼 때 존재하지 않는다고 해도 과언이 아니다. 나머지 99.9퍼센트의 서사를 창작해 내는 것은 평범한 인간들이다. 그들은 구질구질한 생활고와 스스로에 대한 불신에 몸부림치면서 쓰레기 같은 초고를 고치고 또 고쳐서 간신히, 사정을 모르는 독자들이 감탄하는 최종고로 만들어내는 사람들이다.

서사 창작은 인생을 사랑하는 모든 사람이 할 수 있는 생득적이고 기본적인 활동이다. 우리는 서사를 창작하면서 세상을 이해하고 타인의 처지에 공감하며 공감을 많은 사람들과 공유한다. 그런 의미에서 서사 창작은 공생적symbiotic이며 서사는 공생의 도구이다. 이 책은 인류가 이해와 공감과 공유의 수단으로 활용해 왔고 매체 진화와 더불어 끊임없이 새로운 형식으로 발전해 가고 있는 서사 창작의 드라마틱한 여정을 들려줄 것이다.

서사 창작에는 재능이 필요하지만 그 재능은 학습될 수 있다. 작가는 무에서 유를 창조하는 사람이 아니라 원리의 제약 안에서 이미 존재하는 소재를 가공하여 자기를 이야기하는 사람이기 때문이다. 인류는 서사 창작을 통해 서로 다른 사람들 사이에 공감과 사랑의 연대를 구축하고 동료 의식을 확장하여 점점 더 복잡하고 상호 연관적인 사회를 건설해 왔다. 중요한 것은 존재가 아니라 생성이며 이야기가 아니라 이야기하기이다. 서사가 아니라 서사 창작인 것이다.

디지털 스토리텔링 연구는 인지심리학과 컴퓨터 공학에서 촉발되었지만 우리의 관심은 컴퓨터에 있지 않다. 컴퓨터는 하나의 수단으로서 대부분의 서사학이 심각하게 결여하고 있는 이론적 엄격함을 제공해 준다. 이 책의 의도는 창작을 현대 과학의 논리로 재해석함으로써 이제까지 주관적 확신 또는 경험칙에 머물렀던 서사 창작의 원리를 보다 객관적으로 설명하려는 것이다. 기계가 이야기를 어디까지 만들어내는가를 알면 사람이 어떻게 이야기를 만드는가를 알 수 있다.

1부는 '스토리텔링의 원리'를 다룬다. 현대 과학이 이제까지 미지의 어두운 베일에 싸여 있던 서사 창작 과정에 대해 발견한 사실들을 살펴보고 이것이 작가들에게 제공하는 실질적인 지침을 검토할 것이다.

2부는 '디지털 스토리텔링'을 다룬다. 디지털 패러다임이 서사에 적용되면서 서사는 하나의 완결된 체계로 존재하는 작품이 아니라 불연속적이고 분절적인 의미 생성 방식으로 존재하는 텍스트로 이해되기 시작했다. 여기서는 1977년 발표된 '테일스핀'으로부터 현재에 이르는 여러 디지털 스토리텔링 프로그램의 내용들을 중심으로 디지털 스토리텔링의 원리를 소개할 것이다.

3부는 '디지털 스토리텔링 창작 도구'를 다룬다. 2부의 연구를 바탕으로 필자의 디지털스토리텔링랩은 서사 창작 지원 도구인 스토리헬퍼를 개발했다(2013년 7월). 여기서 우리는 이론이 프로그램화를 거치며 세부적으로 어떻게 적용되었는지를 살펴보고 1990년 이후 출현한 탈고전 서사학의 지평 속에서 스토리헬퍼가 갖는 의미를 논하게 될 것이다.

이상에서 살펴보았듯이 이 책은 원리에 대한 이야기에서 시작하여 도구에 대한 이야기로 끝난다. 원리에 대한 이야기와 도구에 대한 이야기는 서로 분리되지 않는다. 다리는 콘크리트와 볼트와 가대의 단순한 집합체가 아니라 강을 건너가는 도구로서 존재한다. 사물의 본질은 그것의 용도와 밀접하게 관련되어 있으며 모든 존재자는 도구 존재자이다.[1]

예술을 창작하는 도구는 예술의 원리를 변화시킨다. 1870년대에 유화물감을 담아서 아무 때나 짜서 쓸 수 있도록 만든 금속 튜브는 예술사를 변화시켰다. 이 하찮은 도구의 발명으로 인해 화가들이 처음으로 작업실을 떠나 들판에서 유화 작품을 그리게 되었고 인상파 회화가 태어났다.[2]

나아가 도구는 한 분야의 원리와 다른 분야의 원리를 융합시킨다. 분자생물학의 이론적 토대를 만든 것은 DNA의 이중나선 구조 발견이었다. 그러나 실제로 버클리 대학 등에서 분자생물학과가 만들어진 것은 서로 완전히 다른 세계에 살고 있었던 유기화학자들과 생물학자들이 하나의 실험 도구를 함께 사용하게 된 것이 계기였다.[3]

스토리헬퍼는 이야기 예술의 금속 튜브, 이야기 예술의 실험 도구를 꿈꾸는 연구자들의 열정으로 2만 4,000여 종의 영화와 애니메이션을 검토하여 대표작 1,406편을 선정한 뒤 이를 11만 6,000여 개의 데이터로 분할하여 데이터베이스로 만든 서사 창작 지원 도구이다. 우리는 이 데이터베이스를 205개의 이야기 모티프와 작품별 36개의 에피소드 유형으로 다시 정리하여 작가들이 자신이 구상하는 스토리에 따라 자유롭게 데이터를 대조, 검색, 재구성할 수 있도록 하였다.

서사는 공생의 도구이며 스토리헬퍼는 서사 창작의 도구이다. 오늘날 서사 창작은 빈부 갈등과 기후 변화, 자원 고갈과 환경 파괴에 신음

하는 인류가 다시 한 번 서로의 유대를 확보하려는 노력이 되어가고 있다. 우리는 이야기를 하면서 자신을 이해하고 다른 사람들과 정서적, 정신적으로 관계를 맺는다. 스토리헬퍼가 인류의 이 고귀한 노력을 돕는 아주 하찮은 발명이 되기를 희망한다.

2014년 2월
이인화

목차

3부
디지털 스토리텔링 창작 도구

1부
스토리텔링의
원리

01 서사의 네 가지 속성

스토리를 수용하는 사람들, 독자와 관객들은 자신이 접하는 스토리로부터 과거에 경험하지 못했던 것을 경험하기를 원한다. 과거에 생각하지 못했던 것을 생각하기를 원한다. 그는 자신이 스토리에서 놀랍고 멋지고 새로운 뭔가를 발견하기를, 스토리에 감동받고 공감하기를 원한다.

스토리텔링은 사건에 대한 진술이 지배적인 담화 양식이다. 사건 진술의 내용을 이야기라고 하고 사건 진술의 형식을 담화라 할 때 스토리텔링은 이야기, 담화, 이야기가 담화로 변하는 과정이라는 세 가지 의미를 모두 포괄하는 개념이다. 이런 포괄적인 개념이 대두된 것은 현대의 디지털 매체 환경에서 행위와 결과물, 즉 이야기하기 행위와 이야기 자체를 동시에 지칭하는 경우가 많아졌기 때문이다. 예컨대 '게임'이라는 말은 게이머가 프로그램을 조작해서 놀이를 하는 행위라는 개념과 컴퓨터 기기에 장치된 놀이 프로그램이라는 개념을 동시에 지칭한다.[1]

형식에 있어서 스토리텔링은 사건과 인물과 배경이라는 구성 요소를 가지며 시작과 중간과 끝이라는 사건의 시간적 연쇄로 기술된다. 내용

스토리	먼 곳에서 일어난 흥미로운 이야기	듣는 이에게 기억되기를 의도함	오랜 시간 전달 내용의 생명력과 유용성을 유지	사건, 사물과 함께 체험한 사람의 흔적을 전달
정보	가까이서 일어나는 검증 가능한 이야기	듣는 이를 자극하기를 의도함	전달된 그 순간부터 내용의 유용성과 생명력 쇠퇴	사건과 사물의 순수한 실체를 전달

표 1 스토리와 정보의 차이점

에 있어서 스토리텔링은 사건에 대한 순수한 지식이 아니라 화자와 주인공이라는 인물을 통해 사건을 겪은 사람의 경험을 전달한다. 발터 벤야민은 이 같은 스토리의 특성을 신문 기사와 같은 정보와 비교하여 [표 1]과 같이 정리했다.[2]

위의 도표에서 제시된 네 가지 속성은 서사의 본질을 포괄하는 심오한 정의이다. 이 네 가지 속성의 설명에는 좋은 스토리란 무엇인가라는 판단의 기준이 함축되어 있다.

첫째, 스토리는 먼 곳에서 일어나는 흥미로운 이야기이다. 우리는 이것을 스토리의 원방성遠方性이라고 명명할 수 있다.

스토리를 수용하는 사람들, 독자와 관객들은 자신이 접하는 스토리로부터 과거에 경험하지 못했던 것을 경험하기를 원한다. 과거에 생각하지 못했던 것을 생각하기를 원한다. 그는 자신이 스토리에서 놀랍고 멋지고 새로운 뭔가를 발견하기를, 스토리에 감동받고 공감하기를 원한다.

이 때문에 모든 좋은 스토리에는 독자가 자신의 일상에서 잘 접하지 못하는, 낯설고 멀고 이상한 요소가 있다. 이러한 원방성은 원시종교의 제의적 스토리에서부터 확인된다. 세계 곳곳에 분포하는 기원전 3만 년부터 9000년경 사이에 제작된 동굴벽화 혹은 암각화들은 놀라울 정도로 유사한 내용의 스토리를 표현하고 있다. 그것은 인간이 사냥이라는 위험한 원시적 생업 때문에 맞닥뜨려야 했던 죽음의 공포와 연관되어 있다.

기원전 1만 5000년경에 만들어진 라스코 동굴벽화에는 창에 찔린 수사슴과 땅바닥에 드러누운 남자가 묘사되어 있다. 이것은 희생 제물로 바친 수사슴 앞에서 혼이 빠져나가 저승을 여행하고 여러 신들과 접하여 그들로부터 축복을, 즉 사냥의 성공과 부족의 번영을 약속받는 한 남자의 이야기이다.[3]

땅바닥에 드러누운 남자는 먼 곳을 여행하고 돌아왔다. 거의 죽은 것 같은 몽혼 상태가 되어 하늘로 올라갔고 하늘 위 멀고 아득한 곳을 여행하며 신들을 만나 신들로부터 축복을 받고 돌아온 것이다.

이때 멀다는 말은 공간적으로 거리가 먼 원방성과 시간적으로 연대가 먼 원방성을 동시에 의미한다. 원방성이란 이야기를 듣는 사람들이 잘 알 수 없는 비일상성의 다른 말이다. 이야기꾼의 원형적인 이미지가 아이들에게 벽장의 곶감을 꺼내 주면서 "옛날 옛적에……"로 이야기를 시작하는 백발의 할아버지(시간적 원방성)이거나, 항해와 노역으로 새까맣게 그을린 얼굴에 잡다한 얼룩으로 더께가 진 낡고 닳은 옷을 입은 선원(공간적 원방성)인 것은 이 때문이다.

스토리는 일상적인 생활의 범위 안에서는 좀처럼 접할 수 없는 상황, 인물, 행동을 다룬다.[4] 인간은 이런 비일상적인 일에 본능적인 흥미를 느낀다. 왜냐하면 인간 존재는 자연의 일부인 동시에 자연을 초월하여 인위적인 사회를 만들고 살아간다는 모순을 안고 있기 때문이다. 인간은 자연의 일부로서 사슴이나 들소처럼 타살당할 수 있고, '반反자연'으로서 사회를 만들고 사회화된 존재로 살아가면서 그러한 타살의 가능성을 성찰할 수도 있다. 자연인 동시에 반자연이라는 모순 때문에 인간은 영원히 감정과 이성의 갈등, 정신과 물질의 대립을 피할 수 없는 존재이다. 누구에게도 평온무사한 일생이란 있을 수 없다. 인간의 생애는 사건과 사고를 운명적으로 동반하는 것이다. 그래서 인간은 다른 사람에게 일어난 비일상적인 일을 자신의 일같이 느낀다.

둘째, 스토리는 듣는 이에게 기억되고자 하는 의도를 갖는다. 우리는 이것을 스토리의 기억유도성記憶誘導性이라고 명명할 수 있다.

스토리는 어떤 경험을 기억하는 행위, 즉 회상Eingedenken의 성격을 띤다. 우리는 경험을 갈구하고 세상을 돌아다니면서 자신이 뭔가를 경험했다고 생각한다. 그러나 우리는 사실 세상을 향해 난 투명한 유리창 위를 기어다니는 파리나 다름없다.

이 지구 위에는 229개의 나라밖에 없다. 우리는 대중화된 국제항공과 관광버스를 이용해 표피적으로, 그리고 공간적으로 지구의 모든 곳을 다 가본다. 우리는 미끄러지듯이 스쳐 가면서 세상을 다 보았다고 생각한다. 하지만 우리는 비행기와 철도와 고속도로와 호텔의 현대화modernization된 세계가 전 지구에 깔아놓은 투명한 유리창 위를 스쳐 지나갈 뿐이다. 우리는 베이징에서도 스타벅스에 앉아 있고 뉴욕에서도 스타벅스에 앉아 있고 두바이에서도 스타벅스에 앉아 있다. 모든 도시들은 몇 가지 구경거리를 제외하고는 서울과 똑같다. 세계는 마치 바다처럼 그 표면 밑에 엄청나게 깊은 속을 그대로 남겨두고 있고 우리는 그것에 대해 아무것도 모른다.

진정으로 세상을 알기 위해서는 경험이 아니라 경험의 기억이 필요하다. 경험한 사건은 유한한 데 비해 기억하는 사건은 무한하기 때문이다. 우리가 기억을 할 때는 경험의 전후에 일어난 모든 일들이 빚어낸 의미가 삽입된다. 우리가 지혜라고 부르는 이야기, 우리가 숨을 죽여가며 귀를 귀울여 듣는 미지의 세계에 대한 이야기는 순수한 경험이 아니라 경험의 기억이다. 경험의 기억에서 우리가 모르고 알기를 두려워하는 모든 것이 나타난다. 그러므로 스토리의 통일성을 형성하는 것은 화자나 줄거리에 앞서 뭔가를 기억하는 행위 그 자체이다.[5] 작가는 스스로 어떤 경험을 기억하고자 함으로써 독자도 그것을 같이 기억해 주기를 유도한다.

학문도 그것을 배우는 사람들이 일정한 지식을 기억하도록 유도한다. 그러나 학문과 스토리텔링은 기억을 유도하는 방식이 다르다. 스토리텔링은 사고 체험이라기보다 감정 체험에 가까우며,[6] 스토리텔링이 의도하는 것은 지식의 기억이 아니라 감정의 기억이다.

스토리텔링은 우리의 감정에 방향성을 부여하고 행동을 도발한다. 스토리텔링은 우리의 감정을 움직여 기억 속에 각인되는 어떤 역동적 비전을 제시하는데, 그 비전은 합리적이지 않기 때문에 더욱 강력하다. 스토리텔링이 실체화하는 비전은 사실성에 대한 비판이나 논란에도 굴복하지 않는다. 스토리텔링은 학문과 달리 열광을 낳고 소란을 낳으며 형상에 대한 몰입과 영혼의 흥분 상태를 조장한다. 이 모든 위험을 무릅쓰고 스토리텔링은 우리로 하여금 감정을 개입시켜야 하는 가능의 세계, 어떤 가치의 세계를 기억해 주기를 희망한다.

크쥐시토프 키에슬로프스키 감독의 영화 〈십계〉(1988) 1화 '하나이신 하나님을 흠숭하라'에는 현대 과학을 굳게 믿는 아버지와 아들이 나온다. 언어학자인 아버지와 아들은 컴퓨터에 매혹되어 있다. 그래서 세상의 모든 것은 계산될 수 있다고 믿는다. 아들은 아버지가 감추어둔 크리스마스 선물인 스케이트를 발견하고 그것을 타고 싶다고 아버지를 조른다. 아버지와 아들은 함께 컴퓨터로 호수의 얼음 두께를 계산한다. 호수의 얼음이 아들 몸무게의 몇 배를 버틸 만큼 튼튼하다는 결론이 나오자 아버지는 "음, 나가 놀아도 좋아"라고 말한다. 이튿날 아들은 해가 지도록 돌아오지 않는다. 그리고 아버지는 그날 오후 호수의 얼음이 깨졌다는 소식을 듣는다.

이 이야기는 관객인 우리가 과학과 이성의 바깥에 있는 어떤 것, 눈에 보이지 않아서 증명할 수 없지만 인간과 세계를 지배하는 어떤 것을 기억해 주기를 희망한다. 여기서 십계명의 계명은 생각의 화두일 뿐이다. 눈에 보이지 않는 운명의 어둡고 가혹한 힘이 굳이 기독교의 유일신일 필요도 없다. 다만 이 이야기는 우리 인간이 영원의 앞뜰을 우연처럼 덧없이, 잠깐 지나가는 존재라는 사실이 전하는 멍하고 망연한 충격과 슬픔을 기억하기를 희망한다.

세상은 변하고 세월은 흘러가며 목숨의 모래는 손가락 사이로 새어 나간다. 그리고 어떤 깃털같이 하찮은 우연 때문에 우리는 죽는다. 키에슬로프스키의 이야기는 우리에게 눈에 보이는, 눈에 보여서 증명할 수 있지만 그래서 더 상투적이고 더 허깨비 같은 현실로부터 눈을 돌려 이 영원한 인과율을 기억하라고 말한다. 이 메시지에는 어떤 비현세적 가치에 대한 인식이 담겨 있다. 그것은 인간이 영원 앞에 진심으로 겸허해야 하는 존재라는 생각, 자신의 약함과 비소함을 받아들일 때에만 살아 있음의 신비와 황홀을 온전히 경험할 수 있다는 생각이다.

셋째, 스토리는 오랜 시간 전달 내용의 생명력과 유용성을 유지한다.

우리는 이것을 스토리의 장기지속성長期持續性이라고 명명할 수 있다.

오랜 시간 생명력과 유용성을 유지하기 위해서는 오랜 시간이 흘러도 그것이 진실이어야 한다. 스토리를 듣는 사람들, 독자와 관객은 예민하게 거짓을 알아차린다. 진실truth은 사실fact과 다르다. 진실이란 아주 짧고 사소한 사건에 인생의 수십만 시간을 포괄하고 응축함으로써 나타나는 의미심장함이다. 모든 인간은 어떤 사회에서 태어나 공부하고 일하다가 누군가를 사랑하고 고통을 겪으며 마침내는 죽는다. 스토리는 이 모든 시기에 인간이 공통적으로 겪는 경험과 보편적인 고민, 보편적인 감정을 응축시킨 것이다.[7]

스토리는 허구fiction이지만 허구는 부정확하며 부도덕한 진술인 거짓lie과 다르다. "나는 실제로……"로 시작하는 문장에는 자기방어와 정당화, 합리화의 거짓이 개입될 가능성이 크다. 허구는 실제로 존재하지 않지만 실제에 대한 보다 진실한 진술을 뜻한다. 버트런드 러셀에 따르면 허구의 세계는 명사처럼 보이지만 사실은 명사를 묘사하는 술어description이다.[8] 우리는 우리에게 주어진 삶을 보다 진실하게 묘사하기 위해 허구를 동원하는 것이다.

호메로스의 서사시 「일리아드」와 「오디세이아」는 기원전 8세기에 만들어진 스토리이다. 그럼에도 불구하고 이 이야기들은 칼 마르크스가 「정치경제학 비판 서론」에서 거북하게 고백했듯이 고백처럼 수천 년이 지난 지금까지도 우리에게 진실하게 다가온다. 「일리아드」의 첫 장면에서 그리스의 가장 강력한 장군 아킬레우스는 총사령관 아가멤논 왕과 대판 싸우고 갑옷을 벗어던진 채 막사에 앉아 있다. 자신이 포로로 잡은 처녀 브리세이스를 아가멤논이 데려갔기 때문이다. 격분한 아킬레우스가 전투에 참여하지 않겠다고 하자 이를 틈탄 트로이는 반격하여 그리스 군대를 해안까지 밀어낸다. 모든 사람들이 숭앙하고 부하들이 존경하며 신들조차 함부로 하지 못하는 두 위대한 영웅이 처녀 하나를 놓고, 그것도 전리품으로 훔쳐온 처녀를 놓고 대학가 술집에서 주먹질하는 남자애들처럼 시끄럽게 꽥꽥거리며 싸우고 있는 것이다.

그런가 하면 「오디세이아」는 님프 칼립소에게 붙들려 7년 동안이나 칼립소의 섬에 억류되었던 오디세우스가 신들의 결정으로 풀려나는 데서 이야기가 시작된다. 칼립소는 오디세우스를 붙들고 그의 귀향길에는 죽음보다도 더한 고통이 기다리고 있다고 경고한다. 자신의 미모를 강조하며 자기와 같이 살아준다면 오디세우스를 신으로 만들어 영원한 생명을 주겠다고까지 애원한다.

이때 오디세우스가 칼립소에게 하는 말은 죽어야 하는 운명을 타고난 인간이라면 감동 없이는 읽을 수 없는 대목이다. "고귀하신 여신이여, 그 때문이라면 화내지 마세요. 나의 아내 페넬로페가 외모와 키에 있어서 그대만 못하다는 것은 나도 잘 알고 있습니다. 그녀는 죽게 마련인데 그대는 늙지도 죽지도 않습니다. 그러나 그럼에도 불구하고 나는 집으로 돌아가서 귀향의 날을 보기를 날마다 원하며 바랍니다."[9]

오디세우스는 늙고 병들고 죽어야 하는 인간의 삶과 정든 고향을 영원한 생명보다도 더 사랑한다. 그리고 그것을 위해 귀향길에서 신들이 가할 무자비한 고통을 다 참으려 하는 것이다. 오디세우스에게 인간은 그들의 유한성과 욕망, 무지와 죄악에도 불구하고 신보다도 더 사랑스럽다. 그는 아내 페넬로페를 사랑하고 있고 그에게 이 인간적인 사랑은 어떤 신화적 힘보다도 소중하다.

이처럼 「일리아드」와 「오디세이아」는 3000년에 가까운 오랜 시간이 흐른 뒤에도 그 생명력과 유용성을 잃지 않는다. 여기에는 수컷으로서의 욕망이 모욕당했을 때 분출하는 분노와 폭력과 살인의 감정이 있다. 또 유한자有限者로서 인간이 자신이 이룩한 인간적인 사랑의 유대에 대해 갖는, 어떤 신도 꺾을 수 없는 자부심이 있다. 그리고 이 같은 감정들은 그 이야기를 만들어낸 고대 그리스 사회가 완전히 소멸된 뒤에도 오래 지속된다. 스토리는 현실을 반영하지만 그 반영은 정보와 달리 인간의 감정 속에 용해된 현상과 본질 전체를 반영한다. 이러한 반영은 자기 완결적이며 거의 영원처럼 느껴지는 긴 시간동안 진실하다.[10]

개인에게 세상은 포세이돈 신이 지배하는 바다처럼 거대하고 공포스럽다. 호메로스는 이 무서운 세상도 어쩌지 못하는 인간의 진실을 이야기한다. 그것은 세상이 인간을 아무리 괴롭히고 박해해도 인간은 자신이 누구인지를 알고 자기 자신을 사랑할 수 있다는 진실이다. 아킬레우스는 끝까지 자신의 명예를 지키며 영웅으로 죽고 오디세우스는 모든 장애를 물리치고 고향에 간다. 밤하늘의 별을 보고 자신이 걸어가야 할 길을 아는 나그네처럼 인류는 두 이야기에서 오랜 시간 동안 인간의 진실을 발견하고 인간적인 행복에 대한 꿈을 간직해 왔다.

넷째, 스토리는 사건, 사물과 함께 그것을 체험한 사람의 흔적을 전달한다. 우리는 이것을 스토리의 화자성話者性이라고 말할 수 있다.

화자성은 일견 시대에 뒤떨어진 정의처럼 보인다. 서사시나 소설에서는 분명히 이야기를 말하는 사람이 있어서 화자가 드러나지만 연극, 영화, 애니메이션, 뮤지컬 등의 극화 장르에서는 대개 화자가 드러나지 않기 때문이다.

아리스토텔레스가 디에게시스에 대한 미메시스의 우위성을 주장한 이래[11] 화자의 가치는 지속적으로 의문시되어 왔다. 앨런 스피겔은 귀스타브 플로베르의 『보바리 부인』(1857)에서 제임스 조이스의 『율리시스』(1922)에 이르는 작품들을 분석하면서 19세기부터는 소설에서조차도 화자의 개입이 최소화되고 영화와 같은 시각적 재현을 지향하는 경향성이 두드러졌다고 말한다.[12]

그러나 여기서 말하는 화자성이란 이야기를 성립시키는 변형의 주체이다. 모든 스토리는 선행하는 사건 혹은 텍스트를 모방하고 변형함으로써 성립한다는 점에서 태생적으로 이차성second degree을 갖는다.[13] 옛날부터 양피지는 귀한 물건이었고 사람들은 한 번 사용한 양피지에 쓰인 글을 지우고 그 위에 다시 다른 글을 기록했다. 이런 경우 새로운 글 아래에는 옛날에 기록한 오래된 글이 희미하게 남아 있어 두 겹의 텍스트가 존재하게 된다. 스토리에는 이런 팔랭프세스트, 즉 재사용 양피지의 속성이 있다. 모든 스토리가 다른 텍스트의 속편sequal이며 추가 완결판continuation이고 모방travesty이며 각색adaptation이라면 스토리의 독자성은 그것을 성립시킨 변형의 주체, 즉 화자에게서 찾을 수밖에 없다.

화자라는 개념 안에는 사건을 보는 자와 사건을 이야기하는 자, 즉 초점화자focalizer와 목소리voice가 함께 있다.[14] 가령 프루스트의 소설 『잃어버린 시간을 찾아서』에서 낯선 사람을 본 사춘기 소년 마르셀이 초점화자라면, 몇십 년이 지난 뒤 그때의 낯선 인물이 샤를르였고 그의 행동이 무엇을 의미했는가를 전부 알게 된 중년 남자 마르셀은 목소리인 것이다. 연극이나 영화에서 목소리는 사라질 수 있지만 초점화자는 어떤 경우에도 사라지지 않는다. 심지어 초점화자는 게임과 같은 뉴미디어 장르에서도 시각적 재현의 중심으로 나타난다.[15]

화자는 플롯에 선행한다. 변형의 주체가 변형의 형식에 선행하는 것이다. 화자의 가치관이 분명하고 서술의 의도에 일관성이 있다면 스토리는 극단적으로 말해 플롯이 없어도 존립할 수 있고 커다란 감동을 줄 수 있다.

『논어』는 공자가 죽은 후 자하와 자유를 비롯한 공자학단의 편집자들이 생전에 공자가 제자들이나 당대의 다른 인물과 주고받은 대화의 내용을 추려 20편 498장으로 수록한 책이다.『논어』의 편찬 시기는 공자가 사망한 기원전 479년부터 공자의 손자 자사가 사망한 기원전 402년 사이의 77년간으로 추정되며『논어』의 화자는 공동 편집자인 공자학단의 제자들이라고 말할 수 있다.[16)

여러 사람의 화자에 의한 공동 저작임에도 불구하고『논어』의 문장은 마치 한 사람이 쓴 것처럼 간결하고 함축성이 깊다. 문장 간의 연계가 없는 듯하면서도 잘 읽어보면 모든 문장들이 공자의 인격이라는 하나의 주제로 귀결되고 있다.『논어』는 공자의 연대기에 따라 쓰이지 않았으며 겉으로 드러나는 플롯이 없다. 그러나 화자의 가치관이 분명하고 서술의 의도에 일관성이 있기 때문에 독자는 산발적으로 흩어진 서사를 스스로 재구성해서 읽게 된다.

『논어』의 스토리는 주인공이 노魯나라를 쫓기듯이 떠나 사막지대로 들어가면서 시작된다. 주인공은 초라한 유랑 길에서 제자들과 대화를 주고받으며 위衛나라, 진陳나라, 진晉나라, 초楚나라를 전전한다. 이 메인 플롯 사이에 기대와 좌절의 서브 플롯들이 삽입된다. 스토리의 절정은 주인공이 자신의 뜻을 이루어줄 초나라의 소왕昭王을 만나려는 찰나 소왕이 전날 밤 죽었음을 알고 귀국을 결심하는 부분이다. 노나라로 돌아온 다음 해 안회가 죽고, 그다음 해 아들이 죽고, 그다음 해 자로가 살해당한다. 그 이듬해 주인공이 죽으면서 스토리는 끝이 난다.[17)

독자가 재구성해야 비로소 나타나는『논어』의 플롯은 점진적 하강의 비극이다. 고매한 주인공은 살육과 하극상, 모략과 부정부패가 들끓는 비열한 거리를 걸어간다. 난신적자^{亂臣賊子}의 악한들이 거듭 주인공을 좌절시킨다. 주인공은 "아아, 나를 알아주는 사람이 아무도 없구나"[18] 하는 대사와 함께 최종적으로 패배한다.

『논어』의 흡입력은 이런 하강의 플롯과 도저히 조화될 수 없을 것 같은 캐릭터가 조화되는 스토리텔링에 있다. 주인공은 그 모든 패배에도 불구하고 점점 더 열정적으로 인간에 대한 믿음을 역설한다. 그는 화가 나면 몽둥이로 사람을 두들겨 팰 정도로 성질이 급하지만[19] 겸손하고 온화하며, 농담과 해학, 악기 연주, 노래 부르기를 좋아하는 한편 위엄이 있는 노인이다. 이 매력적인 노인에 대한 사랑과 존경이 화자들의 일관된 태도를 이룬다.

『논어』의 화자들은 스스로를 유^儒라고 부른 도^道의 기사단^{Knights of Tao}이었다. 그들은 『시경』의 시들이 나타내는 시대, 주나라 문공의 시대에는 이 세상에 완전한 현세적 행복이 존재했다는 주인공의 믿음을 따라서 신봉했다.

주인공의 말에 따르면 그 시대에는 이상적인 여성(요조숙녀)이 덕을 존숭하는 남성(군자)과 맺어지는 사랑과 결혼과 부부애가 존재했다. 사랑을 즐기지만 음란하지 않은 부부의 유별함이 부모와 자식의 친밀함을 만들었고, 임금과 신하의 의로움을 만들었고, 세상 모든 사람들의 평화를 만들었다. 주인공은 우리가 원칙^道을 위해 자기 자신을 희생한다면 이런 아름다운 시대가 한 번 더 도래하리라고 말했다.

『논어』의 화자들은 이것이 어려운 꿈이고 너무 숭고한 환상이라는 것을 이해하고 있었다. 그래서 주인공의 스토리를 그가 다른 이들과 나누었던 대화의 주제별로 해체함으로써 [표 2]와 같이 도해되는 점진적

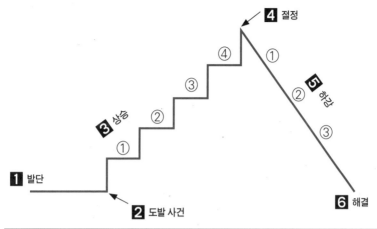

0%	10%		25%	50%		75%	90-99%	100%
ACT I			ACT II				ACT III	

1 발단(Exposition) : 자로, 참소를 받아 정치적 영향력을 잃음. (『논어』 헌문편 38장)
공자, 정치적으로 소외되어 자로, 안회와 함께 노나라를 떠남. (『맹자』 고자 하 6장)

2 도발 사건(Inciting Incident) : 위나라로 가서 남자를 만남(정치적 이상을 실현하려는 공자와 부패한
권력자). (『논어』 옹야편 28장)

3 상승(Rising Action) :
① 진나라로 가는 길에 송나라 대귀족 환퇴가 공자를 습격함. 공자, 도망침(세습귀족 집단과 공자 집
단의 갈등). (『논어』 술이편 23장)
② 식량을 모두 잃은 공자와 제자들이 병들어 아사 직전 상태로 진나라에 도착함. (『논어』 위령공편 1장)
③ 진나라의 반란 세력으로부터 두 차례 관직 제의가 들어옴. 이를 수락하려는 공자와 반대하는
자로 사이에 갈등이 일어남. (『논어』 양화편 5장, 7장)
④ 공자, 위나라로 돌아가 평판이 나쁜 권력자 공어와 교제함. 제자들과의 갈등 고조됨. (『논어』 술
이편 23장, 28장)

4 절정(Climax) : 초나라 소왕 죽음. 공자, 노나라로 돌아옴. (『사기』 공자열전)

5 하강(Falling Action) :
① 제자 염구, 스승을 버리고 출세의 길을 선택함. (『논어』 선진편 16장)
② 아들 공리 죽음. 제자 안회 죽음. (『논어』 선진편 6장, 7장, 8장, 9장, 10장)
③ 제자 사마우, 본국에서 추방당해 스승을 찾아오다가 얼어 죽음. 제자 자로, 스승의 가르침을 지
키기 위해 주군을 구하려다가 살해당하고 시체는 잘게 토막 나 해(醢)가 됨. (『춘추좌전』 애공 14
년, 애공 15년)

6 해결(Resolution) : 공자, 죽음. (『맹자』 등문공 장구 상 4장)

표 2 『논어』의 숨겨진 플롯

하강의 비극을 의도적으로 변형했다. 그 결과 주인공의 인생이 아닌 주인공의 말이 전면으로 부각되었고, 이는 난세가 찾아올 때마다 착한 세상을 그리워하는 통곡과 우수를 천하 만민의 가슴속에 메아리치도록 했다. 이후 2500년간 스스로 제자이길 자처한 스토리의 독자들은 주인공이 말하는 원칙을 위해 어떤 내세적 구원의 신앙도 없이 일평생 모든 정력을 다 바쳤고 온갖 희생을 다 치렀다. 잔혹한 형벌을 당했으며 아무도 알아주지 않는 곳에서 홀로 죽어갔다.『논어』는 화자성을 중심으로 이룩된 역사상 가장 성공적인 서사이다.

지금까지 우리는 일반적인 정보와 스토리를 구별해 주는 네 가지 속성을 살펴보았다. 그 결과 원방성, 기억유도성, 장기지속성, 화자성으로 정리되는 이 네 가지 속성은 동시에 좋은 스토리란 무엇인가라는 가치의 문제를 함축하고 있음을 알게 되었다.

스토리는 매체의 한계 때문에 이 네 가지 속성이 부분적으로 구현되던 형식으로부터 기술의 진보와 더불어 이 네 가지 속성이 모두 구현되는 형식으로 진화해 가고 있는지도 모른다. 이러한 가설을 극대화하면 서성은의 주장처럼 오늘날 온라인 게임이 대중적 호응을 얻는 것은 이 매체가 스토리의 네 가지 속성을 모두 충족시키는 가장 완벽한 사용자 스토리텔링을 제공하기 때문이라는 도전적인 입론도 가능할 것이다.[20] 이어지는 장에서는 인간을 둘러싼 사회적 환경에서 스토리가 발생하는 맥락을 예화를 통해 살펴보기로 하겠다.

02 서사의 발생

이야기가 시작되는 시점에서 서사는 무한한 가능성으로 존재한다. 이때는 무슨 일이든지 일어날 수 있고 무슨 말이든지 할 수 있다. 이야기가 진행되면 가능성은 점차 개연성으로 변해간다. 이야기가 종결되는 시점에 이르면 오직 하나의 가능한 결말, 필연성만 남고 서사는 완성된다.

1924년 가을. 시인 김소월은 평북 영변에 머물고 있었다. 그는 스물세 살이었고 특별한 직업 없이 조부의 금광 일을 돕고 있었다. 청운의 뜻을 품고 일본 유학을 떠났다가 관동대지진 직후 벌어진 조선인 학살 때문에 학업을 포기하고 귀국한 상태였다. 아름다운 모국어 시를 쓰기 위해 창작의 고뇌와 싸우고 있었지만 현실의 세상은 손이 닿지 않는 곳에서 시인의 조그마한 존재를 비웃고 있었다.

영변은 한반도 동북부의 험준한 산악 지역이다. 시인의 슬픈 꿈은 금광 투기의 열기로 흥청거리는 산골 소도시, 급조된 목조 가옥들의 거리를 방황하다가 불기 없는 외딴 여관방, 누추한 이불 속으로 깃들곤 했다.

그러던 어느 날 저녁. 방에 혼자 있던 시인은 누군가의 노랫소리를 듣는다. 담장을 사이에 둔 골목 저편에서 들려오는 젊은 여자의 노래였다. 생전 처음 듣는 그 노래는 맑고 슬프고 처연하고 절절했다. 가사는 꾸민 데가 없이 수수하면서도 새로웠고 리듬은 높고 낮음과 끊고 이어짐이 절묘하게 어우러져 풍부한 감정을 불러일으켰다. 시인은 자기도 모르게 눈물이 흘러 옷깃을 적시는 것을 느꼈다.

얼마 후 시인은 노래의 주인과 만나 이십여 일 동안 사귀게 된다. 그녀는 당년 스무 살의 기생 채란이었으며 그녀가 부른 노래는 스스로 창작한 〈팔베개 노래〉였다.

채란은 경남 진주에서 태어났다. 어릴 때 정신병을 앓던 아버지가 집을 나가 편모슬하에서 자랐다. 채란이 열세 살이 되었을 때 어머니는 자신이 재혼할 밑천을 장만하기 위해 채란을 전라도에서 온 상인에게 팔았다.

그때부터 채란은 술 팔고 몸 파는 여자가 되어 동으로 서로 떠돌았다. 부평초 같은 행로는 남으로 후쿠오카와 홍콩까지, 북으로 다롄과 톈진까지 이어졌다. 처처에 슬픈 추억들이 남았다. 이처럼 가진 것이라고는 몸뚱이 하나뿐인 여자가 풍파를 겪으며 정한에 시달리는 심정을 표현한 것이 〈팔베개 노래〉이다.

술 팔고 몸 파는 여자에도 계층이 있었다. 큰 권번(기생조합)에는 한시와 한문을 읽고 쓸 수 있는 교양인이며 전문적인 가무 예술가인 일패기생이 있다. 군소 권번에는 예술적 수련이 부족하고 은밀히 매춘을 하는 이패기생이 있다. 그 밑에는 소속된 권번 없는 삼패기생이 있다. 이들은 술병을 들고 다니며 공개적으로 매춘을 한다고 해서 '들병이'라고 불렸다.[1] 채란은 그런 삼패기생이었다. 처음부터 행복과 희망을 향한 경쟁에 끼어들 수 없었던, 그리고 이제는 최하의 최하 계층으로 밀려난

고독한 여자였다.

얼마 후 김소월은 스승 김억이 발행하는 시문예지 《가면》 1926년 2월
호에 채란의 사연을 이야기하고 〈팔베개 노래〉의 가사를 실었다. 김소
월은 글의 말미에서 이렇게 말했다.

"이 「팔베개 노래조(調)」는 채란이가 부르던 노래로 내가 영변을 떠날
때에 그녀의 손으로 적어준 것을 가지고 온 것이다.

내가 이 노래를 가지고 여러 훌륭한 대가들의 시적 안목을 더럽히고
자 하는 것은 아니다. 그리고 음란한 시가라고도 할 수 있는 이 노래를
예술이라 주장하겠다는 생각도 없다. 또 이 노래는 야비한 세속의 부박
한 사랑을 이야기한 것일 뿐이라고 비난하는 사람이 있어도 구태여 변
명하지 않을 것이다.

다만 나는 지금도 잠이 오지 않는 긴 밤의 한가운데에서, 그리고 혼
자 걸어가는 들길의 한가운데서 가만히 이 노래를 부른다는 것을 말하
고 싶다. 노래를 부르면 스스로 억제하지 못할 가련한 느낌이 배어 나
온다. 그래서 차마 그냥 내버리지 못하고 세상에 전하려 한다."[2]

김소월은 왜 이런 이야기를 세상에 전한 것일까? 〈팔베개 노래〉는 오
다가다 만난 남자에게 돈을 받고 몸을 팔며 하룻밤을 같이 보내는 여자
의 노래이다. 이런 외설적인 노래와 밑바닥 기생의 이야기를 세간의 억측
과 비난을 예상하면서 굳이 문예지에 실어야 할 까닭이 있었을까?

김소월의 「팔베개 노래조」는 오랫동안 부자연스럽고 터무니없는 일
화로 취급되었다. 이 문제를 다룬 연구자는 거의 없었다. 채란의 이야기
를 민요조 서정시라는 작품군의 비밀을 푸는 열쇠로 본 연구가 잠깐 진
행되었을 뿐이다.[3] 그러나 90여 년이 흐른 지금, 우리는 이 사건을 매우
다른 관점으로 정의하면서 서사가 어떻게 발생하는지가 드러난 역사의

섬광 같은 순간으로 기억하고자 한다.

서사는 가능성, 개연성, 잠재성, 필연성의 네 가지 상태를 갖는다.[4] 이 야기가 시작되는 시점에서 서사는 무한한 가능성으로 존재한다. 이때 는 무슨 일이든지 일어날 수 있고 무슨 말이든지 할 수 있다. 이야기가 진행되면 가능성은 점차 개연성으로 변해간다. 이야기가 종결되는 시점 에 이르면 오직 하나의 가능한 결말, 필연성만 남고 서사는 완성된다. 그 바깥에는 말해지지 않은 영역, 잠재성의 영역이 존재한다. 이를 도해 하면 [표 3]과 같다.

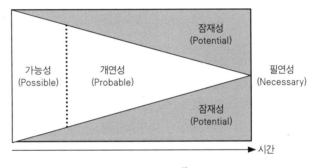

표 3 서사 상태의 살촉 구조[5]

서사의 구조는 인생의 의미론적 지평과 상동적homogeneous이다. 우리는 개인적인 의미로나 집단적인 의미로나 새로운 길을 개척하면서 살아간 다. 길은 처음에 무한한 가능성으로 열려 있다. 그러다가 관계와 만남이 중첩되면서 가능성은 차츰 개연성으로 변해간다. 길의 끝에 필연성이 나타나고 우리의 스토리가 완성된다.[6]

채란은 〈팔베개 노래〉에서 인생의 가능성, 개연성, 필연성을 이야기한 다. 한 여자가 깃들 곳 없이 떠도는 길 위에서 길동무를 만난다. 오다가 다 만난, 하룻밤 같이 잘 남자이다. 그러나 이 만남은 여자가 남자에게

정을 느끼면서 심각해진다. 그리하여 마지막에 여자는 "화문석 돗자리 녹촛대 그늘에서 70년 고락을 다짐하는 팔베개"를 욕망하게 된다.

〈팔베개 노래〉에서 같이 자고 싶은 욕망의 가능성은 같이 잠들고 싶은 욕망의 필연성으로 변한다. 같이 자고 싶은 욕망은 불특정 다수의 모든 남성에게 적용되지만 같이 잠들고 싶은 욕망, 즉 휴식과 생활을 함께하고 싶다는 욕망은 단 한 사람의 남성에게만 적용된다. 필연성의 욕망은 나와 타인 사이에 어떤 통합이 이루어져 있다는 의식, 즉 사랑을 전제하며, 성행위라는 자연적 생명성의 관계로부터 결혼이라는 인류적 관계로의 변화를 지향한다.[7]

채란의 인생 자체는 서사가 아니며 채란이 창작한 〈팔베개 노래〉도 서사가 아니다. 그것은 성적 매혹에서 시작해 이별의 고통으로 끝난 사랑을 되돌아보는 자의식의 영역이다. 길에서 태어나 길에서 죽으며 무수히 많은 맺을 수 없는 인연들을 길에 두고 떠나는 우리의 슬픈 삶에 대한 자아의식의 표현이다. 채란의 인생과 노래는 서사가 아니라 서사의 원천source인 것이다.

서사는 자의식이 공감의식empathic consciousness으로 전환되는 지점에서 발생한다. 시인이 한 창녀를 알게 된다. 시인은 창녀의 노래를 듣자마자 눈물을 흘린다. 모두 미친 듯이 금을 찾던 시절이었다. 김소월 조부의 금광으로부터 불과 십여 킬로미터 떨어진 곳에서는 일평생 학교라고는 가본 적이 없는 방응모라는 남자가 무일푼의 처지로, 핏발이 선 눈으로 금맥을 찾고 있었다. 그는 후일 《조선일보》를 인수하고 4대에 걸쳐 언론 제국을 경영하게 된다. 황금광시대였고 한국 자본주의의 서부시대였다. 시인과 창녀는 이 황금을 향한 경쟁에 애초부터 끼어들 수 없는 존재라는 점에서 근본적으로 동일했다. 시인은 창녀에게서 자신의 모습을 본다. 그래서 그녀와 헤어진 뒤에도 혼자 들길을 걸으며 그녀의 노래를 부른다. 그녀의 사연과 노래를 세상에 전하고자 한다.

서사의 발생은 인간성의 심오하고 보편적인 특징을 보여준다. 서사 창작, 즉 스토리텔링은 자신이 사랑하게 된 어떤 것을 이야기함으로써 자신을 세상에 노출시키는 위험을 감수하는 행위이다.

한 사람이 다른 누군가의 슬픔과 고통에 공감한다. 타인에게서 자기 자신의 숨겨진 모습을 보고 자신의 영혼이 다른 외로운 영혼과 연결되어 있음을 느낀다. 그러나 사랑은 현실에서 무력하다. 현실을 지배하는 것은 돈과 권력과 섹스이지, 사랑이 아니다. 예수조차 '사랑의 하나님'이 실제로 존재한다는 것을 증명하기 위해 스스로 십자가에 못 박혀 가장 비참한 모습으로 죽어가야 했다. 사랑의 무력함에 절망한 사람은 그 누군가의 사연을 이야기함으로써 그렇게나마 그를 기억하고 그의 문제를 저버리지 않으려고 한다.

이렇게 발생한 최초의 서사는 엉성하고 불완전하다. 김소월이 쓴 채란의 이야기는 논픽션의 기준으로 볼 때 토픽이 애매하고 묘사만 장황하다. 픽션의 기준으로 보아도 플롯이 미약하고 성격 묘사가 불충분하며 배경도 구체적으로 드러나지 않는다. 그러나 그럼에도 불구하고 이것은 창작에서 가장 중요한 사건이다. 일단 서사가 발생하기만 하면 강력한 생성의 역사가 시작된다. 보다 완전한 내일의 씨앗이 오늘의 불완전한 서사에서 싹트는 것이다.

서사 창작은 사람이 하는 일이며 사람은 누구도 완벽하지 않다. 디지털 시대는 초고부터 완벽하고 결함 없는 서사를 만들어내는 천재, 뮤즈의 신성한 힘을 받아 영감과 직관으로 충만한 천재를 믿지 않는다.[8] [표 3]에서 보았던 서사 상태의 살측 구조는 완전한 서사의 단계를 향해 조금씩 전진한다.

완전한 서사란 하나의 이야기가 완전한 소통과 완전한 재현을 달성한 상태를 가리킨다. 서사 창작은 창작자로부터 수용자를 향해 메시지가 전달되는 소통의 축과 소재, 즉 데이터베이스로부터 최종적인 형식, 즉 인터페이스로 미학적 구조가 구현되는 재현의 축을 갖는다. 작가는 소통의 축에 의거해 명료한 의미 전달을 추구하며 재현의 축에 의거해 예술적인 독창성을 추구한다. 여기서 아래와 같은 서사 창작의 4영역이 나타난다.[9]

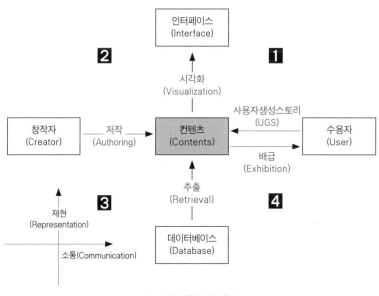

표 4 서사 창작의 4영역

[표 4]에서 우측 상단의 1사분면은 창작이 높은 수준의 미학적 재현과 사상적 소통을 이룩한 상태를 가리킨다. 예를 들자면 J. R. R. 톨킨의 『반지의 제왕』처럼 좋은 소설이면서 동시에 좋은 스토리인 작품들이 여기에

해당한다.

좌측 상단의 2사분면은 창작이 높은 수준의 미학적 재현을 성취했지만 작품이 전달하고자 하는 메시지가 난해한 상태를 가리킨다. 메시지가 중층적이고 심오한 것과 단순히 모호하고 난해한 것은 다르다. 안드레이 타르코프스키, 빔 벤더스, 짐 자무쉬의 영화들은 아름다운 미장센과 상징을 영상미학으로 재현했지만 좋은 스토리라고 말할 수는 없다. 우리는 테웨이의 애니메이션, 장 클로드 갈의 만화, 스즈키 유의 게임에 대해서도 똑같은 이야기를 할 수 있다.

좌측 하단의 3사분면은 창작이 미학적 재현에도 사상적 소통에도 실패한 상태를 가리킨다. 세상의 거의 모든 초고들이 여기에 속한다. 비극은 자신의 글이 3사분면에 있다는 것이 아니라 거기서 더 고쳐 쓰지 않는다는 것이다. 위대한 작가들은 3사분면의 초고를 용감하게 계속 고쳐 써나간 사람들이다. 반면 수많은 딜레탕트들은 훌륭하고 눈부신 재능을 타고났지만 창작의 지속적인 정열을 발휘하지 못한 사람들이다.

우측 하단의 4사분면은 창작이 높은 수준의 소통을 성취했지만 아무도 끝까지 보고 싶어 하지 않는 상투적 재현에 머물러버린 상태를 가리킨다. 이런 작품들이 나타나는 이유는 작가가 자신이 그리고자 하는 소재에 대해 잘 모르고 그것을 재현할 작가적 역량도 부족하기 때문이다.

이렇게 볼 때 서사 창작은 처음부터 완벽한 작품을 만드는^{making work} 작업이 아니라 원천으로부터 가능한 최선의 텍스트를 엮어내는^{weaving text} 작업이다. 작품과 텍스트는 다르다. 텍스트는 가장 명료한 소통과 가장 아름다운 재현이 있는 1사분면을 목표로 계속해서 재창작되고 각색된다. 텍스트라는 말은 그 어원부터가 '직물'이다. 날줄과 씨줄이 엮여 직물이 짜이듯이 끊임없이 다른 구조를 향해 새롭게 생성되어 가는 불확

정적인 체계인 것이다.[10]

서사 창작은 1사분면에 위치할 수 있는 완전하고 아름다운 스토리를 목적으로 하지 매체와 장르를 목적으로 하지 않는다. 소설, 영화, 게임, 애니메이션, 드라마와 같은 담화들은 고객들의 인정과 수익을 욕망한다. 그러나 담화의 원천이 되는 스토리는 시장으로부터 독립된 순수한 영역에 속해 있다. 스토리는 말하기[telling], 보여주기[showing], 작용하기[interacting]라는 서사 재현의 3대 양식을 실험하면서[11] 궁극의 1사분면에 끊임없이 도전한다.

창작의 발전이란 동일한 스토리가 보다 완전한 재현과 소통을 위해 끊임없이 새로 씌어진다는 것을 의미한다. 창작의 발전이 지향하는 목표는 서사가 많은 사람들의 보편적인 감수성에 호소할 수 있는 공감의 1사분면에 도달하는 것이다. 그러므로 모든 서사는 그에 앞서 존재하는 텍스트보다 더 1사분면에 가까운 종결을 추구한다. 이를 도해하면 다음과 같다.

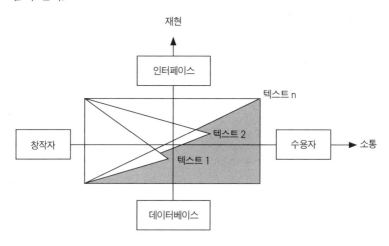

표 5 서사 창작의 발전 모형

03 서사의 수용

독자는 모든 척도가 동요하는 시대에 서사 창작의 가장 현실적인 척도가 되며 가장 현실적인 목적이 된다. 서사 예술은 작가가 마음의 심연 깊은 곳에서 느끼는 무엇을 진실하게 묘사함으로써 독자에게 통찰의 기쁨을 주고 독자가 마음속 깊이 열망하고 항거하는 어떤 것을, 인간의 영원한 고뇌를 충족시켜 주어야 한다.

노먼 메일러가 위대한 미국 소설의 전통을 계승했다고 격찬한[1] 텔레비전 드라마 〈소프라노스〉에서 주인공 토니 소프라노는 우울해질 때마다 흑백필름 시대의 전쟁 영화를 본다. 뉴저지의 마피아 보스인 이 중년 남자는 영화를 보고 또 보면서 아버지를 생각하고 자신이 다해야 할 의무를 생각한다. 어른이 된다는 것은 아무도 버리지 않는다는 것이다. 불륜을 저지르지만 아내를 존중하며 당신밖에 없다고 거짓말하는 것, 미운 부하를 껴안고 다독거리며 반가운 척 거짓말을 하는 것, 온통 거짓말에 둘러싸여 자기 일을 하고 자식을 키우는 것이다.

토니의 행동대장인 크리스토퍼는 집에 돌아오면 영화 시나리오를 쓴다. 욱하는 성질 때문에 걸핏하면 사람을 죽이고 시체를 전기톱으로 토막 내어 유기하는 이 젊은이는 감독들과 작가들을 존경하며 자신도 언젠가는 할리우드에서 일하는 날이 오기를 바란다. 시청자들은 토니와 크리스토퍼가 복합적이지만 현실적인 인물이라고 느낀다. 핍진하고 사실적인 묘사를 추구하는 〈소프라노스〉에서 토니와 크리스토퍼의 성격 묘사는 우리가 사는 시대를 반영하고 있다.[2]

스토리는 현대를 지배하는 가장 강력한 영혼의 형식이다. 우리가 사는 시대에는 대통령도, 사업가도, 마피아도, 살인자도, 노숙자도 대부분의 여가를 자신이 좋아하는 스토리와 함께 보낸다. 사람들은 서사를 수용하면서 세상의 숨겨진 질서를 생각하고 인생의 의미를 발견한다.

세상은 하루가 다르게 변해간다. 오늘날 전 지구적으로 구축된 컴퓨터 네트워크는 근대 산업사회에서는 불가능했던 속도와 에너지로 지식을 복제하고 전파하고 변형하면서 새로운 융합의 문화를 생성하고 있다. 매일매일 새로운 매체, 새로운 서비스, 새로운 기기, 새로운 콘텐츠, 새로운 애플리케이션이 나타난다.

변화의 속도와 다양성을 체험한 사람들은 하나의 궁극적 가치를 신봉하는 종교나 철학에 회의를 느낀다. 삶의 의미는 누가 말해 주는 것이 아니라 각자 알아서 찾아야 하는 것이라고 생각한다. 그래서 사람들은 스토리를 보면서 스스로 진리를 발견하고 싶어 한다. 스토리는 우리가 사는 세상에 어떤 종류의 사건들이 왜 일어나는가를 말해 주고 사람들은 스토리를 수용하면서 자기를 쇄신한다. 그런 의미에서 우리가 사는 현대는 종교 문화 시대, 철학 문화 시대를 지나서 출현한 '문학 문화의 시대'라고 말할 수 있다.[3]

인간에게는 보편적인 공감 능력이 있지만 기본적으로 이 능력은 가족이나 친구, 마을 사람 같은 좁은 범위에 한정되어 있었다. 인류가 생래의 공감 능력을 외부로 확장해서 모든 인간의 운명을 고려하게 된 중 요한 동력 가운데 하나는 다른 사람의 행동을 이해하고 다른 사람의 입장으로 우리를 끌어다 놓는 문화적 매체, 즉 스토리였다.[4] 유튜브, 페이스북, 트위터와 같은 21세기의 디지털 매체 기술은 서사의 수용과 서사의 창작을 직접 연결시켰다. 인류는 이제 소수의 작가와 다수의 관객으로 구성되었던 매체 환경으로부터 모든 관객이 능동적인 작가가 될 수 있는 매체 환경으로 이동한 것이다.[5]

현대의 매체 환경 변화는 스토리를 생산하는 방법의 중요성을 부각 시켰다. 다양한 교육 현장에서 창작 강좌들이 설강되고 스토리를 기업의 마케팅과 컨설팅, 비즈니스 기획에 적용하는 현상이 확산되었으며 서사 창작 연구도 활발해졌다. 그러나 스토리의 내용과 형식이 복잡한 만큼 서사 창작 방법을 명료하게 정리한다는 것은 대단히 어려운 일이다. 창작 연구의 길에 발을 들여놓은 사람은 예외 없이 '방법' 앞에서 절망했다.

로버트 맥키는 1997년 베스트셀러 『STORY 시나리오 어떻게 쓸 것인가』를 출간했고 2012년까지 28년 동안 세계 곳곳에서 스토리 세미나를 진행해 6만 명의 작가 문하생을 배출한 당대 최고의 창작론 교수이다. 그러나 영화에 대한 뜨거운 사랑을 느낄 수 있는 그의 세미나 역시 자신이 주관적으로 확신하는 원칙과 그 원칙에 충실한 사례로 채워질 뿐이다. 작가들이 가장 궁금해 하는 방법의 문제, 실제로 어떻게 스토리를 만드느냐에 대한 해명은 없다.[6]

맥키 같은 구세대의 연구자들에게 스토리를 만드는 방법은 영원히 어두운 베일에 가려져 있다. 이들은 단일 학제의 전공 지식을 습득하고 그 지식을 창작에 적용해 보면서 원칙을 발견한 사람들이다. 그러나 수행적 지식의 영역, '실제로 어떻게'의 문제로 내려가면 그런 수준의 원칙으로는 해결되지 않는, 무수히 많은 이율배반적이고 모순적인 양상들이 나타난다. 수많은 작가가 자신의 창작 경험에서 나온 경험칙을 이야기하지만 거기서 공통의 법칙을 발견하기는 매우 어렵다. 마이크 샤플스는 이러한 모순 양상들을 다음과 같이 정리했다.[7]

첫째, 창작은 인지적 활동을 요구한다. 그러나 어떤 작가들은 특별한 공부도 하지 않고 글을 아주 잘 쓴다.

둘째, 창작은 정교한 기획을 요구한다. 그러나 어떤 작가들은 기획과는 거리가 먼 우연한 영감에서 걸작을 만들어낸다.

셋째, 창작은 분석적이다. 쓴 부분을 하나하나 평가하고 문제를 하나하나 해결해야 한다. 그러나 동시에 창작은 통합적이다. 손을 움직여서 계속 뭔가를 끄적거리다 보면 자기도 모르는 사이에 작품이 완성된다.

넷째, 창작은 목표와 계획과 관습 등의 제약을 고려해야 한다. 그러나 동시에 창작은 그러한 제약들을 파괴해야 한다.

다섯째, 창작은 자유로운 정신의 상상 행위이다. 그러나 동시에 창작은 물질적 도구와 재료가 없이는 불가능한, 육체의 노동 행위이다.

이처럼 서사의 발생 시점에서 볼 수 있는 모순된 현상들은 수행 능력, 실행 동기, 절차, 수행 도식, 표현 체계 등 각기 이질적인 차원에서 동시에 나타난다. 모순의 발현 양상은 작가의 인간적인 개성만큼, 작가들의 숫자만큼 다양하다.

융합과 통섭을 지향하는 새로운 세대의 연구자들은 서사의 발생 시점을 관찰하고 탐색하는 이제까지의 방법을 버리고 서사의 수용 시점을 관찰하고 탐색하는 새로운 연구 방법을 고려할 필요가 있다. "스콧 피츠제럴드가 『위대한 개츠비』를 어떻게 썼는가"라는 발생 중심의 접근은 학문적으로 유의미한 결론에 도달하기 어렵다. 그것은 "레프 톨스토이가 『안나 카레니나』를 어떻게 썼는가"와 다르고, "빅토르 위고가 『레 미제라블』을 어떻게 썼는가"와도 다르기 때문이다. 그러나 "우리가 『위대한 개츠비』를 어떻게 이해하는가"라는 수용 중심의 접근은 서사 창작 연구의 새로운 탈출구를 마련할 수 있다.

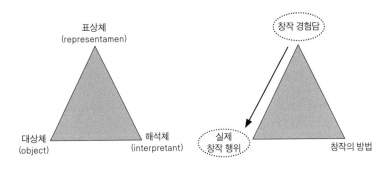

표 6 창작 연구의 패러다임 전환

찰스 샌더스 퍼스가 제시했듯이 인간의 기호 활동은 표상체, 대상체, 해석체로 구성된다. 표상체가 '꽃'이라는 말이라면 대상체는 현실 세계의 꽃이고 해석체는 '꽃'이라고 말했을 때 머리에 떠오르는 생각이다.[8]

전통적인 창작 연구는 표상체인 작가들의 진술, 즉 창작 경험담을 연구해서 해석체인 창작의 방법을 탐구하는 방식이었다. 작가나 작품과 달리 창작이라는 사건 자체는 연구자가 연구에 착수하는 시점에서는 이미 사라지고 없기 때문에 창작 사건을 대신하는 표상체, 즉 창작 경험담이 가장 중요한 연구 자료로 여겨졌다.

그러나 창작 경험담은 창작의 실체를 왜곡하기 쉽다. 창작은 순간순간 한 문장 한 문장 많은 의사결정을 해야 하는 복잡한 작업이다. 혼란스러운 작업의 열기 속에서 시시각각 실타래처럼 얽히고설키는 문제들을 해결한 뒤에는 어떤 작가도 그 과정을 다 기억할 수가 없다. 창작 경험담에는 누락과 망각이 수반된다. 게다가 자신의 콤플렉스를 노출하길 꺼리는 작가의 자의식 때문에 거짓말도 끼어든다.

새로운 창작 연구는 서사를 수용하는 방법 안에 서사를 창작하는 방법이 내장되어 있다는 인지과학의 발견에 주목한다.

인지과학은 프로토콜 분석법이나 기능성 자기공명영상$^{f-MRI}$ 촬영을 이용해 마침내 인간이 서사를 창작하는 과정에서 일어나는 심리적 기전과 뇌의 신경생물학적 기전을 밝혀냈다. 컴퓨터 공학은 이렇게 밝혀진 창작 행위의 모델을 컴퓨터 프로그램의 알고리즘으로 만들었다. 즉, 그런 모델을 적용하면 실제로 서사가 자동으로 생성되는지 여부를 확인했던 것이다.

물론 뇌와 마음은 다르다. 서사는 마음이라는 정신 현상, 즉 우리의 감정과 의지와 기억과 미적 판단의 복합체이며, 서사 창작을 뇌신경의 가시적인 변화로 이해하는 데는 분명한 한계가 있다. 또 이행적 분석적 효과성으로 환원되는 디지털 프로그래밍의 기계적 인과율은 서사가 하나의 시대정신에 영향을 받고 영향을 주는 거시적 차원을 설명하지 못한다.[9]

인지과학과 컴퓨터 공학이 창작 연구에서 갖는 의의는 서사 창작의 방법을 최종적으로 해명했다는 것이 아니라 창작을 과학의 범주로 연구할 수 있는 가능성을 제공했다는 데 있을 것이다. 근대 과학은 실험이라는 방법론을 통해 사물과 사실의 재현성이 보장될 것을 전제로 한다. 데이비드 흄 이래 실험의 방법을 인간의 정신 활동에 적용시키려는 연구가 계속되었지만 만족스러운 이론화는 현재까지도 이루어지지 않았다.[10] 그런 의미에서 인지과학과 컴퓨터 공학은 창작 연구에 보편성, 논리성, 객관성이라는 근대 과학의 조건을 부여한 출발점이라고 말할 수 있다.

인지과학은 서사 창작이 작가와 독자 간에 끊임없이 상기reminding가 일어나는 놀이 같은 것임을 발견했다. 실험 결과 하나의 서사는 언제나 다른 서사를 이끌어냈다.[11] 작가는 외면적으로는 이야기를 하는 사람(작가)이지만 내면적으로는 이야기를 듣는 사람(독자)인 것이다. 이야기를 듣고 뭔가가 떠올라서 다른 이야기를 시작하는 것은 인간이 공감 능력을 발휘하는 자연스럽고 보편적인 현상이다.

우리가 작가로서 어떤 글을 쓴다면 그 문장이 아무리 모호한 것일지라도 우리는 하나의 메시지를 발신하는 것이다. 이 메시지를 읽은 독자의 마음속에는 우리가 쓴 문장에 추가하여 새로운 창조적 의미들이 생겨난다. 예컨대 우리 가운데 한 사람이 작가가 되어 이런 문장으로 시작하는 소설을 쓴다.

"무진은 항구다."

이 문장을 읽은 독자는 어떤 기억을 떠올린다. 일 년 사철 태양을 걸치고 푸르게 일렁거리는 항구도시의 앞바다. 파도 위에 통통거리는 고기잡이 어선들. 그 뒤로 옹기종기 드러나는 초록의 섬들. 봄날의 젊은 바다를 떠다니는 노란 유자꽃와 선홍빛 동백꽃. 가슴지느러미를 날개처럼 펼치고 뛰노는 주황색 날치 새끼들. 화강암을 쌓아 만든 하얀 제방. 해가 지고 섬 그림자들이 검어지면 노란 불빛들이 무성하게 피어나는 부둣가. 물로 씻은 시멘트 바닥 길에 걸상을 늘어놓고 허벅지를 드러낸 젊은 여자들이 담배를 피우며 깔깔거리는 모습. 목에 수건을 감은 선원들. 담배를 꼬나문 상인들. 어깨동무하고 모여드는 들뜬 병사들……

"무진은 항구다"라는 문장을 쓴 작가는 어선도, 섬들도, 유자꽃도 언급한 바가 없다. 그러한 표상들은 작가의 문장을 읽고 독자가 떠올린 기억의 표지들이다. 독자가 작가의 문장을 이해하기 위해 장기 기억long-term memory으로부터 문장과 연관되는 표지들을 찾아내 작업 기억working memory으로 소환한 것이다. 단순히 "무진은 항구다"라는 두 단어뿐만 아니라 이렇게 소환되는 수많은 표지들 역시 작가가 발신한 메시지의 일부이다. 그런 의미에서 작가가 발신한 메시지는 독자의 상상으로 완성된다.

미하일 바흐친은 대화라는 상황을 가장 근본적인 세계 모델로 생각했다. 인간의 정체성은 대화적 상황에서 나타나기 때문에 어떤 개인도 자신의 경계 내부에 갇혀 있지 않다. 인간은 누구나 타자와의 대화라는 종결 불가능한 행위를 통해 부분적으로 자신의 외부에 존재한다. 서사 역시 작가가 전달하는 완결된 메시지를 독자가 단순히 해독하는 것이 아니다. 작가 자체가 부분적으로 독자로 존재한다.[12]

현재의 작가(작가1)는 미래의 작가(작가2)인 독자에게 서사를 이야기한다. 이때 서사는 영원히 완결될 수 없으며, 스토리텔링을 한다는 것은 하나의 종결 불가능한 행위를 수행하는 것이다. 이를 로저 섕크의 도식으로 정리하면 [표 7]과 같다.

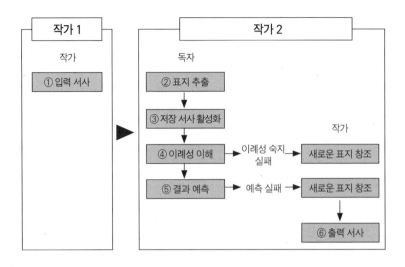

표 7 서사 수용을 통한 서사 창작의 구조

　독자가 이야기를 접하면, 즉 독자의 머릿속에 이야기가 입력되면(①) 독자는 그 이야기에 관련해 자신의 기억에 있는 표지들을 추출[13]한다(②). 모든 이야기는 기억의 어딘가에 부착되는Attach 방식으로 독자에게 수용된다. 작가의 이야기가 인상적인 표지Index를 많이 제공하면 할수록 독자는 그것을 기억 속의 더 많은 장소에 붙여놓을 수 있고, 많은 사례들과 비교할 수 있다. 사건의 기승전결에 영향을 끼치지 않는, 외견상 사소해 보이는 세부 묘사들이 더 중요한 표지일 수도 있다.

　추출된 표지들이 저장 서사를 활성화시키면(③) 입력 서사는 저장 서사 위에 겹쳐진다. 이것을 기억의 매핑Mapping이라고 한다. 매핑이 되면 입력 서사에서 저장 서사와 완전히 일치하지 않는 부분, 이례성Anomaly이 나타난다.[14] 독자가 입력 서사에 내포된 이례성을 이해하고(④) 그 이례적 사건의 결과를 예측하면(⑤) 입력 서사는 독자의 기억 속으로 순조롭게 수용된다.

이때 ④번과 ⑤번 과정이 순조롭게 진행되지 않으면 새로운 표지 창조[Creating New Indices]가 일어난다. 주인공이 그런 행동을 하는 이유가 무엇이고 그다음에 일어날 일이 어떤 것인지 충분히 이해하지 못하고 예측할 수 없을 때, 독자는 스스로 또다른 작가가 되어 자신의 취향에 맞는 새로운 이야기를 생성한다(⑥). 여기서 새로운 서사가 발생하는 것이다.

영국 낭만주의의 가장 위대한 시인 가운데 한 사람으로 현대 환상문학에 지대한 영향을 끼친 윌리엄 블레이크는 인간의 삶이 순수-경험-더 높은 순수로 발전한다는 독특한 시적 비전의 변증법을 제시한 바 있다.[15]

현재의 작가(작가1)가 어떤 서사도 이야기하지 않은 가능성의 상태는 순수의 세계이다. 현재의 작가가 하나의 서사를 끝까지 이야기한 개연성과 필연성의 상태는 경험의 세계에 해당한다. 이러한 경험의 세계는 아직 완전히 발현되지 않았지만 더 높은 순수를 향한 해방의 에너지를 내재하고 있다. 독자라고 불리는 미래의 작가(작가2)는 입력 서사로부터 새로운 출력 서사를 발생시킴으로써 더 높은 순수를 창조한다. 이를 도해하면 [표 8]과 같다.

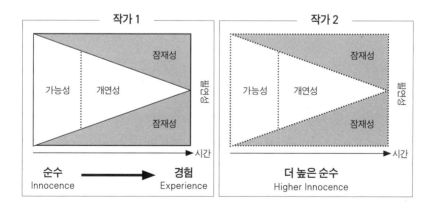

표 8 블레이크 변증법에 입각한 서사 창작의 구조

이러한 문제의식 아래 새로운 창작 연구는 작가가 어떻게 서사를 발생시키는가가 아니라 독자가 어떻게 서사를 수용하는가에 주목한다. 하나의 사실이 스토리로 이야기되는 순간 그 목소리는 작가로부터 분리되어 독자에게 넘어온다.[16]

롤랑 바르트에 따르면 소설, 영화 등의 서사물은 '작품'이 아니라 '텍스트'이며, 텍스트의 실체를 구성하는 사람은 작가가 아니라 해석을 통해 텍스트를 재창조하는 독자이다. 텍스트는 무수한 대화, 패러디, 논쟁의 상호적 관계에서 시작하는 다양한 글쓰기로 이루어지는데 이러한 텍스트의 통일성은 그 출발점(저자)이 아니라 목적지(독자)에 근거를 두고 있다. 독자만이 글쓰기를 이루는 모든 인용들이 하나도 상실되지 않고 보존되는 공간인 것이다.[17]

종이 책에 잉크로 인쇄된 글자 그 자체, 스크린 위에 투영되는 영상 이미지 그 자체는 최종적인 텍스트가 아니다. 그것은 단지 작가가 만든 담화discourse일 뿐이다. 독자들은 작가가 만든 복잡한 구조의 담화를 스토리의 연대기적 개요 형태로 재구성하면서 이해한다. 독자들은 담화 층위에서 문장과 문장이 빚어내는 심오한 통찰, 영상 화면이 보여주는 디테일의 생기, 게임의 인터페이스가 자아내는 성취감과 아이러니를 느낀다. 그러나 독자의 이해가 궁극적으로 도달하는 곳은 스토리 층위이며 스토리야말로 최종적인 텍스트이다.

무엇이 서사 예술의 가치를 결정하는 기준인가에 대해서는 고전주의와 낭만주의, 사실주의, 모더니즘, 포스트모더니즘의 대답이 각기 다르다. 그것은 조화와 적합성décorum이었고 영감, 상상력, 음악성이기도 했다. 총체성과 전형성인 시대도 있었고, 새로움, 도시적 감수성, 전위성인 시절도 있었다. 또 미학적 대중주의, 복제 문화, 혼성 모방이라고 하기도 했다. 문예사조가 바뀔 때마다 옛 시대의 비평가들은 새 시대를 문화적 퇴행이라 비판했고 새로운 시대는 다시 자기 다음에 오는 시대를 비판했다.

포스트모더니즘 이후의 시대를 사는 현대 작가들은 삶이란 이글거리는 태양과 같아서 인간의 의식과 언어로는 잘 포착되지 않는, 대단히 복잡다단하고 모순적이며 악의적인 것이라는 생각을 가지고 있다. 그러나 예술적 재현에는 일정한 기준이 존재하지 않으면 안 된다. 어떤 경우에도 예술은 일정한 형식에 따라 삶에 대해 신중하게 의미를 부여하고 해석을 내리는 행위이기 때문이다.

삶이 완벽하게 재현될 수 없는 것이라면 우리는 예술의 의의가 삶을 충실하게 재현하는 데 있는 것이 아니라 독자에게 기쁨을 주는 데 있다고 가정할 수 있다. 스토리텔링의 존재 이유가 공감에 있다고 할 때 우리는 독자가 없는 서사 예술을 전제하기 어렵다. 더구나 복제 기술의 전면화로 모든 사물이 예술의 대상이 되어 아무리 평범한 것일지라도 예술의 영역에서 벗어나지 못하게 된 현대 문화는 상품과 예술 작품의 근본적인 식별 불가능성에 도달했다.[18]

독자는 모든 척도가 동요하는 시대에 서사 창작의 가장 현실적인 척도가 되며 가장 현실적인 목적이 된다. 서사 예술은 작가가 마음의 심연 깊은 곳에서 느끼는 무엇을 진실하게 묘사함으로써 독자에게 통찰의 기쁨을 주고 독자가 마음속 깊이 열망하고 항거하는 어떤 것을, 인간의 영원한 고뇌를 충족시켜 주어야 한다.

하나의 텍스트를 접한 독자들 저마다의 저장 서사가 서로 다른 만큼 서사 수용 방식 또한 사람마다 다르다. 그러나 서사 수용은 독자의 수용 태도와 독자가 서사의 주인공에 대해 유지하는 미학적 거리에 따라

페르소나	수용 유형	미학적 거리	태도	경험된 감정
몰입형 독자	감정 전이 emotional contagion	독자 = 주인공	◕	카타르시스
공감형 독자	체현적 공감 embodied empathy	독자 ≒ 주인공	◑	연민
추수형 독자	서사적 공감 narrative empathy	독자 ≠ 주인공	◔	애석
성찰형 독자	관조적 수용 perspective taking	독자 ↔ 주인공	○	소원(疎遠)

○ 인지적 태도 ● 감정적 태도

표 9 페르소나에 따른 서사 수용의 4유형

일정한 유형성을 갖게 된다. 이러한 유형성은 [표 9]의 네 가지 페르소나로 정리할 수 있다.[19)]

페르소나 디자인Design Personas이란 독자(사용자)가 특정한 경험을 추구하는 목적, 목적을 달성하는 방식, 독자의 태도 및 고려 사항에 따라 독자를 유형화하는 것이다. 이러한 유형화는 경험을 제공하는 작가가 어디에 주의를 집중해야 하는가를 알려준다.[20)]

몰입형 독자는 주인공의 캐릭터와 자신을 동일시함으로써 캐릭터에게 곧바로 자신의 감정을 전이시킨다. 아리스토텔레스는 관객이 감정 전이를 통해 주인공에게 완전히 몰입함으로써 주인공이 겪는 상황에서 연민과 공포를 경험하고 감정의 카타르시스를 느끼는 것을 비극의 목적으로 생각했다.[21)]

이에 반해 공감형 독자와 추수형 독자는 주인공의 캐릭터가 어디까지나 타인이라는 의식적 자각을 갖는다. 공감형 독자는 서사에 나타난 구체적인 묘사, 예를 들어 주인공이 괴롭힘을 당하고 있는 장면을 보았을 때 자신이 괴롭힘을 당했던 기억을 떠올리며 주인공을 돕고 싶은 감정을 느낀다. 이러한 체현적 공감은 독자에게 카타르시스에까지는 이르지 않는 연민의 감정을 유발한다.

추수형 독자는 서사가 진행되는 세계를 따라가면서 참여한다는 태도를 드러내며 주인공에게 일어나는 일에 대해 일정한 한계가 있는 동정, 애석哀惜이라고 명명할 수 있는 안타까움의 감정을 느낀다. 이러한 서사적 공감에는 인지적 경험이 감정적 경험보다 많이 작용하며 상상력이 가장 활발하게 기능한다.

끝으로 성찰형 독자는 감정적으로 동화되지 않고 주인공의 캐릭터를 객관적으로 이해하고 판단한다. 이러한 관조적 수용은 독자로 하여금 서사가 만들어내는 극적 환상으로부터 비판적인 미학적 거리를 유지하게 한다. 베르톨트 브레히트는 일상적으로 알고 있던 사건이 낯설게 느껴지는 소원감, 즉 소외 효과를 통해 익숙한 현실을 새롭게 보여주는 관조적 수용의 반反아리스토텔레스적 서사를 높이 평가했다.[22]

이와 같은 네 가지 페르소나의 독자는 이야기의 고전적 설계를 구성하는 원칙을 제시한다. 스토리는 현실이 제공하기 어려운 보다 완전한 통찰의 관점을 지향한다. 이상적인 스토리는 네 가지 페르소나의 독자들을 모두 충족시킨다. 이를 위해 스토리는 카타르시스, 연민, 애석, 소원의 네 가지 감정 경험을 단계적 구성 범주로서 모두 포괄하는 일련의 통합적 구조를 갖지 않으면 안 된다. 이 구조를 한 이야기의 타임라인으로 도해하면 [표 10]과 같다.[23]

여기서 우리는 독자가 서사를 수용하는 방식을 구성하는 형식적 가능성의 두 극을 보게 된다.

첫 번째는 고전형 구조이다. 시작 부분에서 독자는 주인공에게 별로 공감하지 못하는 상태에서 일정한 심리적 거리를 두고 서사를 따라간다. 그러나 전개 부분에 이르러 독자는 감정의 동요를 느낀다. 주인공이

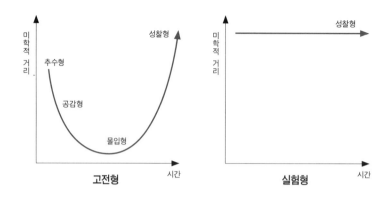

표 10 서사 수용의 측면에서 본 서사의 양극 구조

자신과 관계가 있다고 여기며 스토리에 자신의 감정적 자원을 투자할 가치가 있다고 느낀다. 절정 부분에서 독자는 주인공과 자신을 동일시하며 완전히 스토리에 몰입한다. 결말 부분에 이르면 독자는 감정적으로 차분하게 가라앉고 이야기의 전모를 돌이켜 생각하며 하나의 완전한 세계를 경험했다는 만족감을 느낀다.

두 번째는 실험형 구조이다. 이 구조에서 독자는 연속적이고 인과적으로 연결되는 허구적 사실성을 철저히 허구로 인식하며 냉정하게 평가한다. 독자의 감정은 거의 환기되지 않으며 삶의 부조리와 무의미성을 제기하는 우연성들을 강하게 의식한다.

작가는 자신만의 창의적인 의도에 따라 두 개의 서사 구조 가운데 한 방향을 자유롭게 선택할 수 있다. 그러나 대부분의 독자가 기억하고 있는 저장 서사는 고전형 구조를 취하고 있다. 고전형 구조는 이야기 속에서 문제를 제기하고, 확대시키고, 해결하는 구조이다. 제임스 미한은 이것을 문제 기반 스토리텔링Problem-based storytelling이라고 불렀다.[24] 고전형 구조는 또 사건을 통해 감정을 불러일으키고 그 감정의 결과를 행동으로 보여준다. 레이먼드 랭은 이것을 EEA 모델, 즉 사건[Event]-감정 [Emotion]-행동[Action]의 인과율 모델[Causality Model]이라고 불렀다.[25]

　대부분의 독자들은 고전형 구조의 스토리에 대해 자기 자신도 이야기할 것이 있다고 느낀다. 독자를 시종일관 성찰적으로 만드는 실험형 구조보다 추수적, 공감적, 몰입적, 성찰적 경험을 함께 전달하는 고전형 구조 속에서 제기된 이례성들이 새로운 표지를 창조하고자 하는 보다 강렬한 의욕을 불러일으키기 때문이다.

　고전형 구조의 핵심은 독자가 주인공과 자신을 동일시하는 몰입의 체험이다. 이러한 체험이야말로 인간이 지닌 무한한 변신 능력과 공감 능력의 증거이다. 이야기를 좋아하고 이야기를 깊이 이해하는 독자는 그 어떤 고통스러운 체험을 겪어도 부서지지 않고 다양한 모습으로 변신하면서 천 가지 다른 인생을 살아간다. 이야기 속에서 제기되는 질문에 몰입하고 이야기의 주인공을 자신과 동일시하면서 독자는 인간 존재 전체의 가능성을 자기 개인의 체험으로 재창조하기 때문이다.

　그러므로 텍스트 내에서 제기된 모든 질문들에 대해 대답이 이루어지고 환기된 모든 감정들이 충족되는 닫힌 고전형 구조가 작위적이고 통속적이라는 관념은 대단히 잘못된 생각이다. 고전형 구조야말로 진정으로 창조적인 구조이다. 그 자체로 멋지고 감동적이며 지적으로나 정서적으로 만족스러운 이야기만이 독자를 새로운 작가가 되도록 격려할 수 있다.

04 표상 순환

창작은 장기 기억, 작문 과정, 작업 환경의 연속적 순환 속에서 작가가 일련의 하위 목표들로부터 보다 상위의 목표를 향해 나아가는 목표 지향적 과정이다. 서사 전체를 결정하는 하나의 정답이 한 번에 제공되는 일은 절대로 없다. 작가는 수없이 많은 지점에서 자신의 아이디어를 수정하고 변용하며 변화와 재조합의 순환적 과정을 통해 조금씩 완성에 접근해 간다.

오랫동안 사람들은 서사 창작이 공장의 조립 라인에서 물건이 만들어지듯이 순차적으로 이루어진다고 생각했다. '자료 조사-집필-퇴고'라는 단계 모델stage model이 바로 그러한 생각의 결과물이다. 말하자면 사전 준비 자료와 퇴고를 끝마친 원고라는 두 개의 실재가 있고 두 실재를 연결하는 하나의 과정이 있다는 것이다.

이런 단계 모델을 반영한 서사학의 개념이 "파불라-플롯-슈제트" 혹은 "스토리-플롯-담화"이다.[1] 파불라fabula는 서사의 바탕이 되는 소재 혹은 서사의 대상이 되는 사건 전체를 의미하고, 슈제트syuzhet는 작가에 의해 가공되어 형식을 부여받은 서사를 의미한다.[2] 예컨대 『반지의 제왕』에서 중간계 전쟁과 절대반지를 가진 프로도의 모험담이 파불라라면 이것을 가공해서 만든 소설, 영화, 뮤지컬, 만화, 애니메이션, 텔레비전 드라마, 온라인 게임 등은 슈제트인 것이다.

파불라를 조작해서 슈제트를 만들어내는 방법이라는 의미에서 플롯 대신 초점화Focalization라는 개념이 등장하기도 했다. 초점화는 시점point of view 개념이 눈이라는 한 감각기관의 작용만을 강조한다는 한계를 탈피하기 위해서 도입되었다.[3] 소재에 어떤 제약을 가해 담화를 만들어내는 작업은 시각의 제약뿐만 아니라 기억이나 추상적인 관념, 관계들의 제약까지도 포함해야 하기 때문이다.[4] 초점화란 독자에게 강렬한 인상을 주기 위해 의식, 목소리, 시야를 제약해서 특정한 인물과 사건만을 부각시키는 것이다.[5]

영화는 실제로 존재하는 세계에 감독이 임의로 제약을 부여함으로써 만들어진다. 관객들은 프레임이라고 불리는 사각형의 틀에 의해 절단된 공간과 편집이라는 과정에 의해 절단된 시간을 본다. 소설 역시 작가가 자세하게 묘사하는 부분과 짧게 설명하는 부분, 아예 생략한 부분으로 나뉜다. 이렇게 소재의 어느 부분에 초점을 두는가에 따라 좋은 소재가 시시한 결과물을 낳기도 하고, 시시한 소재가 아주 훌륭한 작품이 되기도 한다.

단계 모델이란 스토리의 어떤 부분을 초점화하는가, 즉 어떤 제약을 스토리에 가해 담화를 만들어내는가라는 문제의식에 집중하는 창작 과정 모형이다. 단계 모델에 입각한 논의들을 도해하면 [표 11]과 같다.

단계 모델에 따르면 창작은, 창작이 하나의 가능성으로만 존재하는 순수 사건의 단계, 즉 자료 조사 단계에서 시작되어 창작이 실제의 사건으로 일어나는 집필 단계를 거쳐 창작의 결과가 사물로 존재하고 그것을 고쳐가는 퇴고 단계로 진행된다. 이러한 모델은 서사 창작을 사람

사건			
창작 활동	순수 사건	사건	사물
작가	자료 조사	집필	퇴고
텍스트	파블라	플롯 초점화 시점	담화
	스토리		

시간

표 11 창작의 단계 모델

들이 경험적으로 잘 알고 있는 일반적인 제조 공정과 동일시할 수 있다는 친근함의 장점과 함께, 천부적인 재능에 대한 과도한 의미 부여와 잘못된 기교주의를 조장한다는 단점을 갖는다.

단계 모델의 관점에서 보면 훌륭한 작가는 뛰어난 기교를 동원해서 결함이 많은 소재로도 완벽한 담화를 만들어낼 수 있다. 마르셀 프루스트와 알베르 카뮈, 르 클레지오처럼 일반인들은 좀처럼 감동할 수 없는, 심지어 이해하기조차 어려운 스토리를 가지고 완벽한 담화를 만들어내는 작가야말로 위대한 작가가 된다.

1968년도 노벨문학상 수상자 가와바타 야스나리는 기교주의 창작론이 모범적인 전형으로 평가하는 작가이다. 1952년 가와바타는 남자가 바둑 한 판을 둔다는, 누가 봐도 지루한 스토리로 흥미진진하고 박진감 넘치는 담화『명인』을 창작한다. 병으로 죽어가는 명인이 자신의 혼인보本因坊 명인 타이틀에 도전한 제자와 생애 마지막 바둑을 둔다. 바둑 한판이라는 남들이 보기에는 너무나 하찮은 승부를 위해 명인은 마지막 기력을 다 쏟지만 결국 패배하고 병이 악화되어 죽는다. 이 소설에서는 보기에 따라 무가치일 수도 있고 절대 가치일 수도 있는 행위에 인생을 걸게 되는 인간이라는 존재의 신비가 핍진하게 그려지고 있다.

1961년 가와바타는 유곽의 매춘 현장을 배경으로 한 추잡한 스토리로 더할 수 없이 아름다운 사랑의 본질을 묘파한 담화 『잠자는 미녀』를 창작한다. 이 작품의 스토리는 발기불능인 노인들이 수치심을 느끼지 않고 패팅 섹스를 하기 위해 젊은 창녀에게 수면제를 먹여 재운 뒤 그 알몸을 만진다는 내용이다. 그러나 담화에는 현실로 존재하는 죽음의 그림자(주인공의 노쇠)와 주인공의 기억으로만 존재하는 과거에 사랑했던 여인들이 잠자는 처녀의 알몸 위에 명멸하면서 사랑의 의미와 인생의 진실이 아름답게 드러나고 있다. 가장 아름다운 사랑은 존재하지 않는 사랑이다. 인생에서 우리가 찾아가져야 할 것은, 찾아갖기를 열렬히 희망하는 것은 이미 상실되어 있는 것이라는 허무의 울림을, 우리들 삶의 근원적인 공허를 소설로 형상화하고 있다.

단계 모델의 관점에서는 이처럼 지루한 스토리, 혹은 저속한 스토리가 작가의 기교에 의해 흥미진진한 담화로, 또 고상한 담화로 변할 수 있다는 사실이 중요하다. 단계 모델에 따르면 창작 연구는 작가의 특별한 재능에 의해 발휘되는 이 신비로운 기교를 탐구하는 작업이다. 이때 강조되는 것은 기교와 담화이며 스토리는 무시된다. 소재인 스토리가 집필 과정을 거쳐 완성본인 담화로 진행되는 단계적 과정이 창작이라면, 중요한 것은 결국 최종 산출물인 담화이기 때문이다. 우리는 전통적인 창작 이론의 이러한 관념을 담화중심주의라고 부른다.

담화중심주의는 한국의 문인들에게 커다란 영향력을 발휘했다. 한국의 문인들에게 중요한 것은 소설이었으며 스토리는 하찮은 것이었다. 말하자면 자신의 창작 역량을 최대한 발휘한 소설이 있고, 밀린 집세와 밥값 때문에 쓴 스토리가 있었다. 이때 스토리는 통속소설, 신문소설 혹은 역사 이야기史談라고 불렸다. 김동인은 관개 사업, 영화 사업 등에 손을 댔다가 잇달아 파산하고 부인이 집을 나간 뒤 《동아일보》에 『젊은 그들』(1929)을 쓰기 시작했다. 정비석은 직장이 없어지자 생활의 방편으로 『자유부인』(1954)과 『홍길동전』(1956)을 썼고 김말봉은 남편을 사별하자 『찔레꽃』(1937)을 썼다. 박종화의 역사소설, 박계주의 로맨스 소설, 김광주의 무협소설도 사정은 비슷했다. 스토리에 대한 연구는 거의 존재하지 않았고 창작자들의 모든 관심은 담화로 수렴되었다.

그러나 단계 모델과 담화중심주의는 가와바타 야스나리 같은 극소수의 천재를 제외한 대부분 작가들의 창작 사례와 일치하지 않는다.

첫째, 단계 모델에서 생각하는 것처럼 '집필'이라는 것은 하나의 완결적 과정으로 존재하지 않는다. 예컨대 극영화의 시나리오 작업은 영감을 받은 시나리오 작가가 밤을 지새워서 단숨에 시나리오를 집필하는 방식으로 이루어지지 않는다. 시나리오 작업은 아이디어를 잡고 이야기의 아우트라인을 작성하고(시놉시스) 시퀀스별로 이야기를 나눠서 쓰는(트리트먼트) 대본 이전 공정, 시나리오 작가와 각색자가 담당하는 대본 집필 공정, 주로 감독이 담당하는 현장 대본 공정의 3공정 9단계로 이

표 12 극영화 시나리오의 창작 공정

루어진다. 어디부터 어디까지가 집필인지도 확실치 않으며 시나리오가 30고, 40고씩 수정되는 동안 작업은 계속 이전 단계로 되돌아가게 된다.[6]

둘째, 소재의 힘은 창작에 심대한 영향력을 발휘한다. 만약 담화중심주의가 옳다면 소재의 내용적 차이는 쉽게 극복할 수 있는 것이어야 한다. 그러나 실제 창작의 사례는 그렇지 않다.『잠자는 미녀』는 과연 소설을 읽었다는 진정한 만족감을 알게 해주는, 소재에 대한 언어의 순수한 힘을 보여주는 명작이다.[7] 그러나 가브리엘 마르케스는 1982년에 노벨문학상을 수상한 뒤『잠자는 미녀』와 같은 작품을 쓰기 위해 20년 넘게 퇴고를 거듭하다가 가와바타와 똑같은 방법으로는 창작에 성공할 수 없다는 것을 깨닫는다. 그것은 일본의 사창가와 콜롬비아의 사창가라는 소재의 내용적 차이가 중요했기 때문이다.[8]

그릇된 전제에서 시작된 분석은 사이비 구체성만을 양산한다. 기교와 담화만을 강조하는『시나리오 쓰는 법』이라든지『이 책 잘 읽으면 소설가 된다』라든가『어떻게 하면 팔리는 시나리오를 쓰는가』와 같은 창작론들은 실제 창작에 거의 도움이 되지 않는다. 이것은 단계 모델 자체에 내포된 오류 때문이다.

단계 모델은 서사 창작의 이미지를 조각 예술 창작 과정의 이미지로부터 유추했다. 단계 모델에 따르면 애초에 거대한 대리석 소재와 같은 스토리가 있다. 작가는 훌륭한 대가의 담화로부터 배운 도안(플롯, 시점, 초점화)을 가지고 있다. 조각가가 끌과 망치로 대리석을 깎아 원하는 상을 드러내듯이 작가는 이 도안에 따라 스토리에서 쓸모없는 부분을 제거하고 담화를 만들어낸다.

그러나 현대 인지과학은 초점화가 하나의 관념에 불과하다는 사실을 발견했다. 창작을 하려는 작가 앞에 초점화라는 조작을 가할 수 있는 스토리가 이미 존재하는 것은 아니기 때문이다. 작가들은 자신이 이제 막 쓰려고 하는 서사의 스토리가 무엇인지, 그 스토리의 전체 모습을 잘 알지 못한다.

작가들은 자신이 그리고자 하는 캐릭터의 생기 넘치는 특징 하나, 흥미진진한 장면 하나, 혹은 절박한 문제의식 하나에서 출발해 글을 쓰기 시작한다. 무엇을 쓸지 다 정해놓고 쓰는 것이 아니라 흔히 '영감'이라고 부르는, 강한 잠재력을 가지고 있는 의미심장한 디테일이 떠올랐을 때 창작을 시작한다. 담화를 만들어내는 도안을 미리 가지고 있지 않을 뿐더러 단계적으로 창작을 진행하지도 않는다.

쓰고 또 쓰는 지난한 과정을 거쳐서 작가가 일단 담화를 만들어내면 스토리는 그 후에 역행적으로 재구성된다. 이렇게 보면 서사를 성립시키는 최종적인 주체는 작가가 아니라 독자라는 롤랑 바르트의 결론에 도달한다. 독자야말로 자기 자신이 이해하기 위해 담화를 스토리로 재구성함으로써 스토리를 완성하는 사람이다. 나아가 무엇이 서사이고 무엇이 서사가 아닌가도 독자가 결정한다. 스토리란 어떤 정해진 규격으로도 환원될 수 없는 정신적 대상물로서, 독자가 자신이 이미 알고 있는 지식과 대비할 때 호기심을 느끼는 "비상하고 두드러진 것"이다.[9]

1980년대 인지과학은 최초로 객관적 실험을 통해 서사 창작을 관찰하기 시작했다. 그 결과 서사 창작은 시간대별로 과업이 완료되는 단계 모델이 아니라 세 가지 작업이 반복되면서 여러 번 재작성이 이루어지는 순환 모델cycle model임이 밝혀졌다.

카네기멜론 대학 심리학과의 존 R. 헤이스 교수는 같은 대학 영문학과의 린다 플라워 교수와 함께 연방 교육부의 연구비 지원을 받아

1975년부터 5년 동안 수십 명의 작가들을 대상으로 글을 쓸 때 자신의 머리에 떠오르는 생각을 큰 소리로 말하게 하고 이를 녹취한 뒤 종이에 옮겨 적는 프로토콜 분석을 실시했다. 그리고 시간당 20페이지가 넘는 이 방대한 양의 프로토콜들을 성격에 따라 분류했다.[10] 그 연구 결과가 「글쓰기의 인지 과정 이론」(1981)이다.

헤이스의 연구는 「글쓰기에서의 감정-인지 이해를 위한 새로운 프레임워크」(1996)로 발전했고 『글쓰기 연구의 핸드북』(2006)을 거쳐 최근에 발표된 「글쓰기의 모델링과 리모델링」(2012)에까지 이어진다.[11]

조금씩 변형되긴 했지만 헤이스 이론의 핵심은 1981년 모형에 모두 구현되어 있다. 이 모형에 따르면 작가의 창작은 장기 기억, 작문 과정, 작업 환경의 세 가지 프로세스가 마치 가위바위보처럼 서로를 호출하면서 계속 순환하는 과정이다. 또 각각의 프로세스는 그 안에 몇 개의 서브 프로세스들을 갖는다. 이 이론은 [표 13]과 같이 도해된다.[12]

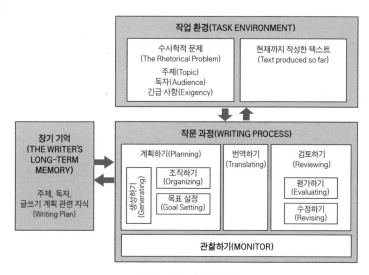

표 13 글쓰기의 인지 과정

첫째, 장기 기억은 주제 관련 지식, 독자 관련 지식, 작업 계획의 서브 프로세스로 이루어진다. 글을 쓸 때 작가는 먼저 자신의 장기 기억에서 주제와 관련된 지식, 독자와 관련된 지식, 그리고 예전에 글을 썼던 방법 등을 상기한다.

둘째, 작문 과정은 계획하기, 번역하기, 검토하기, 관찰하기의 네 가지 서브 프로세스로 이루어진다. ① 작가는 먼저 장기 기억으로부터 입력된 정보의 내적 표상internal representation을 만든다. 계획하기는 생성하기, 조직하기, 목표 설정의 세 가지 서브 프로세스를 내포한다. 이때의 정보는 이미지 혹은 느낌과 같은 언어 이전의 상징체계들이다. ② 번역하기 과정은 기획 과정에서 획득한 이미지 혹은 느낌을 언어로 번역하는 것이다. ③ 검토하기 과정은 번역된 언어를 평가하고 수정하면서 더 나은 형태로 개선하는 것이다. 평가의 결과가 부정적일 때는 반드시 수정하기 과정이 수반된다. ④ 관찰하기 과정에서 작가는 글쓰기 전략가가 되어 글을 쓰고 있는 자신을 스스로 관찰하면서 어떤 과정에 얼마나 시간을 할애할 것인가, 어느 수준에서 한 과정의 결과물을 다음 과정으로 보낼 것인가를 결정한다.

셋째, 작업 환경은 수사학적 문제와 현재까지 작성한 텍스트의 두 가지 서브 프로세스로 이루어진다. ① 수사학적 문제는 주제, 독자, 긴급사항의 서브 프로세스를 갖는데 이는 내면화된 학교 교육을 비롯한 다양한 사회적 요구들과 작가 자신의 내면적 목표에서 비롯한 요구들로 이루어진다. 이 과정은 작가가 언어화한 표상을 현실 세계에 맞게 조화시키는 것이다. ② 현재까지 쓴 텍스트는 작가가 새로운 표상을 언어화할 때 선택의 가능성을 제약하는 기능을 한다. 텍스트가 완성도 높게 쓰였다면 이 제약은 매우 커지며 반대의 경우 제약은 약화된다.

장기 기억, 작문 과정, 작업 환경의 세 프로세스가 가위바위보처럼 순환한다면 글은 어떻게 특정한 방향성을 가지고 하나의 장르, 주제, 플롯에 맞게 조형될 수 있는가? 이런 의문에 대한 해답은 작문 과정 중 계획하기(①)의 서브 프로세스인 목표 설정에 들어 있다. 헤이스와 플라워는 글쓰기란 목표 지향적인 과정이며 글을 쓰는 과정에서 작가는 자연스럽게 목표들의 계층적 네트워크^{hierarchical network of goals}를 만들게 된다고 말한다.[13]

하나의 상위 목표, 그리고 여러 개의 세부 목표는 작가가 따로 정하는 것이 아니다. 모든 글은 그 자체가 계층적 조직으로 구성되어 있기 때문에 글을 쓰는 과정에서 작가는 자연스럽게 목표를 의식하게 된다. 모든 에세이는 서론과 본론과 결론으로 구성되어 있으며 모든 허구적 서사는 1막과 2막과 3막으로 구성되어 있다. 각 부분에는 다시 하위 계층이 있고 하위의 세부 목표들이 있다. 이러한 계층적 조직을 영화의 예를 들어 도해하면 [표 14]와 같다.

작가는 주제라고 불리는 내용적 목표 계열과 문체라고 불리는 과정적 목표 계열에 따라 하나의 계층 안에 몇 개의 목표들을 만든다.

예를 들어 톰 후퍼 감독의 뮤지컬 영화 『레미제라블』(2012)을 살펴보면 이 영화의 가장 높은 계층에는 "빵 한 조각을 훔친 죄로 19년 동안 감옥살이를 한 남자가 세상에 사랑을 되돌려준다"라는 내용적 목표와 "대사를 최대한 노래로 처리하여 뮤지컬의 감흥을 살린다", "시대적 배경을 정교하게 재현한다" 등의 과정적 목표들이 존재한다. 이 계층 밑에 1막의 하위 계층이 생겨나고 1막의 내용적 목표와 과정적 목표들이 발생한다. 다시 그 밑에는 1장의 하위 목표가, 그 목표 밑에는 1시퀀스의 하위 목표가, 그 밑에는 1씬의 하위 목표가 생겨난다.

1 영화(movie)	3 막(act)	8 장(chapter)	16 시퀀스(sequence)	110 장면(scene)	1500 문장(sentence)
Movie Title (영화 제목)	I Beginning (시작)	1. Stability (안정)	① 도입부 제시 Opening Salvo		
			② 주동인물 등장 Main Character		
			③ 이야기 요소 설정 Setting-up		
		2. Trial (도전)	④ 첫 번째 사건 1st Accident		
			⑤ 의혹과 대립 Doubts & Debate		
		3. Action (행위)	⑥ 선택의 순간 Making a Choice		
	II Middle (중간)	4. Stability (안정)	⑦ 또다른 이야기 Another Story		
			⑧ 흥미진진한 순간들 Trailer Moments		
			⑨ 소소한 기복 Ups & Downs		
		5. Trial (도전)	⑩ 두 번째 사건 2nd Accident		
			⑪ 악당의 움직임 Villains Move		
		6. Action (행위)	⑫ 주인공의 패배 Defeat		
	III Ending (끝)	7. Trial (도전)	⑬ 가장 암울한 심연 Innermost Cave		
			⑭ 투쟁을 선택하다 Choice to Fight		
		8. Action (행위)	⑮ 주인공의 부활 Resurrection		
			⑯ 종결부 제시 Final Salvo		

표 14 영화의 계층 구조 : 3막 8장 16시퀀스 110씬

헤이스의 이론은 연구가 진척됨에 따라 조금씩 변형되었지만 표상 순환과 목표 지향이라는 기본 구도는 2012년 모형까지 일관되게 이어진다. 2012년 모형에서 전과 달라진 점은 세 프로세스의 이름이 통제^{control} 레벨, 과정^{process} 레벨, 자원^{resource} 레벨로 더 알기 쉽게 바뀌고, 과정 레벨의 서브 프로세스 중 하나로 작가가 펜으로 글씨를 필기하거나 컴퓨터 키보드로 타이핑을 하는 전사 과정이 추가된 것이다.[14]

헤이스는 2006년에 출간한 『글쓰기 연구의 핸드북』에서 자신의 연구를 반영하는 창작 이론으로 피터 엘보우의 상호작용적 글쓰기 이론을 소개한다.[15] 피터 엘보우가 말하는 상호작용은 우리가 2장의 [표 7]에서 설명한 바 있는, 작가가 스스로 묻고 답하며 새로운 표지를 창조하는 작가 내부의 상호작용이다. 이 이론에 따르면 작가는 자신이 써 내려가는 서사에 대해 스스로 독자가 되고 또 작가가 되는 반복을 통해 끊임없이 아이디어를 채워간다.[16]

이처럼 창작은 장기 기억, 작문 과정, 작업 환경의 연속적 순환 속에서 작가가 일련의 하위 목표들로부터 보다 상위의 목표를 향해 나아가는 목표 지향적 과정이다. 서사 전체를 결정하는 하나의 정답이 한 번에 제공되는 일은 절대로 없다. 작가는 수없이 많은 지점에서 자신의 아이디어를 수정하고 변용하며 변화와 재조합의 순환적 과정을 통해 조금씩 완성에 접근해 간다.

단계 모델과 순환 모델의 결정적인 차이는 소재에 대한 태도에서 드러난다. 순환 모델에 입각할 때 작가는 임의로 소재를 편집하지 못한다. 소재가 제시하는 표상들을 모두 일일이 언어화하고 글의 목표와 계층 속에서 다듬어 보아야 한다. 계속되는 표상들의 순환 과정에서 자연스럽게 최종적인 표현이 나타나는 것이다.

환경은 어느 작가에게나 한정된 재능과 한정된 여건만을 제공한다. 작가는 주어진 환경 속에서 자신의 태도를 선택할 수 있다. 창작에는 왕도가 없으며 기교로 정리될 수 있는 비법이란 존재하지 않는다. 방법은 오직 지금 자신이 쓰고 있는 글 속에 있을 뿐이다. 자신의 내면에 보존된 표상들의 순환과 자신이 쓰고 있는 글의 계층화된 목표들만이 창작 과정의 적나라한 실체인 것이다.

05 표상 추출과 표상 재기술

작가는 똑같은 표상을 이렇게도 써보고 저렇게도 써보아야 한다. 또 쓰고 또 써야 한다. 이 반복은 작가를 한계까지 밀어붙인다. 표상 재기술에서 작가는 자기 자신에 대한 진정한 절망을 맛보게 된다. 창작의 기법에 대해 배웠던 이론, 형식, 체계, 도식, 지름길이 얼마나 공허한 것인지를 알게 된다. 실제 창작의 시간은 표상 재기술의 상태로부터 명시적 형식을 포착하기 위해 정신이 지나치게 긴장한 나머지 빚어지는 혼돈과 흥분과 모순과 자가당착으로 가득 차 있다.

　　작가는 자신의 장기 기억으로부터 계속해서 표상들을 추출하고 이 표상들을 자신이 쓰고 있는 부분의 내용적 목표와 계층적 목표에 따라 작문 과정, 작업 환경으로 순환시킨다. 이러한 창작의 실제에 주목한다면 우리는 사건의 인과적 연결, 전환점turning point을 중심으로 한 서사의 논리적 심화를 추구하는 플롯 중심의 창작 이론들을 비판하지 않을 수 없다.

　마크 리들이 지적하듯이 플롯이라는 사건의 연속성에 입각한 판단 과정은 창작 발상이 대부분 끝난 후에야 나타날 수 있는 후행적 기획이다. 작가가 창작 발상 단계에서 먼저 성취해야 할 것은 작품에 필요한 표상들의 완전한 추출이다. 이 선행적 기획에 실패하면 플롯을 아무리 잘 만드는 작가라 해도 서사를 조형해 낼 수가 없다. 작가는 먼저 자신의 작품에 필요한 잠재적 의미 단위들, 즉 캐릭터, 사건, 배경, 장면 등을 완전히 구상해야 한다.[1]

권보연은 마크 리들의 논의를 발전시켜 서사 창작 과정에서 가장 우선적으로 이루어져야 할 기획으로 캐릭터-트리거 맵^{Character-Trigger Map}을 제안한다. 캐릭터-트리거 맵이란 장소, 시간, 인물, 대상물 등 등장인물들 사이의 접촉이 일어날 수 있는 모든 유발 요인들을 도상화하는 것이다.[2] 이것은 존 헤이스가 말하는 표상의 추출에서부터 창작의 발상을 유도하려는 새로운 접근 방법이다. 이러한 접근 방법은 창작 발상의 정확하고 실질적인 지침이 될 수 있다.

『레미제라블』의 작가 빅토르 위고는 당대 최고의 플롯 구성 능력을 가진 작가였다. 앙드레 모루아가 쓴 전기에 따르면 빅토르 위고는 약관 21세에 『오드와 그 밖의 시들』로 데뷔하자마자 일약 베스트셀러 시인이 되었고, 소설 『파리의 노트르담』, 시 『동방시집』, 희곡 『에르나니』 등 쓰는 것마다 대중성과 문학성을 함께 인정받았으며 작가로서 최고의 영예인 아카데미 프랑세즈 회원에 선임되었다.[3]

그럼에도 불구하고 빅토르 위고는 『레미제라블』의 창작에 무려 50여 년의 세월을 허비하며 10여 차례의 좌절을 경험한다. 이것은 그가 『레미제라블』의 완성에 필요한 표상들을 완전히 추출하지 못한 상태로 성급하게 플롯 구성에 착수했기 때문이다. 라파엘 페레스의 연구에 따르면 『레미제라블』의 창작은 다음과 같은 열두 개의 시간대에 걸쳐 진행되었다.

1	빅토르 위고는 어릴 때 거리에서 쇠사슬에 묶인 죄수들의 비참한 모습을 보고 충격을 받았다. 그래서 감옥과 죄수들에 관한 단편소설을 쓰겠다고 결심했다.
2	청년이 된 위고는 취재차 감옥을 방문했다가 빵 한 조각을 훔친 죄로 종신징역을 선고받은 죄수들을 만났다. 위고는 분노했고 자기 시대의 불의를 깨달았다.
3	그는 현실에서 불의를 시정할 수 있는 방법을 찾아보려고 했다. 그는 의회에서 발언했고 신문 논설을 썼으며 죄수들의 일생에 관한 스토리를 써보려고 했다.
4	그러나 1823년경 그가 쓴 이야기에는 뭔가가 잘못되어 있었고 위고는 도저히 자기 원고에 만족할 수가 없었다. 그래서 다 쓴 원고를 버렸다.
5	가혹한 형벌 제도를 개선하려고 노력하던 그는 1828년경 한 주교가 프랑스의 작은 농촌 마을에서 고아들을 돌보면서 살고 있다는 이야기를 들었다.
6	위고는 주교의 이야기에 흥분했고 강한 영감을 느꼈다. 1830년 그는 출판사와 계약을 하고 주교를 주인공으로 집필을 시작했다. 그런데 초고 집필을 끝마쳤을 무렵 그는 죄수들에 대한 이야기를 썼을 때와 똑같은 실망감을 느꼈다. 그래서 그 원고도 버렸다.
7	어느 날 예전의 죄수와 주교 캐릭터를 결합시켜 보자는 생각이 떠오른 위고는 1845년 '장 트레장'이라는 제목으로 원고를 썼다. 그러나 그는 이 작품에서도 진정성을 느낄 수 없었다. 마침 1848년 2월 혁명이 시작되었고, 그는 이 원고도 버렸다.
8	1848년 2월 혁명 기간 동안 위고는 공화주의에 헌신했고 중재자로서 중요한 역할을 담당했다. 그는 폭도들이 자신의 집을 습격해 두들겨 부수는 동안에도 쌍방의 휴전을 추진하기 위해 이리 뛰고 저리 뛰면서 바리케이드를 넘나들었다.
9	이러는 과정에서 그의 소설에 결정적인 단서가 될 세 번째 경험, 즉 죄수와 주교의 스토리에 웅장한 역사적 차원을 부여해 줄 경험이 축적되고 있었다. 그것은 바로 혁명이 일어나는 거리의 열정과 흥분이었다.
10	1851년 루이 나폴레옹이 친위 쿠데타로 제정을 수립하려고 하자 위고는 다시 거리로 나섰다. 12월 4일 자유주의자들에 대한 무차별 학살이 벌어져 400여 명이 죽었다. 위고는 현상 수배자가 되어 국외로 탈출했다.
11	1852년 말 위고는 망명지 벨기에 브뤼셀에서 주교, 장 트레장, 팡틴느, 마리우스, 코제트의 다섯 명이 중심인물로 등장하는 초고 『레미제레』를 완성했다. 그러나 위고는 이 원고가 밋밋하고 상투적인 이야기가 되었다고 여겨 실망했다.
12	위고는 체포의 위협을 피해 전전하다가 도버 해협의 게르느제 섬으로 갔다. 그리고 1860년 이 섬에서 『레미제레』를 토대로 다시 집필을 시작했다. 인물들의 삶을 더 파란만장하게 바꾸고 사건들에 더 정교하고 힘찬 리얼리즘을 부여했다. 드디어 1861년 6월 30일 『레미제라블』이 완성되었다.

표 15 『레미제라블』의 창작 연대기[4]

빅토르 위고의 경우 『레미제라블』을 창작하기 위한 작업 기억^{working} memory이 작동하기까지 작가의 장기 기억으로부터 추출되어야 했던 필수적인 표상들이 있었다. 그 표상들은 가장 중요한 캐릭터로부터 작은 소품에 이르기까지 매우 다양했다. 이것은 서사 창작을 위한 발상이 플롯의 구상 이전에 캐릭터를 비롯해 스토리에 필요한 다양하고 정교한 표상들의 추출에서 출발해야 함을 의미한다. 이처럼 플롯 이전에 기획되는 표상들의 구조화를 콘클린,[5] 스트로벌[6] 등은 컨셉 맵Concept Map 이라고 부른다. 작가들은 자신의 취향과 창작 대상 서사의 성격에 따라 다양한 컨셉 맵을 활용할 수 있다. 예컨대 빅토르 위고가 창작 과정에서 다룬 표상들은 아래와 같은 여섯 가지 유형으로 정리된다.

첫째, 이야기하고 싶은 캐릭터Character. 위고가 쓰고 싶다고 느낀 최초의 표상은 죄수, 주교, 자유주의자들이었다. 둘째, 시각적으로 흥미로운 장소Location. 위고가 깊은 인상을 받은 곳은 감옥, 고아원이 된 주교관, 혁명전이 일어나는 거리였다. 셋째, 의미심장한 소품Objects. 위고가 깊은 인상을 받은 것은 쇠사슬, 빵 한 조각, 바리케이드 등이었다. 넷째, 긴박하고 흥미진진한 상황Situation. 1845년 위고는 죄수가 주교와 만나게 되는 상황을 떠올리고는 흥분했다. 다섯째, 깊은 사연이 있는 행동Action. 1852년 다시 펜을 들었을 때 위고는 혁명을 위한 순교, 대학살로부터의 탈출 등의 새로운 행동을 생각해 냈다. 여섯째, 말하고자 하는 주제Theme. 1860년 위고가 고심한 것은 '인간에 대한 믿음'이었으며 '사랑과 양심의 승리'였다.

이러한 표상의 내용에 대해서는 반론이 있을 수 있다. 위고와 같이 명민한 작가라면 이 정도의 표상들은 굳이 직접 경험하지 않더라도 충분히 상상 또는 추체험으로 추출해 낼 수 있지 않았을까라는 의문이 그것이다. 그러나 작가란 진심으로 흥미를 느끼며 자신의 고유한 관심과 시선으로 내면화하지 않은 표상들에 대해서는 창작 능력을 발휘하지 못한다.

이청준은 표상 추출의 이러한 한계를 '자기 취재'라는 개념으로 설명한 바 있다. 소재는 그것이 아무리 흥미로운 표상일지라도 작가의 창작 의욕을 격발시켜 주는 동기 역할에 그칠 뿐, 소설을 발전시키는 진짜 동력은 작가의 내부에 있다. 자신이 직접 겪은 체험이라 해도 작가가 더이상 흥미를 느끼지 못하면 표상을 추출하지 못한다. 반대로 남의 이야기일지라도 작가의 관심권 안으로 들어온 표상, 감동을 느끼며 접한 표상은 추출해서 글을 쓸 수가 있다. 그런 의미에서 작가는 언제나 자기 자신을 취재한다고 할 수 있다.[7] 창작의 표상을 발전시키는 이청준의 방법론은 아래와 같이 요약된다.[8]

발상의 단계	발상의 내용	해결해야 할 의문
① 소재의 해석	그 에피소드가 나의 시선을 끌고 내게 감동을 주는 이유를 탐색한다.	"나는 왜 여기에 관심이 가는가?"
② 구성의 상상	그 에피소드가 애초의 성격(주제의 근거로서)을 배반하지 않고 동질성을 유지하면서 발전해 나갈 수 있는 모든 가능성을 도출하여 발전의 결과를 상상해 본다.	"필요한 만큼 다른 에피소드들을 더 떠올리고 발전시킬 수 있는가?"
③ 취재	단계 ②에서 상상한 관련 에피소드들을 작품에 필요한 양만큼 하나하나 취재한다.	"이 에피소드를 어디에서 더 취재할 수 있는가?"
④ 서사의 조직	취재한 내용을 이미 설정한 주제에 따라 가장 올바르게 발전시켜 나갈 진술 순서와 형식에 맞게끔 배열한다.	"이 사건은 어떤 에피소드 옆에 배치해야 하는가?"

표 16 이청준의 표상 발전 방법론

빅토르 위고의 실례와 이청준의 창작론이 보여주듯 창작 발상의 초기 단계에서는 소재의 해석이 중요하다. 작가는 무엇보다 먼저 자신이 다루고자 하는 표상을 목록화해서 "나는 왜 여기에 관심이 가는가"를 자문하고 탐색해야 한다.

작가들은 흔히 이러한 표상 추출과 소재 해석의 수단으로 클로새트 맵 CLOSAT Map을 만든다. 클로새트 맵은 콘클린이나 스트로벌의 컨셉 맵에 비해 서사 창작에 특화되어 있다는 점, 그리고 인물, 장소, 소품, 상황, 행동, 주제에 대한 메모에서 출발하여 작가의 관찰과 사색과 토론이라는 후속 작업에까지 연계된다는 점에서 작가들에게 유용하다고 할 수 있다.[9]

아래의 예시는 2014년 2월 현재 창작 중에 있는 필자의 스무 번째 소설 『망망』의 클로새트 맵이다. 『망망』은 모두가 가난했던 1970년대, 궁핍한 현실에서 고난을 딛고 일어서려는 과정에서 타락의 진창 속을 헤매게 되는 사람들의 이야기이다. 가상의 항구도시 무진을 배경으로, 남해안 해상 밀수로 번영을 거듭하던 지하 범죄 세계가 21년의 영화를 끝으로 무너져 내리던 1975년 여름, 그 멸망 속에서 꽃핀 사랑 이야기를 다루는 범죄-멜로의 복합 장르 서사이다. 이 소재를 선택한 필자는 먼저 다음과 같은 표상 항목을 추출했다.

	표상(Representations)	하위 범주 표상(Subdirectory Representations)
캐릭터 **(Character)**	70년대 밀수업자 70년대 매춘업자 70년대 도박꾼 70년대 마약사범 70년대 영화배우, 댄디 70년대 부패 공무원 70년대 신문기자	밀수폭력조직원
		창녀
		쇼걸, 여배우, 미8군 무대
		코미디언, 구봉서, 배삼룡
		여교사
		범죄 세계 막후의 실력자(검사, 중앙정보부 고위직)
		지방도시 시청 내부의 권력 관계
		재소자 서예전에 출품하려고 붓글씨를 쓰는 죄수
장소 **(Location)**	70년대 지방 극장 70년대 밀수 운반선 70년대 카바레 70년대 장례식장 70년대 점(占)집 70년대 사진관 70년대 선구 대장간	사장 집무실, 여배우 분장실
		선창가(중선, 꽁당선, 하스키선-머구리배, 동력선)
		경찰서, 구치소, 세관, 대한통운, 항로표지 기지창
		레스토랑, 당구장, 다방, 절
		무진 가서 돈 자랑하지 마. 무진에선 개도 돈 물고 다니니까.
		무진 지도, 무진 시내 사진, 생활상 사진

소품 **(Objects)**	70년대 승용차 70년대 시정 게시판 70년대 대중잡지 70년대 전축, 레코드 70년대 전화기 70년대 라디오 70년대 가요 70년대 고무신	캐딜락, 링컨 컨티넨털
		가죽점퍼 패션, 포마드 올백 머리
		포니 택시, 관용 지프차, 트럭
		미싱, 화로, 제빙기, 정미기
		70년대 여성 정장
		70년대 남성 정장
		70년대 한국 가요, 올드 팝, 샹송
		외제 쓴다고 지랄하는데 말이지. 락희와 삼성이 만드는 거, 그게 텔레비냐 쓰레기지.
상황 **(Situation)**	70년대 경찰 수사 70년대 서민 생활 70년대 공공 집회 70년대 구식 결혼식 70년대 응급치료 70년대 쇼핑 70년대 부정선거	거대하고 음침한 공장, 검은 그림자의 남자들
		거대하고 음침한 창고, 검은 그림자의 남자들
		병원 복도, 병원 진료실, 병원 수술실
		70년대 매독, 임질, 기타 성병 등등. 치료법이 중요
		양장점에서 맞춤옷 상태를 놓고 싸우는 손님, 주인
		조선호텔
		간지 나는 술병(양주. 소주는 안 됨)
		모든 게 돈, 모두가 돈이야.
행동 **(Action)**	다혈질(우발적 폭력) 설득력 있는 연설 초조한 청춘 성생활 남자들의 가정 폭력 단둘의 밀담 누아르적인 냉혹함 부하를 아끼는 말	논어와 록펠러를 함께 인용하는 인텔리 밀수꾼
		스스로를 병신이라고 말함(유머 감각)
		외로움, 상실감(화목한 가정을 보는 음울한 눈빛)
		사면초가 상태(위기감)
		불우한 가정환경에서 자수성가
		여성과 진지하게 대화하는, 사려 깊은 신사 밀수꾼
		너네 오야지는 얼마나 벌까?(추운 한길에서)
		바다에 던져지는 시체들
		조금만 더 참아보자. 상황이 달라질 거야.
주제 **(Theme)**	여성 존중 아나키즘 법에 대한 무시	70년대 이혼
		우린 조폭 아냐. 조폭은 서울에 있는 대통령이지.
		파자마에 런닝 차림으로 엄숙하게 이야기를 하는

표 17 클로새트 맵의 예시

예시에서 보듯이 소설가의 표상 추출은 설명문이나 논설문, 보고서를 쓰기 위해 동원하는 아이디어 탐색Idea Browsing과는 성격이 다르다. 이 차이점을 이해하기 위해 아이디어 탐색의 실제 사례를 비교해보자.

일반적인 작문의 아이디어 탐색을 위해 제작된 것으로는 '마인드맵', '스케치위저드', '엔터프라이즈 위키', '소트 오피스' 같은 기획 도구Ideation Tool들이 있다. 이 가운데 가장 널리 쓰이는 소트 오피스의 아이디어 탐색은 일반 작문의 표상 추출 방법을 잘 보여준다.

소트 오피스Thought Office는 미국의 소트 오피스사가 2006년에 출시한 소프트웨어이다. 소트 오피스사는 그 전에 이미 '아이디어 피셔Idea Fisher'라는 기획 전용 소프트웨어를 출시한 바 있다. 아이디어 피셔는 법률 회사, 광고 회사 등 사업체뿐만 아니라 영화 제작에도 사용되는 등 많은 인기를 얻었다. 소트 오피스는 아이디어 피셔를 발전시켜 인터페이스와 데이터베이스를 개선하고, 단순 기획 지원뿐만 아니라 작문을 하고자 하는 분야별로 전문가 모듈eXpert Module이라 불리는 형식화 질문의 DB를 추가한 소프트웨어이다. 2008년 현재《포춘》이 선정한 500대 기업 대부분이 소트 오피스를 사용하고 있다.[10]

그림 1 아이디어 피셔와 소트 오피스

사용자는 소트 오피스를 구동시킨 뒤 '아이디어' 버튼을 클릭해서 브라우저를 열고 검색창에 예를 들어 '죄수'라는 단어를 입력한다. 그런 뒤 아홉 개의 '아이디어 탭' 중에서 원하는 탭을 클릭하여 정보를 검색하고 자신의 글쓰기에 필요한 내용을 '세션에 추가' 버튼을 이용해서 '세션 문서'로 보낸다. 여기서 중요한 것은 사용자의 아이디어 탐색을 유도하는 아이디어 탭의 각 항목이다. 아이디어 탭은 인용구Quotes, 정의Definition, 이미지Image, 상위어Hypernym, 키워드Keyword, 노래 가사Lyrics, 운율이 비슷한 단어Rhyming, 유의어Synonym, 연상어Word Association로 구성되어 있다.

이것은 소트 오피스의 아이디어 탐색이 표상을 범주화categorization 방식으로 추출하고 있음을 말해 준다. 말하자면 '죄수'라는 표상을 개념으로 인식하고 그 단어의 상위 범주와 하위 범주, 같은 범주의 개념들을 추출하는 것이다. 사용자는 자신의 아이디어와 이 개념들을 비교하면서 적합성이 낮은 개념들은 배제하고 적합성이 높은 개념들은 세션 문서로 보내어 통합한다.

소설가의 표상 추출은 이런 아이디어 탐색과 근본적으로 다르다. 빅토르 위고가 창작을 위해 추출한 표상은 상위 개념으로도 하위 개념으로도 범주화할 수 없는 특수한 표상, 즉 "쇠사슬에 묶인 비참한 모습의 죄수"였다. 『망망』의 창작을 위해 추출한 표상은 "재소자 서예전에 출품하려고 붓글씨를 쓰는 죄수"이다. 이처럼 서사 예술은 단순한 개별성도 추상적인 보편성도 아닌 제3의 것, 특수성을 지향한다.[11] 소설가들이 추출하려는 표상에는 인물, 장소, 소품, 상황, 행동, 주제 등 유형을 막론하고 사람들의 흥미를 끌 수 있을 만큼 특이하면서도 뚜렷한 어떤 것, 즉 이례성이 존재한다.

인간의 기억은 자주 반복되는 일상적이고 평범한 일은 스크립트(대본) 구조로 저장하고 뭔가 독특하고 이례적인 일은 스토리 구조로 저장하게 되어 있다. 인간은 이 새롭게 저장한 스토리를 자신의 기억에 있는 과거의 스토리 가운데 하나와 중첩시킴으로써 새로운 경험을 '이해'한다.[12] '뭔가 독특하고 이례적인 일'은 범주로 환원되지 않는다. "쇠사슬에 묶인 비참한 모습의 죄수", "재소자 서예전에 출품하려고 붓글씨를 쓰는 죄수"는 죄수의 하위 범주가 아니라 실재하는 인간의 고유성에 근거를 둔 일종의 원형이다.

일반적인 정보의 아이디어 탐색이 표상을 범주화 방식으로 추출한다면 서사의 아이디어 탐색은 표상을 모형화^{prototyping} 방식으로 추출한다. 이 모형 개념은 언어학의 원형 개념과 상통한다. 한 범주의 구성원들 모두가 동등한 속성이나 자질을 가지고 있는 것은 아니다. 그 가운데에는 반드시 가장 대표적이고 전형적인 구성원이 있다. 가령 가구라는 범주 안에는 의자, 소파가 대표적이고 전형적인 구성원이며 원형에 해당한다.[13] 프랑스 혁명기 죄수의 원형이 "자신이 지은 죄에 비해 터무니없이 가혹한 징벌을 받고 있는 불쌍한 사람들^{Les miserables}"이었다면 1970년대 경제사범으로 복역하는 죄수의 원형은 "국가권력의 징벌을 겪고도 자아가 부서지지 않고 감방에서도 멋과 취미를 즐기는 사람"인 것이다.

서사의 작가들은 이렇듯 원형화의 방식으로 추출해 낸 표상들을 이렇게도 써보고 저렇게도 써보면서 점점 더 하위 범주의 표상들로 구체화한다. 말하자면 동일한 표상을 여러 개의 다른 이미지로 재기술^{redescription}하는 것이다. 이러한 재기술은 여러 차례 실패하며 한참 후에야 성공적이라고 느껴지는 표상들이 나타난다. 작가들은 성공한 표상들을 통합하고 조직화하며 서사를 만들어간다.

아네트 카밀로프-스미스는 3세에서 7세 아동의 언어 습득에 대한 실험을 통해 인간의 인지에 창의성이 발생하는 구조를 제시했다. 그녀의 '표상 재기술 이론'에 따르면 인간은 똑같은 내용을 각각 다른 수준의 디테일들로 재기술하다가 새로운 사건과 관계를 창조해 낸다. 재기술된 표상들 가운데 하나가 성공적으로 명시적 형식의 표상이 되었을 때 그것은 소설과 같은 작품에 사용될 수 있다.[14]

카밀로프-스미스는 글쓰기가 본질적으로 피아니스트의 연습과 유사하다고 본다. 피아니스트는 먼저 주어진 악보를 몇 부분으로 나누어 계속 연습한다. 그가 곡 전체를 거의 자동적으로 연주할 수 있는 완전한 행위적 숙련에 이르고 나면, 주어진 악보는 그가 마음대로 다룰 수 있는 데이터가 된다. 즉 그는 주어진 악보에서 자신이 주제의 변주를 만들어 낼 수 있는 부분과 악보대로 따라야 하는 부분을 구분하게 된다. 그 결과 피아니스트는 표상적 융통성을 확보하고 자기만의 독창성을 갖는 명시적 형식의 표상을 만들어낸다.[15] 이를 정리하면 아래와 같다.

① 어떤 암시적 정보implicit information가 작가의 기억에 저장된다.

② 작가는 이 암시적 정보를 여러 가지 표상으로 재기술한다.

③ 이 과정에서 정보는 변주할 수 있는 부분과 변주할 수 없는 부분으로 나뉘어 표상적 융통성representational flexibility이 나타난다.

④ 작가는 자기 나름의 변주를 통해 정보를 명시적 형식explicit format으로 만든다.

카밀로프-스미스의 표상 재기술 이론은 존 헤이스가 고안한 표상 순환 이론을 지지하고 보충해 준다. 작가의 장기 기억으로부터 서사 창작에 필요한 표상들이 추출되면 그것은 작문 과정, 작업 환경을 순환한다. 그러나 한 번 표상 순환이 이루어졌다고 해서 곧바로 소설의 문장이 탄생하지는 않는다. 작가는 똑같은 표상을 이렇게도 써보고 저렇게도 써보아야 한다. 또 쓰고 또 써야 한다.

이 반복은 작가를 한계까지 밀어붙인다. 표상 재기술에서 작가는 자기 자신에 대한 진정한 절망을 맛보게 된다. 창작의 기법에 대해 배웠던 이론, 형식, 체계, 도식, 지름길이 얼마나 공허한 것인지를 알게 된다. 실제 창작의 시간은 표상 재기술의 상태로부터 명시적 형식을 포착하기 위해 정신이 지나치게 긴장한 나머지 빚어지는 혼돈과 흥분과 모순과 자가당착으로 가득 차 있다. 이것이야말로 허위가 발을 붙일 수 없는 창작의 적나라한 실체다.

레프 톨스토이는 『전쟁과 평화』를 쓰기 위해 7년 동안 하루 여덟 시간에서 열 시간을 집필했다. 보로디노 전투의 생존 용사를 만나려고 기차에 올랐고, 모든 관련 서적을 독파하고, 공책에 메모를 하고, 도서관 구석구석을 이 잡듯이 뒤지고, 이 사람 저 사람에게 사적인 서한들이나 미공개 문서들을 보여달라고 애걸했다. 그러면서 매일 썼다. 이렇게 쓰인 수많은 문장들으로부터 아주 적은 양의 문장이 한 방울, 한 방울 수은 방울처럼 모여 『전쟁과 평화』가 되었던 것이다.[16]

오노레 드 발자크는 20년 동안 74편의 장편소설을 썼지만 실제로 그가 쓴 글은 그 일곱 배에서 열 배에 이르렀다. 오늘날까지 남아 있는 발자크의 교정쇄를 살펴보면 때로는 원고 전체를 모조리 다시 쓴 것도 있고, 교정 횟수가 열여섯 번에 달하는 작품도 있다. 너무 원고를 많이 고치는 바람에 자신이 부담해야 했던 교정 비용을 지불하느라 원고료 전부를 날린 적도 있다.[17] 한편 윌리엄 케네디는 『레그스』를 여덟 번에 걸쳐 완전히 새로 고쳐 쓴 뒤에 자신이 쓴 원고가 여섯 살 난 아들의 키만

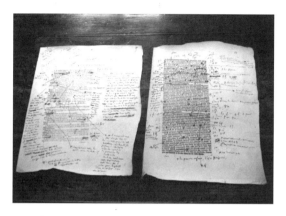

그림 2 메종 드 발자크에 소장된 발자크의 소설 교정쇄 원고

큼 쌓인 것을 발견하기도 했다.[18]

창작에 관해 유일하게 확실한 것은 창작이 떠오른 표상을 글로 쓰고 engaged writing 자기가 쓴 것을 숙고하는deliberate reflection 과정의 무수한 반복이라는 사실이다. 마이크 샤플스는 이를 집필-성찰 모델ER Model이라고 정의하고 있다.[19]

서사 창작은 정교한 수사학적 목표를 추구하는 의식적이고 분석적이며 전략적인 과정이 아니다. 창작은 작가 자신에게조차도 명시적으로 인지되지 않는, 혼란스럽고 암묵적인 과정이다.

토랜스를 비롯한 인지심리학자들은 작가들이 어떻게 아이디어를 텍스트로 만들 것인가 하는 문제보다 무엇을 쓸 것인가 하는 문제를 더 어려워한다는 사실을 발견했다. 자신이 무엇을 쓸 것인지는 일단 써봐야지 알 수 있다. 이것이 창작의 본질적인 어려움이다.[20]

작가가 의식적으로 활성화시킨 작업 기억 안에 어떤 글의 실마리a probe, 카밀로프-스미스가 말하는 표상이 하나 나타난다. 그러면 작가의 장기 기억에서 이 실마리와 연관된 개념들, 다른 표상들이 자동적으로 활성화된다. 실마리와 더 강하게 연관된 표상들은 작업 기억으로 추출되고 약하게 연관된 개념들은 활성화가 정지된다.[21]

그러므로 똑같은 표상에 대해 무슨 문장이든지 계속 다시 쓰는 방법밖에 없다. 작가가 표상을 창조하는 가장 확실한 원천은 작업 기억에 계속해서 실마리를 보태는 표상 재기술이기 때문이다. 담화에 앞서 스토리가 미리 존재하는 것이 아니라 쓰고 또 쓰는 재기술의 마지막에 가서야 스토리가 완성되는 것이다. 그러나 작가가 스토리의 전모를 작품이 끝날 때까지 확신하지 못한다고 해서 그가 완전한 혼돈 속에서 작업하는 것은 아니다. 작가는 머릿속으로 스토리의 명시적 형식들을 어느 정도 예상하고 있다.

경험은 작가의 머릿속에서 몇 개의 표상으로 떠오른다. 이런 표상들이 표상 순환을 거치면서 모이고 표상 재기술이 일어난다. 어렴풋이 순서가 잡힌 표상 체계가 만들어지면 이 표상 체계는 가장 높은 명시성 explicitness의 차원으로 나아가고자 한다. 그러면 이제부터 표상 재기술이 도달하고자 하는 서사의 명시적 형식에 대해 알아보도록 하자.

06 이야기를 만드는 모티프

스토리에는 계속 동일한 모티프가 반복된다. 그러나 그 각각은 수사적 변형, 논리적 변형, 역사적 변형을 통해 완전히 독자적인 예술적 담화를 만든다. 모티프는 오랜 전통의 메아리인 동시에 태양이 다시금 떠오를 때마다 새로이 울려 퍼지는 젊음의 함성이다. 이야기 예술은 개인의 의지와 무관한 법칙으로 존재하는 언어를 질료로 하면서 동시에 그것을 개인성을 주장하는 예술적 담화로 만든다. 이것이 서사 창작을 지배하는 모티프의 신비한 힘인 것이다.

    모티프^{Motif}란 요정담이나 민담을 분석하는 민속 연구에서 처음 쓰였던 용어로서 스토리에 반복되어 나타나는 동일한 내용 요소를 뜻한다. 좀더 구체적으로 말하면 오랜 기간 여러 작품에 반복되어 나타나면서 스토리 안의 다른 내용 요소들을 하나의 서사적 논리로 통합시키는 상황, 인물, 행위라고 할 수 있다.[1]

    영화 〈광해, 왕이 된 남자〉(2012)에 나타난 어떤 내용 요소는 영화 〈데이브〉(1993)에도 있었다. 〈데이브〉에 있었던 이 요소는 마크 트웨인의 소설 『왕자와 거지』(1881)에도 있었고 이 소설의 소재가 된 16세기 영국 에드워드 6세 시대의 민담에도 있었다. 이런 것을 우리는 왕자와 거지 주제[2] 혹은 신분 위장 모티프라고 부른다.

영화 〈최종병기 활〉(2011)에 나타난 어떤 내용 요소는 영화 〈아포칼립토〉(2006)에 있었다. 〈아포칼립토〉에 있었던 이 요소는 영화 〈도망자〉(1993)에도 있었고 1933년 온 미국을 떠들썩하게 했던 보니와 클라이드의 실화에도 있었다. 이런 것을 우리는 도망자 모티프 혹은 탈주자 모티프라고 부른다.

영화 〈타이타닉〉(1997)에 나타난 어떤 내용 요소는 영화 〈웨스트 사이드 스토리〉(1961)에도 있었다. 〈웨스트 사이드 스토리〉에 있었던 이 요소는 셰익스피어의 희곡 『로미오와 줄리엣』(1595)에도 있었고 한국의 판소리계 소설 『춘향전』에도 있었다. 이런 것을 우리는 로미오와 줄리엣 주제, 혹은 적과의 사랑 모티프라고 부른다.

모티프는 이처럼 스토리를 바꿔가면서 반복되는 소재의 핵심적인 성격이다. 모티프는 관객들이 이해하고 파악할 수 있는 방식으로 사건이 배열되는 모든 스토리, 단순한 풍문의 나열이 아니라 어떤 의미가 집약된 절정을 향해 등장인물이 휘말려 들어가는 모든 스토리, 그것 외에는 도저히 다른 결말을 생각할 수가 없는 마지막 장면을 가진 모든 스토리에 존재한다.

이러한 모티프는 두 가지 층위로 작용한다. 하나는 작품 전체의 형식과 관련된 대변화main change의 모티프, 즉 플롯의 3막 구조에서 1막의 문제 발생을 만드는 모티프이다. '스토리헬퍼'는 이것을 세팅 모티프라고 명명하는데 이에 관해서는 2부 7장에서 논의할 것이다. 다른 하나는 서사를 이루는 여러 개의 작은 이야기 형식과 관련된 소변화minor change의 모티프, 즉 시퀀스에 작용하는 모티프이다. 대개의 경우 서사는 여러 작은 이야기의 소변화들이 얽히고설키며 종합되어 주인공을 한 상태에서 그 반대의 상태로 옮겨가게끔 하는 역전, 즉 대변화를 일으킨다.[3]

사람들은 흔히 대변화에 적용되는 스토리의 명시적 형식을 플롯이라고 하고, 소변화에 적용되는 스토리의 명시적 형식을 모티프라고 부른다. 그러나 이 둘은 서로 다른 별개의 형식이 아니라 모티프가 작용하는 층위가 작품 전체인가, 아니면 하나의 시퀀스 단위인가의 차이를 나타내는 개념일 뿐이다.

하나의 서사 텍스트는 소변화와 대변화의 중층구조로 이루어진다. 텍스트 전체의 문제 제기와 해결, 그리고 최종적인 정서의 유발은 플롯으로 형식화된 주인공의 대변화에 의해 이루어진다. 그러나 대변화는 매번 가시적으로 드러나지는 않는다. 독자에게 직접 제시되는 것은 여러 개의 작은 이야기 단위 내에서 모티프로 형식화되는 소변화들이다.

여기서 '작은 이야기'라는 단위에 대한 정의가 필요하다. 하나의 서사 텍스트를 이루는 이야기 단위는 층위별로 다양하다. 예컨대 하나의 상황에서 두 사람 또는 그 이상의 발언자들이 상호 응답함으로써 발생하는 연쇄적인 발화 단위, 장면scene이 있다. 장면보다 조금 큰 것으로 사건과 감정 반응과 감정의 누적에 따른 행동으로 이루어지는 인과적 연쇄 단위, 에피소드episode가 있다. 에피소드보다 조금 큰 것으로는 시퀀스 sequence가 있다. 모티프가 적용되는 소변화의 작은 이야기 단위라고 할 때는 일반적으로 이 시퀀스를 가리킨다.

츠베탕 토도로프는 이야기 단위를 보다 크게 나누었는데, 그에 따르면 흔히 '스토리'라고 불리는 서사물은 서사 명제, 시퀀스, 텍스트라는 세 가지 층위의 서사 단위들로 이루어진다. 서사 명제는 행위자actant와 서술어predicate로 이루어진, 이야기 구성의 최소 요소이다. 시퀀스는 여러 개의 서사 명제들이 결합되어 이루어지는 상위 단위로서 최소한의 완결된 이야기를 만드는 '플롯의 최소 단위'이다.

하나의 시퀀스를 구성하는 데에는 최소한 다섯 개의 서사 명제가 있어야 한다. 이때 필요한 다섯 개의 서사 명제들이란 '안정-위반-불안정-반작용-안정'을 나타내는 것으로서, ① 최초의 안정된 상태를 묘사하는 서사 명제, ② 어떤 힘이 안정 상태를 깨뜨리는 상황을 묘사하는 서사 명제, ③ 그로 인해 초래된 불안정 상태를 묘사하는 서사 명제, ④ 또 하나의 힘이 반대 방향에서 가해지는 상황을 묘사하는 서사 명제, ⑤ 그로 인해 두 번째의 안정이 이루어진 상태를 묘사하는 서사 명제이다.[4]

여기서 모티프란 ①에서 ②로의 변화를 말하며, 위반의 논리적 명제가 강조된 서사의 핵, 하나의 완결된 이야기를 만들어내는 동기화 motivation의 역할을 한다. 이를 도해하면 아래와 같다.

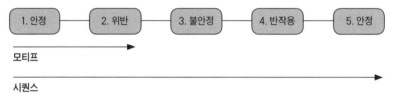

표 18 다섯 개의 서사 명제와 시퀀스

모티프의 본질은 서로 대립하는 양극을 연결하는 양의성이다. 프레드릭 제임슨에 따르면 스토리가 보여주는 세계는 실재 세계가 아니라 실재 세계의 혼란스럽고 무질서한 경험에 질서를 부여한 '가능한 세계'이다. 이 가능한 세계는 한 시대의 무의식이 작가를 통해 그 시대를 관통하여 흐르는 가치Value와 행동Action의 모순을 자각하고 여기에 대한 해결을 추구하기 때문에 나타난다. 우리가 사는 세계에서는 가치가 있다고 여겨지는 일과 현실에서 할 수 있는 일이 서로 다를 뿐만 아니라 서로

대립하기까지 한다. 스토리는 이러한 가치와 행동의 모순을 상상력을 통해 종합하고 해결해 보고자 한다.[5]

이러한 모순의 해결을 위해 동원되는 매개항이 모티프이다. 스토리는 가치와 행동의 모순을 안정과 불안정의 이항 대립적 관계로 제시하고, 이러한 대립으로부터 점진적으로 종합이 나타나는 모습을 보여준다. 이때 위반을 담당하는 모티프는 안정과 불안정이라는 두 항의 자질을 모두 가지고 있는 양의성의 매개항이다. 모티프는 안정 상태의 일부이지만 동시에 안정을 파괴하고 새로운 상황을 창조할 수밖에 없는 불안정 상태의 씨앗이다. 인간은 이러한 모티프로 반복해서 이야기를 만들어가면서 자신의 사회와 인생이 직면한 근본적인 문제의 해결을 모색하게 되는 것이다.

모티프 형식은 인류가 인생에 대한 오랜 관찰을 통해 내면화한 원리이다. 미국의 시인이자 경제학자 케네스 볼딩은 인간이 움직이는 세계에 평형상태Equilibrium란 없다고 주장했다. 그는 요한 갈퉁과 벌였던 논쟁에서 자연계와 인간계를 다음과 같이 구분했다.

자연계에서는 질서에서 무질서가 나타남에 따라 열역학에서 말하는 엔트로피entropy가 계속 증가한다. 혼란, 임의성, 예측 불가능성을 동반하는 이것은 단순한 소음일 수도 있고 천재지변의 형태로 나타날 수도 있다. 그러나 인간의 개입이 있는 세계, 즉 우리가 살아가는 사회에서는 엔트로피적 상황의 불안정성이 극에 달하면 자연스럽게 이를 다시 질서화하려는 반작용, 즉 네겐트로피negentropy가 증가한다. 네겐트로피가 일정 수준에 도달하면 또다른 안정상태가 찾아온다.[6]

이야기에서 최초로 출현하는 무질서, 서사 명제의 두 번째 명제인 '위반'을 일으켜서 안정의 평형상태를 파괴하는 것이 모티프이다. 위반이 없으면 스토리 자체가 전개되지 않는다. 이렇게 볼 때 모티프는 최소한의 완결된 이야기를 만들어내는, '유의미한 위반성'을 가진 시퀀스의 핵심 단위라고 정의할 수 있다.

가장 작은 서사 텍스트는 하나의 시퀀스만으로 이루어진 텍스트이다. 예를 들어 "오 하나님, 그가 제게 전화 좀 걸게 해주세요"라는 말로 시작하는 도로시 파커의 단편소설 「전화」는 남자의 전화를 기다리는 젊은 여성의 초조한 심정 묘사가 소설의 전부다.[7] 여기에서는 연인의 음성적 현존의 결여, 즉 '연인의 부재'라는 하나의 모티프가 위반을 만들어내고 그로 인한 불안(불안정)과 내적 독백(반작용)과 다시 전화를 기다리며 다섯씩 오백까지 숫자를 세는 것(안정)으로 서사가 끝난다.

이처럼 하나의 서사 텍스트는 하나의 시퀀스만으로 이루어질 수도 있지만 대개 여러 개의 시퀀스로 이루어진다. 각 시퀀스는 반드시 모티프를 가져야 한다. 텍스트 전체의 대변화를 이끌어내는 플롯은 각 시퀀스 모티프들 가운데 하나일 수도 있고, 겉으로는 직접 드러나지 않고 다만 각 시퀀스 모티프들이 누적된 결과로서 나타날 수도 있다. 스토리헬퍼의 데이터베이스 시트로부터 이를 예시하면 [표 19]와 같다.

최소한의 이야기(시퀀스)를 만드는 핵심 요소를 지칭하기 위해 초창기 서사학자들은 요소, 기능, 모티프 같은 상이한 용어들을 사용했다. 19세기 프랑스와 러시아의 서사 연구자들은 민담을 대상으로 이야기 안에서 변하지 않는 최소 단위를 찾고자 했다.

민담학자 조제프 베디에는 텍스트 내에서 항상 존재하는 것과 변화하는 것 사이의 관계를 자각하고 항상 존재하는 것을 본질적인 단위로서의 요소element라고 정의했다. 블라디미르 프로프도 러시아 민담에서 가변적인 요소와 지속적인 요소를 구별하였으며 등장인물을 가변적인

영화 기본 정보								
영화명	연인	개봉년도	2004	감독	장이머우	극본		장이머우, 펭리
분석 관점	■ 메인 캐릭터 □ 임팩트 캐릭터 □ 그 외 인물	□ 인물 □ 상황 ■ 행위		분석 관점의 캐릭터명		진(풍)		
				전체 세팅 모티프				신분 위장, 적과의 사랑
				갈등 곡선		2 3 3 2 4 4 5 3		

스토리 아이디어			
main sentence		관군인 주인공(20대 초반, 남)은 비도문 문주 딸을 구해주는 무사인 척하다가 사랑에 빠진다.	

1막	안정	motif	강제된 과업
		진은 레오와 함께 비도문을 열흘 안에 잡으라는 명령을 받는다. 그는 문주를 잡은 지 얼마나 되었다고 그러냐고 투덜댄다. 레오가 기생이 들어왔는데 수상하니 한번 가보라고 권한다.	
	도전	motif	신분 위장
		진은 관군임을 숨긴 채 방랑 무사 '풍'으로 위장하고 잠입해 메이를 불러내고 메이는 눈 먼 기생 신분으로 있다가 진에게 농락을 당한다. 일부러 소란을 일으킨 진은 관군 복장으로 들이닥친 레오에게 끌려간다.	
	행위	motif	출세주의자
		메이가 잡힌 뒤에 레오는 진에게 그녀가 전 비도문 문주의 장님 딸이 아닌가 의심스럽다는 이야기를 한다. 둘은 그녀가 갇혀 있는 쪽을 쳐다본다.	

2막	안정	motif	신분 위장, 적과의 사랑
		진은 풍으로 위장해 메이를 탈옥시킨다. 풍이 그녀에게 칼 한쪽을 붙잡게 하고 같이 달린다. 쫓아온 추격자들에게 풍이 화살을 쏘고 그녀를 구해 손을 잡고 달아난다. 무사히 추격을 따돌린 후 메이는 목욕을 하고 풍이 몰래 와서 훔쳐본 것을 알고도 태연하게 옷을 달라고 한다. 그러자 풍이 그녀를 안으려고 하지만 거부당한다.	
	도전	motif	갑작스러운 사고, 대전 격투
		계속 메이와 도망을 치던 풍 앞에 진짜로 그를 공격하는 추격자가 나타난다. 그는 메이 앞에서 자신의 신분을 밝히지도 못하고 관군을 죽일 수도 없어 미적거리다가 부상을 입는다. 누군가의 도움으로 그 자리를 빠져나오지만 자신도 정말로 관군의 적이 되었음을 알게 된다.	
	행위	motif	고립된 남녀
		레오에게 따지지만 레오는 상급자들이 나타났다며 정예군이 그들을 쫓을 것이라 이야기한다. 풍이 메이를 숨겨둔 곳에 돌아오자 메이가 그에게 자신을 위해 멈출 수 있느냐고 묻는다. 바람은 흐를 뿐이라고 하자 메이는 그에게 자기 곁을 떠나라고 한다. 혼자 떠난 메이가 정예군에게 쫓기다가 죽기 직전 풍이 돌아 그녀를 구하고 같이 대나무 함정에 갇혀 죽을 위기에 처하게 된다. 그러나 비도문 사람들의 도움으로 탈출한다.	

3막	도전 (위기)	motif	신분 위장, 죄의 고백
		풍은 비도문 문주에게 정체를 들켜 붙잡히고, 메이는 풍 앞에서 자신의 신분을 드러낸다. 그녀는 비도문 사람으로서 전 문주의 딸처럼 장님 행세를 하면서 잠입, 전 문주를 죽인 풍을 유인했던 것이다. 문주는 그녀에게 풍을 죽이라고 명령하고 간다. 그녀는 풍을 죽이기 위해 바깥으로 끌고 나간다.	
	행위 (해결)	Success	
		Failure	메이는 풍을 죽이지 않는다. 그녀는 그를 풀어주고 두 사람은 사랑을 확인한다. 그러나 메이는 풍이 같이 떠나자고 했을 땐 떠나지 못하고 뒤를 따르다가 원래 연인이었던 레오에게 칼을 맞고 죽는다. 풍은 레오와 싸우다가 그녀가 죽자 혼자 길을 떠난다.
		Good	
		Bad	풍은 메이와의 사랑을 확인하지만 메이는 죽는다.

캐릭터 등장 시점	(숫자)

표 19 영화의 시퀀스와 모티프 분석 사례

요소로, 등장인물의 행동과 기능을 지속적인 요소로 보았다. 그는 지속적인 요소를 기능function이라고 부르고 해당 민담에서 추출되어도 독립적으로 작용할 수 있는 기본 성분으로 보았다. 한편 알렉산더 니콜라예비치 베셀로프스키는 이러한 기능을 서사 내의 최소 단위로서 화소, 즉 모티프라고 명명했다.[8]

20세기에 들어와서는 독일을 중심으로 주제학thematologie이 나타나 모티프 개념을 더욱 정교화하고 그 특성을 밝히며 유형을 분류하려는 움직임이 두드러졌다.

주제학에 따르면 모티프는 특정한 상황일 수도 있고 특정한 성격(인간형)이거나 행위일 수도 있다. 그것이 무엇이든 모티프는 인간의 상상력에 하나의 신호signal로 작용해서 인류가 오랜 정보 인지 과정을 통해 형성한 감정의 피드백 구조를 작동시킨다. 그것은 정보가 이미지를 환기시키고 이미지가 어떤 감정적 반응을 이끌어내는 상상의 순환 구조이다.

주제학 연구자들이 정리한 모티프의 특성은 등장인물들의 행동에 '논거'를 제공하고 그들을 '행동'하게 하며 그들 사이의 '관계'를 설정하

그림 3 베디에, 프로프, 베셀로프스키(왼쪽부터)

는 것이다. 보다 상세하게 말하면 모티프는 사건과 반응을 구조적으로 통일시키는 접속 기능, 새로운 연상들을 야기시키는 정보 작동 기능, 특정한 표지에 대해 특정한 반응과 선택을 유도하는 정보 응축 기능, 욕망과 당위의 갈등에서 비롯된 모순된 전망들 사이에 대립적 의미를 설정하는 긴장 형성 기능, 시작과 중간과 끝의 양상을 미리 예견하게 만드는 도식화 기능, 텍스트의 메시지를 부각시키는 주제화 기능 등을 갖는다.[9]

모티프를 규정하는 두 가지 대표적인 특성, 즉 반복성과 위반성 가운데 보다 본질적인 것은 위반성이다. 현존하는 최고最古의 희극인 아리스토파네스의 『아카르나이의 사람들』(기원전 425)에서는 '허풍쟁이 병사' 캐릭터가 등장하는데 이 인물의 성격과 극적 역할은 채플린의 〈위대한 독재자〉(1940)에 이르기까지 수없이 반복된다. 또 아리스토파네스 희극에 자주 등장하는 '식객' 캐릭터는 숀 오케이시의 희곡 『주노와 공작새』(1924)에도 똑같은 형태로 등장한다.[10] 그러나 오늘날 '허풍쟁이 병사'와 '식객'은 더 이상 유의미한 이야기 모티프라고 간주되지 않는다. 이제는 그 위반성이 약화되었기 때문이다.

인간은 안정되고 평화롭고 변함이 없는 상태에 대해서는 다른 사람에게 뭔가 이야기해야 할 필요를 느끼지 않는다. 인간의 두뇌가 스토리를 상기하는 것은 오직 이례성을 갖는 경험에 대해서이다.

앞서 5장에서 우리는 인간이 이해를 위해 동원하는 기억 구조에 스토리 구조와 스크립트 구조의 두 종류가 있다는 것을 살펴보았다. 사람들이 이제까지 해왔던 규범대로 대응할 수 있는 경험은 스크립트 구조로 저장되고 상기되는 반면, 규범에서 벗어나는 이례적인 경험은 스토리 구조로 저장되고 상기된다.[11] 스크립트가 일종의 정형화된 정보처리 패턴으로서 도식적인 행위 구조를 통해 해결할 수 있는 상황에 적용된다면, 스토리는 그런 정형화된 패턴으로는 이해할 수도, 대응할 수도 없는 상황에 적용된다. 그것은 스토리 속에 위반성을 핵심 성격으로 하는 모티프가 내장되어 있기 때문이다.

정리하자면 작가가 자신의 장기 기억으로부터 떠올린 창작의 표상들은 기술되고 또 기술되다가 하나의 명시적인 표상 체계가 된다. 표상들이 명시적인 표상 체계가 되어 이야기로 정착될 때는 여러 스토리에서 반복되는 내용 요소, 즉 모티프가 결합된다. 표상이 모티프와 결합된 이런 형식을 우리는 모티프 형식이라고 부른다.

모티프 형식은 몇 가지 단순한 구조를 도출하려는 기존의 기교주의 창작론과 본질적으로 다른 관념에서 출발한다. 구조주의 이후 연구자들은 극적 서사의 가능성을 소수의 고정된 구조 내지 기본 상황들로 축소시켜 왔다. 그러나 에티엔느 수리오가 그의 저서 『20만 개의 극적 상황』에서 이야기하듯이 우리가 만약 모범적인 모형Prototype을 전제하지 않는다면 순수하게 구조주의적으로 가능한 극적 서사는 21만 141개에 이를 것이다. 로버트 숄즈의 지적처럼 21만 개의 구조라는 것은 상징적인 좌표는 될 수 있을지언정 창작과 연구에 유익하다고는 도저히 말할 수 없다.[12]

모티프 형식은 경험적으로 관찰 가능한 모형들의 반복을 전제한다. 모형들은 논리적으로 계산된 구조보다 더 실제적이며 더 현실적이다. 모티프는 어떤 이야기가 이야기 예술로 우수한가를 설명하는 개념이 아니라 어떤 이야기가 많은 사람들에게 반향을 일으킬 수 있을 만큼 강력한가를 설명하는 개념이다. 즉 작품성이 아니라 전승의 생명력을 강조하는 개념인 것이다.

이러한 모티프 개념은 북미 인디언 민담을 연구한 스티스 톰슨의 설화학에서도 나타난다. 스티스 톰슨에 따르면 모티프란 설화의 가장 작은 구성 요소이다. 설화가 입에서 입으로 전승되기 위해서는 "특이하면서도 뚜렷한 어떤 것"을 지녀야 하는데 이 특이하면서도 뚜렷한 어떤 것이 모티프이다.[13] 이것은 평범하고 정상적인 안정 상태를 교란하는 유의미한 위반성을 이용해 하나의 흥미진진한 서사를 전개시킬 수 있는 힘을 가지고 있다. 이러한 힘을 우리는 모티프의 서사 잠재력latent power of narrative development이라 부른다.

스토리는 작가라는 단일한 기원origin으로 환원되는 전적으로 새로운 창조물이 아니다. 또한 완벽한 내적 법칙성을 갖는 자족적인 통일체도 아니다. 스토리는 전승과 변이가 반복되는 서사적 전통의 연속성 속에서 모티프에 의해 동기화되고 작가 의식에 의해 완결되는 하나의 담화 구성체이다.

일찍이 샌드라 스탈은 하나의 스토리가 네 단계로 구분되는 서사적 전통의 연쇄적인 변이 과정chain of variability 속에 놓여 있다고 말했다.[14]

연쇄	담화 유형	사례
전승	전승 운반자에 의해 단순 구연된 담화	할아버지의 〈춘향전〉 이야기
	창의적인 이야기꾼에 의해 각색된 담화	전기수*의 〈춘향전〉 이야기 (*傳奇叟: 조선 후기 전문 설화 구연자)
	유형화된 개인적 담화	신재효 본 〈춘향전〉
변이	개인성을 주장하는 예술적 담화	김대우 감독의 〈방자전〉

표 20 이야기의 변이 과정

모티프는 소재를 동기화하여 스토리로 만든다. 개인성을 주장하는 예술적 담화가 나타나기 위해서는 모티프가 소재를 동기화하는 방식이 결정적으로 변해야 한다.

〈춘향전〉의 스토리는 염정 설화, 암행어사 설화 등이 결합되어 나타난 판소리 〈춘향가〉가 성립된 이래 19세기 중엽 신재효 등의 주도 아래 판소리 사설의 개작과 정리, 출판이 이루어지면서 유형화된 개인적 담화typical personal narrative가 되었다. 이후 현대에 들어오면서 소설, 영화, 드라마, 오페라, 뮤지컬 등 다양한 장르로 구현된 〈춘향전〉 스토리들은 유형화된 개인적 담화와 개인성을 주장하는 예술적 담화 사이에 놓여 있다.

영화의 경우 춘향전은 1923년부터 2010년까지 열여덟 차례에 걸쳐 영화화되었으나 대부분 멜로드라마 장르의 관습을 답습한 수평적 개작으로,[15] 원형에 내포되어 있는 '계급을 초월한 사랑' 모티프(행위자는 계급적 차이가 큰 행위수용자와 사랑에 빠진다)를 큰 변형 없이 계승해 왔다.

2010년에 이르러서야 완전한 변이형, 개인성을 주장하는 예술적 담화라고 규정할 수 있는 작품이 출현하는데, 바로 김대우 감독의 〈방자전〉이다. 〈방자전〉은 '계급을 초월한 사랑' 모티프에 분명한 논리적 변형을 일으킨다. 행위자(방자)는 계급적 차이가 큰 남자(이몽룡)와 사랑에 빠진 행위수용자(춘향)와 사랑에 빠진다. 그 결과 소재를 동기화하는 방식 자체가 변했고 새로운 주제에 의한 새로운 작품이 나타났다.

모티프는 여러 스토리에서 반복되지만 그것이 소재를 동기화하는 방식은 계속 변화한다. 이 동기화 방식의 변화가 스토리의 변화를 일으킨다. 블라디미르 프로프는 러시아 민담을 중심으로 스토리의 원형과 변이형을 연구한 학자였다. 그의 연구는 모티프의 변형이 어떻게 새로운 스토리를 만들어내는가를 설명해 준다.

프로프에 따르면 스토리는 수사적 변형, 논리적 변형, 역사적 변형의 세 가지 방법으로 변형된다. 수사적 변형은 하나의 모티프 내에서 확대, 축소, 복사가 일어나는 변형이다. 논리적 변형은 남성 주인공이 여성 적대자를 모욕하는 모티프가 있으면 그 반대도 가능하다는 식의 논리적 대응 구조로부터 생겨나는 변형이다. 역사적 변형은 모티프가 적용되는 사회 혹은 모티프가 적용되는 시대의 사회적, 역사적 변화에 따라 생겨나는 변형이다.[16]

변형 단계	모티프	변형 예시	변형된 속성
이념형	고상한 야만인		
원형	미녀와 야수	잔느 M. L. 보몽의 동화 『미녀와 야수』(1756)	미녀가 야수를 사랑한다.
수사적 변형	미녀와 사랑스러운 야수	장 콕토 감독의 영화 〈미녀와 야수〉(1946)	이상적인 남성상으로서의 야수
논리적 변형	야수를 사랑하지만 자살하는 미녀	찰스 부코스키의 소설 「마을에서 가장 예쁜 처녀」 (1967)	미녀가 야수와 결혼하려다가 자살한다.
역사적 변형	64세의 미녀와 39세의 야수	마르시아스 심의 소설 「베개」(2000)	늙은 미녀가 젊은 야수를 사랑한다.

표 21 모티프의 세 가지 변형

고상한 야만인 모티프는 야만인의 고상함을 알아주는 이성, 즉 미녀의 존재와 결합될 때 흥미진진한 서사 잠재력을 갖는다. 이것이 애초에 잔느 M.L.보몽이 창작한 동화 『미녀와 야수』였다. 이것은 집단 창작으로 만들어진 기승전결이 분명하고, 비유와 상징이 풍부하며, 권선징악의 교훈을 담고 있는 전형적인 전래동화였다.[17]

이 고상한 야만인 모티프-미녀와 야수 주제는 현대 문명의 비인간성과 인간 소외를 비판한 프랑스의 입체파 모더니즘 시인 장 콕토에 이르러 야수를 타락한 문명사회의 바깥에 있는 이상적인 남성상으로 강조하는 영화 〈미녀와 야수〉로 변형된다. 이것은 기존 모티프의 야수에 '이상적인 남성으로서의 야수'라는 수식 어구가 더해진 수사적 변형의 성격을 갖는다.

미녀와 야수 주제는 미국의 전후 비트 제너레이션 문학을 대표하는 소설가 찰스 부코스키의 「마을에서 가장 예쁜 처녀」에서 논리적 변형을 일으킨다. 그것은 미녀가 야수를 사랑하지만 '결혼하지 않고' 자살한다는 변형이다.

아주 예쁘고 착한 스무 살 처녀가 술집에서 만난 남자를 그가 너무 못생겼다는 이유 때문에 좋아한다. 그녀는 자신의 미모가 싫은 나머지 바늘로 자기 코를 찌르기도 하고 칼로 뺨에 흉터를 만들기도 한다. 미녀는 자신의 외모 때문에 내면을 보려고 하지 않는 남자들에게 상처받고 무관심한 부모에게 상처받고 질투심 많은 언니들에게 상처받았던 것이다. 여자는 돈을 받고 몸을 팔면서 세파에 시달리고 청춘의 자의식에 시달린다. 여자는 남자의 사랑도 자신을 구원할 수 없다는 것을 알고 마침내 자살한다.[18]

고상한 야만인 모티프-미녀와 야수라는 익숙한 주제의 논리적 변형을 통해 작가는 가장 축복받은 것 같은 외모가 가장 불행한 내면을 만드는 인간의 아이러니와 삶의 부조리를 이야기하고 있다. 이것은 애초의 모티프에는 존재하지 않았던 심오한 사상이며 완전히 새로운 스토리이다.

한편 이 주제는 한국의 1990년대 탐미주의 문학을 대표하는 소설가 마르시아스 심의 「베개」에서 뚜렷한 역사적 변형을 이룩한다. 이 이야기에서 미녀는 아름답지만 64세의 노년 여성이며 야수는 39세의 장년 남자이다. 스스로를 사회적 관습의 바깥으로 밀어낼 만큼 성애에 대한 집착이 강한 남자는 늙은 미녀와 육체적인 사랑에 탐닉한다. 그러나 둘의 사랑은 미녀의 남편과 딸에게 알려지고 남자는 미녀를 지켜주기 위해 미녀를 떠나간다.

고상한 야만인 모티프-미녀와 야수 주제의 역사적 변형을 통해 작가는 고유하고 독창적인 소설적 이미지를 창조한다. 거친 남성이 25세 연상의 아름다운 여성을 사랑할 수 있는 시대적 인식의 변화 속에서 미녀의 이미지는 이제 야수의 이미지와 중첩된다. 인생의 거시적인 진행과 시간의 풍화 앞에서 인간은 성별의 차이를 넘어 누구나 미녀이며 동시에 야수인 것이다. 모텔에서 다른 이들이 사용하던 베개를 절대 사용하지 않기 위해 항상 국화 꽃잎으로 속을 채우고 희고 깨끗한 보로 마감한 베개를 가방에 넣고 다니는 늙은 미녀의 허영과 그 허영 때문에 더욱 사랑스러워지는 여성성[19]은 어떤 서사에도 존재하지 않았던 심오한 인간 이해이며 완전히 새로운 스토리이다.

스토리에는 계속 동일한 모티프가 반복된다. 그러나 그 각각은 수사적 변형, 논리적 변형, 역사적 변형을 통해 완전히 독자적인 예술적 담화를 만든다. 모티프는 오랜 전통의 메아리인 동시에 태양이 다시금 떠오를 때마다 새로이 울려 퍼지는 젊음의 함성이다. 이야기 예술은 개인의 의지와 무관한 법칙으로 존재하는 언어를 질료로 하면서 동시에 그것을 개인성을 주장하는 예술적 담화로 만든다. 이것이 서사의 창작을 지배하는 모티프의 신비한 힘인 것이다.

⁰⁷205개의 모티프들

모티프라는 것은 이야기의 세 요소를 포괄하는 명시적 형식으로서 서사 명제의 명사(인물), 형용사(배경-상황), 동사(사건-행위)로 분류될 수 있다.

1980년대부터 주제학 연구는 모티프 분류 체계를 정립하는 데 노력을 집중했다. 엘리자베스 프렌첼의 『세계문학의 모티프^{Motive der Wetliteratur}』(1980), 호스트 S. 댐리히와 잉그리드 댐리히 부부의 『문학의 주제와 모티프^{Themen und Motive in der Literatur}』(1987), 그리고 무엇보다 구글 북스를 통해 전 세계 어디서나 그 방대한 데이터베이스를 항목별로 검색할 수 있는 장 샤를 시뇨레 편집의 『문학 주제와 모티프 사전^{Dictionary of Literary Themes & Motifs}』(1988) 등이 그 결과물이다. 이상의 성과들은 모티프를 저마다의 틀에 따라 136가지에서 232가지로 다양하게 분류, 제시하고 있다.[1]

그러나 이러한 연구는 모티프 분류의 기준이 불분명하고 상위와 하위 개념이 혼용되는 한계를 보였다. 필자는 「한국 현대 소설 창작론 연구」(2001)에서 '극적 서사를 만드는 210가지 모티프'를 제시한 바 있으나[2] 스스로 제시한 상황, 인물, 관념이라는 3분법에 대해 불만을 품어 왔다. 필자의 논문 또한 분류 체계의 논리적 명확성 결여라는 1980년대 주제학의 한계로부터 자유롭지 못했던 것이다.

이러한 한계들은 보다 논리적으로 개선될 수 있다. 일찍이 보리스 토마체프스키는 더 이상 분해할 수 없는 서사의 최소 단위로 모티프를 상정하면서 이를 문장의 절clause과 동일시했다. 그리고 문장의 절을 분류하는 기준에 따라 모티프를 상황을 변화시키는 역동적 모티프와 상황을 바꿀 수 없는 정태적 모티프, 스토리 내에서 제거할 수 없는 결합 모티프와 제거가 가능한 자유 모티프의 네 가지 유형으로 나누었다.[3]

동일한 관점에서 츠베탕 토도로프는 서사 명제의 구성 성분으로 명사, 동사, 형용사를 제시한다. 이때 고유명사로서의 행위자는 주어와 목적어의 격格의 형태를 취하며 결합 모티프와 동일한 개념으로 환원된다. 또한 술어의 경우 정적 상태를 묘사하는 형용사의 기능을 할 때 정태적 모티프로 환원되며, 상태의 변화를 설명하는 동사의 기능을 할 때 역동적 모티프로 환원된다.

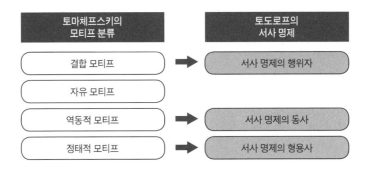

표 22 모티프 분류와 서사 명제의 구성 성분

토마체프스키-토도로프의 모티프 분류 체계를 발전시키면 우리는 그것이 인물, 사건, 배경이라는 이야기의 세 요소를 포괄하고 있음을 알 수 있다. 사건에서 인물로, 인물에서 사건으로, 배경에서 인물이나 사건으로 각각 서로서로 연결되고 계열화되면서 이야기가 만들어진다. 이때 이야기로 발현될 수 있는 무수한 특이점들은 이야기 속 서사의 장場 속에 잠재되어 있으며, 이런 특이점들이 모여 인물, 사건, 배경이라는 계열을 형성하고 이러한 각 계열이 결합되면서 하나의 이야기를 구성하는 것이다.[4] 그렇다면 모티프라는 것은 이야기의 세 요소를 포괄하는 명시적 형식으로서 서사 명제의 명사(인물), 형용사(배경-상황), 동사(사건-행위)로 분류될 수 있다.

인물, 상황, 행위가 모티프의 화용론적, 구문적 계열을 이룬다면 유의미한 위반성의 종류는 모티프의 의미론적, 내용적 계열을 이룬다. 모든 안정상태를 파괴하는 위반은 현실에 만족하지 못하는 인간의 욕망 때문에 일어난다. 욕망이란 어떤 특정한 것을 갖지 못하면 절대로 행복해질 수 없을 것 같은 느낌, 다시 말해 심리적 빈곤감이 만들어내는 에너지이다. 『화엄경』은 이러한 에너지를 판차 카마구나Pancha Kamaguna, 즉 재욕, 색욕, 음식욕, 명욕, 수면욕의 오욕이라고 정의하고 있다. 이러한 욕망의 계열을 현대어로 번역하면 돈, 사랑, 권력, 명예, 영생이 된다.[5]

이렇게 볼 때 극적 서사를 만드는 모티프들은 인물, 상황, 행위의 화용론적 계열과 돈, 사랑, 권력, 명예, 영생의 의미론적 계열에 따라 다음과 같은 15개의 범주로 분류할 수 있다. [표 23]에 나타난 모티프 목록은 영화와 소설, 신화, 연극을 모두 포괄했던 2001년 논문의 210가지 모티프를 2010년 스토리헬퍼 개발에 착수하면서 수정, 변용한 것이다. 이는 데이터 수집 대상을 현대 극영화 및 애니메이션에만 한정하는 새

	돈	사랑	영생	명예	권력
인물	강도, 고등 사기꾼, 고리대금업자, 도둑, 돈을 노리는 유혹자, 마약 거래자, 변장, 사이코패스, 살인 청부업자, 유랑자(집시), 의적, 인질, 파산, 해적, 횡재	기억상실증, 도플갱어, 동성애자, 뜻밖의 편지, 바람둥이, 버려진 아이, 숨겨진 연인, 신분 상승 결혼, 아웃사이더, 요부(팜므 파탈), 자폐증, 장애인, 지인의 실종, 창녀, 피그말리온, 학대하는계모(계부), 호모 수피리어, 희생하는 부모, 희생하는 아들, 사랑에 빠진 노인	갑작스러운 병, 구세주 출현, 귀신 소환, 돌연변이, 마법사/마녀, 미친 전도사, 반인반수, 뱀파이어, 뱀파이어 헌터, 복제인간, 사이보그, 악마의 아이, 저승 방문자, 좀비, 치매, 퇴마사, 거대 괴수, 천사	고귀한 창녀, 고귀한 하녀, 고상한 야만인, 기이한 선생, 다중인격, 똑똑한 바보, 몰락한 귀족, 불우한 천재, 소년 영웅, 순교자, 악동, 악마적인 예술가, 처녀 영웅	가문의 여주인, 고뇌하는 깡패, 덜떨어진 영웅, 독재정치, 미지의 후견인, 배반자, 부패 경찰, 신분 위장, 우월한 하급자, 운명에 대한 반역, 전쟁 포로, 출세주의자, 불청객
상황	대체역사, 식민지화, 집단 광기, 천재지변	사랑하는이의죽음, 조난, 불면증, 아동 학대, 연인 상실, 외상 후 스트레스성 장애, 우울증, 청소년기 일탈, 옛 연인의 출현	무인도 조난, 빙의, 노년기 과제, 시한부 선고, 예언, 외계인 침입, 악마와의 계약, 인공 동면, 지구 종말, 환생, 도시 재난, 생물학적 재앙	도제 수련, 강박증, 경계성 인격장애, 공 황장애, 누명, 명예 손상, 성 정체성 혼란, 알코올중독, 중년의 위기	비대칭 전투, 용호상박, 전쟁 발발
행위	강제된 과업, 거짓된 진술, 고발, 도박, 보물찾기, 수사 의뢰, 수수께끼, 아동 유괴, 연쇄살인, 오해(착각), 우발적 살인, 원 나잇 스탠드, 지리적 고립, 추격자, 테러, 파업	가족 분열(이산가족), 간통, 계급을 초월한 사랑, 관음증, 광기 어린 사랑, 구혼시험, 근친상간, 나쁜 남자 에게 반하기, 나이 차 를 극복한 사랑, 동물 과의 우정, 롤리타, 마조히즘, 백치 미인, 사디즘, 사랑의 연기, 삼각관 계, 성생활 장애, 세대를 초월한 우정, 스와핑, 스토킹, 시라노 콤플렉스, 아름다운 불륜, 위험한 비밀 결혼, 엘렉트라 콤플렉스, 적과의 사랑, 적군과의 우정, 전우 구출, 짝사랑, 첫 관계, 첫눈에 반한 사랑, 부부 싸움	감금, 갑작스러운 사고, 시간여행, 유령, 이계 방문, 이계 생명체와의 우정, 자살, 저주, 저주받은 장소, 사람이 된 인형, 동반자살	감춰진 혈통 찾기, 도망자, 모반, 무장봉기, 미결의 살인 사건, 복수혈전, 부당한 차별, 오이디푸스 콤플렉스, 부모 찾기, 의처증(의부증), 이혼, 죄의 고백, 취향의 재발견, 파계, 귀향	강간, 납치, 낯선 곳으로의 이주, 네크로필리아, 대전 격투, 대학살, 대항해와 원정, 뜻밖의 초능력, 아내 강탈, 이간질, 이지메, 지배자 희롱, 탈옥, 형제 간의 경쟁, 고부 갈등, 고립된 남녀

표 23 스토리헬퍼의 205개 모티프 분류 체계

로운 기준에 맞추어 2001년의 목록을 재검토하여 도출한 205개의 모티프로 이루어져 있다.

기존의 주제학에서 정리한 모티프 목록 가운데 205가지를 선정한 기준은, 해당 모티프가 극영화 및 애니메이션의 스토리에 적합할 만큼 스토리 밸류$^{Story Value}$가 높은 위반성을 내포하고 있는가이다. 스토리 밸류란 2002년 플롯 기반의 인터랙티브 드라마 시스템 '파사드^{Façade}'[6]를 개발한 마이클 마티아스의 용어이다.

마티아스는 보통의 구조적 서사를 컴퓨터가 계산할 수 있는 시뮬레이션으로 재현하기 위해 먼저 이야기를 극적 변화의 최소 단위인 스토리 비트$^{Story beat}$로 분할했다. 캐릭터의 물리적 행동과 담화적 행동 하나하나가 스토리 비트이다. 파사드에 접속한 사용자가 키보드로 문장을 입력함으로 실행되는 행동이 캐릭터인 트립과 그레이스에게 적절한 반응을 얻으면[7] 다음 비트로 넘어간다. 이때 각 비트의 이야기로서의 가치를 평가하는 척도가 바로 10에서 50 사이의 값으로 설정된 스토리 밸류이다. 스토리 밸류는 0에서 5 사이의 정수값을 갖는 긴장 척도와 −2에서 2 사이의 정수값을 갖는 호감 척도의 조합으로 결정된다.

스토리 밸류 개념은 인공지능이 이야기의 진행을 통제해서 스스로 개연성과 통일성, 극적 구조를 지닌 하나의 완결된 서사를 만들 가능성을 시사했다. 그러나 손형전과 안보라가 지적했듯이 마티아스의 스토리 밸류 개념은 스토리를 하나의 상태에서 완전히 반대되는 상태로 진행시키는 위반성, 즉 반전 척도를 고려하지 않음으로써 반전에 선행하는 암시와 복선, 반전이 유발하는 놀라움과 즐거움과 재미가 결여되는 결과를 낳았다.[8] 이러한 한계는 반전 척도를 포함하는 새로운 스토리 밸류 개념을 정립함으로써 극복할 수 있다. 새로운 스토리 밸류 개념에 기반해 정리한 극영화와 애니메이션의 모티프 목록은 다음과 같다.

	모티프	설명	작품예시
1	강박증	주로 개인의 정신적인 문제로 생겨나는 갈등을 중심으로 이야기가 전개된다. 강박장애, 피해의식, 일중독 등이 이에 속한다.	레인 맨, 이보다 더 좋을 순 없다
2	경계성 인격장애	일명 반사회적 인격장애. 사회에 대해 반항 및 부적응 상태를 지속하며 사건을 일으키는 상황을 만들어낸다. 인물군의 다중인격, 시라노 콤플렉스, 사이코패스와 연결된다.	다크나이트
3	공황장애	특정 국면에서 정신병리학적인 공포를 느끼는 인물과 공포를 유발하는 상황이 장애물이 된다. 각종 공포증이 이에 속하며 외상 후 스트레스가 원인이 되는 경우가 많다.	현기증, 카피캣
4	노년기 과제	노년에 들어선 인물의 심리적 상황 때문에 사건이 일어난다. 자존심과 자기 증명, 노년기의 우정, 옛 추억 등의 소재가 이에 속한다.	드라이빙 미스 데이지, 남아 있는 나날
5	누명	우연히 혹은 계획적으로 억울한 일을 당하거나 그렇게 되도록 조성된 상황을 뜻한다. 관련된 연관어로는 음모, 질투가 있다.	몽테크리스토 백작, 도망자
6	대체역사	실제로 존재하거나 잘 알려진 역사적 상황 혹은 진실, 인물 등 특정 요소를 바꿈으로써 다른 결과를 지닌 평행우주를 보여준다.	슬라이딩 도어즈, 평행이론
7	도시 재난	주로 도시라는 현대적 배경에서 일어나는 재난인 화재, 빌딩 붕괴 등으로 벌어지는 상황을 그린다.	타워링, 911
8	도제 수련	수련을 통해 성장해 가는 과정에서 점진적 자아실현을 보여준다.	쿵푸 팬더
9	명예 손상	주인의 몰락으로 인한 명예 손상의 상황이 발생하면 하급자가 지혜를 발동하여 명예를 회복시키기 위해 힘쓴다.	춤추는 무뚜
10	무인도 조난	로빈슨 크루소 주제. 무인의 자연적 공간을 인간적 환경으로 변모시키는 과정이 나타나며 탈출 모티프와도 연관된다.	캐스트 어웨이
11	불면증	쉽게 잠들지 못하는 정신적 질환으로 인해 사건들이 생긴다.	히프노스, 인썸니아
12	비대칭 전투	대등한 응전이 가능하지 않은 불균형 상태의 전투. 일당백, 일기당천이 주제가 되며 스파르타 300용사 이야기가 원형이다.	300
13	빙의	동아시아 샤머니즘에서 유래한 것으로, 주로 영혼이 바뀌거나 영혼이 다른 사람의 몸에 들어가는 등의 상황을 만들어낸다.	체인지, 키스의 전주곡
14	사고사	사고로 인해 갑작스러운 죽음을 맞는 경우이다.	고백

15	사랑하는 이의 죽음	사랑하는 연인이나 상대의 죽음을 계기로 일어나는 일들을 그린다. 이계 방문, 시간여행 등의 모티프와 연관된다.	이프 온리
16	생물학적 재앙	전염병 발발과 그로 인한 집단적 문제의 유발 상황을 그린다.	눈먼 자들의 도시, 아웃브레이크
17	성 정체성 혼란	주로 동성을 좋아하는 상황에서 벌어지는 이야기들이 이에 속한다.	브로크백 마운틴
18	시한부 선고	불치병을 계기로 등장인물들이 감정적으로 마음을 확인하거나 유산, 비밀 등의 사건을 둘러싸고 인물들이 행동에 나선다.	러브 스토리, 편지, 스텝 맘
19	식민지화	국가가 멸망하거나 외세의 침략으로 타인의 지배하에 놓이게 되는 상황을 중심으로 인물의 행동이 펼쳐진다.	간디
20	아동 학대	폭행과 착취로 인해 가출을 감행하는 아이들의 성장 이야기가 주를 이룬다.	올리버 트위스트
21	악마와의 계약	초현실적인 힘에 기대어 소원을 실현하나 스스로의 파멸을 불러일으키는 원인이 된다.	파우스트
22	알코올 중독	알코올에 대한 탐닉으로 개인적 몰락을 겪다가 고난을 극복하거나 파멸한다. 중독자가 가해자일 경우 가정 폭력이나 이혼 등의 이야기가 전개된다.	라스베가스를 떠나며
23	연인 상실	연인의 부재, 결별 등으로 슬픔과 고통을 겪다가 새로운 인연을 만나는 과정을 그린다.	블루, 노르웨이의 숲
24	예언	주로 지구 멸망과 같은 미래에 대한 예견으로 인해 조성되는 인간의 불안 심리와 예언자의 영웅적 면모를 보여준다.	노스트라다무스
25	외계인 침입	외계인의 침입으로 재난이 일어나거나 혹은 외계인이 지구인과 함께 공존하면서 일어나는 일들을 그린다.	화성 침공, 맨 인 블랙
26	외상 후 스트레스성 장애	비극적인 경험을 겪은 후 사회적 행동에 비정상적 징후를 보이는 상태가 됨으로써 사건이 생긴다.	버디
27	용호상박	거의 대등한 힘을 가진 상대가 치열한 대결을 통해 승부를 가린다.	프로스트 대 닉슨
28	우울증	우울 때문에 칩거, 무기력, 염세주의 등의 상태가 동반되어 아웃사이더의 성격을 보이며 비정상적인 행동을 자행한다.	베로니카, 죽기로 결심하다
29	인공 동면	수면 상태에서 깨어난 뒤 겪는 환경 변화 속에서 사건이 생기거나, 극의 전개 속에서 장애물 혹은 사건의 매개체가 되기도 한다.	데몰리션 맨
30	전쟁 발발	전쟁으로 유발될 수 있는 모든 상황을 포괄한다(전투, 대학살, 연인 상실, 이산가족, 전쟁 포로, 전우 구출, 외상 후 스트레스성 장애 등).	라이언 일병 구하기
31	중년의 위기	스스로의 과거가 만든 감옥에서 탈출해 새로운 연인, 새로운 목표를 획득하는 중년의 이야기가 주를 이룬다.	쉘 위 댄스
32	지구 종말	천재지변이나 외계인의 침입 등으로 인한 인류 단위의 고난을 그린다.	투모로우(2004)

33	집단 광기	집단적으로 광적인 행위를 하는 단체가 등장하고 이에 반하는 단체가 생겨남으로써 둘 간에 갈등이 발생한다.	셔터 아일랜드
34	천재지변	지진, 화산 폭발, 쓰나미 등 자연재해로 인해 지리적 고립, 죽음 등의 사건이 일어난다.	단테스 피크
35	청소년기 일탈	청소년기의 반항이나 비행 청소년이 가출 후 성장하는 모습을 그린다.	클루리스
36	환생	죽은 연인이나 가족의 영혼이 다른 사람의 몸을 통해 다시 나타나고 이로 인해 사건이 일어난다.	번지점프를 하다
37	가문의 여주인	가족 가운데 남성 가장의 부재로 대신 여성이 가장이 되거나 여성이 가장 큰 권력을 쥐게 됨으로써 에피소드가 생긴다.	바람과 함께 사라지다
38	갑작스러운 병	가정 내부에서 일어나는 천재지변에 가까운 사건으로 의외성을 띠며, 희생하는 아버지 등 가정 비극의 모티프들과 연결된다.	로렌조 오일, 러브 스토리
39	강도	재물을 훔치기 위해 고군분투하는 강도나 전문 털이범의 치밀한 계획을 보여준다.	내일을 향해 쏴라, 오션스 일레븐, 뱅크잡
40	거대 괴수	집단 무의식과 억압된 공포의 표상으로 나타난 괴물이 인간의 생명을 위협하거나 예상과는 달리 인간과 교감하기도 한다.	죠스, 킹콩, 고질라
41	고귀한 창녀	직업에 대한 고정관념을 깨고 창녀가 구원의 여성상이자 순결한 영혼을 가진 인간의 모습을 보여준다.	귀여운 여인
42	고귀한 하녀	신분에 대한 고정관념을 깨고 하녀가 순결한 모습이나 고귀한 태도를 구현하며 계급을 초월한 사랑과 그로 인한 시련을 겪는다.	진주 귀걸이를 한 소녀
43	고뇌하는 깡패	힘으로 문제를 해결하는 깡패임에도 불구하고 인간적인 고통과 고뇌하는 모습을 보이며 음모에 휘말리거나 시련을 겪는다.	대부
44	고등 사기꾼	우발적 거짓말이나 계획적 사기를 통해 횡재를 이룬다. 사기결혼, 사기도박, 위조지폐, 경제 범죄 등이 이에 속한다.	매치스틱 맨, 캐치 미 이프 유캔,
45	고리대금 업자	돈의 노예나 다름없는 인물이 등장해 인간의 삶을 금전 쟁취를 추구하는 놀이로 인식한다.	베니스의 상인
46	고상한 야만인	사회로부터 격리되어 자연에 버려진 인간이 자연 속에서 성장하면서 인간의 정체성을 깨닫는다.	정글북
47	구세주 출현	보편적 위기 상황에서 구세주나 영웅이 출현하여 문제를 해결한다.	패션 오브 크라이스트
48	귀신 소환	귀신 퇴치 의뢰로 퇴마사, 소환술사 등이 등장하여 귀신을 소환하는 행위를 둘러싸고 사건이 생긴다.	엑소시스트
49	기억 상실증	상실된 기억으로 인해 정체성에 대해 고민하는 이야기나 연인의 기억상실증에 관련한 사랑 이야기를 그린다.	메멘토, 노트북

50	기이한 선생	학교의 권위주의에 대항하는 문제 선생님이 학생들과 교감하거나 갈등을 일으키는 모습을 그린다.	스쿨 오브 락, 죽은 시인의 사회
51	다중인격	이중자아와 자아분열을 통해 여러 가지 인격을 보여준다.	지킬 앤 하이드
52	덜떨어진 영웅	보통 사람이나 일반적인 영웅의 상식, 공식을 깬 영웅의 면모를 보여주면서 친근감을 준다.	킥 애스
53	도둑	도난, 도둑, 도둑질 등 훔치기와 관련된 행위들이 이에 속한다.	장발장, 스팅
54	도플갱어	이중자아, 이중인격을 나타내는 것으로 평행우주, 사이코패스, 다중인격, 변장 등의 모티프로 확장시킬 수 있다.	베로니카의 이중 생활
55	독재정치	독재자의 정치적 행위로 인해 감금, 부당한 차별, 식민지화 등의 상황이 생겨나며 무장봉기나 파산의 모티프를 동반한다.	히틀러
56	돈을 노리는 유혹자	정보나 돈을 목적으로 하되 이를 성취하기 위해 유혹의 방법을 사용한다. 제비나 꽃뱀 캐릭터가 이에 속한다.	팜므 파탈
57	돌연변이 (뮤턴트)	갑작스런 사고로 다른 종의 인간이 되거나 태어날 때부터 인간보다 우월한 힘을 가진 존재들이 등장한다.	헐크, 스파이더맨
58	동성애자	성 정체성 혼란으로 고통받는 인물이 등장해 이성애자들이 겪지 못하는 극적 경험들을 보여준다.	오스카 와일드의 시련, 코리동
59	똑똑한 바보	지능은 떨어지지만 감성 혹은 다른 능력이 뛰어난 장애인. 혹은 공적 업무는 잘 처리하지만 사생활에서 무능한 사람의 이야기.	포레스트 검프
60	뜻밖의 편지	망각하고 있던 과거의 진실을 되찾는 이야기가 전개된다.	이유 없는 의심
61	마법사 마녀	안타고니스트로 등장할 경우 주인공에게 장애물을 부여하고, 주인공으로 등장할 경우 일반인이 보지 못하는 환상 세계를 보여준다.	나니아 연대기
62	마약 거래자	마약중독자의 출연이나 마약 거래 등과 관련하여 밀수, 조직 폭력, 마피아, 부패 경찰 등의 상황 및 인물이 연관된다.	프렌치 커넥션
63	몰락한 귀족	경제적으론 빈곤하나 지위에 대한 자긍심 혹은 품위, 취향을 가지고 사는 인물이 이에 속한다	세 자매, 오만과 편견
64	미지의 후견인	정체를 알리지 않는 인물로부터 후원이나 도움을 받게 되며 비밀, 편지 등의 모티프를 동반한다.	키다리 아저씨
65	미친 전도사	광적인 종교 지도자가 비정상적인 방법으로 믿음을 강요한다.	20세기 소년
66	바람둥이	주로 바람둥이 남자가 등장하며, 유혹의 기술과 유혹 과정의 사연이 묘사된다. 흔히 회개와 여자의 복수 모티프 계열을 동반한다.	카사노바
67	반인반수	몸의 절반은 괴물, 절반은 인간인 모습을 하고 있어 돌연변이 모티프와 연관된다.	나니아 연대기
68	배반자	가룟 유다 주제. 자신을 신뢰하던 집단, 개인을 배신함으로써 사건의 전환을 일으키거나 발단이 된다.	대부, 프리치스 오너

69	뱀파이어	드라큘라 주제. 주로 귀족 살인마인 경우가 많으며, 몽마 (인큐버스), 감시, 납치 등의 모티프와 연관된다.	드라큘라, 프라이트 나이트, 노스페라투
70	뱀파이어 헌터	퇴마사와 추격자의 모티프와 관련이 있으며 뱀파이어를 사냥하는 인물이 나온다.	뱀파이어 서커스
71	버려진 아이	버림받은 아이들이 등장하여 집(고향적 세계)을 되찾기까지의 여정 혹은 새로운 가족과의 만남 등을 보여준다.	올리버 트위스트
72	변장	남장 여자, 여장 남자 모티프로 확대되며 신분 위장과 잠입의 이야기가 많다.	투씨, 미세스다웃파이어
73	복제인간	이중자아 모티프를 내재하고 있으며 인간과 구별하기 힘든 로봇의 경우도 여기에 포함된다.	블레이드 러너
74	부패 경찰	공권력인 경찰이 부패하는 상황이나 이를 저지하는 반대 세력과의 갈등을 그린다.	LA 컨피덴셜, 배트맨
75	불우한 천재	불우한 천재 예술가가 주제로 자주 등장한다. 천재가 세상의 인정을 받지 못하고 불행하게 살다 죽는다.	아마데우스
76	사랑에 빠진 노인	괴팍하거나 나이가 많은 노인이 연애 감정을 느낌으로써 발생하는 해프닝들을 다룬다.	롤리타, 이보다 더 좋을 순 없다
77	사이보그	인간-기계 공생, 잡종 교배, 정체성 위기로 이어진다.	아톰, 터미네이터
78	사이코패스	미결의 연쇄살인 사건에서 시작하여 이를 해결하려는 추리, 체포 등의 모티프를 내재하고 있다.	양들의 침묵
79	살인 청부업자	직업적으로 살인의 의뢰를 받는 사람으로, 일반의 선입견을 넘어선 근면 성실함, 착한 성품 등이 이야기의 재미가 된다.	자칼의 날, 레옹, 니키타
80	소년 영웅	어린 남자아이가 나이에 맞지 않는 시련과 고통을 겪고 성장하는 이야기가 주를 이룬다.	나 홀로 집에, 해리 포터
81	순교자	종교적 압박과 박해를 이겨내고 자신을 희생하는 인물. 구세주 출현, 부당한 차별 모티프와 연관된다.	미션
82	숨겨진 연인	간통, 삼각관계 등 남녀관계에 관련한 비밀, 탄로 등의 사건과 연관된다.	데미지, 블루, 연인
83	신분 상승 결혼	신분이 낮거나 가난한 인물이 신분이 높거나 재력이 있는 인물과 만나면서 사랑에 빠지는 이야기 혹은 이와 관련된 금기적 상황을 다룬다.	귀여운 여인
84	신분 위장	신분을 속이는 인물이나 상황. 변장, 살인 청부업자, 고등 사기꾼, 신분 상승 결혼, 수사 의뢰 등의 모티프와 관계가 있다.	투씨, 007 카지노 로얄
85	아웃사이더	방랑, 히피, 은둔자 등이 이에 속하며 불우한 천재, 빈민가, 청소년기 이탈의 모티프와 연관된다.	아웃사이더
86	악동	톰 소여 주제. 어른에 대한 반항과 어른의 행위를 모방하는 이중성을 보여준다. 소년 영웅, 청소년기 이탈 모티프와 연관된다.	푸줏간 소년, 파리대왕

87	악마의 아이	악마와의 관계에 의해 특별한 능력을 갖게 된 어린아이가 극적인 사건을 일으킨다. 환생, 귀신 소환, 퇴마사, 저주 모티프와 관련된다.	오멘, 엑소시스트
88	악마적인 예술가	유미주의적 분위기를 띠는 인물이 등장하며 광기 어린 행위가 살인과 연관되기도 한다.	향수, 퀼스
89	요부 (팜므 파탈)	살로메 주제. 불륜, 위험한 관계 등이 정치적 갈등과 엮이는 상황을 보여주기도 한다.	마타 하리, 여왕 마고
90	우월한 하급자	장화 신은 고양이 주제. 주로 폐쇄적 사회에서 저항이 일어나는 상황이 그려지고 기이한 선생 모티프와 연관되는 경우도 있다.	코러스
91	운명에 대한 반역	프로메테우스 주제. 주어진 운명에 맞서 도전하는 인물이 나온다. 불행한 천재, 바보, 고상한 야만인 모티프를 내재하고 있다.	슬럼독 밀리어네어
92	유랑자 (집시)	재난이나 선천적 장애, 가난 등에 시달리며 떠돌아다니는 삶을 사는 인물들이 등장한다.	노틀담의 꼽추, 올리버 트위스트
93	의적	정의를 추구하는 인물. 도망자 모티프로 확장된다.	로빈 후드
94	인질	인질극으로 모티프가 확장되며 사이코패스 기질을 드러내는 납치범이 등장하기도 한다.	호스티지
95	자폐증	사회적 의사소통을 거부하고, 자신의 내면세계에 틀어박힌 인물이 등장한다.	레인 맨
96	장애인	장애 극복을 위한 수련의 모티프들이 등장한다.	베니와 준
97	저승 방문자	이계 방문, 악마의 출현, 퇴마사의 모티프와 연관된다.	프로메테우스
98	전쟁 포로	전시의 감금과 탈출 상황에서 생겨나는 인물 유형으로, 용호상박, 결투, 전쟁 발발 모티프와 관련이 있다.	라이언 일병 구하기
99	좀비	인간이 아닌 종족이 등장하며, 주로 집단의 광기, 생물학적 재앙, 일당백의 모티프와 연관된다.	인베이젼
100	지인의 실종	가족 또는 지인의 불가사의한 부재로 이야기가 시작된다. 탐정과 추리의 서사를 내포하고 있다.	체인질링
101	창녀	몸 파는 소녀, 아내, 요부 등의 인물군과 매춘 상황을 내포한다.	물랑 루즈
102	처녀 영웅	잔다르크 주제. 국가 위기, 천재지변, 지구 종말의 상황과도 결부된다.	모노노케 히메
103	천사	타락한 세상에서 '지상의 천사'인 주인공이 약자를 구하는 상황. 악을 발견하여 문제를 해결하는 영웅적 면모를 가진 인물이 등장한다.	아임 낫 스케어드
104	출세주의자	벨아미 주제. 기회주의적인 방법으로 점진적인 자기실현을 이루는 의욕적인 인간형이 나타난다.	인 디 에어
105	치매	노년의 갑작스러운 병을 다루며 노년기 과제, 기억상실 모티프와 연관된다.	아이리스

106	퇴마사	무당, 뱀파이어 헌터, 음양사 등의 인물군이 속한다.	음양사
107	파산	돈을 노리는 유혹자, 도박, 갑작스러운 사고 모티프와 연관된다.	뻔뻔한 딕 & 제인
108	피그말리온	갈라테이아 모티프. 이상형의 애인, 계급을 초월한 사랑과 연관.	마이 페어 레이디
109	계모의 학대	신데렐라 주제. 아동 학대, 부모 찾기 등의 모티프를 내재하고 있다.	에버 에프터
110	해적	붉은수염 '바르바로사', '드레이크' 등 전설과 역사 속의 해적들을 모델로 하며, 주로 약탈, 도둑, 납치 등의 모티프와 연관된다.	캐리비안의 해적, 피터 팬
111	호모 수피어러	주로 슈퍼히어로물의 주인공들이 이에 속하며, 뜻밖의 초능력, 도시 재난, 돌연변이 모티프와 연관된다.	슈퍼맨, 스파이더맨
112	횡재	복권 당첨, 상속, 벼락부자 등 돈과 관련된 모티프를 내재하고 있다.	황금 알을 낳는 거위
113	희생하는 부모	자식을 위해 희생하는 부모의 모습을 주로 보여주며 부모의 고난이 자식의 회개 모티프로 연결되기도 한다.	마더, 인생은 아름다워
114	희생하는 아들	부모를 위해 희생하는 자식이 등장하며 주로 가장의 희생을 그린다.	길버트 그레이프
115	가족 분열 (이산가족)	전쟁 발발, 도시 재난, 지인 실종 등의 상황과 입양, 고아, 이별 등의 모티프들과 연관되어 있다.	태극기 휘날리며
116	간통	혼외정사의 상황을 기본으로 하며 비밀의 발각, 배우자의 복수, 사회적 징벌의 모티프와 연관된다.	화양연화
117	감금	한정된 공간에 갇히게 되는 상황과 인질의 모티프를 동반한다.	라푼젤
118	감춰진 혈통 찾기	고귀한 혈통과 비천한 삶이 대비되어 나타나고 가족 찾기, 출생의 비밀과 연관된다.	어거스트 러쉬
119	갑작스러운 사고	재난, 재해, 낯선 생물체 출현, 우발적 죽음 등의 사고 모티프를 내재하고 있다.	타이타닉, K2
120	강간	원치 않은 임신, 갑작스러운 외상의 상황과 연관된다.	릴리 슈슈의모든것
121	강제된 과업	원치 않는 임무, 강제 이주, 임무 수행의 상황을 내재하고 있다.	쉰들러 리스트
122	거짓된 진술	주관적 진실, 가짜 증인과 피해자, 거짓말 등의 모티프와 연관된다.	라쇼몽
123	계급을 초월한사랑	첫눈에 반한 사랑과 오해, 구혼 시험 등의 상황과 연관된다.	로마의 휴일, 노팅힐
124	고립된 남녀	사회로부터의 이탈, 심리적 고립을 내포하며 인간소외, 우울증, 자살 등의 상황과 연관된다.	실락원, 아무도 모른다

125	고발	사회의 부조리에 맞서 진실을 규명하기 위해 증거를 찾거나 진실을 고백한다.	에린 브로코비치, 지옥의 묵시록
126	고부 갈등	자식에 집착하는 부모와 마마보이나 마마걸 증상을 보이는 자식들의 행위가 부딪치며 갈등을 일으키는 상황을 보여준다.	미저리, 올가미
127	관음증	훔쳐보기, 비밀스러운 목격자, 의심, 엿보기, 정체 발각의 모티프를 내재하고 있다.	이창, 트루먼 쇼
128	광기 어린 사랑	자기 파괴적 사랑, 미친 사랑, 금지된 사랑, 불륜 등의 모티프를 내재하고 있다.	퐁네프의 연인들
129	구혼 시험	혼사 장애 구조를 기본 구조로 삼으며 첫눈에 반한 사랑, 이별, 신분 상승 결혼 등의 모티프를 내재하고 있다.	투란도트
130	귀향	'돌아온 탕아'의 원형 모티프. 고향, 감춰진 혈통 찾기와 연관된다.	레이첼, 결혼하다
131	근친상간	오이디푸스 콤플렉스, 엘렉트라 콤플렉스 주제. 가장 근원적인 사회적 금기의 위반을 다룬다.	올드보이
132	나쁜 남자에게 반하기	스톡홀름 신드롬 주제. 마조히스트, 사기 결혼, 카사노바 모티프와 연관된다.	카사노바
133	나이 차를 극복한 사랑	세대차이, 첫눈에 반한 사랑, 신분 상승 결혼 등의 모티프를 내재하고 있다.	연인
134	납치	인신매매, 유아 납치, 협박, 경고장 등의 상황과 연관된다.	미저리, 파고
135	낯선 곳으로의 이주	강제 이주, 이민, 피난, 망명 등의 상황과 연관되어 식민지 개척, 원주민에 대한 서사를 반영한다.	우주 전쟁
136	네크로필리아	시체 애호증을 보이는 인물이 등장하며, 성도착증과 관련된다.	네크로맨틱, 백주의 살인마
137	대전 격투	편력기사의 원형 모티프. 결투와 성장의 서사를 내재하고 있다.	분노의 주먹
138	대학살	홀로코스트, 게토, 식민지 등의 상황과 연관된다.	쉰들러 리스트
139	대항해와 원정	미지의 세계, 모험, 보물찾기 등의 서사를 내재하고 있다.	인디아나 존스
140	도망자	감금, 탈옥, 탈주, 누명의 상황을 내재한다.	레미제라블
141	도박	재물과 관련하여 재산 탕진, 일확천금 등의 상황을 만들어낸다.	라운더스
142	동물과의 우정	인간과 동물 간의 종을 뛰어넘은 우정이나 사랑을 다룬다.	드리머, 아름다운 비행, 프리 윌리
143	동반자살	일탈의 상황, 순애보, 가족 분열 등의 모티프와 연관된다.	엘비라 마디간

144	뜻밖의 초능력	우연한 계기로 초능력을 얻게 되고 그 힘으로 영웅적 행위나 악행을 행한다.	스파이더맨
145	롤리타	남자의 소아성애 집착. 근친상간, 원조 교제 등의 상황과 연관된다.	롤리타
146	마조히즘	학대 애호증, 피학증을 보이는 인물이 등장한다.	감각의 제국
147	모반	전제 권력, 권력 찬탈, 황실(왕실)의 골육상쟁과 연관되어 이간질, 배신의 상황을 만든다.	작전명 발키리
148	무장봉기	전쟁 발발, 혁명과 관련하여 발생한다.	스파르타쿠스
149	미결의 살인 사건	사건의 진실을 좇아 범인을 추적한다.	왓치맨, 살인의 추억
150	백치 미인	외모는 뛰어나지만 지적인 능력이 부족한 여성이 등장해 남녀관계에서 비롯된 다양한 일탈적 상황을 유발.	금발이 너무해
151	보물찾기	숨겨진 보물, 재물을 찾기 위해 비밀을 풀거나 모험을 한다.	인디아나 존스
152	복수혈전	감금, 탈옥, 탈주, 누명, 추적의 모티프를 내재하고 있다.	킬 빌
153	부당한 차별	인종차별, 계급차별로 인해 무장봉기가 일어난다.	밀크
154	부모 찾기	감춰진 혈통 찾기 모티프와 연관된다.	기쿠지로의 여름
155	부부 싸움	배우자 혐오와 가족 분열을 내포하고 있다.	장미의 전쟁
156	불청객	뜻밖의 동거를 통해 감춰진 혈통을 찾게 되거나 비밀을 알게 된다.	과속 스캔들
157	사디즘	성도착증, 변태적 성적 학대 등 마조히즘을 동반한다.	감각의 제국
158	사람이 된 인형	피노키오 주제. 인형이나 로봇, 기타 사물이 인간이 되고 싶어 하는 감정을 품게 되는 상황을 묘사한다.	A.I., 바이센테니얼 맨
159	사랑의 연기	현실적 이익을 위해 가짜 사랑을 꾸며내는 상황이 펼쳐진다.	사랑은 비를 타고
160	삼각관계	사랑의 경쟁 관계로부터 갈등과 사건이 발생한다.	트와일라잇
161	성생활 장애	부부 혹은 연인의 성관계에 문제가 생기면서 상황이 발생. 중년의 위기, 불륜, 혼외정사 모티프와 연관된다.	아메리칸 뷰티
162	세대를 초월한 우정	인종이나 세대, 나이를 초월한 우정이 이에 속한다.	시네마 천국

163	수사 의뢰	쉬워 보이는 의뢰를 해결하던 중 보다 큰 음모에 휩쓸리게 되고, 의뢰인이 범죄(수사 대상)의 핵심 인물인 경우가 많다.	차이나타운
164	수수께끼	미로와 같은 상황이 펼쳐지며 오답에 대한 가혹한 처벌을 보여준다.	내셔널 트레져, 세븐
165	스와핑	합의하에 배우자를 교환하는 상황이 펼쳐지며 가족의 혼합, 성도착증의 모티프를 내재하고 있다.	내 친구의 아내
166	스토킹	특정 인물에 과도한 집착을 보이는 인물이 등장해 파괴적인 사랑의 행위를 보여준다.	미저리
167	시간여행	과거나 미래로 가는 등 시간을 거슬러 이동하는 상황이 묘사된다.	12 몽키즈
168	시라노 콤플렉스	신체적 결함, 외모의 추함 때문에 느끼는 질투, 열등감을 동반한 짝사랑을 보여준다.	노틀담의 꼽추
169	아내 강탈	트로이의 헬렌 주제. 감금, 납치, 구출 등의 모티프와 연관된다.	분노의 저격자
170	아동 유괴	유괴범, 몸값, 협박 전화, 납치, 감금, 강간, 성도착자 등의 모티프를 내재하고 있다.	그놈 목소리
171	아름다운 불륜	혼외정사를 그리고 있으나 관객들이 그 사랑을 납득할 수 있도록 긍정적으로 그려 보인다.	첨밀밀
172	연쇄살인	수사, 추적, 추리의 모티프를 내재하고 있다.	세븐, 양들의 침묵
173	옛 연인의 출현	옛 연인의 출현을 계기로 펼쳐지는 재회, 복수, 불륜, 오해의 모티프와 연관된다.	맘마미아
174	오해 (착각)	선의의 거짓말, 주관적 진실, 누명의 모티프와 연관된다.	라쇼몽
175	오이디푸스 콤플렉스	아버지 혐오, 부자 갈등, 살부 충동, 결투, 복수, 용서 등의 모티프를 내재하고 있다.	이유 없는 반항, 졸업
176	우발적 살인	우발적으로 저지른 살인 행위로 인해 범행 은폐, 체포 위기의 상황이 발생한다.	호숫가 살인사건
177	원 나잇 스탠드	하룻밤 사랑의 후유증과 함께 질투, 복수, 일탈, 기억상실 등의 상황을 그린다.	위험한 정사(1987)
178	위험한 비밀 결혼	로미오와 줄리엣의 원형 모티프. 복수, 변장, 첫눈에 반한 사랑 등의 모티프를 동반한다.	로미오와 줄리엣
179	유령	억울한 죽음, 현세에 대한 미련을 보여주는 인물군이 등장하며, 사람과의 사랑, 복수, 광기 등의 상황을 동반한다.	사랑과 영혼, 링
180	의처증 (의부증)	정신 병리, 가정 폭력의 상황과 관련하여 질투, 복수, 집착, 감금의 모티프들을 보여준다.	적과의 동침
181	이간질	이아고 주제. 질투, 계략, 모함, 권력 쟁탈의 모티프와 연관된다.	초콜릿

182	이계 방문	이상한 나라의 앨리스 주제. 텔레포트, 공간 이동의 모티프를 보여준다.	인셉션
183	이계 생명체와의 우정	다른 세계에서 온 생명체와 교감을 하게 되고 이를 방해하는 상황들이 발생한다.	E.T.
184	이지메	집단생활에서의 따돌림, 왕따 등이 이에 속하며 감금, 폭행, 살인의 모티프를 보여준다.	여고괴담
185	이혼	권태기, 배우자 기만 등의 상황으로 인해 발생하는 파경, 이혼, 가족 해체, 육아 문제 등의 모티프를 내재하고 있다.	결혼의 조건
186	엘렉트라 콤플렉스	오이디푸스 콤플렉스와 대비되며, 어머니 혐오, 모녀 갈등, 아버지 사랑, 새엄마 증오 등의 모티프와 연관된다.	콰이어트
187	자살	투신자살, 집단자살 등의 상황으로 확장된다.	자살 관광버스
188	저주	악령, 주술, 퇴마사 모티프와 연관된다.	엑소시스트
189	저주받은 장소	유령의 집, 흉가, 폐가 등 정체불명의 장소를 중심으로 수수께끼를 해결해야 하는 상황이 발생한다.	몬스터 하우스
190	적과의 사랑	로미오와 줄리엣 주제. 호동왕자와 낙랑공주 주제. 스파이, 신분 위장 모티프를 동반한다.	색, 계
191	적군과의 우정	전쟁 상황에서 발생하는 인간애를 집중적으로 다룬다.	공동경비구역 JSA
192	전우 구출	전쟁 상황에서 다른 인물을 구출하기 위한 상황을 보여준다. 전쟁 발발, 탈출, 감금 등의 모티프를 내재하고 있다.	라이언일병 구하기
193	죄의 고백	고해성사, 비밀 누설, 가짜 고백 등으로 인해 비밀이 탄로나고 파국에 치닫는 상황을 그린다.	리틀 러너
194	지리적 고립	물리적 고립 상황에서 표출되는 극단적인 인간상을 그리며 탈출, 구출 등의 모티프를 내재하고 있다.	파리대왕
195	지배자 희롱	벌거벗은 임금님 원형으로, 계급 갈등이나 독재자의 모습을 그린다.	왕의 남자
196	짝사랑	사랑의 엇갈림, 첫사랑, 첫눈에 반한 사랑을 다룬다.	러브레터
197	첫 관계	동정 상실 및 처녀 상실의 공포를 토대로 하는 상황. 첫사랑, 원 나잇 스탠드의 모티프와도 연관된다.	40살까지 못 해본 남자
198	첫눈에 반한 사랑	로맨틱한 신들림을 보여주며 사회적 관습 및 금기와의 갈등을 내포한다.	페드라
199	추격자	형사물의 원형이 되는 모티프. 뱀파이어 헌터, 형사 등의 인물군이 등장한다.	세븐
200	취향의 재발견	수련 모티프와도 연관되며 중년기의 위기를 다룬 드라마 및 예술가 드라마에서 자주 등장한다.	쉘 위 댄스

201	탈옥	감옥이라는 한정된 공간에서 탈출하거나 누군가를 구출하려는 데에서 사건이 벌어진다.	빠삐용, 더 록
202	테러	테러범 수사, 핵폭탄 테러, 종말론과 연관되며 재난의 상황도 동반한다.	스피드
203	파계	성직자의 현세적 사랑을 그리며, 로맨틱한 신들림, 파문 선고 등의 상황을 만들어낸다.	파계(The Nun's Story, 1959)
204	파업	노동운동, 노사 갈등, 계급 갈등의 주제를 내재하고 있다.	파업전야
205	형제 간 경쟁	카인과 아벨 주제. 일명 짝패 갈등. 가족 간의 불화나 용호상박 등의 모티프를 내재.	가을의 전설

표 24 205개 모티프 설명 및 작품 예시

2부

디지털
스토리텔링

01 디지털 매체 환경과 탈고전 서사학

매체 환경의 변화는 창작의 변화로 이어진다. 작가는 더 이상 눈앞의 대상 세계를 직접 지각하고 그것을 묘사하는 사람이 아니다. 작가는 매체를 통해 중개되고 편집된 세계를 간접적으로 지각한다. 작가는 네트워크화된 컴퓨터 환경으로 거미줄처럼 연결된 인류 사회의 심미적 유리창에 하나의 입김처럼 나타나 자신의 스토리를 생성하고 전달하고 다시 사라진다. 그는 무에서 유를 창조하는 사람이 아니라 주어진 텍스트의 가능성을 현실화하는 사람이다.

디지털 스토리텔링^{Digital Storytelling}은 정보화 시대의 새로운 매체 환경에서 창작되고 향유되는 스토리텔링, 즉 디지털 기술을 매체 환경 또는 표현 수단으로 수용하여 이루어지는 서사 행위이다.[1]

이 용어는 1995년 미국 콜로라도 주에서 열린 디지털 스토리텔링 페스티벌을 계기로 확산되었다. "경험을 공유하고 싶은 사람은 모두 자기 이야기를 웹에 올려 작가가 되자"라는 페스티벌의 취지가 말해 주듯이 애초에 디지털 스토리텔링은 전문 작가가 아닌 일반인, 웹 환경의 매체 민주적인 성격을 선호하는 보통 사람들을 위한 것이었다. 이런 매체 민주적이고 일상 친화적인 속성은 브라이언 알렉산더가 디지털 스토리텔링의 본보기로 제시한 다음의 사례들에서도 잘 드러난다.[2]

> ■ 작물 재배 과정을 촬영한 사진들을 합성하여 만든 아주 짧은 이야기
> ■ 노르만 통치자들의 비범했던 삶을 다루는 중세 역사에 관한 팟캐스트
> ■ 1968년 미국에 관한 블로그 소설
> ■ 엄마와 딸의 관계에 관한 비디오 클립
> ■ 웹 사이트에 기반을 두지만 다양한 플랫폼을 가로질러 확장되는 게임들
> ■ 모바일 폰으로 쓰이고 읽히는 소설들
> ■ 페이스북으로 다시 이야기되는 홀로코스트 희생자들의 삶

표 25 디지털 스토리텔링 사례

디지털 스토리텔링의 저변을 이루는 것은 이처럼 디지털 매체를 통해 생산되고 유포되는 도시 전설urban legend 또는 현대 민담과 같은 이야기들이다. 이런 이야기들은 특별한 조직이나 계획 없이 자발적으로 나타난다. 그러나 이런 자연발생성의 내부에는 매체 환경의 변화가 지향하는 목적의식성의 계기들이 숨어 있다.

2012년 9월 진입 2주 만에 빌보드 싱글 차트 2위에 오른 싸이의 〈강남스타일〉 뮤직비디오는 현대 디지털 매체 환경의 비알파벳적 속성을 단적으로 보여주었다. 〈강남스타일〉은 한국어 가사로 노래한 한국 노래이다. 끊임없이 루핑되는 베이스 선율과 그에 병렬되는 옥타브의 전자음, 클럽의 디제잉을 연상시키는 여음구, 분위기를 고조시키는 아첼레란도는 이 노래가 한국 강남의 나이트클럽에서 춤을 추기 위해 특화된 노래임을 말해 준다.[3] 그러나 현대의 디지털 매체 환경은 이 특정한 뮤직비디오가 전통적 매체 환경에서 치명적 문화 장벽으로 작용했던 국지적, 언어적 코드를 넘어서 14개월 만에 18억 명(2013년 11월 9일 집계)에게 전파되는 상황을 창출했다.

〈강남스타일〉의 사례와 같은 문화적 정보처리의 형식들은 디지털 매

체 환경이 지향하는 새로운 인간 조건을 말해 준다. 현대의 인간 조건은 빌렘 플루서가 예견했던 대로 알파벳 코드를 이용한 선형성과 결별했다.[4] 그 대신 형상(그림) 코드와 음향 코드를 이용한 추상화와 실시간 공유를 통해 탈역사적 마법을 실행하며 모든 국지적 문화권을 하나로 통합하고 있다. 이러한 매체 환경은 생태계 파괴와 테러리즘의 위협 속에서 70억 인류의 공감과 협력, 평화로운 공존을 도모해야 하는 시대의 산물이다.

디지털 매체 기술은 서사 예술에서 일정한 예술 형식에 도달하기 위해 발전해 가고 있다. 김탁환의 지적처럼 이러한 발전은 디지털 서사가 구전 서사와 기록 서사를 대체하는 것이 아니라 구전 서사와 기록 서사의 내용과 형식을 수용하고 계승하는 방향이 될 것이다.[5] 중요한 것은 이러한 수용과 계승에 첨가되는 새로운 관념이다.

매체 환경의 변화는 창작의 변화로 이어진다. 작가는 더 이상 눈앞의 대상 세계를 직접 지각하고 그것을 묘사하는 사람이 아니다. 작가는 매체를 통해 중개되고 편집된 세계를 간접적으로 지각한다. 작가는 네트워크화된 컴퓨터 환경으로 거미줄처럼 연결된 인류 사회의 심미적 유리창에 하나의 입김처럼 나타나 자신의 스토리를 생성하고 전달하고 다시 사라진다. 그는 무에서 유를 창조하는 사람이 아니라 주어진 텍스트의 가능성을 현실화하는 사람이다. 디지털 스토리텔링은 이러한 매체 환경에 대응하는 두 가지 새로운 관념을 발전시켰다.

첫째는 스토리가 영원한 생성의 구조물이라는 인식이다. 디지털 스토리텔링은 그 명칭에 진행형을 뜻하는 '-ing'가 붙는다. 디지털 스토리텔링이라는 개념은 진행, 생성, 과정, 변화에 있는 사건의 상태가 스토리의 본래적이고 의미심장한 상태라고 생각한다.

스토리는 종이 책으로 된 소설이 될 수도 있고, 스크린 위의 영화가 될 수도 있고, 게임이 될 수도 있다. 그러나 중요한 것은 그런 사물의 영역이 아니다. 사물적인 것은 생겨난 그 순간부터 정체되고, 마멸되며, 낡아간다. 사건적인 것만이 새롭고 동시에 영원하다. 스토리가 만들어지는 과정, 스토리가 독자에게 수용되고 변형되어 새로운 스토리를 낳는 과정은 잠깐 나타났다가 사라지는 것처럼 보이지만 영원히 반복해서 일어난다. 문제는 사물의 의기소침意氣銷沈이 아니라 사건의 생기발랄生氣潑剌인 것이다.

생성의 속성은 문학의 서사 장르에서 다루는 스토리의 개념이 아니라, 인간이 자신의 사유와 감정을 표현하는 기본적인 수행 능력으로서의 이야기 개념에서 특히 강조된다. 이 때 이야기는 롤랑 바르트가 말한 가장 넓은 의미의 서사로서 어느 시대, 어느 사회에나 존재하는 인간의 속성이다. 이야기는 말로 구술될 수도 있고 글로 기술될 수도 있다. 이야기는 분절적인 언어일 수 있고, 고정된 이미지일 수 있고, 움직이는 이미지일 수 있고, 몸짓일 수도 있으며, 이 모든 실체들의 적당한 배합이 될 수도 있다. 말만 할 줄 안다면, 즉 구조에서 출발하여 메시지를 만들어내는 능력만 있다면 누구나 스토리를 만들 수 있다.[6]

기본적인 수행 능력이라고 해서 소설이나 영화 같은 본격적인 이야기 예술보다 덜 중요하거나 덜 정교한 것도 아니다. 예컨대 서사 중심의학narrative-based medicine처럼 의사와 환자 사이에 교류되는 스토리는 섬세한 서사적 평형을 통해 의료윤리의 형성에 도달해야 하는 심각하고 의미심장한 것이다.[7]

둘째는 스토리가 부분과 전체로 분절될 수 있는 구조물이라는 인식이다. 레프 마노비치는 디지털 미디어의 원리를 수치화Numerical Coding, 모듈 구조$^{Modular\ Structure}$, 가변성^{Variability}이라는 세 가지로 정리한다. 수치화는 모든 미디어 객체가 이미지 화소^{pixel}와 같은 샘플로 추출되며 각 샘플은 수치로 표현될 수 있다는 뜻이다. 가변성이란 모든 미디어 객체가 하나로 고정된 것이 아니라 잠재적으로 무한히 다른 판본으로 존재할 수 있음을 말한다. 수치화와 가변성을 가능하게 하는 보다 본질적인 원리인 모듈 구조는 미디어 객체를 이루는 부분 요소들이 그 자체의 독립성을 잃지 않고 더 큰 객체로 조합된다는 뜻이다.[8]

스토리의 모든 단위들은 어떤 맥락에서는 전체이지만 다른 맥락에서는 부분이 된다. 이를테면 씬은 컷에 대해서는 전체이지만 시퀀스에 대해서는 부분이며 시퀀스는 씬에 대해서는 전체이지만 액트에 대해서는 부분이고 액트 역시 시퀀스에 대해서는 전체이지만 영화에 대해서는 부분이다. 각 요소는 전체인 것만도 부분인 것만도 아니며 언제나 전체이자 부분이다.

토도로프에 따르면 하나의 스토리는 몇 개의 최소 이야기로 분절되며 하나의 최소 이야기는 다섯 개의 서사 명제로 분절된다. 바르트에 따르면 하나의 스토리는 몇 개의 서술로 분절되며 하나의 서술은 몇 개의 행위로, 하나의 행위는 몇 개의 기능으로 다시 분절된다.

분절의 속성이 적용되는 것은 스토리의 공시적 구조만이 아니다. 스토리를 만들어나가는 시간 축상의 과정, 즉 통시적 구조도 분절된다. 심리적 사건으로서 스토리 창작은 발상을 떠올리는 착상^{conception}, 발상을 키우는 배양^{incubation}, 확실한 형상을 붙잡는 영감^{inspiration}, 형상을 고치는 교정^{correction}의 네 단계로 분절된다.[9] 가시적 결과로서 스토리 창작은 한 장 분량의 아이디어가 작성되는 시놉시스 단계, 이 아이디어가 수십 장 분량의 보다 구체화된 이야기로 발전하는 트리트먼트 단계, 이야기가 영화, 뮤지컬 등 해당 장르의 담화 형식으로 완성되는 시나리오 단계로 분절된다.

스토리 창작 과정이 생성의 과정이며 동시에 분절의 과정이라고 할 때 스토리 창작에는 디지털 미디어 객체를 프로그래밍하는 일반적인 알고리즘이 적용될 수 있다. 알고리즘은 이야기의 본질에 대한 새로운 발견을 낳는다. 컴퓨터가 이야기를 어디까지 만들어낼 수 있는가 하는 질문은 사람이 어떻게 이야기를 만드는가와 밀접한 관련이 있다. 이러한 적용의 산물을 디지털 스토리텔링 창작 도구라고 한다. 현존하는 디지털 스토리텔링 창작 도구에는 크게 두 가지 종류가 있다.

하나는 스토리 창작 지원 도구이다. 이런 프로그램들은 작가가 플롯을 체계화하는 것을 도와주고, 데이터 검색 및 수집과 씬별 자동 정렬, 질의응답을 통한 스토리 추천, 장르에 맞는 템플릿 기능 등을 지원한다.

드라마티카 프로Dramatica Pro, 트루비의 블록버스터Truby's Blockbuster, 파이널 드래프트Final Draft, 파워 스트럭처Power Structure, 스토리 크래프트Story Craft, 플롯 언리미티드Plots Unlimited, 스토리빌더StoryBuilder, 무비 매직 스크린라이터Movie Magic Screenwriter 등은 스토리 창작 지원 도구의 대표적인 사례이다.[10]

다른 하나는 스토리 자동 생성 도구이다. 여기에 속하는 프로그램들은 작가가 초기값만 입력하면 스토리 문법과 자연어 처리 기술 등을 동원하여 인간 작가의 창작물보다는 어색하지만 어쨌든 하나의 스토리를 자동으로 생성한다.

요셉Joseph, 민스트럴MINSTREL, 프로토프로프ProtoPropp, 오피아테OPIATE, 테일스핀Tale-Spin, 유니버스Universe, 스토리트론Storytron, 멕시카MEXICA 등은 스토리 자동 생성 도구의 대표적인 사례이다.[11]

스토리 창작 지원 도구가 조셉 캠벨, 롤랑 바르트, 제라르 쥬네트,

그림 4 상용화된 디지털 스토리텔링 창작 도구들

A. J. 그레마스 등의 고전주의 서사학 이론에 기반하고 있음에 비해 스토리 자동 생성 도구는 제임스 미한, 마이클 레보위츠, 스콧 터너, 데이비드 E. 루멜하트, 린 펨버튼, 마이클 영, 셀머 브링스율드 등의 인지과학 또는 인공지능 컴퓨터 공학에 기반하고 있다.

디지털 스토리텔링 창작 도구들은 현대 서사학에 깊은 영향을 끼쳤다. 과거의 서사학은 서사라는 재현물이 어떤 의미를 갖는가를 문제삼는 해석의 연구였다. 그러나 디지털 스토리텔링 창작 도구가 나타난 1990년 이후의 현대 서사학은 서사라는 재현물을 어떻게 재현하는가를 문제 삼는 생산의 연구가 되었다. 이러한 흐름을 보다 구체적으로 살펴보자.

전통적으로 서사학은 인문학의 어문학 전공에서 연구하던 학문이었다. 서사학이 개별 학문으로서 자리를 잡는 데 결정적인 기여를 한 것은 하나의 서사를 파불라(이야기)와 슈제트(플롯)로 구분한 러시아 형식주의였다. 러시아 형식주의는 언어를 랑그^{langue}와 파롤^{parole}로, 기호를 시니피에^{signifié}와 시니피앙^{signifiant}으로 구분한 소쉬르 언어학의 영향을 받았다.[12] 러시아 형식주의가 정치적인 탄압으로 쇠퇴한 후, 모든 서사는 순차적으로 나타나는 31개의 기능(동사)과 7개의 인물형(명사)이 만들어내는 한정된 수효의 패턴에 따라 출현한다고 말한 블라디미르 프로프의 형태학이 등장했다.

프로프의 형태학은 프랑스로 건너가서 모든 서사가 최초의 사실성, 현실화 과정, 도달한 목표의 삼부체^{triad matrix}로 이루어진다는 클로드 브레몽의 삼부체 이론과, 모든 서사가 수행, 계약, 분리라는 3개의 통사 축을 따라 포진한 6개 유형의 행동자(발신자, 수신자, 주체, 목표, 조력자, 방해자)를 갖는다는 A. J. 그레마스의 행동자 이론을 낳았다.[13] 여기에 모든 서사가 기능 단위와 징조 단위가 결합된 시퀀스들과 시퀀스들이 만드는 행위, 행위들이 만드는 서술로 이루어진다는 롤랑 바르트의 서사 층위 이론, 모든 서사가 더 이상 분할할 수 없는 사건의 최소 단위인 서사 명제, 최소 5개 이상의 서사 명제가 모인 시퀀스, 시퀀스들의 집합인 텍스트로 이루어진다는 츠베탕 토도로프의 서사 명제 이론 등이 추가되면서 비로소 구조주의 서사학이 성립하게 되었다.

1990년까지 서사학이라는 용어는 나라마다 조금씩 차이는 있지만 이 같은 구조주의 서사학을 중심으로 한 일군의 이론들을 가리켰다. 구조주의 서사학과 가까운 위치에 뉴 크리티시즘, 신화 비평, 대화주의 서사학, 독자 수용 이론이 있었고, 외곽에 정신분석 비평, 마르크스주의 비평, 페미니즘 비평, 탈식민주의 비평이 존재했다. 제각기 심각한 입장 차이를 주장하고 있음에도 불구하고 이 이론들은 인문학이라는 학제 영역 안에 포괄될 수 있었고 토머스 쿤이 말하는 정상 학문^{normal science}이라는 점에서 동일했다.

1962년 토머스 쿤은 학문이 점층적으로 누적되면서 발전한다는 기존의 관념을 깨고 학문은 하나의 패러다임에서 다른 패러다임으로 혁명적으로 전환된다고 주장하는 『과학 혁명의 구조』를 발표했다. 어떤 학제적 학문 구성체$^{disciplinary matrix}$의 사람들 사이에 세계의 구성에 대해 공유하는 가정이 존재할 때 그것은 '정상 학문'의 시기라고 할 수 있다.[14] 그러나 사회의 복잡성이 증가하면서 기존 정상 학문의 패러다임으로는 설명할 수 없는 새로운 현상들이 늘어나면 패러다임 전환$^{paradigm shift}$이 일어난다. 기존 학문의 경계를 넘어 다른 분과 학문들과 통섭, 융합을 시도하는 '경계 학문$^{interdisciplinary science}$'이 출현하는 것이다.

모니카 플루더니크, 얀 알버, 데이비드 허먼, 마리 로르 라이언 등의 서사 이론가들은 1990년을 서사학에서 이러한 패러다임 전환이 나타난 해였다고 본다. 1990년을 전후하여 그 이전까지는 형식적으로만 언급되었던 창작과 작품을 연결하는 연구가 서사학의 가장 중요한 학문적 목표 가운데 하나가 되었다. 연구자와 작품, 연구자와 작가라는 이항관계가 아니라 창작과 작품과 연구자라는 삼각관계 내지 삼각법이 강조되기 시작한 것이다.[15]

앨런 리처드슨, 프랜시스 스틴, 마크 터너 등은 이러한 연구를 인지서사학이라 부르며, 인지서사학을 포함한 새로운 관점의 서사학 연구방법론을 '탈고전 서사학'이라 부른다.[16] 탈고전 서사학은 인문학의 단일한 학제 영역에 포획되지 않는다. 탈고전 서사학은 인문학 외의 다른 학문 영역에 대한 의존도가 높으며 특히 인문학과 컴퓨터 공학, 인지심리학에 걸쳐 있는 경계 학문이자 다학제 간 연구라고 말할 수 있다. 탈고전 서사학은 정치의 변화, 매체의 변화, 과학의 변화라는 세 가지 역사적 배경을 갖는다.

첫째, 1990년은 동유럽 사회주의의 몰락으로 냉전이 끝나고 신자유주의의 강력한 자본 지배가 수면 위로 고개를 쳐든 해였다. 탈이념과 탈권위의 거대한 흐름 속에서 근대적 가치에 대한 해체의 움직임이 나

타났고 포스트모더니즘이 등장했다.[17]

둘째, 1990년은 팀 버너스 리가 인터넷의 모태가 되는 하이퍼텍스트 시스템을 고안하고 마이크로소프트사가 윈도우즈를 팔아 IT 기업 최초로 매출 10억 달러를 돌파한 해였다.[18] 컴퓨터 네트워크의 대중화가 시작되면서 장 보드리야르가 말한 시뮬라크르, 즉 모방과 복사와 변조의 문화는 걷잡을 수 없는 속도로 확산되어 갔다.

셋째, 1990년은 MRI라고 불리는 자기공명영상 촬영 기술이 보급된 해였다. 이로 인한 인지신경과학Cognitive Neuroscience의 획기적인 발전은 1990년대에 인지과학을 학문 간 융합의 중심에 자리하게 했다.[19] 실제로 인간의 뇌가 어떻게 작동하는지 들여다볼 수 있게 되자 인간의 마음(인지)과 내러티브(이야기)를 연결할 수 있는 길이 열렸다.

이러한 역사적 배경에 입각하여 탈고전 서사학은 고전 서사학을 포괄하면서 변형했다. 마치 현대 물리학이 고전 물리학의 뉴턴주의 모델을 재검토하듯이, 탈고전 서사학은 고전주의 서사학의 이론적 모델들을 재검토하고 그 적용 가능성의 범위를 재조정했다. 그 결과 탈고전 서사학은 연구 방법론의 수정, 연구 주제의 수정, 연구 대상의 수정이라는 세 가지 방향 전환을 이룩했다.[20]

첫째, 연구 방법론에서 탈고전 서사학은 학제 간 융합을 통해 이종 학문의 연구 방법론을 흡수하면서 실용화했다. 그리하여 서사의 랑그langue를 밝히려는 상향식 분석으로부터 벗어나 개별 서사의 파롤parole에 실용적으로 집중하는 하향식 추론의 연구 방식을 채택하기 시작했다.

둘째, 연구 주제에서 탈고전 서사학은 퀴어 서사학을 비롯한 소수자 문제의 주제들을 첨가하고, 구조주의를 각기 다른 학문적 맥락에서 다양화했다. 그리하여 픽션의 단일한 시학poetics을 제공하겠다는 목표를 버리고 사회적, 도덕적 쟁점들에 개방된 다양한 분석 도구를 제공하는 쪽으로 방향을 선회했다.

셋째, 연구 대상에서 탈고전 서사학은 소설을 중심으로 한 순수 허구의 텍스트 매체로부터 분석의 대상을 확장하여 영화, 만화 등 시각적 서술 매체와 게임 등의 시각적 비선형적 서술 매체, 공연 예술까지를 연구 대상으로 삼았다.

이렇게 볼 때 1990년을 분수령으로 하는 서사학 이론의 지형도는 [표 26]과 같이 정리할 수 있다.

이것은 서사학의 패러다임 변화를 설명하기 위해 도식화의 위험을 무릅쓰고 작성한 지형도이다. 여기에는 1990년 이전에는 없었던 생성 이론이라는 영역이 등장한다.

서사학 이론을 학자의 입장에서 작품을 분석하는 해설 이론descriptive theory과 작가의 입장에서 창작 과정을 분석하는 생성 이론generative theory으로 구분할 때,[21] 1990년 이전에 있었던 모든 서사학 이론은 해설 이론이었다. 그러나 1990년 이후 디지털 스토리텔링 창작 도구들이 등장하면서 상황은 일변했다. 이야기를 창작하고 저장하고 배포하고 소비하는 활동이 네트워크화된 컴퓨터를 통해 진행되자 창작 과정은 연구자가 관찰할 수 있는 가시적인 경험이 되었다. 이에 따라 북미와 유럽을 중심으로 스토리텔링을 컴퓨터 기술과 연계해 다루는 교육 과정의 개발 및 개설이 이루어지기 시작했다. 생성 이론이 발전할 수 있는 객관적 토대가 마련된 것이다.

서사학의 패러다임 전환은 해설 이론에도 영향을 끼쳤다. 인지서사학과 가능 세계 이론은 컴퓨터 프로그래밍과 인지심리학 없이는 성립할 수 없는 경계 학문이자 다학제 간 연구로서 전형적인 탈고전 서사학

이다. 탈고전 서사학의 해설은 또한 서사의 형식에서 픽션과 논픽션의
경계가 무너지고, 서사의 대상에서 문학과 과학의 경계가 무너지며, 서

		고전 서사학		탈고전 서사학
해설 이론	신화 원형 비평	조셉 캠벨, 노스럽 프라이		
	대화주의 서사학	미하일 바흐친		
	마르크스주의 비평	게오르그 루카치, 레이먼드 윌리엄스	후기마르크 스주의 비평	프레드릭 제임슨 (1992, 2007), 테리 이글턴(2003)
	정신분석 비평	자크 라캉, 르네 지라르, 질 들뢰즈, 해럴드 블룸	분열분석 비평	슬라보예 지젝(1992)
	구조주의 서사학	롤랑 바르트, 클로드 브레몽, 츠베탕 토도로프, A. J. 그레마스, 제라르 쥬네트, 엘리자베스 프렌첼, 프란츠 칼 슈탄젤, 쉴로미스 리먼 케넌, 제럴드 프랭스, 시모어 채트먼	인지 서사학	앨런 파머(2004), 리사 준쉰 (2006), 데이비드 허먼(2011)
			가능 세계 이론	마리 로르 라이언(1991), 루스 로넨(1994)
			진화주의 서사학	모니카 플루더니크(2003)
	뉴 크리티시즘	웨인 C. 부스	수사학적 독자 중심 비평	제임스 펠란(2007)
	독자 수용 이론	한스 로베르트 야우스		
	페미니즘 비평	바버라 스미스	페미니스트 서사학	수잔 랜서(1992), 루스 페이지(2006)
	탈식민주의 비평	에드워드 사이드	탈식민주의 서사학	휴스턴 A. 베이커(2001)
			퀴어 서사학	주디스 버틀러(1996)
생성 이론			대체 모델 이론	멜라니 앤 필립스 (1993-, 드라마티카 프로)
			결합 모델 이론	레안드로 모타 바로스 (2005-, 파불레이터)
			변형 모델 이론	스콧 터너(1993, 민스트럴)

※ 괄호 안의 숫자는 주저의 출간연도

표 26 서사학 이론의 지형도

사의 본질에서 스토리와 담화의 이분법이 해체되는 시대적 특징들을 반영하고 있다.

그러나 탈고전 서사학의 고유한 특징은 역시 창작 과정을 분석하는 생성 이론에 있다. 생성 이론은 우리의 눈앞에 하나의 사물로 존재하는 재현의 체계 양식들systematical modes과 체계를 창작하는 행위의 즉흥 양식들improvisational modes을 결합하는 의미화 과정이다. 생성 이론의 등장은 디지털 게임 서사의 연구와도 긴밀한 관련이 있다. 한혜원이 디지털 게임 서사 연구자들의 학문적 분파로 유형화했던 '전통 서사학파'와 '확장 서사학파'는 탈고전 서사학의 생성 이론 연구자 유형과 상당 부분 중복된다.[22]

생성 이론은 크게 대체 모델 이론, 결합 모델 이론, 변형 모델 이론으로 나뉜다. 대체 모델과 결합 모델이라는 용어는 본래 마리 로르 라이언이 촘스키, 레비-스트로스, 그레마스의 이론에 토대를 둔 모형들(대체 모델)과 프로프, 브레몽, 토도로프의 이론에 토대를 둔 모형들(결합 모델)을 구분하기 위해 사용했던 개념이다.[23] 이 책에서는 생성 이론의 개념을 확장시켜 '스토리 창작에 적용하는 핵심 알고리즘이 무엇인가'에 따라 대체, 결합, 변형의 세 가지 범주로 분류한다.

생성 이론들은 창작 연구에 획기적인 발전을 가져왔다. 창작이라는 현상은 이제 고독하게 인식하고 행위하는 주체의 자기 관계 패러다임의 틀을 벗어나 자아와 타자의 상호 이해 패러다임으로 옮겨왔다. 이제 창작은 전前 이론적인 지식을 내포하고 있으며 학문의 이론적 일반화를 지향하는 연구 대상이라는 인식이 확산되었다. 그런 의미에서 생성 이론들은 그 내부에 일정한 지향성을 내포하고 있다. 그것은 창작에 대한 환상과 신비화의 껍질을 벗기고 창작을 학문적 조건에 따라 재구성되는 익명적 규칙의 체계로 만들어가려는 상호 이해 지향성[24]이다.

주의할 것은 생성 이론의 대체, 결합, 변형이라는 세 범주가 서로 완전히 동떨어진 배타적 모형이 아니라는 점이다. 디지털 스토리텔링 창작 도구들은 여러 개의 하위 체계들로 이루어지고 이들은 서로 긴밀하게 결합되어 있다. 실제로 프로그램을 설계할 때는 각 모델들 간에 특정 하위 체계를 서로 공유하는 경우가 많으며 단지 핵심 알고리즘의 성격이 다를 뿐이다.

먼저 대체 모델은 원리적으로 가장 앞선 모형이다. 1990년대 초 컴퓨팅 능력의 비약적인 발전은 여러 가지 일을 동시에 수행할 수 있는 병렬 처리 시스템을 확산시켰다. 이를 계기로 디지털 스토리텔링은 스토리의 모든 것을 아우르는 중앙처리장치[CPU]보다 각각의 목표를 추구하는 지능형 에이전트[intelligent agent]의 탐구에 주력하게 되었다.[25]

지능형 에이전트란 컴퓨터가 사람과 비슷한 감정과 인성과 사회적 행동을 보이도록 프로그래밍한 것이다. 지능형 에이전트가 성립하기 위해서는 컴퓨터가 사용자에 반응하는 자체적인 의사 결정 구조가 필요하다. 이런 의사 결정 구조는 사용자가 내용을 입력하는 빈칸[slots]이 무한히 다른 입력값으로 대체될 수 있다는 점에서 대체 모델이라고 말할 수 있다.

스토리 자동 생성 도구에서 대체 모델은 미메시스[Mimesis], 아이디텐션[IDtention], 아이-스토리텔링[I-storytelling] 등으로 발전하다가 2002년 마이클 마티아스의 '파사드'를 낳는다. 파사드의 의사 결정 구조는 X축에 사용자의 행동을 각기 다른 반응의 정도로 분류한 수천 개의 비트를 두고 Y축에 서사 가치(스토리 밸류)를 둔 것이다. 프로그램은 X축과 Y축을 조합시켜서 사용자의 행동에 걸맞은 적절한 서사 가치 곡선의 반응을 하게 된다. 그 결과 파사드는 인간과 지능형 에이전트 간의 상호작용으로

매우 다양하고 자연스러운 스토리를 계속해서 생산해 내는 놀라운 성과를 보여주었다.[26]

한편 스토리 창작 지원 도구에서 대체 모델은 '드라마티카 프로'를 낳았다. 창작 지원 도구인 만큼 드라마티카 프로의 의사 결정 구조는 보다 유보적이다. 드라마티카 프로는 A. J. 그레마스의 두 가지 도식, 즉 기호학 사각형 모델과 6가지 행동자 모델을 기반으로 빈칸에 채울 내용의 목록을 제시하고, 작가가 그 가운데 하나를 선택하면 나머지 빈칸을 프로그램이 채워주는 방식으로 영화 서사를 조직한다.[27]

다음으로 살펴볼 결합 모델은 가장 많은 스토리 창작 지원 도구가 채택하는 모형이다. 이 모델은 플롯의 줄거리 생산을 스토리 창작의 중심 과제로 삼아 블라디미르 프로프에서 시작하는 서사 기능들의 결합 구조를 각각의 입력값에 맞게 적절히 배열한 형태로 제시한다.

결합 모델이 인기 있는 것은 미결정 변수들이 많은 창작 착수 시점에서 몇 가지의 상수만으로 플롯 플래닝Plot Planning을 보여주는 것이 아직 서사 창작에 익숙지 않은 예비 작가들에게 도움이 되기 때문이다. 예컨대 '파워 스트럭처'는 조셉 캠벨의 영웅의 여행 12단계 이론을 기반으로 6개의 맵을 만들고 이 맵의 빈칸을 채우면 이야기가 완성되는 구조를 가지고 있다. 이 구조는 소설, 연극, 텔레비전 드라마, 영화 등 장르에 따른 8개 포맷으로 세분되며, 다시 주제, 인물, 3막 구조, 장 구조, 플롯 포인트 등 9개 항목을 선택하면서 구조를 조정할 수 있다.[28]

결합 모델의 대표적인 스토리 자동 생성 도구로는 2005년 브라질의 레안드로 모타 바로스가 만든 '파불레이터Fabulator'가 있다. 이는 플롯 형태로 드러나는 서사의 결합 구조를 갈등과 해결이라는 축으로 재조정하여 갈등의 패턴에 따라 컴퓨터가 다양한 행동을 선택하면서 문제를

해결하는 방식을 취하고 있다.[29]

끝으로 변형 모델은 가장 쉽고 고전적인 방식이지만 디지털 스토리텔링에는 잘 적용되지 않는 모형이다. 이 모델은 현재의 창작 과정에서 해결해야 할 문제와 가장 유사한 기존의 사례를 제시한 뒤 사례 기반 추론Case-Based Reasoning에 의한 반복과 변형을 통해 작가의 창작을 유도한다.

변형 모델의 역사는 중세까지 거슬러 올라간다. 13세기 송나라의 수도 개봉에는 이야기를 구술하는 와자瓦子라는 대형 공연장들이 있었다. 수천 명의 청중이 입장해 역사 이야기, 범죄 이야기, 연애 이야기, 요괴 이야기 등을 즐기는 와자에는 직업적인 이야기 구연자들인 설화인說話人들이 있었고 이들의 전문가 집단인 서회書會가 있었다. 설화인들은 유행하는 화본話本의 선행 사례를 익힌 후 해당 장르의 문법 안에서 새로운 작품을 창작했다.[30] 중세의 서사 창작은 대부분 이런 식의 변형 모델에 기초하고 있으며 이 전통은 셰익스피어와 괴테에까지 이어진다.

변형 모델은 작가들이 사례로부터 착안해 직관적으로 스스로의 문제를 해결할 수 있도록 매우 실질적인 도움을 준다. 그러나 변형 모델은 자칫 독창적인 변형이 이루어지지 못하고 모형의 아류작들을 양산하게 될 위험이 있다. 나아가 모형 이상의 개선과 혁신을 할 수 있는 창의력이 있다고 해도 변형 모델을 디지털 컴퓨팅에 적용하려면 이러한 사례들을 데이터베이스화해야 한다는 문제가 발생한다. 단순히 완성된 기존 스토리의 결과물을 데이터화하는 것이 아니라, 그 스토리의 형식과 유형과 분석 요소까지를 데이터로 만들어 데이터베이스를 구축해야 사례 기반 추론이 작동할 수 있는 것이다.

이러한 난점의 타개책으로, 추론할 데이터의 모집단을 최대한 축소함으로써 원활하게 사례 체계 구축을 도모하는 방법이 있다. 예컨대

1993년 스콧 터너 교수가 개발한 스토리 자동 생성 도구 민스트럴은 데이터의 모집단을 『아서 왕과 원탁의 기사』에 나오는 에피소드만으로 한정한다. 민스트럴은 이 한정된 데이터를 행위자, 행위, 행위자 목표, 상태로 분할한 뒤 행위자 목표를 중심으로 다른 요소들을 통합하여 사례 기반 추론을 진행했다.[31]

그렇다면 이제부터 이러한 창작 도구들을 중심으로 디지털 스토리텔링의 이론을 살펴보겠다. 100종이 넘는 창작 도구들을 연대기적으로 빠짐없이 정리하기는 어렵기 때문에 이론적인 쟁점을 중심으로 주제화하여 살펴보는 방식을 취하기로 한다.

02 문제 기반 스토리텔링

시작, 즉 1막에서는 문제가 발생해야 하고, 중간의 2막에서는 문제가 확대되면서 해결을 위한 탐색이 이루어져야 하며, 끝에 해당하는 3막에서는 문제가 해결되어야 한다. 아리스토텔레스의 원리는 시작을 만들어내는 '문제'와 사태가 문제의 해결로 전환되는 '변화'를 강조한다. 이러한 원리에 입각한 설정된 논리적 모형을 문제 기반 스토리텔링이라고 한다.

어느 시대에나 사람들은 자신이 접근할 수 있는 모든 의사소통 수단을 사용하여 스토리를 만들었다. 의사소통 수단은 계속 변했지만 스토리의 명시적 형식이 세 개의 부분으로 이루어진다는 생각은 고대부터 거의 변하지 않았다. 즉 스토리는 시작과 중간과 끝이라는 사건의 시간적 연쇄로 기술된다는 것이다.

기원전 330년대에 쓰인 『시학』 7장에서 아리스토텔레스는 서사가 3막 구조, 즉 시작과 중간과 끝의 구조를 가진다고 말했다. 스토리는 완전체, 즉 "적절한 크기를 가진 완전한 행동의 모방"이기 때문에 아무 데서나 시작해서도 안 되고 아무 데서나 끝나서도 안 된다는 것이다.[1] 이러한 시작과 중간과 끝이라는 정의로부터 연대기적 순서와는 다른 내적

인과관계의 순서, 개연성과 필연성이라는 스토리의 요건들이 나타난다.

사람들이 흔히 오해하는 것처럼 아리스토텔레스가 말한 3막 구조는 공식이 아니다. 세상에는 표도르 도스토예프스키의 『악령』처럼 소설 전체 분량의 80퍼센트가 지나가야 1막이 끝나는 걸작도 얼마든지 있을 수 있다. 아리스토텔레스는 그런 예외가 나쁘다고 말하지도 않았다. 아리스토텔레스 『시학』의 정확한 그리스어 원제목은 '(시) 창작의 기술에 관하여 Peri Poiētikēs'이다. 즉, 아리스토텔레스는 스토리를 만들어낼 수 있는 포이에 틱poetic적인 어떤 것을 말했던 것이다. 그가 말한 3막 구조는 관객을 압도할 수 있는 강력한 반짝임의 기술, 퓌시스physis가 아니라 스토리를 최선의 상태로 만드는 단단하고 변하지 않는 장인의 기술, 포이에시스poiesis이다.

포이에시스란 천부적인 재능이 아니라 기술적 숙련을 통해 이룩할 수 있는 어떤 것이다. 여기에는 어떤 신비스러운 점도 없고 경이로운 요소도 없다. 그것은 다만 주어진 소재의 본질을 소재의 내부로부터 발견하고 그것을 최선의 형태로 형성할 수 있는 기술이다. 포이에시스의 작가는 사람들을 깜짝 놀라게 하는 천재가 아니다. 포이에시스의 연마를 통해 작가는 세상을 깊이 이해하고 존경하며 세상에 최선의 형상을 되돌려주는 사람으로서 스스로의 인간적인 완성에 도달한다.[2]

시작, 즉 1막에서는 문제가 발생해야 하고, 중간의 2막에서는 문제가 확대되면서 해결을 위한 탐색이 이루어져야 하며, 끝에 해당하는 3막에서는 문제가 해결되어야 한다. 아리스토텔레스의 원리는 시작을 만들어내는 '문제'와 사태가 문제의 해결로 전환되는 '변화'를 강조한다. 이러한 원리에 입각한 설정된 논리적 모형을 문제 기반 스토리텔링Problem-based Storytelling이라고 한다.

1막에서는 '중심 문제'가 발생한다. 그것은 의문일 수도 있고 과제일 수도 있고 어떤 장애물, 어떤 기회, 어떤 목표일 수도 있다. 이 중심 문제가 긴장을 만들고 이야기를 앞으로 전진시키며 관객을 이야기에 몰입하도록 만든다.

2막에서는 문제가 확대되고 주인공이 문제와 싸우면서 '갈등과 변화'를 겪는다. 문제와 싸우는 가운데 낡은 생활과 낡은 자아가 뒤로 물러서고 새로운 상황과 새로운 자아가 앞으로 드러나게 된다.

3막에서는 문제가 '종결'된다. 미스터리는 해결되고, 악한 용은 척살되며, 장애물은 극복된다. 주인공은 목적지에 도달하고, 새로운 지식 혹은 새로운 깨달음을 얻는다. 문제의 종결이란 해피엔딩을 의미하는 것이 아니라 사건이 일단락됨을 뜻한다.[3]

할리우드의 스토리 시장에서 3막 구조의 존재를 점검하기 위해 작성하는 한 줄 요약을 로그 라인log line 혹은 피치pitch, 하이 컨셉 아이디어High Concept Idea라고 한다.[4] 주어부에서 문제가 발생하여 1막의 내용을 이루고 술어부에서 문제가 해결되며 3막의 내용을 구성한다. 이때 로그 라인의 흥미진진한 핵심은 문제의 발생과 문제의 해결 사이에 존재하는 도표의 빗금 부분, 즉 주어부와 술어부 사이에서 일어나는 '의미심장한 변화'에서 만들어진다([표 27] 참조).

빅토르 위고가 쓴 『레미제라블』의 로그 라인에서 "빵 한 조각을 훔친 죄로 19년 동안 감옥살이를 해야 했던 남자"라는 문제는, 사회체제의 부조리라는 사실Fact뿐만이 아니라 그 같은 부조리로 인해 자연스럽게 야기되는 주인공의 세상에 대한 증오심과 분노라는 정서feeling를 함축하고 있다. 이러한 증오와 분노가 세상에 대한 복수로 이어지지 않고 "세상에 사랑을 되돌려준다"라는 반전으로 전개된다는 데에 『레미제라

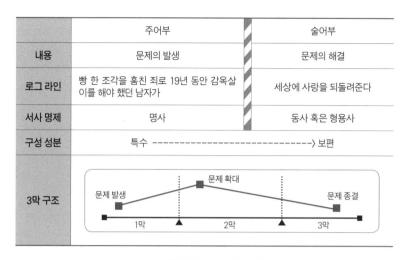

	주어부		술어부
내용	문제의 발생		문제의 해결
로그 라인	빵 한 조각을 훔친 죄로 19년 동안 감옥살이를 해야 했던 남자가		세상에 사랑을 되돌려준다
서사 명제	명사		동사 혹은 형용사
구성 성분	특수 -------------------------------------〉 보편		
3막 구조	문제 발생 문제 확대 문제 종결 1막 2막 3막		

표 27 문제 기반 스토리텔링의 구조

블』이 불러일으키는 흥미의 핵심이 있다.

　스토리가 불러일으키는 흥미의 핵심은 문제가 사실과 정서의 융합으로 존재하기 때문에 나타난다. 나쓰메 소세키가 문학적 형식은 (F+f), 즉 대문자 F인 사실과 소문자 f인 정서의 융합으로 이루어진다고 말했을 때[5] 이는 문제 기반 스토리텔링에서 문제의 발생을 의미한다.

　문제 기반 스토리텔링의 원리를 최초로 컴퓨터 프로그래밍으로 검증하고자 했던 사람은 제임스 R. 미한이었다. 미한은 1977년 테일스핀이라는, 당시로서는 혁신적인 스토리 생성 프로그램을 발표했다. 서사에 있어서 문제는 단순히 외부에서 주어지는 사실로 인해 발생하는 것이 아니라 사실과 정서의 융합에 의해 발생한다. 미한은 이 문제를 고민하다가 사실과 정서의 융합을 '등장인물의 상태 변수'로 계측하고 표현할 수 있으리라고 생각했다.

제임스 R. 미한의 테일스핀

테일스핀Tale-Spin은 초보적인 인터랙티브 기능을 사용해서 캐릭터의 상태 변수와 주변 환경 등으로 해결해야 할 문제를 설정하고 나머지는 플래닝Planning 프로그램이 자동으로 작성하도록 했다.[6] 테일스핀에서 문제는 캐릭터의 상태 변수를 통해 발생한다. 그리고 캐릭터와 캐릭터 간의 관계(x와 y는 경쟁적인가 우호적인가, 서로 신뢰하는 사이인가 서로 속이는 사이인가 등)를 포함한 플래닝의 전제 조건들이 이러한 문제를 확대시키는 조건을 만든다. 마지막 단계에서는 다음 행동을 진행시키기 위한 여러 개의 델타 함수로 이루어진 프로그램 코드가 작동해 문제가 종결되기까지 연산을 반복한다.[7]

테일스핀이 자동 생성한 이야기는 여덟아홉 살 난 어린아이가 쓴 일기 수준이었지만 그 반향은 대단했다. 일단 문제 기반 스토리텔링의 모형을 이용해 컴퓨터가 스스로 스토리를 만들 수 있다는 것이 증명되자 이를 발전시킨 후속 연구들이 이어졌다.[8] 캐릭터의 특성값을 더 다양하게 설정하고 캐릭터의 성격을 더 정교하게 수치로 매긴 다음 여러 가지 플롯 단편들을 모은 라이브러리를 만들어 텔레비전 드라마의 플롯 개요를 자동 생성한 마이클 레보위츠의 유니버스(1985),[9] 『아서 왕과 원탁의 기사』 관련 설화를 도메인 지식으로 이용하여 사례 기반 추론을 통해 컴퓨터가 점점 더 복잡하고 새로운 사례들을 생성하게 만든 스콧 터너의 민스트럴(1993) 등이 테일스핀의 뒤를 이었다.[10]

그러나 돌이켜보면 테일스핀에서 설정 가능한 문제는 "배고프다, 목이 마르다, 피곤하다, 흥분했다"라는 식의 단지 캐릭터의 의도성character intentionality만을 짐작할 수 있는 단일한 상태 변수로 구성되었다. 이런 상태 변수로부터 발생하는 문제는 너무 뻔하고 단순한 것들이었고, 이러한 문제 발생과 문제 해결 사이에서는 재미와 감동, 의미심장한 변화를 유도해 내기 힘들었다. 그 결과 테일스핀이 생성해 낸 이야기는 이솝 우화처럼 단순하면서도 이솝 우화보다 더 상투적인 것이 되고 말았다.

문제가 사실과 정서의 융합에서 발생한다면, 보다 정교하고 완벽한 스토리를 만들기 위해서는 더 복합적인 사실과 더 복합적인 정서를 융합시켜서 문제를 더 희귀한 것으로 만들 필요가 있었다.

마이클 레보위츠의 유니버스

1막에서 발생하는 문제는 독자가 자신의 주변에서 흔히 경험할 수 없을 만큼 희귀해야 한다. 이러한 특수성이 2막과 3막에서 누구나 고개를 끄덕이지 않을 수 없는 보편성으로 전화되는 것이 의미심장한 변화의 요점이다. 마이클 레보위츠는 이 점에 착안하여 유니버스^{Universe}를 개발하고 캐릭터의 단일한 상태 변수로부터 문제를 이끌어내던 연산식을 수정해 캐릭터의 다양한 특성값$^{trait\ values}$에서 문제가 발생하도록 했다.

다음의 캐릭터 특성값 정의에 따르면 리즈라는 인물의 성격은 상당히 복합적으로 형상화된다. [표 28]의 특성값 정의를 일상 언어로 번역하면 다음과 같다.

"리즈 챈들러는 돈 크레이그와 1980년에 결혼했으며 (이혼했고) 현재는 토니 디메라와 결혼한 상태이다. 인간관계를 보면 현재의 남편 토니와는 처음에는 좋지도 싫지도 않은 상태(0)와 아주 싫은 상태(-8)를 오가다가 미친 듯이 좋기만 한 상태(8/8)로 발전했지만, 현재는 좋을 때도 있으나 미울 때도 많은(6/-6 // 7/-3) 상태로 진행 중이다. 반면 이혼한 전남편 돈과의 관계는 현재 상당히 좋은 쪽으로 호전되어 가고 있다 (4/4).

Name	Liz Chandeler [LIZ]
Marriage	Don Craig [DON] [& MF 1] [1980] Tony Dimera [TONY] [& MF 3]
IPRs (Interpersonal Relationship)	HUSBAND-WIFE TONY DIMRERA [TONY] 0/-8 // 8/8 // 6/-6 // 7/-3 EX-SPOUSES DON CRAIG [DON] -5/-5 // 4/4 // 0/0 // 4/4
Stereotypes	ACTOR KNOCKOUT SOCIALITE PARTY-GOER
Trait Modifiers	(SEX F) (AGE YA) (WEALTH 3) (PROMISCUITY-3) (INTELLIGENCE 3)
overall descriptions	WEALTH 8 PROMISCUITY 3 COMPETENCE NIL NICENESS 0 SELF-CONF 6 GUILE 7 NAIVETE 7 MOODINESS 6 PHYS-ATT 7 INTELLIGENCE 7 GOALS (FIND-HAPPINESBSEC OME-FAMOUS MEET-FAMOUS- PEOPLE) AGE YA SEX F

표 28 마이클 레보위츠의 캐릭터 특성값 정의[11]

리즈는 여배우 같은 성격에 매력덩어리이며 사교적이고 파티를 좋아
한다. 나이는 10대 후반에서 20대 초반이며, 경제적으로는 어마어마한
부자(8)이거나 수정치를 적용받을 경우에도 상당한 수준의 부자(3)이
다. 난교를 할 수 있을 정도로 성적으로 자유분방하며(3), 굉장히 총명
하거나(7) 수정치를 적용받을 경우에도 상당한 수준의 명민함(3)을 보
인다. 현실적인 업무 능력은 최저 수준이다. 그녀는 스스로 행복하기를
바라며 유명해지고 싶고 유명 인사들을 만난다."

이처럼 유니버스의 캐릭터 특성값은 테일스핀의 상태 변수에 비해
한층 더 입체적이고 복합적인 문제를 발생시킨다. 유니버스는 나이, 성

별, 지능, 성적 취향과 같은 변하지 않는 외적 문제뿐만 아니라 경제적 수준, 자신감, 욕망 등 변하는 외적 문제를 포괄하고 있으며, 돈과 토니와 리즈라는 주요 등장인물들 사이의 인간관계에서 생겨나는 문제까지를 수용한다. 발생 가능한 문제의 복합성이 강화된 결과, 유니버스는 이솝 우화의 수준을 넘어 텔레비전 연속극의 플롯 개요에 가까운 스토리를 생성하는 데 성공했다.

그러나 유니버스 역시 본격적인 텔레비전 연속극의 아크 플롯에 적용될 수 있는 희귀하고 흥미진진한 문제를 생성할 수는 없었다. 리즈의 문제는 현재의 남편에게 싫증을 느끼고 이혼한 전남편에게 다시 끌리고 있다는 것인데 관객들은 여기서 아무런 흥미와 긴장을 느끼지 못했다. 뭐가 문제인가. 한 번 더 이혼하고 전남편에게 돌아가면 되는데. 돈도 많고 나이도 젊지 않은가.

유니버스의 사례는 스토리텔링의 문제 발생에는 단순히 특성의 가짓수를 늘리고 수치화된 특성값을 설정하는 것만으로는 해결되지 않는 심층 구조가 있다는 것을 말해 주었다.

유니버스를 만든 마이클 레보위츠는 많은 초보 작가들이 그러하듯이 캐릭터character와 프로필profile을 혼동했다. 주인공의 성별, 결혼 유무, 감정적 호감도, 사교 성향, 나이, 재산, 성적 취향, 지능, 희망사항 등은 프로필일 뿐이다. 캐릭터란 프로필 같은 이력서 정보의 밑바닥에 숨어 있는 한 인간의 내면적 본질로서 사건의 압력이 가해지는 결정적인 순간에 주인공의 행동을 통해서만 드러나는 어떤 것이다.

예컨대 HBO의 텔레비전 드라마 〈섹스 앤 더 시티〉에서 주인공 캐리 브래드쇼는 유니버스의 리즈와 비슷한 특성값을 가지고 있다. 그러나 이러한 특성값은 프로필일 뿐이다. 프로필은 단순한 사실이며 그 자체로는 스토리의 문제를 발생시키지 않는다. 문제가 발생할 때는 반드시 캐릭터가 나타난다. 예컨대 성적 주체성이 분명한 캐리는 이상하게 미스터 빅만 보면 맥을 못 출 만큼 감정적 의존을 느낀다. 그런데 미스터 빅은 오랜 기간 사귀어오면서도 캐리에게 절대로 사랑한다는 말을 하지 않는다. 문제는 캐리가 그 사실에 '억울하고 혼란스럽다'라고 느끼는 내면의 감정을 표출할 때 발생한다.

고대 그리스에서 '캐릭터'라는 말은 인물과 인물 사이의 관계 속에서만 나타나는 보이지 않는 특징을 묘사하는 연극을 뜻했다. 이것이 눈에 보이는 인물의 외형적 특징을 묘사하는 '마임'이라는 연극과의 차이점이었다.[12] 고대 그리스인들의 관점에 따르면 캐릭터는 한 인물의 깊숙한 내부에 단단히 숨어 있다가 결정적인 순간에 나타나 그 인물의 운명을 만든다.

스토리는 두 시간 정도 걸려 볼 수 있는, 혹은 300페이지 정도에 걸쳐 읽을 수 있는 짧고 사소한 사건을 다루지만 말할 수 없이 길고 거대하고 의미심장한 인생의 수만 시간을 포괄하고 압축해 놓았다는 느낌을 주어야 한다. 역으로 말하면 스토리의 문제는 인생의 수만 시간을 포괄할 수 있는 내면의 캐릭터에 집중해야 한다.

〈섹스 앤 더 시티〉의 문제는 사랑한다는 말을 듣지 못해 억울한 캐리의 인생 전체에 걸친 내면적 본질과, 사랑한다고 말하면 캐리가 결혼을 기대하게 될까 봐 두려워하는 미스터 빅의 인생 전체에 걸친 내면적 본질을 함축하고 있다. 두 사람은 프로필이 아니라 캐릭터인 것이다.

유니버스에서 리즈의 캐릭터 특성값은 실제로 프로필이었기 때문에 영화나 소설, 텔레비전 드라마에서 다룰 만한 수준의 문제를 만들어낼 수 없었다. 일정 수준 이상의 문제 기반 스토리텔링이 이루어지기 위해서는 주인공의 인생에 근본적인 전환을 야기하는 심각한 변화가 발생해야 한다. 이렇게 의미심장한 변화가 발생하기 위해서는 프로필에서 예측할 수 있는 수준보다 훨씬 더 특수한 문제, 더 예측 불가능하고 충격적인 위반성을 내포하는 문제가 필요하다.

모든 인생은 귀여운 울음소리가 피어나는 신생아실의 가능성에서 시작해서 자기 연민의 천치 같은 웃음만이 메아리치는 노인 요양 병원의 필연성으로 끝난다. 그러나 스토리의 주어부에서 발생하는 문제는 이런 보편성과 상관이 없다. 보편은 술어부에서, 즉 문제의 해결이 이루어지는 3막에 가서야 간신히 나타난다. 1막에서 존재하는 것은 희귀하고 충격적인 특수이다.

문제 기반 스토리텔링은 특수에서 보편으로 이동하는 의미심장한 변화를 보여준다. 이는 옴짝달싹할 수 없는 절망의 구렁텅이에서 한 인간으로서의 존엄을 향해 도약하고자 하는 주인공의 필사적인 의지를 구현한다. 이 때문에 스토리에서 문제의 발생은 운명이 되며 문제의 해결은 운명의 초극이 된다.

스콧 터너의 민스트럴

인간이 세계에 대한 경험을 모델화하는 형식은 데이터베이스 형식과 내러티브 형식의 두 가지로 유형화할 수 있다.[13] 테일스핀에서 유니버스에 이르기까지 연구자들은 캐릭터의 데이터베이스(특성값)를 문제로 설정하고 여기에 일정한 알고리즘을 부여하여 내러티브(스토리)를 만들어보고자 했다. 이러한 발상법은 데이터베이스 형식의 전형적인 적용이었다. 그러나 앞서 살펴보았듯이 이와 같은 방식은 문제 기반 스토리텔링이 요구하는 문제가 지극히 특수한 것이라는 한계에 봉착했다.

프로그램	방법론
유니버스	데이터베이스 → 알고리즘 → 내러티브
민스트럴	소재 → 인간지능 → 내러티브 → 데이터베이스 → 알고리즘 → 내러티브 (아서 왕과 원탁의 기사) (민스트럴)

표 29 유니버스와 민스트럴의 모델화 비교

1993년 UCLA의 스콧 터너는 선행 연구들이 맞닥뜨린 한계를 돌파하기 위해 내러티브 형식의 모델화와 데이터베이스 형식의 모델화를 결합하는 새로운 발상법을 제시했다. 그것은 인간지능이 만들어낸 『아서 왕과 원탁의 기사』라는 기존의 서사를 토대로 데이터베이스를 구축하고 다시 여기에 알고리즘을 부여해 서사를 만드는 민스트럴^{MINSTREL}이라는 프로그램이었다.

민스트럴의 첫 번째 의의는 오늘날의 연구자들이 생각하는 스토리 데이터베이스 형식에 가장 근접한 모델을 구현했다는 데 있다. 그간 많은 연구자들이 디지털 스토리텔링을 위한 스토리 데이터베이스의 활용을 구상했다. 안경진은 작가의 스토리텔링 작업 과정에서 인지적 부담을 줄여줄 수 있도록 '독서 노트', '답사 기록', '사전', '시놉시스', '등장인물 설계' 등을 한곳에 수용하는 데이터베이스 구축을 통한 작가 지원 시스템을 제안했고,[14] 최미란은 스토리뱅크라는 저작 지원 시스템의 개발을 통해 사용자가 플롯 중심으로 선택을 분기할 수 있는 관계형 데이터베이스를 제안했다.[15] 권호창은 스토리 엔진 모델링을 목표로 여러 가지 스토리 생성 시스템을 비교 검토하면서 데이터베이스 기반의 필요성을 제기했다.[16] 이찬욱, 이채영은 한국형 스토리텔링을 위해 한국 고전문학을 중심으로 한 이야기 사례를 데이터베이스로 구축하고 작가의

편의에 맞는 검색을 구현하는 시스템 설계가 필요하다고 보았다.[17]

민스트럴은 이러한 구상의 선구적 형태를 보여준다. 민스트럴은 『아서 왕과 원탁의 기사』라는 중세 기사도 로망을 데이터베이스로 활용함으로써 기존 문학의 사례를 기반으로 스토리 생성을 시도한 최초의 연구였다. 민스트럴은 현재 눈앞에 있는 스토리의 문제를 해결하기 위해 이전의 이야기 사례를 기록해 둔 에피소드 메모리를 가져왔다. 그리고 이전의 해법을 새로운 배경에 맞게 수정하고 개작해서 새로운 문제에 적용했다. 이론상으로는 개작 작업이 진행될수록 점점 더 창조적인 스토리가 나올 수 있는 [표 30]과 같은 구조였다.[18]

민스트럴의 두 번째 의의는 위와 같은 사례 기반 추론 방식을 최초로 스토리텔링 프로그램에 적용했다는 것이다. 사례 기반 추론이란 지금 눈앞에 닥친 문제를 해결하기 위해 과거의 유사한 사례를 찾아 그 해법을 고쳐서 적용하는 논리 모델을 말한다. 민스트럴은 창작을 이러이러한 스토리를 만들어야 한다는 문제가 제기되고 그것이 해결되는 과정으로 보는 새로운 접근 방식을 도입했다. 민스트럴에서 오피아테(2004)로 이

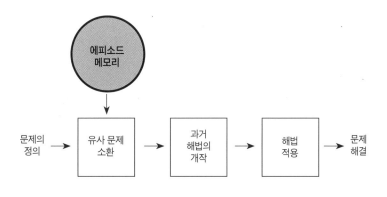

표 30 민스트럴의 사례 기반 문제 해결 모델

어지는 사례 기반 추론 연구는 2부 4장에서 상술하겠다.

민스트럴의 세 번째 의의는 작가의 의도 또는 목표를 컴퓨터 연산 과정에 수용한 것이다. 스콧 터너는 모든 이야기 요소들이 스키마^{schema} 형태로 재현된다고 보고 스키마를 작가의 목표와 관련된 수사적 스키마와 캐릭터의 목표와 관련된 사건 진행적 스키마로 분류했다.[19] 기존의 문제 설정 방식에 '작가의 목표'라는 층위를 추가함으로써 테일스핀이나 유니버스보다 더 특수한 문제 설정을 추구했던 것이다.

민스트럴에는 21개에 이르는 작가의 목표$^{author-level\ goals}$가 있고 이 21개 목표는 주제의 발전과 관련된 주제적 목표, 복선과 반전, 서스펜스와 관련된 드라마적 목표, 작품의 통일된 분위기와 관련된 일관성의 목표, 적절한 표현과 관련된 표현의 목표라는 네 가지 목표군$^{#}$으로 묶인다. 그리고 이런 작가의 목표들을 실현할 수 있는 연산으로 34개의 작가적 플랜$^{Author-level\ plan}$이 설정된다. 작가적 플랜은 목표를 조절하는 계획 과정과 목표를 달성하는 문제-해결 과정으로 나뉜다.

한편 민스트럴은 테일스핀, 유니버스가 개발해 온 캐릭터 중심의 스키마도 더욱 정교하게 발전시켰다. 민스트럴에는 13개 캐릭터의 목표 $^{Character-level\ goals}$가 있고 이 13개 목표를 실현할 수 있는 연산으로 6개의 계획 진단 주제$^{PAT:\ Planning\ Advice\ Themes}$가 설정된다. 이는 13개의 목표와 관련된 거의 무한에 가까운 캐릭터별 에피소드들을 6개의 계획 진단 주제에 해당하는 "도입부 장면(1막), 세계 사실 장면, 결정 장면, 연결 장면, 결과 장면(이상 2막), 대단원 장면(3막)"으로 구조화하는 것이다. 이상의 내용을 정리하면 [표 31]과 같다.[20]

그런데 이와 같은 계층적 체계는 보다 복잡하고 특수한 문제 설정을 가능하게 한다는 장점과 함께 너무 많은 변수들을 끌어들여서 연산이

	스키마	요소
작가 목표	작가의 21개 목표	주제적 목표군, 드라마적 목표군, 일관성의 목표군, 표현의 목표군
	34개 작가적 플랜	계획 과정, 문제-해결 과정
캐릭터 목표	캐릭터의 13개 목표	1. 허기 채우기 2. 통제하기 3. 위치 이동 4. 사람이나 사물 파괴 5. 누군가에게 겁주기 6. 사회적 지위 획득 7. 낭만적 사랑 하기 8. 우정 나누기 9. 건강의 위협 제거 10. 친절 베풀기 11. 다른 사람의 목표 방해하기 12. 목표 철회하기 13. 다른 사람 속이기
	6개 계획 진단 주제	도입부 장면　　세계 사실 장면, 결정 장면　　대단원 장면 연결 장면, 결과 장면
3막 구조	3막 구조	

표 31 민스트럴의 계층적 목표에 따른 3막 구조

난해해진다는 단점이 있다. '작가의 목표'를 고려하면서 동시에 민스트럴은 주제, 극적 표현, 일관성, 적절한 표현이라는 변수를 연산해야 했고, 이러한 연산 후에 다시 한 캐릭터의 목표와 상대 캐릭터의 목표의 결합이라는 변수를 연산해야 했다. 이런 복잡한 연산을 처리하기 위해 스콧 터너는 로저 섕크의 역동적 기억 이론을 수용했다.

섕크에 따르면 인간은 자신이 경험한 다양한 사건과 지식들을 일반화된 에피소드[GE: Generalized Episode]의 구조로 구성하여 저장하는데, 이때 기억 회상을 위해 색인의 기능을 하는 기억 체계화 묶음[MOP: Memory Organization Packet]이 만들어진다.[21] 스콧 터너는 그렇다면 서사 창작에서 기존의 서사물들이 작가의 기억 속에 구축되었다가 추출되는 구조 또한 MOP의 형태를 가질 수밖에 없다고 가정했다. 이러한 가정 아래 터너는 [표 32]와 같이 서사의 문제 설정을 위한 MOP 구조를 제시한다.[22]

GE	누가 어떤 목표를 가지고 무엇을 한다				
MOP	행위자	행위	목표(Goal)		상태
값	1. 인간 2. 몬스터 3. 동물	1. 소유권을 이전하다 2. 주의를 집중하다 3. 물리적으로 장악하다 4. 본체로부터 뽑아내다 5. 몸 안으로 삼키다 6. 새로운 생각을 하다 7. 생각을 바꾸다 8. 몸을 이동하다 9. 물리적 힘을 적용하다 10. 물리적 위치를 바꾸다 11. 말을 하다	만족 목표 Satisfaction Goal	육체적 욕망들을 반복해서 충족시키기	예) 잠을 잘 자기 (S-sleep)	1. 건강(health) 2. 수면(sleep) 3. 위치(location) 4. 관리(control) 5. 여행(travel) 6. 유희(entertainment) 7. 허기(hunger) 8. 소유(possess) 9. 지위(status) 10. 실재(existence) 11. 목표 발생 (raising a goal) 12. 감정 반응 (emotional reaction) 13. 사랑 경험 (being kissed) 14. 형제자매 되기 (being siblings) 15. 인지(knowing) 16. 성질(temper) 17. 약속(date) 18. 역할 전환 (changing role) 19. 매장(being buried)
			초월 목표 Delta Goal	상태의 변화를 욕망하기	예) 통제로부터 벗어나기 (D-control)	
			유희 목표 Entertainment Goal	즐거운 일을 하기	예) 여행을 즐기기 (E-travel)	
			성취 목표 Achievement Goal	사회적 지위의 장기적인 확보를 추구	예) 사회에서 한자리 얻기 (A-status)	
			보존 목표 Preservation Goal	자신의 지위가 위협받을 때 대응하기	예) 자기 재산 지키기 (P-possessions)	
			위기 목표 Crisis Goal	자신의 목적을 적극적으로 고수하기	예) 건강의 위기를 극복하기 (C-health)	

표 32 민스트럴의 MOP 기반 문제 설정 방법

　민스트럴은 스토리의 문제 설정을 위해 고려해야 할 다양한 변수들을 네 가지 MOP 구성 요소의 조합, 즉 "① 어떤 상태에 있는 ② 누가 ③ 어떤 목표를 위해 ④ 무엇을 한다"라는 형식의 데이터베이스 안으로 끌어들였다. 이때 행위자와 행위, 상태의 값들은 모두 『아서 왕과 원탁의 기사』 분석을 통해 귀납적으로 도출해 낸 것이지만 만족, 초월, 유희, 성취, 보존, 위기(극복)라는 6가지 목표 유형은 인간의 보편적인 상황에서 도출되는 인간 공통의 목표 유형이다.

예를 들어 『아서 왕과 원탁의 기사』에는 "궁정의 한 여인이 독을 마시고 앓는다a lady from court drank a portion to make herself ill"라는 에피소드가 있다. 이 에피소드는 위의 도식에서처럼 행위자, 행위, 목표, 상태의 층위에 각각 인간, 삼키다, 허기 채우기S-hunger, 건강의 값을 가진다. 이때 민스트럴의 데이터베이스에는 같은 값을 갖는 에피소드들의 계열이 만들어진다. 예를 들어 "어떤 상태에 있는 누가 '허기를 채우기' 위해 어떤 행위를 한다"라는 형식의 최상위 GE 아래에 무수히 많은 하위 GE를 갖게 되는 것이다.

민스트럴은 이렇게 만들어진 데이터베이스로부터 서사의 문제를 각색 유도 추출Adaptation-guided Retrieval 방식으로 만들어낸다. 각색 유도 추출법은 현재의 문제 상황과 가장 유사한 과거 상황에서의 문제 해결 방법이 유용한 해결 방법이라는 전제를 부정한다. 대신에 일정 수준 이상으로 유사한 에피소드들을 동등한 비교 선상에 놓고 각색을 통해서 보다 스토리 밸류가 높은 에피소드를 구현하는 것이다.[23] 그 결과 민스트럴의 스토리는 선행 연구들에 비해 훨씬 더 복잡하고 특수한 문제 설정을 할 수 있게 되었으며 사건의 전개 역시 보다 정교하고 인과적인 구성을 갖게 되었다.

이처럼 민스트럴은 디지털 스토리텔링 창작 도구의 역사에서 특기할 만한 성과였다. 민스트럴의 에피소드 메모리, 기억 체계화 묶음, 작가 목표와 캐릭터 목표의 계층적 체계 등은 수많은 후속 연구들에서 인용되었다. 더불어 사례 기반 추론, 각색 방법론으로서의 트램TRAM(변형-소환-개작 방법) 등은 오늘날까지도 여전히 유용하게 다루어지는 중요한 진전이었다.

그러나 그럼에도 불구하고 민스트럴 역시 본격적인 소설이나 영화,

텔레비전 드라마의 스토리를 생산하지는 못했다. 민스트럴이 만들어낸 결과물들은 상당히 창조적이면서도 개연성이 높은 것이었지만, 그 스토리에는 오늘날의 독자와 관객을 긴장시킬 수 있는 수준의 정교한 플롯이 없었다. 좀더 자세히 말하자면 단순 플롯, 즉 미리 결말을 예상할 수 있는 단선적인 인과관계를 갖는 사건들의 배열은 만들어냈지만 소설이나 영화, 드라마에서 필요로 하는 것 같은 복합 플롯은 거의 생성하지 못하다시피했다.

민스트럴의 실패는 매우 중요한 서사 창작의 비밀을 시사한다. 겉으로 보기에 문제 기반 스토리텔링에 필요한 거의 모든 변수를 안배한 것 같았던 민스트럴의 계산이 놓쳐버린 지점이야말로 위대한 스토리, 관객에게 놀라움과 통찰력을 제공하고 삶의 숨겨진 진실을 보여주는 스토리란 어떤 것인가를 말해 주는 지점이기 때문이다. 이어지는 장에서 이 비밀을 논의해 보자.

03 내면적 의미와
판단 착오

민스트럴은 인물의 목표를 중심으로 구성된 단선적인 인과 관계에 집중하게 되었다. 이 구조는 이야기의 인과성과 필연성을 확보할 수 있게 해주었지만 "스토리에서 진짜 중요한 것은 눈에 보이지 않는다"라는 원칙을 파괴하는 결과를 낳았다. 민스트럴은 말이 되는 스토리를 만들기 위해 정말 위대한 스토리를 만드는 원칙을 포기한 것이다.

      민스트럴이 생성한 스토리는 이상하게 재미가 없고 실망스러웠다. 이러한 결과는 컴퓨터 프로그래머의 관점에서 볼 때 민스트럴이 스토리텔링의 실질적인 창작에서 고려해야 할 모든 변수를 치밀하고 정교하게 연산에 배려한 것처럼 보였기에[1] 더욱 실망스러웠다. 이 불가사의한 재미없음에 대해서는 다양한 진단이 내려졌다.

    먼저 데이터베이스의 한계를 들 수 있다. 민스트럴은 『아서 왕과 원탁의 기사』라는 중세 기사도 로망 한 편만을 데이터 소스로 채택했다. 이 이야기의 중세적 세계관 속에서는 기사와 귀부인, 괴물과 동물과 악당, 그리고 그들 사이에 성립하는 갈등, 오해, 속임수, 복수 같은 매우 한정된 주제들이 주류를 이루었다. 스콧 터너는 트램 방식을 통해 계속해서 새로운 개작이 진행될 수 있다고 보았지만 사례 데이터베이스의 한계를 개작만으로는 완전히 극복할 수 없었다.

둘째로 변수의 복잡함을 지적할 수 있다. 민스트럴이 문제 설정의 특수성을 위해 도입한 '작가의 목표'는 너무 많은 변수들을 끌어들였다. 컴퓨터는 주제라는 변수, 극적 표현이라는 변수, 일관성이라는 변수, 적절한 표현이라는 변수를 조합해야 했고, 그러고 난 후에 다시 한 캐릭터의 목표와 상대 캐릭터의 목표의 결합이라는 변수를 조합해야 했다. 이렇게 조합의 알고리즘이 복잡해지면서 자연어 처리 과정은 보다 일반적이고 보편적인 문장들을 선택하는 데 급급하게 되었다. 그 결과 스토리는 절충적이고 지루한 문장들로 점철되고 말았다.

그러나 작가의 관점에서 보았을 때 민스트럴의 결정적인 한계는 최초의 구상에 있었다. 민스트럴은 많은 변수를 수용했지만 그 변수들이 수렴되는 기억 체계화 묶음^{MOP}의 문제 설정 구조는 근본적으로 인간(주인공)을 "목표를 가지고 그것을 달성하기 위해 노력하는 존재"로 전제했다. 이때 주인공을 둘러싸고 일어나는 사건은 목표 달성 과정에서 당위성을 갖는 행위들의 연속체로 간주되었다.

그 결과 민스트럴은 인물의 목표를 중심으로 구성된 단선적인 인과 관계에 집중하게 되었다. 이 구조는 이야기의 인과성과 필연성을 확보할 수 있게 해주었지만 "스토리에서 진짜 중요한 것은 눈에 보이지 않는다"라는 원칙을 파괴하는 결과를 낳았다. 민스트럴은 말이 되는 스토리를 만들기 위해 정말 위대한 스토리를 만드는 원칙을 포기한 것이다.

이야기에서 눈에 보이는 모든 것은 실제와 다르다. 표면에 드러난 성격은 주인공의 내면에 감추어진 진짜 성격이 아니며 겉으로 드러난 문제는 이면에 감추어진 진짜 문제가 아니다. 더 직접적으로 말하면 겉으로 드러난 것은 진실이 아닌 것이다.

우리는 모두 세상과의 마찰을 피하기 위해 자신의 참모습을 감추며 살아간다. 세상에 내면과 외면이 똑같은 사람은 없다. 너나없이 거짓의 외투를 겹겹이 껴입고 추운 인생을 견뎌나간다.

스토리를 보는 사람은 이러한 거짓의 외투 안쪽을 들여다보고 싶은 사람이다. 인생의 고통을 통찰하고 세상의 본질을 분명하게 이해하고 싶은 사람이다. 그렇기 때문에 스토리는 관객에게 일상의 눈에 보이는 목표와 과업의 표피를 벗기고 그 안쪽을 보여주어야 한다. 훌륭한 스토리는 성격과 사건의 외연, 즉 디노테이션^{denotation}에서 시작해서 성격과 사건의 내면, 즉 코노테이션^{connotation}을 향해 나아간다.

기호의 외연적 의미를 가리키는 디노테이션과 기호의 내면적 의미를 가리키는 코노테이션 개념을 처음 사용한 것은 옐름슬레우를 비롯한 언어학자들이었다. 가령 '미국의 32대 대통령'과 '미국에서 처음 3선에 성공한 대통령'은 루스벨트 대통령을 가리키는 똑같은 외연적 의미를 갖는다. 그러나 둘의 내면적 의미는 다르다. 전자는 미국의 수많은 역대 대통령 가운데 서른두 번째로 대통령이 된 사람이라는 단순 지시적인 의미이지만, 후자는 국민들의 전폭적인 신임을 받았던 불멸의 정치가라는 가치 부여적인 의미를 담고 있다. 롤랑 바르트는 "모든 모방적 예술들은 이러한 외연적/내면적 두 가지 의미를 포함하고 있으며 두 메시지의 구성 비율의 변화에 따라 보도 사진/예술 사진 같은 구분들이 생겨난다"라고 말함으로써 코노테이션/디노테이션 개념을 사진, 서사, 문화의 영역에 폭넓게 적용했다.[2]

김대우 감독의 〈음란서생〉(2006)에서 주인공 윤서(한석규 분)는 청렴

강직한 고위 감찰관의 대명사인 정4품 사헌부 장령이다. 이러한 주인공의 사회적 자아는 첫 장면부터 벗겨진다. 그는 권세가에게 억울한 형벌을 받은 동생을 보고도 자리를 피하려다가 아내로부터 "자기 몸 다칠까 봐 벌벌 떠는 겁쟁이"라는 비난을 듣는다. 그러나 이 소심한 중년 남자의 개인적 자아는 다시 벗겨지고 그의 내부에서 꿈틀대며 파도치는 강렬하고 불온한 충동이 드러난다. 이 내면적 자아에 이르면 국법이 금하는 음란 소설을 써서 스스로 업자에게 가져가 배급을 요청하는 대담한 반항아의 코노테이션이 나타난다.

나홍진 감독의 〈추격자〉(2008)에서 주인공 중호는 버려진 채 발견된 자신의 재규어 세단 앞에서 달아난 창녀에게 이를 가는 포주로 처음 등장한다. 그다음 장면에서 그는 빚쟁이의 전화에 쩔쩔매는 채무자의 모습을 드러낸다. 그러나 창녀들이 달아난 것이 아니라 실종된 것이라는 의혹을 느끼는 순간 그에게서 치밀하고 저돌적인, 무서운 근성의 추격자가 코노테이션으로 나타난다.

눈에 보이는 디노테이션과 눈에 보이지 않는 코노테이션이 정교한 반전과 대조를 이룰 때 불멸의 캐릭터가 탄생한다. 〈007 시리즈〉는 1962년 〈007 닥터 노〉에서 시작하여 2012년 〈007 스카이폴〉에 이르기까지 50년 동안 23편이 만들어진 시리즈 영화의 대명사이다. 주인공인 007 제임스 본드 캐릭터의 생명력은 인물 묘사의 벨아미$^{Bel\,Ami}$적 외양과 캐릭터의 행동가$^{Go\text{-}Getter}$적 내면이 빚어내는 반전과 대조에 있다. 제임스 본드는 최고급 파티 정장에 기름 바른 2 대 8 가르마의 헤어스타일을 선호하며 시도 때도 없는 농지거리에 여자라면 사족을 못 쓰는 취향을 가지고 있다. 그러나 이러한 외양은 결정적인 순간에 스파이로서의 행동력이 드러나면서 바로 뒤집힌다.

디노테이션과 코노테이션의 대립은 캐릭터를 형성하는 수준에 그치지 않고 문제의 설정 그 자체를 지배하기도 한다. 데이비드 린 감독의 〈아라비아의 로렌스〉(1962)는 컬럼비아 픽처스의 역대 최고 흥행작 가운데 하나이며 35회 아카데미상 7개 부문을 수상했고 오늘날까지 수많은 영화학자들이 영화사에 길이 남을 걸작이라고 확신하는 영화이다. 그러나 이 명작의 문제 설정은 "① 어떤 상태에 있는 ② 누가 ③ 어떤 목표를 위해 ④ 무엇을 한다"라는 가시적인 디노테이션의 형식으로 설명되지 않는다.

언뜻 보면 이 영화는 디노테이션 형식의 문제 설정을 갖는 듯하다. 그러나 〈아라비아의 로렌스〉는 1차 세계대전 때 홀로 사막의 아랍 해방 전쟁에 뛰어들어 미개한 아랍 부족들을 이끌고 막강한 터키 정규군을 격파했던 전쟁 영웅의 이야기가 아니다. 그렇게 단순한 스토리였다면 이 영화는 로렌스의 다마스쿠스 점령이라는 승리의 절정에서 끝이 났을 테고 흔한 전쟁 영화가 되었을 것이다.

이 영화의 문제 설정은 "이 광막한 세상의 한 점에 불과한 인간이란 무엇인가?", "우리가 인간으로 산다는 것은 무엇인가?"라는 근원적인 의문이다. 데이비드 린 감독은 "스크린 가득히 어른거리는 사막의 열기를 뚫고 광막한 지평선 저 끝에서 나타난 작은 점 하나가 천천히 인간의 모습으로 커지는 장면"을 영화로 만들면 어떨까 하는 영감, 하나의 표상에서 창작의 발상을 시작했다.[3] 카밀로프-스미스 식으로 설명하면 데이비드 린의 이 표상은 일체의 사회적 척도를 거부하고 고독을 선택한, 자기만의 강렬한 내면의 빛을 좇아서 가혹한 사막으로 들어간 인간에 대한 탐구를 위해 계속 재기술되었다.

아라비아의 로렌스는 보다 힘든 생활, 보다 험한 고난, 보다 심한 고통을 얻기 위해 아라비아 사막으로 뛰어든다. 이 몸던짐投身에는 어떤 사회적인 의미도 없다. 오직 고통만이 지혜의 유일무이한 원천이라고 믿었던 내면의 치열한 도전 정신이 있을 뿐이다. 그는 이 투신의 과정에서 우연히 아랍 해방 전쟁으로 섞여 들었다. 그가 점령했던 일곱 개의 도시는 차라리 죽고 싶을 만큼 가혹한 행군, 비참하게 죽어가는 부하들, 이글거리는 폭염과 한밤의 냉기, 터키 군인들의 잔인한 고문이 빚어낸 고통의 일곱 기둥이자 지혜의 일곱 기둥이었다. 영어권에서 사르트르의 『구토』에 필적하는 명작으로 일컬어지는 로렌스의 저서 『지혜의 일곱 기둥』은 전쟁의 기록이 아니라 진지한 자기 관찰을 통해 현대인의 내면을 파헤친 전기문학이다.[4]

〈아라비아의 로렌스〉는 이 내면의 탐구라는 주제를 영화의 문제 설정으로 수용했다. 그래서 영화는 다마스쿠스 점령에서 끝나지 않고 로렌스의 생애 마지막까지 이어진다. 로렌스가 비정한 사막에서 발견했던 것은 앙드레 말로가 '사크레Sacré'라고 표현했던 두렵고 헤아리기 어려운 지고至高한 것, 종교 이전에 존재하는 원초적 신성神性이었다. 그것은 사막의 정적과 고독 속에서만 들려오는 인간 내면의 신성이기도 했다. 이 신성 앞에서 인간은 '육체의 감방에 갇힌 수도사'로 표현된다. 로렌스는 자신의 육체를 생존의 한계에 이를 때까지 학대함으로써 그 안에 갇힌 진정한 인간, 즉 정신의 자유를 해방시키고자 했다. 모든 종교의 창시자들이 황야에서 발견했던 이 정신의 자유는 로렌스의 표현을 빌리면 "물과 같이 불안정하며 물과 같이 무한하다."

로렌스는 "생명이 태어난 이래 이 물결은 잇따른 파도와 같이 육체의 해안에 도전해 왔다. 이 물결이 모두 부딪쳐 부서져도 바다와 같이 서서히 화강암을 깎아내려 먼 미래의 언젠가는 옛날에 물질 세계였던 지점이 물로 변하고 신神이 그 수면에서 움직이시는 날이 오리라"라고 말한다. 그리하여 로렌스 또한 이러한 파도 하나를 세워 자신의 도전, 그 관념의 입김 앞에 물결치게 했다. 파도는 절정까지 치솟았다가 다마스쿠스, 최후의 전장戰場으로 떨어져 흩어졌다.[5]

전쟁이 끝나자 로렌스는 자신이 인간으로서 더 이상 전진할 수 없는 긴장의 한계에 도달했음을 알았다. 그의 생명력은 인간 의지의 극한점에서 완전히 소진되었던 것이다. 로렌스는 2년여의 전쟁을 치르며 아홉 군데의 총상, 서른세 번의 골절상, 일곱 차례의 비행기 사고를 겪고 사막을 떠난다. 모든 정치적 보상을 거절하고 고국에 돌아온 로렌스는 이름을 바꾸고 공군 사병으로 입대한다. 낮에는 병영에서 허드렛일을 하고 저녁에는 오두막집에 돌아와 책을 읽으며 "더 이상 먹고살기 위해 머리를 쓸 기력이 없는" 지친 몸을 은둔했다. 그리하여 서른한 살에 아라비아 전역을 제패하고 두 개의 나라를 세웠던 남자는 마흔일곱 살이 될 때까지 독신 사병으로 살다가 병역 만기로 제대하던 해 오토바이 사고로 죽는다.

민스트럴 수준의 문제 설정 구조로는 영화 〈아라비아의 로렌스〉의 코노테이션에 접근하는 일 자체가 불가능하다. 이 영화의 문제 설정이 말하고 있는 진정한 코노테이션은 텅 비고 고요한 여로, 사막을 가로지르며 떠오르는 태양, 모래 위에 부는 바람이 만들어낸 뒤엉킨 선들에 있다. 오직 영화를 본 관객들만이 인간의 언어로는 옮길 수 없고 다만 영상으로만 전할 수 있는 그 문제를, 인간의 삶이 거느린 비극적 아이러니와 신비로운 아름다움을 이해한다. 이런 문제는 근본적으로 코노테이션으로만 존재한다.

안톤 체호프의 「개를 데리고 다니는 부인」(1899)은 후대 작가와 비평가들이 체호프의 최고 걸작으로 꼽는 단편소설이다. 체호프가 단편소설에서 이루어낸 형식상의 혁신은 이후 "세계의 모든 단편 작가들에게 중요한 영향을 주었다"라고 평가받는다.[6] 그러나 문제의 발생과 해결이라는 단선적 인과관계는 이 명작에서 모조리 무너졌다. 이 소설은 마지막 결말부에 가서야 겨우 문제가 발생하지만 문학사에서 가장 위대한 작품의 하나이다.

소설의 스토리는 단순하다. "예쁜 여자를 봤다, 그 여자랑 잤다, 헤어졌다, 여자를 찾아갔다, 여자가 찾아왔다"라는 다섯 개의 시퀀스로 이루어져 있는 이 작품의 전개는 지인에게 자신의 소중한 사랑을 이야기하는 중년 남자의 고백을 3인칭으로 받아쓴 것처럼 자연스럽다. 그러나 이것이 전부다. 발생한 문제는 해결되지 않을뿐더러 해결의 기미조차 보이지 않는다.

바람둥이 은행가 구로프는 휴양지 얄타에 갔다가 개를 데리고 다니는 부인 안나 세르게예브나를 만난다. 구로프는 사십 대, 안나는 이십 대. 둘은 불륜에 빠졌고 얼마 후 헤어져 각자의 집으로 돌아간다. 구로프는 처음엔 안도감을 느끼지만 곧 그녀를 그리며 괴로워한다. 구로프는 안나가 사는 지방 도시로 가서 오페라 극장에서 그녀를 찾아낸다. 그녀는 고통스러워하며 그에게 즉시 떠나달라고 부탁한다. 안나가 모스크바로 찾아와서 둘은 다시 만난다. 어느 날 구로프는 흰머리가 생긴 자신의 모습을 보고 자신이 처한 딜레마를 자각한다.

「개를 데리고 다니는 부인」은 이런 평범한 스토리로 불멸의 캐릭터와 심오한 아이러니를 빚어냈다. 이 작품에 쓰인 기교의 참신함과 독창성은 '디테일의 마법'이라는 말로밖에 형용할 방법이 없다. 굳이 이 마법을 분석하자면 정교한 담화(소설)이면서도 스토리보다 더 단도직입적인 사건 전개, 소소하지만 가장 현저한 자질만을 선택해서 조합한 정확하고 생생한 성격묘사, 감정의 분자(원인)가 아니라 감정의 파동(움직임)을 그려내는 섬세한 심리묘사, 문장과 문장 사이에 아름답고 고귀한 로망스적 요소(운문)와 더럽고 비속한 소설적 요소(산문)를 대비시키는 교묘한 문장 구성 등을 들 수 있다.[7]

이 작품은 문제 기반 스토리텔링의 단선적 인과관계를 거부한다. 인생의 중요한 문제들은 인간이 살아 있는 한 해결되지 않으며, 인간의 고난과 희망, 추억과 꿈에는 어떤 뚜렷한 결론도 있을 수 없다. 이것은 체호프의 체험에서 우러난 사상이었다.

여주인공 안나의 표상에는 당대의 소설가이자 유부녀였던 리디야 알렉세브나 아빌로바의 모습이 상당 부분 반영되어 있다. 리디야는 "언젠가 당신에게 내 목숨이 필요해지거든 와서 가져가십시오"라고 회중시계 장식물에 새겨 체호프에게 선물할 정도였고 체호프도 그녀에게 매혹되어 있었다. 그러나 공교롭게도 그녀와 단둘이 대모스크바 호텔에서 만나기로 한 날 체호프는 외출 중 각혈로 쓰러지고 동행하던 친구의 도움을 받아 스라빈스키 바자르 호텔로 실려간다. 소설에서 구로프와 안나가 밀회하는 장소로 묘사된 바자르 호텔에서 정신을 차린 체호프는 각혈이 멈추지 않는데도 대모스크바 호텔로 가겠다고 우기지만 뜻을 이루지 못한다. 이 어긋남, 그리고 그 뒤 리디야가 체호프를 문병 갔을 때 또 한 번의 어긋남이 발생해 둘은 끝끝내 연인이 되지 못한다.[8] 「개를 데리고 다니는 부인」은 현실에서는 충족되지 못한 표상, 작가의 회한을 담은 명작이다.

이 같은 코노테이션의 문제와 함께 민스트럴의 구조가 반영하지 못한 또 하나의 결정적인 요건은 하마르티아hamartia이다. 사람의 인생에 결정적으로 위험한 것, 그 사람을 뿌리째 뒤흔들고 패배시키는 판단 착오는 눈에 보이지 않는다. 스토리는 이 치명적인 위험을 통찰하게 만드는 도구이며 관객을 이러한 통찰로 인도하는 것이 좋은 스토리이다. 아리스토텔레스는 『시학』의 10~14장에서 문제를 어떻게 설정해야 극적이고 흥미진진한 스토리를 만들 수 있는가를 논의하면서 복합 플롯과 하마르티아라는 개념을 제시한다.

아리스토텔레스는 "가장 우수한 비극의 구조는 단순하지 않고 복합적이어야 하며 두려움과 연민을 불러일으키는 사건을 제시하여야 한다"라고 말한다(13장).[9] 이때 복합적이라는 말은 급전peripeteia과 발견anagnorisis이 있다는 뜻이다. 연속적이고 통일된 행동이 반전이나 발견 없이 운명의 변화를 일으킬 때는 단순 플롯이 되고, 연속적이고 통일된 행동이 반전이나 발견을 통해서 운명의 변화를 일으킬 때는 복합 플롯이 된다. 또한 각각의 플롯에서 주인공의 운명이 행운을 향해 상승하는가, 불운을 향해 하강하는가를 따지면 논리적으로 [표 33]과 같은 네 가지 플롯 유형이 도출된다.

그런데 가장 우수한 비극, 즉 극적이고 흥미진진한 스토리는 이러한 복합 플롯에 연민과 두려움 유발arousing pity and fear이라는 요건이 더해져야 한다. 연민은 주인공에게 이미 발생한 일에 대한 반응으로 공감sympathy과는 달리 논리적으로 잘 표현하기 어려울 만큼 답답한, 주인공을 측은하게 여기는 감정이다. 두려움은 주인공에게 발생한 일이 자신에게 일어날지도 모른다는 반응, 앞으로 발생할 일에 대한 공포이다.

현대 인지 이론에서 연민과 두려움은 분노, 혐오, 만족 같은 확실성

종류	내용	
단순 플롯	연속적이고 통일된 행동이, 급전이나 발견 없이 운명의 변화를 일으킬 때	"행운" 단순 플롯 "불운" (A→Z, A→Z)
복합 플롯	연속적이고 통일된 행동이, 급전이나 발견 둘 중 하나 혹은 둘 다를 통해 운명의 변화를 일으킬 때	복합 플롯 "행운" X "불운" (A→Z via X, A→Z via X)

표 33 아리스토텔레스의 플롯 4유형론(X=급전과 발견)

정서와 대비되는 불확실성 정서로서 개인에게 통제력 확보를 위한 체계적인 정보처리의 욕구를 유발한다.[10] 그런 의미에서 연민과 두려움은 시대를 초월해서 스토리가 관객에게 제공할 수 있는 가장 강력한 형태의 감정적, 인지적 체험이라고 말할 수 있다.[11]

관객에게 연민과 두려움을 유발하는 것은 선한 사람이 불행해지는 이야기가 아니며, 악한 사람이 행복해지는 이야기도 아니다. 이런 이야기는 아리스토텔레스가 말하는 인정人情, philanthropeia, 인간의 보편적인 감정과 어긋나기 때문에 관객에게 반감과 불쾌감을 일으킨다. 나아가 악한 사람이 불행해지는 이야기도 안 된다. 이런 이야기는 인간의 보편적인 감정에 부합하지만 너무 뻔하고 인과응보적인 변화를 담고 있기 때문에 연민과 두려움을 일으키지 못한다.

복합 플롯이면서 연민과 두려움을 유발하는 이야기는 다음과 같은 희귀한 경우뿐이다. 즉 "선하지도 악하지도 않고 다만 남들보다 조금 잘난 사람이, 악한 기질이나 악한 행위 때문이 아니라 어떤 판단 착오(하마르티아) 때문에 불행해지는" 이야기이다.[12]

하마르티아는 눈에 보이지 않는다. 영어로 '판단 착오some error of judgement'라고 번역하는 그리스어 하마르티아의 원뜻은 화살이 과녁에서 빗나가는 것이다. 이는 활을 잘 쏘는 사람에겐 늘 있는 일이 아니다. 하마르티아는 어떤 특별한 경우에, 하필이면 아주 결정적인 순간에 자기도 모르게 저지르고 만 안타까운 실수다. 이 때문에 주인공은 자신의 모든 것을, 사회적 지위와 명예와 재산, 심지어 목숨까지도 잃게 된다. 그러나 화살이 빗나갈지 적중할지는 평소 알 수 없을 뿐만 아니라 예측하기도 힘들다.

대개의 경우 눈에 보이지 않는 하마르티아가 관객의 눈에 들어올 때 이는 급전, 즉 반전의 순간이다. 전창의는 영화 〈식스 센스〉의 분석을 통해, 반전의 결말이 나타나는 서사는 결말을 인과적으로 만들어내는 결말 인접 사건outcome-causal event이 은닉되었다가 결말 부분에서 드러나면서 형성된다고 말한다.[13] 그가 제시하는 아래 도식의 결말 인접 사건은 바로 하마르티아를 가리킨다.

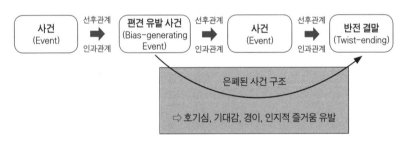

표 34 반전 결말 서사의 사건 구조

하마르티아는 〈다크 나이트〉(2008)의 경우처럼 단순한 판단 착오일 수도 있고, 〈올드 보이〉(2003)에서 오대수와 미도가 범하는 근친상간처럼 의식하지 못하는 가운데 저지른 잘못된 행동일 수도 있다. 어느 쪽

이든 간에 하마르티아는 발생하는 순간에는 눈에 보이지 않고 의미가 드러나지 않으며 반전의 대목에 가서야 놀라움^{surprise}을 야기하는 속성을 가진다.

미국 만화의 황금시대$^{Golden Age of Comic Books}$에 출간된 밥 케인의 『배트맨』 (1939)은 70여 년간 수많은 텔레비전 시리즈물과 애니메이션, 영화로 각색된 작품이다. 배트맨은 정의를 위해 싸우는 영웅이지만 동시에 가면을 쓰고 법의 바깥에서 자신의 판단으로 악을 심판하는 범법자라는 양면성을 갖는다. 크리스토퍼 놀란의 〈다크 나이트〉는 이 문제를 더욱 심화시켜 배트맨의 승리가 더 강한 악을 불러오는 사태, 즉 선과 악의 단계적 확대^{escalation}라는 신학적 딜레마를 다룬다.[14]

이 우주에서 가장 고귀한 분이 죄 없이 고통받고 십자가에 매달려 피를 흘리며 죽었다. 십자가 사건은 신의 승리를 완성한 것이며 신의 사랑으로 사탄이 패배하고 인간이 구원받은 사건이었다. 그러나 도스토예프스키에 따르면 인간의 법 바깥에서 이루어진 이 승리는 더 강한 악을 불러온다. 인간은 법이라는 군중의 논리 안에 있으며 인간이 진정한 개인으로서 군중을 떠나 그리스도를 모방하고 십자가의 길을 걷기는 매우 어렵다.

반면 갈보리 언덕에서 인간이 저지른 죄는 확실하며 그 죄는 씻을 수 없다. 갈보리 언덕은 인간에 대한 근본적인 절망이 시작되는 곳이자 악의 유혹이 역사를 이끌고 간다는 증거이다. 신의 승리 때문에 악마가 더 완벽해진다는 딜레마, 〈다크 나이트〉는 『카라마조프가의 형제들』 '대심문관'의 장이 제시한 갈보리 언덕의 딜레마를 현대 대도시를 배경으로 다시금 제기한다.

배트맨의 하마르티아, 치명적인 판단 착오는 평범한 보통 사람들의 선함과 능력을 믿지 않은 것이다. 어린 시절 동네 건달들의 손에 부모님이 살해당하고 고담 시가 마피아에 지배당하는 것을 목격한 배트맨에게 대중은 비겁하고 무능한 존재이다. 대중이 따르는 법은 배트맨이 원하는 정의의 기준에 현격히 미달한다. 이 때문에 배트맨은 하비 덴트 검사라는 백기사, 또다른 영웅을 후원하여 악을 축출하고자 한다.

그러나 조커가 두 대의 여객선에 나눠 탄 수백 명의 사람들에게 각각 기폭 장치를 주고 먼저 상대편 배를 폭파시키면 살려주겠다고 했을 때, 조커와 배트맨의 예상은 빗나간다. 생존과 양심 사이에서 갈등하던 대중은 양쪽 다 스스로 희생을 결심하고 기폭 장치의 점화를 포기함으로써 결과적으로 모두 살아남는다. 이에 반해 배트맨이 고담 시의 희망으로 생각했던 하비 덴트는 연인 레이철이 죽고 자기 역시 얼굴 반쪽을 잃게 되자 악의 화신으로 변모해 고든 서장의 가족들을 살해하려다가 배트맨의 손에 죽는다. 결국 배트맨은 자신의 하마르티아 때문에 백기사 하비 덴트를 살해한 악당의 누명을 쓰고 어둠 속으로 사라진다.

우리는 스토리의 코노테이션과 하마르티아라는 문제를 중심으로 민스트럴로 대표되는 문제 기반 스토리텔링 학파의 한계를 살펴보았다. 그 결과 민스트럴까지의 연구가 거둔 성과들로는 〈아라비아의 로렌스〉 혹은 〈다크 나이트〉와 같은 명작이 구현하고 있는 심오한 통찰의 스토리를 만들 수 없다는 것을 알게 되었다. 이것은 데이터베이스의 크기가 작다든지 변수가 많다는 것과 같은 개량 가능한 문제가 아니라, 단선적인 인과관계를 중심으로 구조를 만들어가는 작업에서 출발하는 문제 설정 방식 자체의 한계에서 비롯되었다. 이어지는 장에서는 이러한 한계를 돌파하고자 했던 연구들을 살펴보기로 한다.

⁰⁴ 모티프를 향한 접근
:스토리 문법 학파

스토리 문법 학파는 사건과 사건이 플롯에 의해 서로 인과적으로 결합되는 거시적 구조보다 사건이 감정적 반응을 일으켜 행동을 결과하는 미시적 문법에 주목했다. 민스트럴로 대표되는 문제 기반 스토리텔링 학파가 플롯을 먼저 만들고 플롯 안에 내용을 채우고자 했다면, 요셉으로 대표되는 스토리 문법 학파는 부분을 규정하면서 동시에 전체적으로도 반복되는 내용을 찾고자 했다.

예일 대학의 테일스핀(1977)에서 시작된 스토리 자동 생성 프로그램이 유니버스(1985)를 거쳐 민스트럴(1993)로 발전해 나갈 무렵 UC 샌디에이고에서는 수리심리학을 동원해 서사 창작에 접근하는 새로운 연구 방법론이 나타나고 있었다. 그것은 1975년 데이비드 에버릿 루멜하트[1]에서 시작되어 린 펨버튼, 로베르 드 보그랑드를 거쳐 레이먼드 랭의 요셉(1999)을 탄생시키기에 이르는 흐름이었다. 사람들은 이 연구자 그룹을 스토리 문법 학파^{Story Grammar School}라고 불렀다.[2]

스토리 문법 학파는 사건과 사건이 플롯에 의해 서로 인과적으로 결합되는 거시적 구조보다 사건이 감정적 반응을 일으켜 행동을 결과하는 미시적 문법에 주목했다. 민스트럴로 대표되는 문제 기반 스토리텔링 학파가 플롯을 먼저 만들고 플롯 안에 내용을 채우고자 했다면, 요셉으로 대표되는 스토리 문법 학파는 부분을 규정하면서 동시에 전체적으로도 반복되는 내용을 찾고자 했다.

스토리 문법 학파는 아리스토텔레스 이래의 전통적인 서사학을 검토하던 문제 기반 스토리텔링 학파의 단계로부터, 본격적인 디지털 스토리텔링을 위한 중요한 도약을 이룩했다. 도약의 계기가 된 것은 스토리도 부분이 전체를 반복하는 프랙털 구조$^{fractal structure}$로 되어 있다는 생각이었다. 코흐 눈송이, 시어핀스키 삼각형 등으로 대표되는 프랙털 구조는 "언제나 부분이 전체를 닮는 자기 유사성$^{self-similarity}$의 형상"으로, 레프 마노비치가 디지털 미디어의 본질적인 속성으로 지적한 모듈 구조의 전형적인 사례이다.

스토리 문법 학파는 이야기 문법 모형을 통해 하나의 서사 내에서 부분과 전체에 동시에 적용되면서 부분이 전체를 반복하는 구조를 밝히고자 했다. 그 결과 스토리 문법 학파는 3막 구조의 플롯에서 출발했던 문제 기반 스토리텔링 학파의 한계를 보완할 수 있었다. 그것은 첫째로 스토리의 세팅, 즉 배경에 대한 연구였고 둘째로 스토리의 캐릭터, 특히 캐릭터의 내적 반응인 감정을 연산하는 방법에 대한 연구였다. 논의가 복잡해지는 것을 피하기 위해 먼저 루멜하트의 이야기 문법 모형부터 살펴보자.[3]

루멜하트의 이야기 문법 모형([표 35] 참조)에는 각 일화의 중요성을 가려낼 수 있는 장치가 없다는 것, 주인공이 둘 이상 등장하는 복잡한 이야기에는 적용하기 어렵다는 것 등 분명한 한계가 존재한다.[4] 그럼에도 불구하고 이 모형은 인간지능이 이야기의 정보를 조직하는 스키마를 밝힘으로써 이후의 디지털 스토리텔링 연구에 지대한 영향을 끼쳤다.

스토리(허용하다)									
배경(그리고)			일화(야기하다)						
			사건(허용하다)			반작용(동기화하다)			
상태 1	상태 2	...	사건 1	사건 2	...	내적 반응		외적 반응	
						감정	욕망	행동	시도
									계획 / 실천*

* 실천(허용하다)

| 사전 행동(그리고) | | 행동 | 결과 | |
| 하위 목표(동기화하다) | 시도(그런 후) | | 반작용 | 사건 |

※ ( ) 안의 말은 의미 규칙

표 35 루멜하트의 이야기 문법 모형(1975)

루멜하트는 주인공에 의한 목표 지향적 행위라는 플롯 중심적이고 인지 우위적인 구조에 반대했다. 대신에 그는 배경, 감정적 반응, 동기화 라는 개념을 강조하는, 캐릭터 중심적이고 감정 우위적인 문법을 구상 했다. 먼저 배경의 문제를 살펴보자.

배경은 플롯과 캐릭터를 만든 뒤에 선택적으로 갖다 붙일 수 있는 부 가적 요소가 아니다. 미하일 바흐친은 스토리에서 사건을 조직하고 묘 사하고 재현하게 하는 본질적인 힘을 크로노토프chronotope라는 개념으 로 제시했는데, 이는 전통적으로 배경이라고 여겨져 온 요소들을 재정 의한 개념이었다. 크로노토프는 시간을 뜻하는 고대 그리스어 크로노 스chronos와 장소를 뜻하는 토포스topos의 합성어로 '시공간 복합체'라고 번역된다. 바흐친에 따르면 스토리는 시간적 지표와 공간적 지표가 어떻 게 융합되는가 하는 내적 연관에 따라 장르 및 인물 유형이 결정된다.[5]

루멜하트의 배경 개념은 바흐친의 크로노토프 개념과 매우 유사하 다. 그의 이야기 문법 모형에서 배경은 스토리의 에피소드(일화) 전체와 1 대 1의 비중으로 계산해야 할 만큼 중심적인 요소이다. 배경의 중요성은 스토리를 플롯이 아닌 캐릭터 중심으로 사유하는 입장에서 더 강조된다. 스토리는 작가의 총애를 받는 주인공 한 사람이 단독으로 움직이는 목표 지향적인 과정이 아니다. 스토리는 각자 동등한 권리와 자신만의 세계를 가진 다수의 의식들이 하나의 통일된 세계 안으로 들어오는 다성적인polyphonic 과정이다.[6]

픽사에서 제작한 브래드 버드 감독의 애니메이션 〈라따뚜이〉(2007)는 배경 우위의 창작론과 캐릭터의 다성성을 함축적으로 보여준다.

역할	캐릭터	모티프	로그 라인
메인 캐릭터	레미	운명에 대한 반격	요리사가 되고 싶은 생쥐가 불가능한 꿈을 실현하는 이야기
임팩트 캐릭터	링귀니	적군과의 우정	요리에 대한 재능이 없으나 생쥐 친구의 도움으로 주위를 속이던 남자가 허영을 버리고 진정한 사랑과 우정을 찾는 이야기
주변 캐릭터	스키너	배반자	일인자의 부재를 틈타 야망을 추구하던 이인자 요리사가 몰락하는 이야기
	장고	희생하는 부모	무리 속에서 살기를 바라는 자신의 바람과 달리 인간의 요리사가 되고자 하는 생쥐 아들을 마침내 인정하게 되는 아버지 생쥐의 이야기
	구스토	기이한 선생	편견이 없던 요리사가 죽어서 유령이 된 후 제자인 생쥐 레미를 성숙한 요리사로 성장시키는 이야기
	안톤 이고	악마적인 예술가	무자비한 음식 비평가가 비천한 신분의 생쥐 요리사가 만든 요리를 통해 진정한 행복을 찾게 되는 이야기

표 36 〈라따뚜이〉의 캐릭터별 스토리 로그 라인[7]

이 영화의 캐릭터들은 [표 36]에서 보듯이 각자가 완전하고 독립적인 인생을 살아간다. 그들은 저마다 자신들의 스토리와 관점, 목소리를 가지고 있다. 이렇듯 다성적인 소우주들을 하나로 묶는 것은 그들이 구스토 레스토랑이라는 공간, 그리고 주방장 구스토의 빈자리를 스키너가 차지한 시간대에 함께 있다는 사실뿐이다. 말하자면 공간적, 시간적 배경이 스토리를 결정하는 것이다.

배경은 『태백산맥』과 같은 리얼리즘 소설에서는 플롯과 캐릭터를 압도하기도 한다. 이 대하장편소설에서 가장 강력한 스토리 생성의 요소는 전남 벌교와 해방 공간이라는 공간적, 시간적 배경이다. 일본 자본의 간척 사업을 통해 유입된 근대적 합리주의와 봉건적 소작제도 사이의 갈등을 안고 있는 벌교라는 공간적 배경과 좌우 이데올로기의 사회적 실험이 무한히 가능해진 해방 공간이라는 시간적 배경은, 작가가 그것을 충실하게 반영하려고 하는 한, 작품이 다루게 될 사건과 인물들을 한정한다. 배경이 작가의 개성적인 선택보다 우위에 있는 것이다.[8]

배경과 함께 루멜하트의 이야기 문법이 강조하는 또 하나의 요소는 감정이다. 감정은 인간이 환경에 적응하고 생존하기 위해 발전시켜 온 복잡한 진화 기제이다. 인지 판단이 대상의 속성에 의존하는 데 비해 감정 판단은 대상에 대한 호불호의 반응에 의존한다. 그러나 인지 판단과 달리 감정 판단은 우리가 선호하는 것과 우리가 행하기로 결정하는 것 사이, 또 우리가 선호하는 것과 우리가 아는 것 사이에 계산하기 어려운 간극을 가지고 있다.[9] 스토리 문법은 이러한 감정 반응을 컴퓨터의 수치적 연산으로 수용할 수 있는 방법을 모색했다.

루멜하트에 따르면 모든 스토리는 어떤 배경^{setting}에서 일어나는 일화^{episode}들로 구성된다. 배경은 여러 개의 상태^{state}들로 이루어지고, 일화들은 사건^{event}과 그에 대한 반응^{reaction}으로 이루어진다. 반응은 감정^{emotion}과 욕망^{desire}이 나타나는 내적 반응과 행동^{action}과 시도^{attempt}가 나타나는 외적 반응으로 나뉜다. 시도는 계획^{plan}과 실천^{application}으로, 실천은 다시 사전 행동$^{pre-action}$, 행동^{action}, 결과^{consequence}로 구성된다.

'허용하다^{allow}', '야기하다^{cause}', '동기화하다^{motivate}'는 이야기를 형성하

는 배경, 일화, 상태, 사건, 반응 같은 범주들을 결합시키는 의미 규칙이다. 또 '그리고and', '그런 후then', '왜냐하면because'은 일화와 일화를 이어주는 연결 관계가 된다. '허용하다'가 의미하는 바는, 배경은 일화를 가능하게 하지만 그 반대는 아니라는 것이다. '야기하다'는 하나의 사건이 다른 사건이 일어나는 원인이 된다는 뜻이다. '동기화하다'는 전자가 후자를 촉발하지만 후자는 전부 실현될 수도 있고 일부만 실현될 수도 있다는 뜻이다.[10]

여기서 감정과 관련된 명령어는 '동기화하다'이다. 스토리의 문제 설정은 테일스핀이나 유니버스처럼 미리 고정되어 있는 캐릭터의 상태 변수 혹은 특성값들 때문에 발생하지 않는다. 또 민스트럴처럼 기억 체계화 묶음으로 수렴되는 여러 변수들의 연산으로 발생하지도 않는다. 루멜하트에 따르면 이는 눈에 보이지 않는 감정과 욕망의 내적 반응이 주인공의 외적 반응을 동기화함으로써 발생한다.

컴퓨터 연산에서 '동기화하다'는 연산이 될 수도 있고 안 될 수도 있는 불확정적 조건값을 갖는 명령어이다. 이러한 루멜하트의 동기화 개념은 이야기 문법 모형을 트리 구조로 발전시킨 스타인과 글렌,[11] 이 모형에 캐릭터 개념을 보강한 로베르 드 보그랑드[12]의 손을 거치며 더욱 발전했고, 영국의 린 펨버튼에 이르러 동기부여 모티프motivating motif와 동기화motivation라는 개념으로 정교화되었다.

린 펨버튼의 제스터

린 펨버튼은 감정적 반응과 외적 행동을 유발시키는 모티프의 존재를 인식했던 최초의 인지-컴퓨터 전공 연구자였다.

모티프가 감정 반응을 함축하는 것은 그 안에 '사건-반응'의 구조적

단순 스토리							
	행동화된 사건						
도입부 상황	갈등		행동-연쇄				종결부 상황
	동기부여 모티프	동기화	계획*	자질 부여**	행동	해결	

계획*		자질 부여**	
정보 추구-행동	적절한 계획	자질 부여-행동	적절한 자질 부여

표 37 펨버튼의 문법 모형(1989)[13]

통일을 유도하는 접속 기능과 후속적으로 이어지는 연상을 야기하는 정보 작동 기능, 신호에 대한 반응과 선택을 가능케 하는 정보 응축 기능을 갖기 때문이다. 그 결과 모티프는 상이하고 복잡한 감정들을 양극 구조의 긴장된 망으로 압축시키게 된다. 모티프가 등장하면 사건은 '안정-위반-불안정-반작용-안정'의 순서를 밟아간다. 이때 모티프는 첫 번째 안정 상태의 감정과 그 대극에 있는 세 번째 불안정 상태의 감정 사이에 철저히 대립적인 의미 관계를 성립시킨다.

그러나 펨버튼은 동기부여 모티프라는 개념을 이렇게 복잡하게 다루지 못했다. 그는 모티프를 감정 반응을 포함하여 '모든 내적, 외적 반응을 야기하는 동사'라는 개념으로 이해함으로써 루멜하트가 말한 내적 반응을 컴퓨터 프로그램화하는 가장 빠른 방법을 찾고자 했다.

스토리 문법은 이러한 세부 묘사를 위해 행동화된 사건을 결합 모티프와 자유 모티프로 보충한다. 결합 모티프Tied Narrative Motifs는 이야기에서 제외할 수 없는 요소들이다. 자질 부여 행동 혹은 동기부여 행동들을 여러 단계로 나누어 표현할 수는 있다. 그러나 하나의 스토리는 사건의 재현, 즉 그다음에 무엇이 일어난다는 묘사 없이는 성립할 수가 없다. 그에 반해 자유 모티프Free Narrative Motifs는 캐릭터의 시현, 주제의 예시, 아이러니의 창조, 역사적 배경의 제시 등과 관련한 요소들을 말한다.

이야기를 위해 특별히 중요한 것은 대립 모티프Opposition Motifs이다. 이 모티프는 행동화된 사건의 어떤 요소들을 감추거나 위태롭게 하거나 유보시키는 작용을 한다.[14]

인용문에서 보듯이 펨버튼의 모티프 개념은 러시아 형식주의가 '이야기의 최소 단위'라는 개념으로 제시했던 원초적인 이항 대립 개념(결합 모티프/자유 모티프)에 토도로프의 개념(대립 모티프)을 부분적으로 수용한 것이었다. 이는 펨버튼이 러시아 형식주의 이후 독일 주제학(엘리자베스 프렌첼, 호스트 댐리히)과 북미 신화 원형 비평(조셉 캠벨, 르네 지라르, 노스럽 프라이)이 갱신했던 모티프 연구들에 대해 알지 못했거나 의도적으로 이를 외면했음을 의미한다. 모티프를 통해 제대로 된 이야기를 생성하기 위해서는 200여 개로 추정되는 모티프 체계의 공시적 구조와 5개의 상태 변화로 이루어지는 모티프의 통시적 작용을 반영해야 한다.

그러나 펨버튼은 자의적으로 선정한 십여 개의 모티프가 내장되어 있는 단순 스토리simple story들을 연결시켜 길고 생동감 넘치는 복합 스토리complex story를 만들어보고자 했다. 이런 의도로 제작한 프로그램이 제스터GESTER: Generating Stories from Epic Rules였다.

제스터가 거둔 결과는 비참했다. 아래에서 보듯이 그것은 독자가 몰입감을 느낄 수 없는 단편적인 사실들의 나열에 불과했다.

찰스는 자신의 도시가 없었다

나르본의 현 상황을 본 찰스는 나르본을 원했다

아이메리가 찰스를 돕겠다고 했다

찰스는 아이메리와 함께 나르본으로 향했다

찰스는 바우프메즈가 지배하는 나르본 성벽을 아이메리와 함께 공격했다

티보와 클라리온은 찰스와 아이메리에게 끓는 기름을 부었다 (후략)[15]

R. 레이먼드 랭의 요셉

제스터의 실패는 모티프를 통해 감정 반응에 접근하기 위해서는 획기적인 전환이 있어야 함을 보여주었다. 이를 위해 1999년 R. 레이먼드 랭은 '서사 인과율'과 '월드 모델' 개념에 입각한 새로운 이야기 문법 모델을 제시하고 요셉Joseph이라는 스토리 자동 생성 프로그램을 만들었다. 먼저 랭의 모델부터 살펴보자.[16]

스토리				
배경	일화들			
	일화1			일화……
	사건	감정 반응	행동 반응	
	에피소드 규칙			
	도발적 사건	감정 반응	행동 반응	결과 혹은 상태

표 38 랭의 문법 모형(1999)

랭은 펨버튼의 실패 사례를 돌이키며 일화를 복잡한 구성 요소로 세

분하여 연산하는 것이 무의미하다고 보았다. 그는 루멜하트로 돌아가서 하나의 원인^{story event}과 하나의 결과^{action response}사이에 여러 개의 감정 반응^{emotional response}이 있는 단순한 이야기 문법을 제시했다. 하나의 사건이 발생하면 그 사건은 등장인물의 감정 반응을 일으켜 행동 혹은 목표 값을 갖게 된다. 이 같은 '사건-감정-행동'이야말로 이야기를 성립시키는 하나의 인과율 단위^{Causality Unit}이다. 이를 도해하면 다음과 같다.

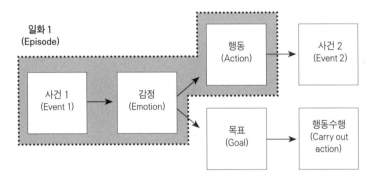

표 39 랭의 인과율 단위 모형

이때 사건, 감정, 행동은 스토리를 앞으로 전진시킨다는 의미에서 철저하게 동사^{Verb}적이다. 크리스 크로포드는 블라디미르 프로프의 민담 형태론을 연구한 뒤 진공 상태에서 하나의 이야기 세계를 창조할 수 있는 최소한의 기능을 갖는 언어로 딕도^{Deikto}를 설정하고 63개의 체계 동사를 제시한 바 있다. 예를 들어 주다^{give}라는 동사는 소유 상태, 줄 수 있는 물건 또는 정보 등의 개념을 포함하고 있다. 랭과 크로포드는 동사가 이야기 세계를 만들면 명사(캐릭터, 배경)가 그 세계를 묘사한다는 동일한 프레임을 제시했다.[17]

크로포드의 63개 체계 동사론에 입각할 때 인과율 단위는 세 개의 동사로 이루어진다. 한 개의 원인을 제공하는 사건의 동사, 여러 개의 감정 반응을 제공하는 감정 유발 동사, 한 개의 결과를 제공하는 행동의 동사가 한 묶음이 되어 이야기 단위 하나를 이루는 것이다.

예컨대 테드 코체프 감독의 영화 〈람보〉(1983)의 도입부는 다음과 같은 일화 1번으로 시작한다. 실베스터 스탤론이 연기하는 존 J. 람보는 전우의 집을 찾아 록키 산맥의 한적한 마을로 걸어온다(사건 동사=찾다^{find}). 람보는 전우가 암으로 죽었다는 사실을 알게 된다(감정 동사=알다^{get}). 람보는 충격과 슬픔에 휩싸여 마을에서 홀리데이 랜드로 향하는 고속도로를 무작정 걸어간다(행위 동사=가다^{go}).

행동으로 끝나는 일화 1번은 그 행동이 빚어낸 결과로 발생하는 일화 2번의 사건으로 이어진다. 극도로 침울해진 람보는 길에서 만난 마을 보안관 윌 티즐의 질문에 제대로 대답하지 않고 자신을 마을에서 쫓아내려는 보안관의 의지를 거부한다(사건 동사=무시하다^{ignore}). 체포되어 수감당하는 과정에서 람보는 옛날 베트남의 포로수용소에서 고문을 받았던 악몽 같은 기억을 점차 되살린다(감정 동사=증가하다^{increase}). 람보는 미친 사람처럼 광폭해져 경찰서를 때려 부수고 탈출한다(행위 동사=파괴하다^{destroy}).

랭은 이러한 인과율 단위 모형의 단순함을 보완하기 위해 가능한 한 많은 명사적 속성을 함유하는 서술부 체계를 '월드 모델'이라는 모형으로 만들었다. 월드 모델은 스토리 문법을 실체화하는 사전 단계로, 특정한 일화가 사건과 사건에 대한 주인공의 반응을 필요로 할 때 스토리 문법이 그 구성 단위를 월드 모델에서 찾도록 하고 있다.

월드 모델은 다음과 같은 11개의 서술부로 구성되어 있으며[18] 이 구조에 맞춰 사건과 감정, 행동, 목표, 목표를 위한 행동 등이 자동적으로 인과관계를 가질 수 있도록 프롤로그 언어Prolog Language19)를 사용한다. 월드 모델에서 발생한 인과관계는 스토리를 구성하는 상태들과 사건들을 한데 묶어주는 접착제 역할을 수행한다.

	서술부	설명
1	hero(agent)	스토리의 주인공
2	fact(fact, world)	스토리의 배경을 결정하는 사실들
3	ep_prim(event, world)	일화(에피소드)가 시작되는 계기로서의 사건
4	effect(act, result, world)	하나의 행동이 발생하면 그에 해당하는 결과가 월드에 영향을 미친다.
5	consequence(state1, state2)	정해진 조건에서 하나의 상태는 다른 상태를 불러온다. 상태 1이 이루어지면 상태 2가 함께 이루어진다.
6	plan(title, steps, world)	플랜은 하나의 행동이 아니라 여러 개의 행동으로 구성되어 있다.
7	plan_effect(plan_title, effect, world)	타이틀로 표시된 플랜을 진행시켰을 경우의 결과를 표시한다.
8	emot_reaction(event,emotion, world)	사건이 발생하면 캐릭터는 감정의 변화를 일으킨다.
9	action_motif(emotion, action, world)	하나의 행동은 월드에서 감정을 가진 누군가를 위한 잠재적인 행동이다.
10	goal_motif(emotion, goal, world)	감정의 변화는 목표를 갖게 한다.
11	intention(prot, goal, action, world)	캐릭터는 액션이 목표를 달성하기 위한 수단임을 믿는다.

표 40 랭의 월드 모델

랭의 월드 모델에서 안타까운 것은 9번과 10번이다. 랭은 펨버튼의 이론에서 적으나마 구체적인 내용을 담고 있던 모티프 개념을 완전히 형식적인 요건으로 바꾸어놓았다.

랭은 주인공이 집에 있는데 바바 야가(슬라브 민담에 나오는 귀신)가

집으로 들어왔을 때 주인공이 겁을 먹고 즉시 벽난로 뒤에 숨는 이야기를 9번의 사례로 들고 있다. 여기서 행위와 관련된 모티프는 행위가 유발하는 '자동화된 반응'으로 전락한다. 랭은 또 주인공의 아내가 왕에게 납치되어 갔을 때 주인공이 아내를 그리워하고 아내를 구출하려는 목표를 갖는 것을 10번의 사례로 들고 있다. 여기서 목표와 관련된 모티프는 '자연스러운 인과율'로 축소된다.

모티프에 상황 모티프, 인물 모티프, 행위 모티프가 있다고 할 때 랭의 모티프 개념은 인물 모티프가 나타날 가능성을 원초적으로 부정한다. 그 결과 랭이 만든 요셉은 자신의 신념과 목표를 고민하는 입체적인 주인공을 낳지 못했다. 그저 상황의 맥락을 극복하지 못하는 평범한 인물의 평범한 선택만이 이야기를 지배하게 된다.[20]

뿐만 아니라 요셉은 먼저 '사건-감정-행위'의 인과율 단위가 생겨나고 나중에 플롯이 발생하는 문제를 보완하고자 프로그램에 후향 추론 Backward Reasoning을 삽입했다. 후향 추론이란 마지막 목적이 발생하는 순간 시간을 되돌아가면서 최초의 설정에 도달할 때까지 사건의 인과관계를 점검하는 것이다. 후향 추론은 스토리의 처음부터 끝까지 일관성을 가진 사건이 연속해서 일어나게 한다는 소기의 목적을 달성했지만 시간이 왜곡되면서 발생하는 서스펜스, 앞부분에서 생략되었다가 결말부에 가서야 출현하는 반전 등과 같은 플롯상의 기교가 나타날 가능성을 봉쇄하는 결과를 낳았다.[21]

이처럼 기존 연구의 문제점들을 개선하고자 엄청난 노력을 기울였음에도 불구하고 요셉의 결과물은 제스터 못지않게 비참했다.

옛날 옛날에 한 농부가 살았다. 농부는 아내와 결혼했다. 어느 날 농부는 아내와 말다툼을 했다. 이런 일이 일어나자 농부는 고통스러웠다. 그래서 농부는 숲으로 산책을 갔다. 농부는 덤불 밑에서 구덩이를 하나 발견했다. 그걸 본 농부는 아내를 벌주고 싶어졌다. 농부는 아내를 구덩이에 처넣을 결심을 했다. 농부는 아내를 속여 구덩이로 유인했다. 아내는 구덩이에 빠졌다. 농부는 혼자 살게 되었다.[22]

위 인용이 보여주듯 요셉의 결과물은 민담의 수준에도 미치지 못하는 저급한 형상화를 보였다. 민담이 현실로부터의 해방감을 표현하면서도 생활의 지혜와 인생의 교훈을 담고 있음에 반해, 요셉의 결과물은 어떤 상상력의 즐거움도 느낄 수 없는 조야한 줄거리에 그쳤다.

랭 자신도 이런 결과에 대해 자신의 프로그램이 "스토리가 예상 가능한 방향으로만 진행되고 독자의 흥미를 유발하는 뜻밖의 사건이 발생하지 않는다"라는 문제점을 갖고 있음을 나중에 깨달았다고 말한 바있다. 결국 루멜하트에서 랭에 이르는 스토리 문법 학파는 디지털 스토리텔링에 필요한 많은 연구 성과를 접목시켰음에도 불구하고 제대로 된 스토리 생성에 성공하지 못했다.

^{05}현실, 제의, 신화

현실과 제의, 신화는 구조적 상동성을 가지고 있으며 그 구조는 '안정-위반-불안정-반작용-안정'의
모티프 형식으로 나타난다. 문제 설정을 보다 정밀하게 재정의하기 위해서는 문제 설정의 특수성
과 문제 해결의 보편성을 매개하고 있는 이 모티프 형식을 프로그래밍하지 않으면 안 된다.

지금까지 우리는 예일 대학의 테일스핀에서 시작된 문제 기
반 스토리텔링 학파가 유니버스를 거쳐 민스트럴로 발전하고, 스토리
문법 학파가 루멜하트의 이론으로부터 제스터를 거쳐 요셉에 이르는 과
정을 살펴보았다. 이들의 성취와 실패는 스토리 생성의 비밀을 조금씩
가시적인 형태로 밝혀주었다.

문제 기반 스토리텔링 학파의 경우 '문제 설정'의 정밀성이 문제가 되
었다. 민스트럴이 보여주듯 기억 체계화 묶음을 활용하는 단선적 인과
관계의 문제 설정은 내면적 의미와 판단 착오를 내포하는 심오한 스토
리를 생성하기 어려운 것으로 드러났다. 이에 반해 스토리 문법 학파는
문제 설정에 감정 반응을 함축하는 동기부여 모티프, 혹은 동기화라는

장치가 필요함을 인식했다. 그러나 제스터와 요셉이 보여주듯 그들은 모티프 체계의 공시적 구조와 통시적 작용을 인식하지 못했고 모티프의 역할을 축소시켜 이를 단순한 형식적 요건으로 다루는 데 그쳤다.

여기서 스토리 모티프를 이용하지 않고 달리 문제 설정의 정밀성을 확보하는 방법은 없는가라는 문제가 제기된다. 민스트럴과 요셉 같은 스토리 자동 생성 프로그램이 등장할 무렵 할리우드와 UCLA에서는 시나리오 작가의 창작을 돕는 스토리 창작 지원 프로그램들이 하나둘씩 나타나고 있었다. 그 가운데 대표적인 프로그램이 후일 드라마티카 프로라는 이름으로 개명되는 스토리 마인드(1994)이다.[1]

스토리 마인드도 민스트럴이나 요셉처럼 주인공이 목적을 달성해 가는 사건들의 연속체로 플롯이 만들어진다는 원리를 수용했다. 이야기의 시작은 문제의 설정이었고 주인공의 목적 달성은 문제의 해결이었다. 그러나 스토리 마인드는 문제를 변하지 않는 외적 문제, 변하는 외적 문제, 변하지 않는 내적 문제, 변하는 내적 문제로 분할한 것이 특징이었다. 이렇게 분할된 문제 설정은 캐릭터와 플롯을 연결하는 일종의 다리 역할을 수행하며 보다 체계적이고 유기적인 플롯 형성에 관여했다.[2]

창작 지원 도구는 아니지만 로버트 맥키도 유사한 방법을 제시했다. 맥키는 문제를 갈등이라는 개념으로 축소한 뒤 내적 갈등, 개인적 갈등, 초개인적 갈등의 세 가지 유형으로 구분했다. 이 세 가지 유형의 문제들은 주인공의 첫 번째 행동, 두 번째 행동, 세 번째 행동이라는 순자적인 발전 구조로 배열될 수 있으며 그 총합은 주인공이 스스로의 의지와 능력으로 극복해야 하는 절대적인 진실을 이루게 된다.[3]

그러나 이러한 문제 설정의 분할은 일종의 불가지론Agnostizismus이 될 위험을 내포하고 있다. 작가들이 창작의 난관을 돌파하기 위해 고심할 때

1막의 문제를 넷으로 고려하거나 셋으로 고려하는 것은 얼마든지 가능하다.

그러나 창작 연구자가 창작을 위한 객관적인 체계를 구축하겠다고 하면서 이런 식으로 문제 설정을 분할하는 것은 스스로 체계를 포기하는 것이다. 문제를 자의적으로 분할하면 여러 개의 3막 구조가 나타날 수밖에 없고 그것들을 어떻게 종합할 것인가라는 더 어려운 문제가 발생한다. 각각의 캐릭터들이 저마다 다른 문제와 문제 해결 방식을 가진다고 할 때 이론적으로는 백 개도 넘는 순열과 조합의 3막 구조가 생겨날 수 있다.

스토리의 창작을 위해서는 문제 설정을 하나로 제한하지 않으면 안 된다. 이것은 우리가 창작의 지침이 될 수 있는 객관적인 체계를 희망하기 때문이다.

스토리를 창작하는 기술은 과학에 적용되는 기술과 다르다. 과학에서의 기술은 인간의 특정한 개성으로부터 분리되어 있고 그 적용가능성이 단순하고 보편적이다. 누구나 평균적인 지능을 가진 사람이면 그 기술을 배워서 적용할 수 있다. 만약 그 학습에 어떤 특별한 재능이 필요하다면 그것은 과학적 의미의 기술이 아니며 기술화가 완성되지 못한 것이다. 이것이 근대 과학적 의미의 체계 내지 형식이 된다.

그러나 스토리 창작에 동원되는 형식은 언제나 한 가지 특정한 내용의 형식, 한 가지 특정한 소재의 형식이다. 어떤 작가가 어떤 예술적인 표현 기술을 새로운 소재를 선택할 때마다 혁신하지 않는다면 그는 매너리즘에 빠진 삼류 작가로 평가될 것이다. 창작에는 어떤 선험적인 공식도 없다. 모든 형식적 요소들은 작품 속에 형상화될 구체적인 내용에 맞게 조정되어야 하는 것이다.

스토리의 문제 설정이 셋이나 넷이 될 수 있다고 한다면 우리는 창작의 어떤 객관적인 체계도 논의할 수가 없다. 문제의 설정이란 1막의 특수로부터 3막의 보편으로 향하는 출발점이며 작가가 매번 새롭게 가장 적합한 형식을 만들어내야 하는 준거이기 때문이다.

문제 설정을 하나로 제한한다면 그 다음에 제기되는 쟁점은 스토리가 하나의 희귀하고 특수한 문제 설정으로부터 어떻게 공감적이고 보편적인 문제 해결로 진행하는가 하는 것이다. 이 특수에서 보편으로의 전환이 상당한 비약을 내포하고 있기에 우리는 '천재 작가'라는 낡은 신화에 투항하고 싶은 유혹을 느낀다. 하나로 제한된 특수로부터 작가가 매번 새롭게 가장 적합한 형식을 만들어 보편을 창출한다면 그런 작업은 비범하게 느껴진다. 이무영과 같은 소설가는 그의 『소설작법』에서 "재능이 없이는 아무리 노력해도 대성하기 어렵다"고 말하고 작가가 될 수 있는 제 1의 요건은 선천적인 재능이라고 단언한다.[4]

칸트 또한 창작의 재능은 과학적 지식과는 반대로 학습될 수가 없다고 말했다. 과학에서 뉴턴과 열심히 공부하는 학생 사이에는 단지 양적인 차이만 있는 반면 창작에서 천재와 보통 사람 사이에는 질적인 차이로 이루어진 절대 뛰어넘을 수 없는 위계질서가 있다는 것이다. 칸트는 독창성이 설명할 수 없는 무의식에 지배된다는 것을 그 근거로 제시한다. 즉 예술가는 자신의 천재에 힘입어 하나의 작품을 만들지만 그 자신은 어떻게 그것을 만들 생각을 하게 되었는지 알지 못하며, 그와 같은 것을 임의로든 계획적으로든 다시 고안해 낼 수도 없고 다른 사람들로 하여금 그와 같은 작품을 만들 수 있도록 가르쳐줄 수도 없다는 것이다.[5]

작가가 자기도 모르는 것을 만든다는 사실은 낭만주의적 천재 관념,

즉 작가들은 "조숙한 독창성과 강한 열정에 의해 특징지워지는 일군의 특별한 사람들로 평범한 사람들과 선천적으로 구별되는 이상한 성격을 갖는 사람"이라는 생각[6]을 유도한다. 우리 시대의 가장 뛰어난 작가 가운데 한 사람인 무라카미 하루키도 가와이 하야오와의 대담에서 자기 소설의 스토리텔링에 대해 아래와 같은 고백을 한 적이 있다.

무라카미 : 제가 『태엽 감는 새』에 대해서 느끼는 것은, 뭣이 어떤 의미를 갖고 있는지 저 자신도 전혀 알 수 없다는 점입니다. 지금까지 써온 어떤 소설보다도 더 알 수가 없습니다.

가령 『세계의 끝과 하드보일드 원더랜드』는 상당히 비슷한 수법으로 쓴 작품이기는 하지만, 어느 정도는 그 의미를 스스로 파악하고 있었습니다.

그런데 이번에는 저도 뭐가 뭐였는지 잘 모르겠습니다. 어째서 이런 행동을 하는지, 그것이 어떤 의미를 갖고 있는지를 글을 쓰고 있는 저 자신도 모르겠는 겁니다. 그것이 제게는 커다란 문제였고, 그런 만큼 에너지를 소비할 수밖에 없었습니다.

가와이 : 예술 작품이라는 것에는 반드시 그런 면이 있을 겁니다. 그렇지 않다면 오히려 재미없지 않을까요? 작가가 전부 알고 만드는 것은 예술이 아니지요. 추리소설 같은 것은 앞뒤가 맞게 장치가 되어 있지만, 예술 작품에는 작가가 모르는 것이 가득 들어 있는 게 당연합니다.[7]

그러나 임마누엘 칸트에서부터 무라카미 하루키에 이르는 이 테마, 즉 작가 자신도 모르는 무의식에 의해 지배되어 나타나는 예술 작품의 독창성이 낭만주의자들이 생각하는 예술 창작의 비합리적 신비성을 의미하는 것은 아니다. 스토리에는 작가 자신도 주인공이 "어째서 이런 행동을 하는지, 그것이 어떤 의미를 갖고 있는지를" 모르는 부분이 있다. 이것은 독창성이라는 것이 착상의 자의적인 주체성이 아니기 때문이다.

창작 과정에 나타나는 작가의 무지는 작가가 자기 자신을 그리려고 하지 않고 소재의 진정한 보편성을 그리려고 하기 때문에 나타난다. 소설가가 탄생시킨 캐릭터는 일정한 분량이 지나면 작가 자신에게도 실제로 존재하는 인간처럼 느껴진다. 캐릭터의 존재감에 충실하고자 할 때 작가는 자신의 의식적인 계산으로는 미처 다 이해할 수도 없는 캐릭터의 진실, 즉 대상의 고유한 본성을 제시하게 된다.

스토리가 특수한 문제 설정으로부터 보편적인 문제 해결로 전환되는 과정의 비밀이 여기에 있다. 헤겔 이후의 미학은 예술의 독창성이라는 것을 형상화된 내용(소재)과 밀접한 관계 속에서 객관적으로 가장 중요한 내용을 형상화하는 수단이라고 생각한다.[8] 여기에 미학이 칸트 시대의 계몽주의를 넘어서는 중요한 발전이 있다. 스토리가 반영하고자 하는 현실의 객관성은 반영의 내용뿐만 아니라 반영의 방법까지도 규정한다. 제1장에서 전제했던 인생과 서사의 상동성^{homology}은 이제 미학의 문제가 된다.

스토리의 배경이 되고 소재가 되는 현실 내용은 스토리의 형식, 문체, 창작 방법의 기반이 된다. 스토리는 그 자체의 형식적인 틀을 지향하는 것이 아니라 현실 자체를 지향한다. 문제 실정의 특수성으로부터 문제 해결의 보편성으로 전환되는 방법은 소재가 되는 각각의 문제 설정마다 다 다를 수 있다. 문제 해결의 보편성은 '그 특정한 소재 내용의 형식'을 만들기 위해 그때그때 자체 내에서 생겨난다.

그러나 이러한 문제 해결의 보편성 도출에도 일반적인 패턴이 존재한다. 이 일반적인 패턴은 스토리의 기반이 되는 현실의 패턴이기 때문에 인생과 서사를 매개하게 된다. 우리가 문제 설정으로 제시한 205개 세팅 모티프는 작가의 창의적인 구상에 따라 얼마든지 더 특수하고 희귀한 문제 설정으로 조정될 수 있다. 중요한 것은 이 205개 세팅 모티프가 전개되는 '안정-위반-불안정-반작용-안정'의 패턴이다. 스토리의 문제 해결이 보편성을 확보하고 평범한 보통 사람들이 스토리의 결말을 보면서 오늘의 시련을 견디고 내일의 희망을 꿈꿀 수 있는 이유는 이 패턴이 곧 현실의 패턴인 까닭이다.

르네 지라르에 따르면 신화, 즉 이야기는 그것을 발생시킨 현실의 위기에 대한 보충대리The Supplementary이다.[9] 서구 철학에서 언어의 기원은 말이며 말의 보충대리가 글인 것처럼, 기원으로서의 현실은 순수하게 현전할 수 없으며 우리가 기원을 대하는 방식은 신화 혹은 제의라는 보충대리를 통해 나타난다.

현실의 위기란 현실을 움직이게 하는 질서의 위기이며 그 질서를 형성하는 문화적 차이cultural difference의 위기이다. 현실을 지배하는 차이들이 자의적이고 근거 없는 것이라는 사실이 드러나면 위기가 발생하고, 이 위기는 무차별 상호 폭력의 불안을 야기한다. 이때 차이의 절대성을 보여주는 희생양에 대한 폭력이 나타나고 현실은 다시 안정을 되찾는다.[10]

지라르는 아리스토텔레스를 계승하여 인간의 본질은 원숭이이며 인간과 다른 동물의 차이는 모방 능력의 수준에 달려 있다고 생각한다. 인간은 단순한 복사copy가 아니라 재현 수준의 모방imitation을 할 수 있고, 자신의 뛰어난 모방 능력 때문에 타인의 욕망까지도 모방하려 한다. 차이의 위기는 곧 타인이 욕망하는 것과 똑같은 것을 욕망하고 필요하다면 폭력을 사용해서라도 그것을 획득하려 하는 경쟁과 갈등을 뜻한

다.[11] 인생과 서사의 가장 근본적인 문제는 동일한 욕망의 대상을 둘러
싼 이 경쟁과 갈등의 구조로부터 나온다.

　현실의 위기를 반영함으로써 다시는 그러한 폭력이 되풀이되지 않도
록 기억하고자 만들어진 사회적 장치가 제의와 신화이다. 더 정확히 말
하면 신화, 즉 스토리는 현실을 반영함으로써 자신이 창조해 낸 현실
속에서 현실을 부정한다. 이것이 현실-제의-신화의 구조적 상동성이
갖는 의미이다. 이를 도해하면 다음과 같다.

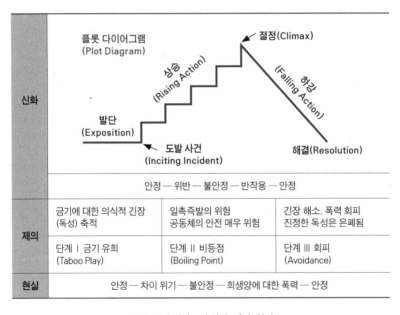

표 41 르네 지라르의 신화, 제의, 현실

　덴마크의 게임학자 에스펜 올셋이 "게임의 미래일 뿐만 아니라 인간
커뮤니케이션 형식의 미래를 만들어낼 거대한 사회적 실험"이라고 극찬
했던[12] '리니지'(1995, 2003)는 그 발생론적 토대에서 매우 국지적인 한

국의 역사적 현실을 반영하고 있다.

먼저 리니지의 토대가 되는 현실 층위에는 1980년 광주민중항쟁과 1987년 6월항쟁으로 표출된 개발독재 체제의 위기와 불안정(반독재 운동의 고양)이 존재한다. 이것은 1980년에는 광주 민중이라는 희생양에 대한 폭력(반작용)을 통해 안정을 회복했고 1987년에는 6.29선언이라는 지배 세력의 타협 전략으로 안정을 회복했다. 민중 세력과 지배 세력의 타협에 의해 성립한, 불완전한 민주주의로서의 87년 체제는 이후 20여 년간 한국의 정치적, 사회적 행위를 지배하면서 시대적 과제에 대한 지속적인 사색을 요구했다.[13]

리니지의 게임 플레이는 단순한 유희적 놀이가 아니라 시대의 고민을 내장하고 있는 사회적 제의 행위이다. 리니지 세계로 들어가면 사용자는 벌거벗은 아바타 하나 외에 정말 가소로울 정도로 아무것도 가진 것이 없다. 그는 살아가면서 친구들을 사귄다. 친구들이 건네주는 물약 하나는 생명의 증거가 된다. 이 세상에 티끌 하나 가진 것이 없던 사람은 그렇게 사랑을 나누고 자신이 축복받았다는 감정을 느낀다.

그런 뒤 그는 통제령과 척살령, 가혹한 세금으로 대표되는 지배 집단의 폭정과 맞닥뜨리게 되고 살육과 복수가 아우성치는 혈맹 전쟁의 폭풍 속으로 휩쓸려 들어간다. 연인원 수십만 명의 사용자들이 참가해 수십 개월씩 지속되는 리니지의 처절한 사용자 대 사용자 전투는 본래는 끝나야 했을 디오니소스 제의의 3막이 끝없이 유보되고 있는 87년 체제의 제의적 반복이다.

리니지에서 발생하는 사용자 스토리텔링은 가장 표층의 신화 층위를 이룬다. 리니지2의 '바츠 해방 전쟁' 이야기가 보여주듯 그것은 희망과 행동으로 결합된 사람들이 끝까지 함께 나아가서 과연 자유와 정의라는 고귀한 영역에 도달할 수 있을 것인가라는 문제를 제기한다.[14] 이것은 억압적이었던 개발독재 체제의 차이 위기로부터 시작하여 아직까지도 완전히 문제 해결이 이루어지지 않은 혁명의 이야기, 현대의 신화이다. 디지털 게임의 플레이는 신화적 속성 속에 진행되며 자기 성찰과 성스러움의 신화적 체험으로 끝난다.[15]

이재홍의 지적처럼 모든 훌륭한 스토리는 작가 자신의 경험에서 우러나온 결과물이라는 느낌, 즉 작가적 육성authorial voice의 성격을 갖는다. 리니지라는 게임에는 한국에서 태어나 한국적인 생사관을 내면화하고 한국 현대사의 현실을 살아온 작가(사용자)의 차별성이 내재해 있다.[16]

현실과 제의, 신화는 구조적 상동성을 가지고 있으며 그 구조는 '안정-위반-불안정-반작용-안정'의 모티프 형식으로 나타난다. 문제 설정을 보다 정밀하게 재정의하기 위해서는 문제 설정의 특수성과 문제 해결의 보편성을 매개하고 있는 이 모티프 형식을 프로그래밍하지 않으면 안 된다. 1999년 뉴욕 렌셀러 폴리테크닉 연구소의 셀머 브링스욜드가 이러한 과제에 도전했다.

06 모티프 중심의
문제 설정

안정과 불안정의 대립, 가치와 행동의 대립이라는 불변하는 두 대립항의 스펙트럼 안에서 모티프는 다양한 형태의 매개항으로 존재할 수 있다.

셀머 브링스욜드의 브루투스^{BRUTUS}는 프로그램으로서의 독창성을 높이 평가받지 못했다. 브루투스는 민스트럴의 주제 프레임과 테일스핀의 플롯 발전 시스템, 제스터의 이야기 문법, 그리고 소아$^{SOAR1)}$의 반응 행태 시스템을 모방했다는 비판을 받았다.[2] 브링스욜드가 언론에 이 프로그램을 창의적인 스토리를 만들어내는 본격적인 창작 도구처럼 선전한 것도 문제였다. 사실 브루투스는 토랜스 테스트로 유명한 E. P. 토랜스의 창의력 테스트 방법론을 컴퓨터 인공지능에 적용해 본 실험적 연구였다.[3] 인공지능의 창의력을 측정하는 중요한 척도 중 하나가 스토리텔링을 할 수 있는가였기 때문에 '배반'이라고 하는 모티프 하나를 선택해서 프레임을 정의하고 스토리의 생성을 시도했던 것이다.

그러나 이 모든 비판에도 불구하고 브루투스는 스토리의 문제 설정을 모티프 형식으로 구조화한 최초의 프로그램이었다. 셸머 브링스욜드는 창의적인 스토리텔링을 생성하기 위해서는 "태곳적부터 계승되어온, 순문학적이면서도 정형화된 허구를 유발할 수 있는 주제"가 필요하다고 생각했다. 그리고 주제적 개념 예시화thematic concept instantiation를 통해 이런 주제를 형식화할 수 있다고 보았다.[4] 인문학에서 말하는 모티프와 모티프 형식 개념을 프로그램의 출발점으로 삼은 것이다.

주제적 개념의 예시화, 즉 모티프 형식의 도출은 [표 42]와 같은 논리적 정의부터 시작되었다. 논리적 정의를 통해서만 수치화Mathematizing가 가능한 형식이 도출되기 때문이다. 셸머 브링스욜드는 카이사르를 암살한 고대 로마의 배반자 브루투스의 이야기를 분석해서 다섯 번의 수정을 거쳐 아래와 같은 배반자 모티프의 정의에 도달했다.[5]

이렇게 정의된 배반자 모티프는 [표 43]과 같이 지식 단계와 진행 단

모티프	배반자
발화의 참(truth)을 위한 필요충분조건	에이전트r이 에이전트d를 배반한다.
브루투스 사례의 정의	에이전트r(브루투스)이 에이전트d(카이사르)를 배반하는 것은 에이전트r이 에이전트d를 살해할 때이다.
일반화된 정의	에이전트r이 에이전트d를 배반하는 것은 오직 다음과 같은 사건 p가 나타날 때이다. 1. 에이전트d는 p가 일어나기를 원한다. 2. 에이전트r은 에이전트d는 p가 일어나기를 원한다고 믿고 있다. 3. 에이전트r은 p가 일어나는 것에 대해 에이전트d에게 동의한다. 4. 에이전트r은 그럼에도 p가 일어나지 않도록 하기 위해 a라는 행동을 한다. 5. 에이전트r은 에이전트d가 에이전트r이 p가 일어날 것이라고 믿고 a라는 행동을 한다고 생각할 것이라고 믿는다. 6. 에이전트d는 에이전트r이 p가 일어날 것이라고 믿고 a라는 행동을 하기를 원한다.

표 42 브루투스의 모티프 형식으로 구조화된 문제 설정

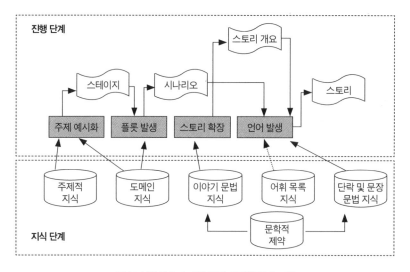

표 43 브루투스의 지식 단계와 진행 단계 모델

계로 나뉘어 발전한다. 지식 단계가 데이터베이스, 즉 데이터의 구조화된 집합이라면 진행 단계는 알고리즘, 즉 데이터를 이용해 주어진 임무를 수행하는 오퍼레이션이라고 말할 수 있다.[6]

지식 단계는 모티프들의 정보를 담은 주제적 지식, 스토리의 배경이되는 도메인 지식, 스토리의 확장을 통제하기 위한 이야기 문법 지식, 문장을 구성하기 위한 어휘 목록 지식과 단락 및 문장의 문법 지식 등으로 이루어진다. 한편 진행 단계는 주제를 예시하는 과정, 그것을 이어받아 플롯을 생성하는 과정, 이야기 문법 지식으로부터 스토리 구조를 입력받아 확장하는 과정, 이러한 결과로 만들어진 스토리 개요를 최종적인 스토리로 만들어내는 과정의 4단계로 이루어진다.[7]

브링스율드는 도메인 지식의 정보를 제공하기 위한 특정 사실들을 프레임이라고 정의하고 인물에 관한 여러 개의 프레임을 코딩했다. 그런 다음 서로 연관되어 있는 프레임들, 즉 연관되는 인물과 인물 간의 관계에

대해 코딩했다. 이때 그 관계를 만족시키는 특정한 프레임과 프레임 요소를 찾기 위한 목적 지향적인 메커니즘을 구축하고자 인공지능 언어 가운데서도 특히 논리 연산에 강한 프롤로그 언어가 동원되었다.[8)]

브링스욜드는 프롤로그 언어로 다양한 인물, 목적, 계획, 행위 사이의 관계 구조를 구축한 것을 플렉스 관계[FLEX relations]라고 했다. 말하자면 플렉스 관계는 모티프 개념을 인공지능 언어로 코딩한 것이다. 배반의 이

배반_p 관계
   악이 어떤 목적이 될 때 그 계획을 악의 계획이라고 한다
      그리고 그 계획의 수행자는 배반자이다
   그리고 언명은 악의 계획에 포함된다
   그리고 언명은 어떤 말하기이다
   그리고 좌절시키기는 악의 계획에 포함된다
   그리고 좌절시키기는 어떤 좌절시킴이다
   그리고 배반당하는 자들의 목표는 좌절시키기라는 목표를 예방하는 것이다
   그리고 배반하는 자들이 거짓말을 하는 것은 언명의 주제이다
   그리고 배반하는 자들이 거짓말을 하는 것은 배반당하는 자들의 목표에 대한 어떤 지원이다
   그리고 배반당하는 자는 어떤 사람이다
      그의 목표는 배반하는 자의 목표이다
      그리고 그의 믿음은 배반하는 자가 거짓말한 것을 포함한다

```
relation betrayal_p
    if Evil is some goal whose plan is an EvilPlan
        and whose agent is betrayor
    and Saying is included in the EvilPlan
    and Saying is some say
    and Thwarting is included in the EvilPlan
    and Thwarting is some thwart
    and Betrayeds_Goal is the prevented_goal of Thwarting
    and Betrayers_Lie is the theme of the Saying
    and Betrayers_Lie is some support of the Betrayeds_Goal
    and Betrayed is some person
        whose goal is the Betrayeds_Goal
        and whose beliefs include the Betrayers_Lie
```

표 44 배반 p의 플렉스 관계 정의

야기가 펼쳐지는 플롯을 발생시키기 위한 도메인 지식으로서의 플렉스 관계는 [표 44]와 같다.(코딩의 실상을 살펴보기 위해 일상 언어의 문법을 무시하고 번역한 뒤 프롤로그 언어를 병기해 보았다).[9]

브링스욜드가 구상한 것은 자신이 '주제적 개념 예시화'라고 정의했던 모티프 형식을 인공지능 언어로 코딩한 이러한 '플렉스 관계'가 동심원의 중심이 되고, 여기에 등장인물을 비롯한 사실의 프레임들이 추가되면 동심원의 파동이 확장되어 하나의 스토리가 이루어지는 구조였다. 이러한 스토리는 최초에 존재하는 동심원의 중심, 즉 배반자 모티프에 설정된 예측함수 값을 벗어날 수 없다. 예를 들어 다음과 같은 두 명의 등장인물, 즉 인물 프레임을 추가한다고 해보자.

여기에 논문 발표라는 사건의 프레임, 하트에 대한 스트라이버의 잘

예시 하트는 어떤 인물이다
　　이름은 '하트'라고 한다 그리고
　　성별은 남자이다 그리고
　　목표는 [악의 계획]이다
예시 스트라이버는 어떤 인물이다
　　이름은 '데이브 스트라이버'라고 한다 그리고
　　성별은 남자이다 그리고
　　목표는 {졸업을 하는 것}이다 그리고
　　믿음은 {하트가 약속을 지킬 것}이라는 것이다

```
instance hart is a person
    name is 'Hart' and
    goals is [evilGoal]
instance straver is a person
    name is 'Dave Striver' and
    gender is male and
    goals is {to-graduate} and
    belif is {harts_promise}
```

표 45 배반 p의 인물 프레임

못된 믿음에 대한 프레임을 추가한다. 그리고 이를 문장으로 바꿀 때 사건의 선후 관계를 정하는 스토리 문법을 사용한다. 브링스욜드가 정한 스토리 문법에 따르면 먼저 배반이 일어나는 설정을 배반을 당하는 사람의 입장에서 기술하고, 그다음 배반자와 배반당하는 자의 목표를 기술하고, 다음으로 배반자가 자신의 목표를 달성하기 위해 하는 가짜 약속을 기술한다. 그리고 마지막으로 배반자의 나쁜 행동을 기술하고 배반당하는 자가 배반당한 상태를 기술한다. 그 결과 브루투스가 생산해 낸 스토리는 이러한 것이었다.[10]

> 데이브 스트라이버는 대학을 사랑한다. 대학의 아이보리색 시계탑과 고풍스럽고 견고한 벽돌 건물, 햇살 부서지는 신록의 숲과 열정이 넘치는 젊음을 사랑한다. 데이브는 또한 대학이 비즈니스 세계의 냉혹하고 가차 없는 심판으로부터 자유롭다는 사실을 사랑한다—그러나 그것이 반드시 사실은 아니다: 대학에도 시험이 있고 어떤 시험은 시장에서의 시험만큼이나 무자비하다. 그 대표적인 예가 학위논문 디펜스의 시험이다. PhD를 따고 박사가 되기 위해서 학생은 자신이 쓴 학위논문에 대한 구술 시험을 반드시 통과해야만 하는 것이다. 그리고 이것은 에드워드 하트 교수가 아주 즐기는 절차이기도 하다.
>
> 데이브는 박사가 되기를 간절하게 원했다. 그러나 그러기 위해서 그는 학위논문의 첫 번째 페이지에 세 사람의 사인을 받아야 했다. 이 별로 대단할 것도 없는 서명은 그가 학위논문 디펜스를 통과했다는 사실을 인증하는 것이었다. 데이브는 세 개의 서명 중 하나를 하트 교수에게 받아야 했는데 하트 교수는 자주 다른 학생들과 데이브에게 그들의 열렬한 희망을 기꺼이 돕겠다고 이야기해 왔다.
>
> 논문 디펜스가 있기 전 데이브는 하트 교수에게 최종심 이전 단계의 논문 사본을 가져다주었다. 하트 교수는 논문을 읽은 뒤 데이브에게 이것은 완벽한 일급의 논문이며, 자신은 기꺼이 논문 디펜스에서 여기에 서명하겠다고 말했다. 하트 교수는 자신의 책들이 즐비한 연구실에서 데이브에게 악수까지 청했다. 데이브는 하트 교수의 안목이 정확하고 믿을 만하며 그가 아버지처럼 의지할 수 있는 사람이라고 생각했다.
>
> 논문 디펜스에서 데이브는 자신이 유창하게 자기 학위논문의 3장을 요약해 발표했다고 생각했다. 두 번의 질문이 있었다. 하나는 로드먼 교수, 다른 하나는 티어 박사의 질문이었다. 데이브는 모두 대답했고 그들이 데이브의 답변에 만족했다는 것은 명백했다. 더 이상 이의제기는 없었다.

로드먼 교수가 서명했다. 로드먼 교수는 그 두꺼운 논문을 티어 박사에게 넘겼다. 티어 박사도 역시 서명했다. 그리고 그것을 하트 교수에게 넘겼다. 하트 교수는 움직이지 않았다.

"에드워드?" 로드먼 교수가 말했다.

하트 교수는 여전히 미동도 하지 않았다. 데이브는 가벼운 현기증을 느꼈다.

"에드워드, 당신 서명을 할 거요, 말 거요?"

얼마 후 하트 교수는 그의 연구실에서 커다란 가죽 의자에 혼자 앉아 데이브의 논문 디펜스 탈락을 짐짓 애도했다. 그리고 데이브가 꿈을 이루는 데 자신이 도와줄 수 있는 방법이 무엇인가를 생각해 보았다.

표 46 브루투스 자동 생성 스토리 결과물1—자기기만/의식적인 경우

이처럼 셀머 브링스욜드의 브루투스는 '배반'이라고 하는 기존의 컴퓨터 연산으로는 생성하기 힘들었던 이야기와 모티프 형식을 인공지능 언어로 코딩하는 방법으로 구현하는 데 성공했다. 그리고 그 결과물의 수준은 같은 해에 발표된 R. 레이먼드 랭의 요셉이 내놓은 것보다 훨씬 우수했다.

그러나 그럼에도 불구하고 브루투스가 완전히 만족스러운 수준의 디지털 스토리텔링을 선보였다고는 말할 수 없다. 브루투스의 결과물, 즉 박사과정 학생 데이브 스트라이버가 믿었던 에드워드 하트 교수에게 배반당해 꿈이 짓밟히고 학위를 받지 못하게 된 이야기는 소설도, 영화도, 텔레비전 드라마도 되기 어렵기 때문이다. 브루투스가 만들어낸 스토리는 '안정-위반-불안정-반작용-안정'이라는 모티프 형식에서 네 번째(반작용)와 다섯 번째(안정) 상태를 형상화하지 못했고 그 결과 하트 교수가 데이브를 배반하는 논리의 개연성이 부족해졌다.

스토리의 주인공은 외견상 데이브 같지만 사실은 하트 교수이다. 상황의 의미심장한 변화를 초래하는 인물이 하트 교수이기 때문이다. 그러나 데이브의 믿음을 배반한 뒤 하트 교수는 모호한 자기기만을 보이며 데이브를 동정한다. 이것은 브링스욜드가 코딩한 모티프 형식의 후반부에 결함이 있음을 의미한다.

현실 세계에서 에드워드 하트같이 악랄하고 표리부동한 교수는 얼마든지 있을 수 있고 실제로 있다. 그러나 완결되지 않는 현실을 완결된 형식에 담아내야 하는 스토리에는 현실감을 만들어내는 개연적이고 필연적인 논리가 있어야 한다. 스토리의 현실성^{reality}은 체험의 직접성에 의존하는 사실성^{factuality}이 아니다. 역으로 사실^{fact}은 진실^{truth}이 아니다. 사실은 그냥 발생한 일이며 의미가 있을 수도 있고 없을 수도 있다. 의미가 있다는 것은 "왜, 어떻게 이런 일이 일어났는가?"라는 질문에 대답할 말이 있다는 뜻이며, 진실은 사실에 의미와 논리가 더해진 것이다.[11]

브루투스의 이야기는 나름의 구조적 완결성을 갖추고 있고 흥미롭지만 왜 이러한 배반이 일어났는가라는 문제의 설정과 해결에서 논리적인 결함을 안고 있다. 특히 그 불투명하고 미약한 동기, 등장인물의 생기 없는 감정, 갈등 자체의 시시함 등은 이것이 상용화할 수 있는 수준의 스토리가 아님을 말해 준다.

분명히 모티프 중심의 문제 설정을 했는데 왜 이런 수준의 스토리밖에 생성되지 않은 것일까? 그것은 브링스욜드가 예측함수에 의한 수치화에 집중한 나머지 오류를 범했기 때문이다.

브루투스를 만들며 브링스욜드가 목표로 삼았던 모델은, 1997년 5월 IBM의 딥 블루 컴퓨터가 세계 체스 챔피언이자 그랜드마스터인 가리 카스파로프를 시간제한이 있는 정식 체스 토너먼트에서 이긴 사례였다.[12] 이때 딥 블루는 초당 2억 개의 좌표를 계산할 수 있는 병렬처리 능력을 통해 가능한 모든 경우의 수를 예측했다. 이 예측함수값은 수천 건의 대국을 분석해서 도출한 70만 개의 데이터베이스 요소가 축적된 라이브러리를 통해 계산되었다. 그 결과 컴퓨터의 인공지능은 12수 앞의 모든 경우의 수를 분석함으로써 10수 앞을 내다볼 수 있는 인간 지능의 예측 능력을 뛰어넘었던 것이다.

그러나 체스의 경우 성공적으로 평가받았던 라이브러리에 기반한 예측함수는 스토리 전개를 예측하는 데에는 적용할 수가 없다. 체스는 모든 가능성이 열려 있는 최초의 수에서부터 거의 변경의 여지가 없는 최후의 수에 이르기까지 중요도의 벡터^{vector}가 매 수마다 일정하게 감소한다. 그에 비해 스토리는 모티프로부터 플롯에 이르는 연산에서 중요도의 벡터가 단계마다 일정하게 감소하지 않는다. 이것은 모티프와 플롯이 하나의 단일한 층위로 연결되지 않고 중층적으로 연결되기 때문이다.

브링스욜드는 '배반자'라는 모티프 하나에 어휘 목록과 문장 및 단락 문법을 동원해서 계속 사실의 살을 붙여나가면 스토리가 만들어질 거라고 생각했다. 그래서 모티프로부터 플롯에 이르는 연산을 하나의 층위 위에서 진행했다. 그러나 이와 같은 모티프 한 개로부터 나올 수 있는 이야기는 시퀀스 하나를 겨우 완성시킬 수 있는 수준에 불과하다. 아무리 어휘 목록 지식, 단락 및 문법 지식의 라이브러리를 확장해서 데이브가 사랑했던 대학 문화와 하트 교수의 야비함을 정교하게 묘사한다고 해도 브루투스가 내놓을 결과물은 시퀀스 하나분의 이야기를 길게 늘인 것에 지나지 않는다. 라파엘 페레스는 브루투스의 결과물은 본격적인 스토리가 아니며 잘 정돈된 산문에 불과하다고 혹평하기도 했다.[13]

그에 반해 소설, 영화, 드라마, 연극과 같은 상용화된 스토리 텍스트는 여러 개 시퀀스의 조합으로 이루어진다. 말하자면 상용화되는 수준의 스토리는 시퀀스 하나의 위반, 즉 소변화를 만들어내는 모티프 여러 개가 모여 텍스트 전체 플롯의 위반, 즉 대변화를 만들어내는 모티프를 형성한다. 모티프에 의한 문제 설정이 중층 구조로 일어나는 것이다. 실제로 상용화되는 스토리에서 모티프에 의한 문제 설정이 어떻게 발생하는지를 살펴보자.

2011년 쇼타임이 제작 방영한 미국 텔레비전 드라마 〈홈랜드^{Homeland}〉는 이스라엘 드라마 〈전쟁의 수인들^{Prisoners of War}〉을 수입해서 미국을 배경으로 리메이크한 작품이다. 이 드라마는 2012년부터 2013년까지 미국과 영국에서 텔레비전 드라마를 평가하는 23종의 주요 상들을 거의 휩쓸다시피 했다. 특히 2012년과 2013년 프라임타임 에미상 각본 부문, 2012년 미국작가조합상, 2012년 에드거 앨런 포 상의 수상은 작품 대본의 우수성을 인정받은 결과라 할 만하다.[14] 이 작품의 핵심 플롯화 요소들^{Key Plotting Factors}은 [표 47]과 같이 분석할 수 있다.

〈홈랜드〉 시즌 1은 9인의 작가[15]가 집필한 12개의 에피소드로 이루

	로그 라인 (Log line)	미국인들이 환호하는 전쟁 영웅이 미국에 테러 공격을 가한다.
	태그 라인 (Tag line)	"미국은 영웅을 보았고 그녀는 위협을 보았다."
	주요 표상	이라크 전쟁, 미 해병대, 테러와의 전쟁, 알 카에다, 전쟁 영웅, 양극성 장애(조울증), 워싱턴 정치 세계, 가족 문제, CIA 요원, 전쟁의 트라우마, 버지니아 주 랭글리(CIA 본부), 반항심 강한 십 대 소녀
	장르 혼종	드라마 + 미스터리 + 스릴러
	도발 사건	니콜러스 브로디가 이라크에서 8년간의 포로 생활 끝에 '영웅'이 되어 미국으로 귀환했을 때 CIA 간부인 캐리 매디슨만이 유일하게 그가 배신자라고 의심한다.

표 47 〈홈랜드〉의 핵심 플롯화 요소 분석

어진다. 집단 작가 시스템으로 운영되는 미국 드라마의 제작 환경을 고려할 때 헨리 브로멜, 알렉산더 캐리, 알렉스 갠사 3인은 작가인 동시에 프로듀서의 역할을 수행한 호스트 작가^{Host Writer}이고 나머지 6인은 제작에 참여하지 않고 각본 집필에만 전념한 게스트 작가^{Guest Writer}로 보인다. 단독으로 하나의 에피소드를 책임지지 못하는 보조 작가^{Staff Writer}의 명단과 숫자는 확인하기 어렵다.

미국 드라마는 대개 이 같은 집단 작가 시스템, 에피소드 단위 제작, 그리고 철저한 사전 제작 제도를 통해 아리스토텔레스가 말한 이상적인 스토리 구성으로서의 복합 플롯을 지향한다. 2부 3장에서 살펴보았듯이 복합 플롯이란 플롯의 변화에 발견과 반전이 수반되는 것이다. 반전이란 성공이 불행이 되고 불행이 행운이 되는 변화를 뜻하며, 발견이란 무지에서 인지로의 변화를 뜻한다. 아리스토텔레스는 특히 인식의 변화가 행동의 변화로 이어질 때, 발견과 반전이 연결되어 있을 때 이상적인 플롯이 나올 수 있다고 말한다.

〈홈랜드〉로 대표되는 미국 드라마의 복합 플롯 구조는 아리스토텔레스적인 이야기 미학의 완결성을 의미하는 것으로 비단 미국 드라마만의 특징은 아니다. 졸속 편성, 적자 제작, 쪽 대본, 철야 촬영 등을 특징으로 하는 한국 드라마의 경우에도 〈대장금〉, 〈허준〉, 〈다모〉, 〈태왕사신기〉같이 성공한 드라마들은 한국 드라마의 한계라고 지적되는 뻔한 설정과 상투적인 전개를 벗어난 복합 플롯의 스토리이기 때문이다.¹⁶⁾ 복합 플롯은 모티프 형식이 문제를 발생시키는 원리의 비밀을 밝혀준다.

〈홈랜드〉의 중심 플롯은 배반자 모티프에 의한 문제 발생으로 이루어진다. 그런데 〈홈랜드〉에서 이 문제 발생은 시즌 1의 에피소드 10에 가서야 처음 나타난다. 플롯의 대변화를 만들어내는 모티프가 시즌 1이 거의 종결될 시점에나 등장하는 것이다. 〈홈랜드〉의 문제 발생을 앞서 브링스욜드가 제시한 정의에 따라 기술하면 다음과 같다.

> 1. 부통령 윌리엄 월든은 미합중국 대통령이 되기 위해 전쟁 영웅 니콜러스 브로디를 전략적 동맹자로 이용하려고 한다.
> 2. 브로디는 부통령이 자신을 전략적 동맹자로 이용하기를 원한다고 믿고 있다.
> 3. 브로디는 부통령이 자신을 전략적 동맹자로 이용하는 일에 협력하겠다고 부통령에게 동의한다.
> 4. 브로디는 자살 폭탄 공격으로 부통령을 살해하기 위해 그의 초대를 수락한다.
> 5. 브로디는 부통령이 자신이 기꺼이 그의 전략적 동맹자가 되고 싶어서 초대를 수락했다고 생각할 것이라고 믿는다.
> 6. 부통령은 브로디가 자신의 전략적 동맹자가 될 생각으로 초대를 수락하기를 원한다.

표 48 〈홈랜드〉에 나타난 배반자 모티프 중심의 문제 설정

이 문제 설정은 〈홈랜드〉라는 드라마 전체의 거시적 구조, 플롯을 결정하는 문제 설정이다. 이는 에피소드 10에서 가시화되지만 관객들은 에피소드 1에서부터 어떤 예감을 하게 된다. 뿐만 아니라 에피소드 1의 가장 작은 시퀀스 하나하나를 통해서도 작품 전체를 관통하는 문제를 예감할 수 있다. 이는 각 시퀀스의 미시 구조가 〈홈랜드〉 전체의 거시 구조를 닮았기 때문이다.

흔히 파일럿 에피소드Pilot Episode라고 불리는, 시리즈의 첫 번째 에피소드는 그 드라마의 장점을 집약해서 보여준다. 에피소드 1은 제작사가 방송사에 가져가서 제작과 편성에 관한 최종 결정을 얻어내야 하는 견본이기 때문이다. 시사회를 통과하면 방송사는 제작사 측에 보통 12편 정도의 에피소드 제작을 주문하고 다음 시즌 드라마로 편성한다. 게스트 작가들은 대개 이 단계에서 고용 계약을 맺고 프로젝트에 참여한다.

〈홈랜드〉는 이 파일럿 에피소드에서 무려 11개의 모티프를 연결하고 중첩시켜 도발 사건Inciding Incident을 만들어낸다. 에피소드 1을 이루는 모티프들을 분석하면 [표 49]와 같다.

순서	시간대	모티프	요약	캐릭터 이름	캐릭터 위상
1	3분15초	125번* (고발)	이라크 정부군에게 처형당하기 직전 캐리의 정보원이 "전쟁 포로였던 미군이 변절했다"라는 정보를 제공한다.	캐리	메인 캐릭터
2	6분15초	98번 (전쟁 포로)	8년 동안 전사한 것으로 알려졌던 미 해병 브로디 하사가 구출되었다는 보고.	에스테스	임팩트 캐릭터
3	8분50초	84번 (신분 위장)	캐리는 구출된 브로디 하사가 위장한 테러리스트라고 의심하며 감시할 것을 주장한다.	캐리	메인 캐릭터
4	12분15초	115번 (가족 분열)	브로디가 전화했을 때 아내 제시카는 브로디의 친구와 섹스를 하고 있고 아들은 게임에, 딸은 마약에 취해 있다.	제시카	서포팅 캐릭터
5	15분55초	5번 (누명)	캐리가 브로디의 집에 도청장치를 다는 동안 브로디는 연약한 모습으로 화장실에서 구토를 하고 있다.	캐리 브로디	메인 캐릭터
6	18분35초	174번 (오해)	인간적인 모습으로 가족과 재회하는 브로디. 누명, 오해를 암시.	브로디	메인 캐릭터
7	20분55초	47번 (구세주 출현)	공항에서 브로디는 감동적인 연설을 하고 정당성 시비를 겪는 미군과 안보 관계자, 전쟁에 지친 미국민들 앞에 영웅으로 등장한다.	브로디	메인 캐릭터
8	22분10초	102번 (처녀 영웅)	온 나라가 돌아온 영웅에 환호하는 것을 보면서도 묵묵히 음지에서 홀로 의혹을 파헤치는 외로운 처녀.	캐리	메인 캐릭터
9	23분45초	82번 (숨겨진 연인)	제시카와 섹스를 했던 마이크가 브로디와 반갑게 포옹한다. 둘은 절친한 버디이다.	마이크	서포팅 캐릭터
10	52분30초	164번 (수수께끼)	캐리는 허락받지 않은 도청과 감시를 감행하면서 브로디의 정체를 밝히려 한다.	캐리	메인 캐릭터
11	53분50초	193번 (죄의 고백)	강요를 당해서 전우 토머스를 때려죽였다는 죄의식이 브로디의 뇌리를 스쳐간다.	브로디	메인 캐릭터

※번호는 스토리헬퍼 205개 모티프의 고유 넘버

표 49 〈홈랜드〉 시즌 1 에피소드 1의 모티프 구성

앞의 표에서 알 수 있듯이 에피소드 1에서 배반자 모티프는 직접적으로 등장하지 않는다. 그러나 55분에 걸쳐 에피소드 1의 이야기를 이루는 11개의 모티프들은 작은 시어펜스키 삼각형들처럼 모여서 하나의 큰 삼각형, 즉 전체 플롯의 문제 설정을 만드는 배반자 모티프를 이루고 있다. 연구자는 이것을 복합 플롯의 프랙탈 중층 구조라고 부르고자 한다. 말하자면 시장에서 상용화되는 장편 극영화, 장편소설, 드라마, 애니메이션, 뮤지컬은 단순한 3막 구조가 아니라 아래와 같은 프랙탈 기하학적인 생성 알고리즘을 갖는 것이다.

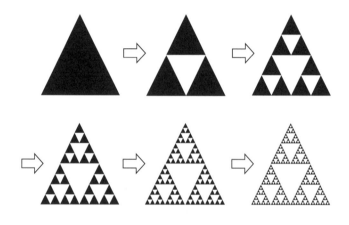

표 50 프랙탈 도형의 생성 알고리즘

이러한 프랙탈 중층 구조는 모든 이야기 모티프의 내새적 속성으로부터 나타난다. 배반자 모티프는 셀머 브링스욜드가 생각했던 것처럼 "A가 B를 배반한다"라는 하나의 문장으로 완결되지 않는다. 그것은 '배반하다'라는 동사가 서로 대립하는 의미의 양극을 연결하는 양의성을 가지고 있기 때문이다.

일명 가룻 유다 주제라고 불리는 배반자 모티프는 등장인물이 자신을 신뢰하는 집단 혹은 개인을 배반함으로써 사건의 전환을 일으키거나 발단을 형성하는 모티프이다. 근친상간 모티프가 혈연관계의 과대평가와 혈연관계의 과소평가라는 대립으로 구성되어 있듯이,[17] 배반자 모티프 역시 신뢰관계의 과대평가와 신뢰관계의 과소평가라는 대립으로 구성되어 있다.

신뢰관계를 과대평가할 때 주인공은 자신이 관계하는 집단 내지 개인의 가치를 지지하며 현 상황의 안정을 유지한다. 신뢰관계를 과소평가할 때 주인공은 자신이 관계하는 집단 내지 개인의 가치를 불신하며 불안정을 야기하는 행동에 나서게 된다. 안정과 불안정의 대립, 가치와 행동의 대립이라는 불변하는 두 대립항의 스펙트럼 안에서 모티프는 다양한 형태의 매개항으로 존재할 수 있다.

레비-스트로스가 제시한 신화적 변형의 일반 공식[18]이 말해 주듯이 똑같은 모티프를 형상화하는 이야기에서 주체는 다른 주체로 변할 수 있고, 주체(주인공)가 기능(사건과 행동)으로, 기능이 주체로 변할 수도 있다. 브로디가 주인공이 되는 배반자 모티프는 이슬람 진영에 있는 다른 주체(캐리의 정보원)가 미국 진영에 "전쟁 포로였던 미군이 변절했다"라는 정보를 알려주는 고발의 형태로 존재할 수 있다. 혹은 기능이 주체로 변하여 배신을 하기 위해 신분을 위장한 테러리스트라는 형태로 존재할 수도 있다. 또 주체가 기능으로 변하여 가족 집단의 주체(아내, 딸, 아들)가 주인공 친구와의 섹스, 마약, 게임 중독 등의 가족 분열 기능을 수행할 수도 있다.

이어지는 장에서는 모티프가 다양하게 변형되어 중첩되는 서사의 중층 구조를 이론적으로 정리해 보도록 하겠다.

07 서사의 중층 삼각형

최초로 작가의 머릿속에 떠오른 생각은 작품 전체의 플롯을 나타내는 삼각형일 수도 있고 시퀀스 하나의 전개를 나타내는 삼각형일 수도 있다. 이때 삼각형의 크기, 즉 모티프 형식이 적용되는 층위가 작품 전체인가 시퀀스 하나인가의 차이는 있지만, 중요한 것은 둘 다 기본적으로 동일한 형태(서사 삼각형)를 갖는다는 것이다. 이것은 플롯과 시퀀스 모두 모티프 형식이 만드는 의미화의 기본 구조를 반복하고 있기 때문이다.

상용화된 이야기 예술의 본격 서사는 문화구성주의에서 말하는 '일상 세계의 의사소통 과정에 내재한 이야기'가 아니다. 본격 서사는 정교하고 복합적이며 낯선 이야기이다. 이것은 제롬 브루너 같은 학자들이 생각한 인간 경험의 기본 구조이자 일상의 예술로서의 이야기[1]와는 다른 구조를 갖는다.

필자는 이러한 본격 서사의 구성적 특징을 중층 구조$^{Two Fold Structure}$라고 정의하고자 한다. 여기서 중층 구조란 플롯의 대변화로 표현된 표층과 그 기저에 시퀀스 단위의 소변화로 내재된 심층이 복합적으로 관계를 맺고 있다는 뜻이다. 박기수는 문화콘텐츠의 상용화된 이야기 예술을 만드는 본격 서사가 본질적으로 중층 결정$^{over-determination}$ 적이라고 말한다. 그것은 본격 서사의 경우 반드시 구현해야만 하는 문화콘텐츠로서의 속성을 전략적으로 내재화하기 때문이다.[2]

표층의 변화는 로그 라인과 줄거리로 드러나기 때문에 쉽게 인식할 수 있지만 심층의 변화는 짧게 끊어지는 단속적인 연쇄이기 때문에 제대로 인식하지 못할 수도 있다. 서사의 표층은 스토리 전체를 지배하는 문제가 발생되고 확대되었다가 해결되는 거시적인 변화로 이루어진다. 그에 반해 서사의 심층은 거시적 변화의 구상을 나누어 가진 결과로서 발생한 작은 이야기들의 미시적 변화로 이루어진다.

이 경우 '결과'라는 말은 연기가 불의 결과인 것처럼 경험적으로 표층의 거시적 변화가 심층의 미시적 변화에 선행한다는 의미가 아니다. 중층 구조의 원인과 결과는 이론적인 것으로서, 역으로 심층의 미시적 변화로부터 표층의 거시적 변화가 현상적으로 표출될 수도 있다. 그래서 서사의 중층 구조는 고정된 순서로 결정되지 않는 변형성 또는 자기 조정성을 갖는다고 말할 수 있다.

창작의 발상은 소설가 자신도 정체를 파악할 수 없는 일종의 육감 또는 예감에서 출발한다.[3] 또 이러한 발상에는 의도적인 계획하에 이루어지는 의식적 창작과 직관적으로 떠오르는 영감에 기대는 무의식적 창작이 동시에 작용한다.[4] 그러나 낱말의 수증기로 응결되어 있던 희미한 관념의 구름이 이야기의 형태를 띠어갈 때, 작가의 구상이 창작 발상 단계에서 서사 구성의 단계로 넘어갈 때,[5] 작가의 머릿속에는 하나의 형태 생성자form-generator가 나타난다. 이 형태 생성자의 모습은 시어펜스키 삼각형과 유사하다. 우리는 이것을 서사의 제1삼각형이라고 부를 수 있다.

서사의 제1삼각형은 어떤 안정된 상태로부터 위반이 발생하면서 극

불안정

위반　　　　　　　반작용

안정　　　　　　　　안정

표 51 서사의 제1삼각형

적 긴장이 고조되어 불안정의 정점에 이르렀다가 반작용을 거쳐 또 다른 안정에 이르는 형태를 갖는다. 출발의 꼭짓점과 귀환의 꼭짓점은 명사의 상태에 가깝고 불안정의 꼭짓점은 명사 또는 형용사의 상태가 되며 두 개의 빗금, 즉 위반과 반작용은 동사의 상태에 가깝다.

형태 생성자란 프랙탈 기하하에서 말하는 "복잡한 형태 속에서 무한히 반복되는 가장 기본적인 형태 요소"이다. 이러한 형태 생성자를 일정한 비율로 축소해 가면서 적당한 규칙에 따라 무한히 반복했을 때 자연계에 존재하는 복잡하고 비선형적인 현상들을 가장 유사하게 재현할수 있다는 기하학적 원리를 프랙탈 기하학의 형태 생성 알고리즘이라한다.[6]

서사의 구조는 가장 작은 이야기를 이루는 모티프 형식의 기본 형태(서사 제1삼각형)가 반복되면서 이루어지는 프랙탈 기하학의 시어펜스키 삼각형과 같다. 최초로 작가의 머릿속에 떠오른 생각은 작품 전체의 플롯을 나타내는 삼각형일 수도 있고 시퀀스 하나의 전개를 나타내는 삼각형일 수도 있다. 이때 삼각형의 크기, 즉 모티프 형식이 적용되는 층위가 작품 전체인가 시퀀스 하나인가의 차이는 있지만, 중요한 것은 둘 다 기본적으로 동일한 형태(서사 삼각형)를 갖는다는 것이다. 이것은 플롯과 시퀀스 모두 모티프 형식이 만드는 의미화의 기본 구조를 반복하고 있기 때문이다.

일찍이 A. J. 그레마스는 "모든 의미는 차이에서 생성된다"라는 소쉬르의 명제를 "모든 의미는 공통의 의미 축 위에서 서로 반대되는 두 항item이 나타날 때 생성된다"라는 보다 정교한 명제로 발전시켰다. 의미화를 위해서는 두 개의 항이 동시에 존재해야 하고, 두 항 사이에 관계, 즉 공통분모가 있어야 하며, 두 항이 공통분모를 통해 서로 대립되어야 한다.[7]

예를 들어 고상한 야만인 모티프가 나타나는 디즈니 애니메이션 〈미녀와 야수〉에서 왕자와 야수는 '미녀와 성적으로 관계를 맺을 수 있는 가능성'이라는 공통분모를 통해 서로 대립한다. 두 항은 이 공통의 의미 축을 각각 최선과 최악으로 분절하는 대립 관계에 있다.[8]

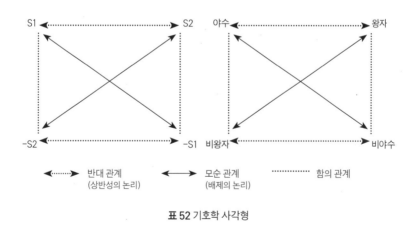

표 52 기호학 사각형

그러나 그레마스가 말한 의미의 사각형은 의미 생성의 기호-서술 구조, 즉 개념적 전제에 불과하다.[9] 서사가 의미의 사각형을 이루는 항목들을 이동하는 역동적인 과정을 자세히 보면 실제의 서사는 삼각형의 형태로 작동한다. 즉 실제 서사가 긍정과 부정의 이동이라는 통사적인 변형을 통해 기호 사각형이라는 기저 문법으로부터 의미를 실현한다고 할 때, 그 모습은 우리가 그림에서 본 것과 같은 서사의 제1삼각형이 되는 것이다.

우리가 1부 5장에서 살펴본 찰스 부코스키의 「마을에서 가장 예쁜 처녀」를 예로 들어 생각해 보자. 왕자와 어울릴 것 같은 미녀가 야수와 만나는 최초의 위반(S1)에서 서사는 시작된다. 그런 뒤 서사는 미녀가 못생긴 남자의 야수적 외양 안에 이상적인 남성의 실체가 있음을 발견하는 S1의 부정(-S1)으로 이동한다.

처음 미녀와 동침하던 날 못생긴 남자는 그냥 잠을 잔 뒤 다음 날 아침에야 비로소 그녀와 성행위를 한다. 못생긴 남자는 그녀에게 곧바로 육체를 요구하지 않은 최초의 남자였다. 그는 상냥하고 이해심이 많은 그녀의 인격 자체를 좋아했던 것이다.

대부분의 여성은 자신의 이야기를 경청하고, 자신을 칭찬해 주고, 함께 웃고, 함께 밥을 먹어주는 남성을 원한다. 즉, 여성의 관계 설정 방식은 서로의 맥락을 공유하는 맥락화Contextualization이다. 반면 많은 남성의 관계 설정 방식은 관계의 최종 행위를 하느냐 못 하느냐에 집중하는 목직 지향화Goal-orientation이다. 미녀는 자신이 진정으로 원하는 관계의 맥락화 가능성을 못생기고 술에 절어 있는 날품팔이 노동자, 즉 가장 탈맥락적으로 보이는 남자에게서 발견한다. 미녀는 남자가 비야수일 뿐만 아니라 점점 왕자(S2) 같다고 느낀다. 그러나 해변에서 남자가 청혼을 하는 순간 미녀는 남자가 왕자가 아니라는 현실(-S2)에 직면한다. 결혼이라는 사회적, 경제적 현실의 세계에서 남자는 역시 야수(S1)일 수밖에 없는 것이다. 미녀는 이러한 부조리에 절망하고 마침내 자살한다. 이상의 서사를 도해하면 [표 53]과 같다.

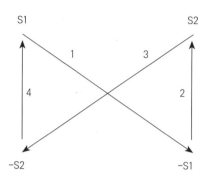

표 53 「마을에서 가장 예쁜 처녀」의 의미 생성 행로

중요한 것은 존재가 아니라 생성이며 구조가 아니라 운동이다. 그레마스가 깨닫지 못했던 것은 위의 그림처럼 드러나는 의미 생성의 운동이었다. 의미론적 범주의 논리적인 분절들을 단순히 기호학 사각형이라는 시각적 표상으로 보여주는 것은 큰 의미가 없다. 문제는 의미가 그런 범주들 사이를 어떻게 달려가고 있는가이다.

의미는 단순한 부정에서 단순한 긍정으로 움직이지 않는다. "그는 야수다"라는 부정적 범주와 "그는 왕자다"라는 긍정적 범주 사이에는 "그는 야수가 아니다"라는 제3의 항이 있다. 이것은 최초의 부정으로부터 야수성이라는 요소가 질적으로 결여되어 있는 범주이다. 의미는 "그는 야수다"에서 "그는 왕자다"라는 범주적 대립항으로 곧바로 움직이지 않고, "그는 야수다"에서 바로 성행위를 하지 않고 그냥 잔다는 위반을 통해 "그는 야수가 아니다"라는 결여적 대립항으로 움직인다.

이처럼 의미가 결여적 대립항으로 움직이는 이유는 서사가 논리적 분절의 상투성과 관습성을 초월하려고 하기 때문이다. 새로운 서사를 창작하려는 작가에게 구원은 문제의식을 극단적으로 날카롭게 만들어서 이것을 논리의 벼랑까지 밀고 나갈 때 비로소 찾아온다. 논리적 분절은 인간 경험의 진실이 아니다. "적의 적은 친구"라는 도식은 정치인들에게나 가능한 논리이다. 실제의 삶에서는 부정의 부정이 긍정이 되지 않는다. 인간 경험의 한계까지 깊고 넓게 위반을 전개해 보면 서사는 반드시 긍정도 아니고 반드시 부정도 아닌 제3의 항으로 나아가게되어 있다. 긍정과 부정이라는 가치의 대립 그 자체는 인간 경험의 한계가 아니다. 본격적인 서사는 제3의 항을 통해 인간 경험의 한계를 건드리며 상상력을 극한까지 강화시킨다.

본격 서사에서 제1삼각형으로 나타났던 서사의 형태 생성자는 삼각형의 의미 생성 운동을 통해 구조적으로 아래와 같은 서사의 중층 삼각형을 형성하게 된다.

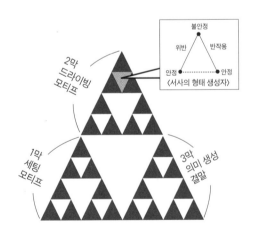

표 54 서사의 중층 삼각형

1막의 세팅 모티프는 특수성을 갖는 모티프들이다. 이 모티프들은 안정된 일상생활에서는 좀처럼 볼 수 없는 위반성과 높은 스토리 밸류를 가지며 주인공의 신변에 매우 중대하고 의미 있는 변화를 일으킨다. 우리가 1부의 7장에서 정리한 바 있는 205개의 모티프들이 여기에 해당된다.

세팅 모티프는 서사 구성의 단계에서 중심 사건으로서 문제를 설정하는 구성적 원형이다. 모든 스토리는 더글러스 바우어가 '중심 모티프'라고 말한 1막의 세팅 모티프가 갖는 서사 잠재력이 밖으로 외화되면서 다른 주변적인 이야기 요소들을 통합하여 하나의 이야기에 이른다.[10] 또 베셀로프스키의 말처럼 스토리가 주제와 모티프의 복합체이며 스토리의 창작 과정은 모티프로부터 주제로 발전해 나가는 과정이라고 할 때,[11] 세팅 모티프는 발전이 이루어지는 바로 그 출발점의 모티프이다.

205개에 이르는 세팅 모티프가 1막을 이룬다면 2막은 세팅 모티프와는 별개로 또다른 구조가 나타나 전개되는 양상을 보인다. 이것은 상용화된 본격 서사의 스토리가 보다 정교한 복합 플롯을 지향하면서 세팅 모티프와는 다른 차원의 복잡한 구조를 요구하기 때문이며, 1막의 특수가 의미심장한 변화를 거쳐 보편으로 전환되어야 하기 때문이다. 우리는 이러한 2막의 구조를 드라이빙 모티프라고 부를 수 있다.

노스럽 프라이의 설명처럼 모든 이야기에는 하나의 구조에서 다른 구조로 이전되는 움직임이 나타난다. 가령 현대를 대표하는 아이러니의 문학은 리얼리즘에서 출발해 신화로 나아간다.[12] 이야기가 현실적인 특수로부터 원형적인 보편으로 나아간다고 할 때 2막의 드라이빙 모티프는 몇 개 혹은 몇십 개의 모티프를 아우르는 보다 보편적인 플롯 범주가 된다.

노스럽 프라이는 이러한 보편적 플롯 범주를 로망스, 비극, 희극, 아이러니의 4유형으로 정리했고,[13] 노먼 프리드먼은 성격, 운명, 사상의 3유형 아래 14개 범주로 정리했으며,[14] 로널드 B. 토바이어스는 몸(행동)의 플롯과 마음(인물)의 플롯이라는 2유형 아래 20개 범주로 정리한 바 있다.[15] 이런 전례들을 참조하면 기존의 205가지 세팅 모티프를 보다 포괄적인 동사, 즉 '추구(하다)', '모험(하다)', '성숙(하다)'과 같은 서술어 중심으로 정리할 수 있다. 주로 프리드먼과 토바이어스의 플롯 이론을 참조하여 정리한 2막의 드라이빙 모티프는 다음의 20개 범주로 구분할 수 있다.[16]

① 추구

추구의 플롯은 주인공이 사람이나 물건, 또는 만질 수 없는 대상을 찾아가는 이야기이다. 이것은 세상에서 가장 오래된 플롯으로서 4000년 전 바빌로니아의 「길가메시 서사시」를 비롯하여 현대까지 이어져왔다. 추구의 플롯에서 주인공이 탐색하는 대상은 주인공의 인생 전부를 내던질 만한 것이어야 하며, 등장인물은 추구 과정에서 변화를 겪을 뿐 아니라 성패 여부에 따라 인생에 큰 영향을 받아야 한다. 이 플롯은 추구를 진행하는 인물에 관한 것이지 추구하는 대상에 관한 것이 아니다. 사례로 「길가메시 서사시」, 『돈키호테』, 『분노의 포도』, 『오즈의 마법사』가 있다.

② 모험

추구의 플롯이 여행을 떠나는 사람에게 초점을 맞추고 있다면 모험의 플롯은 여행 자체에 초점이 맞춰져 있다. 주인공의 변화는 중요하지 않다. 모험의 플롯은 추구의 플롯처럼 심리적인 이야기가 아니기 때문이다. 중요한 것은 순간순간의 모험이며, 모험이 제공하는 숨 막히는 감각이다. 사례로 소설 『해저 2만 리』, 『로빈슨 크루소』, 『걸리버 여행기』, 영화 〈인디애나 존스〉가 있다. (이하 〈 〉 표시는 영화 제목)

③ 추적

추적 플롯의 기본 전제는 단순하다. 한 사람이 다른 사람을 쫓는다. 필요한 사람은 쫓는 사람과 쫓기는 사람 둘이면 된다. 프로프에 따르면 이는 '주인공이 추적당한다'와 '주인공이 추적을 피하는 데 성공한다'라는 전후 관계로 연결되며 악당^{Villain}의 가장 중요한 역할은 주인공과 싸우고 주인공을 추적하는 것이다.[17] 추적은 행동의 플롯으로 추적 자체가 추적에 관계하는 사람들보다 더 중요하다. 영화에서는 흔히 처음 상황으로 다시 돌아와 끝없이 추적을 반복한다. 사례로 『레미제라블』, 〈죠스〉, 〈터미네이터〉, 〈우리에게 내일은 없다〉가 있다.

④ 구출

구출의 플롯에서 주인공은 모험의 주인공처럼 세상 밖으로 나가야 하며, 누군가 또는 무엇인가를 찾아야 하고, 어떤 목표를 좇아야 한다. 심리보다 행동에 더 많이 의존하고 구출 과정 자체가 관심거리이다. 주인공, 희생자, 악당이라는 인물 삼각형에서 악당에 대한 의존도가 매우 높다. 주인공은 약자에서 강자로 성장하며, 악당은 희생자를 구출하려는 주인공의 노력을 계속 방해함으로써 긴장 관계를 형성한다. 희생자는 그림자 같은 존재로 플롯에서는 부수적이다. 사례로 〈스타워즈 에피소드 4〉, 〈배트 21〉, 〈라이언 일병 구하기〉가 있다.

⑤ 탈출

구출의 플롯과 달리 주인공이 희생자이다. 주인공은 자신의 의지와는 관계없이 유폐 혹은 감금 상태에 있고 탈출을 꾀한다. 동화에서도 흔히 쓰이는 플롯으로, 어린아이가 마녀나 도깨비에게 납치되는 경우가 많다. 플롯의 도덕율은 흑백논리이며 주인공은 죄 없이 억울하게 억류되어 있다. 더 깊은 의미에서 탈출은 과거의 어리석은 자아로부터 새로운 정체성을 향한 달아남이며 새로운 현실의 발견이 된다.[18) 사례로 〈빠삐용〉, 〈쇼생크 탈출〉, 〈프리즌 브레이크〉가 있다.

⑥ 복수

복수의 플롯 또한 전형적인 인물 삼각형 구도에 의지한다. 이야기의 핵심에 주인공이 있는데 그는 천성적으로 착한 사람이지만 법이 만족스러운 수준으로 정의를 집행하지 않기 때문에 스스로 복수를 결심하게 된다. 그리고 희생자와 잘못을 저지른 악당이 있다. 주인공은 때로 희생자 자신일 수도 있고 희생자를 위하여 복수를 하는 사람일 수도 있다. 복수의 플롯이 억울한 죽음과 결부되면 호러 장르로 발전하기도 하며 내면의 선함과 복수심이 빚어내는 내적 모순inner contradiction은 스릴러 장르의 심오한 캐릭터를 낳기도 한다. 사례로 〈수색자〉, 〈링〉, 〈올드보이〉가 있다.

⑦ 수수께끼

수수께끼 플롯은 미스터리 장르의 전형적인 구조이다. 이야기 초반에서 수수께끼(미스터리)가 제시되고, 주인공은 수수께끼의 답을 구하기 위해 추리에 나선다. 수수께끼 플롯은 현재진행형의 사건에 대해 본질적으로 외재적인 과거의 한 사건에 이야기의 궁극적인 의미가 있다는 점에서 에른스트 블로흐가 말한 탐정소설 원형과 상통한다. 또 현재 진행형의 사건에 대해 본질적으로 외재적인 미래의 빈자리, 즉 가상의 예술 작품이 형상화되는 한순간에 이야기의 궁극적인 의미가 담겨 있는 예술가소설 원형과 정반대의 위상을 갖는다.[19] 사례로 『오이디푸스 왕』, 『Y의 비극』, 「사라진 편지」가 있다.

⑧ 경쟁

경쟁의 플롯은 같은 대상이나 목적을 놓고 승부를 겨루는 라이벌의 플롯이다. 이 플롯은 움직이지 않는 대상과 운명의 피할 수 없는 힘이 만났을 때 발생한다. 이때 중요한 규칙은 적대하는 두 세력이 비슷한 힘을 가져야 한다는 점이다. 이야기가 진행되면서 두 세력 간에 벌어지는 경쟁 관계를 힘의 함수로 만들어보면 곡선이 서로 상반되는 것을 알 수 있다. 즉, 한 경쟁자의 곡선이 위로 상승하면 다른 경쟁자의 곡선은 아래로 하강한다. 사례로 〈벤허〉, 〈반지의 제왕〉, 〈트와일라잇〉이 있다.

⑨ 희생자

희생자 플롯은 경쟁 플롯의 변형이다. 경쟁은 두 세력이 대등하게 맞서는 관계에 있을 때 성립한다. 그러나 희생자 플롯에서 주인공은 매우 불리한 처지에 있으면서 압도적으로 힘이 센 상대, 즉 운명이나 사회 환경과 맞서게 된다. 대개 평범한 주인공이 아무 잘못 없이 불운을 겪고 희생됨으로써 독자의 공감을 유발하기 때문에 애상의 플롯The pathetic plot이라고도 한다. 사례로 『고리오 영감』, 『테스』, 『순교자』가 있다.

⑩ 유혹

유혹의 플롯은 인간의 약한 본성에 관한 이야기이다. 유혹에 지는 것은 인간적이다. 그러나 세속의 법칙은 유혹에 이기지 못한 대가를 치르도록 하고 있다. 유혹은 욕망을 행위로 실행하려는 에너지와 미리 예견되는 실행 결과에 대한 불안의 양가적 지향성을 야기한다. 유혹에 빠지려는 마음과 저항하는 마음 사이에서 인간의 자유의지는 시험대에 오른다. 비록 행동이 외면적으로 일어나기는 해도 내면에서 죄의식과 복선, 파국의 암시 등이 끊임없이 제기된다. 사례로 『파우스트』, 『이척보척』, 〈위험한 정사〉가 있다.

⑪ 변신

변신의 플롯에서 주인공은 신체의 물리적 특성이 변하는 사건을 겪는다. 변신은 보통 저주의 결과이며 저주는 자연의 질서를 어겼거나 잘못을 저지른 결과로 나타난다. 저주의 해결책으로 제시되는 것은 일반적으로 사랑의 실현이며, 부모와 자식 사이의 사랑, 남녀 간의 사랑, 신의 사랑 등이 실현되면서 저주가 풀린다. 이 플롯의 핵심은 변신의 과정 또는 실패를 보여주는 것이다. 인물의 행동보다도 변하는 인물의 본성에 더 관심을 갖는 경향이 있다. 사례로 「개구리 왕자」, 〈드라큘라〉, 〈미녀와 야수〉가 있다.

⑫ 변모

변모 플롯은 특정한 사건을 통해 인물이 겪는 내면적 변화를 다룬다. 주인공이 원래의 인물에서 다른 인물로 변해 가는 동안의 삶이 이야기의 중심이 된다. 어른이 되기 위해서 어른 세계의 교훈을 배우는 아이의 이야기, 전쟁에 참가한 사람들이 겪는 내면의 변화를 그리는 이야기 등이 여기에 속한다. 이야기는 변화의 본질에 집중해야 하고, 경험의 시작에서부터 마지막까지가 주인공에게 어떻게 영향을 미쳤는지 보여주어야한다. 광의의 변신을 담고 있는 플롯들, 예컨대 신내림을 겪은 여성이 몸주신을 모시고 무당이 되는 등[20] 신체의 형태를 그대로 유지하면서 존재론적 위상이 변하는 경우 또한 여기서는 변모의 플롯으로 정의할 수 있다. 사례로 『피그말리온』, 〈크레이머 대 크레이머〉, 〈대부 1〉이 있다.

⑬ 성장

변모의 플롯과 비슷하나 아이가 어른이 되어가는 과정에서 겪는 내적, 외적 성숙에 초점을 맞춘다. 이 플롯의 주인공은 인생의 목표가 세워져 있지 않거나 흔들리는 인생의 바다에서 목적 없이 방황하는 어린아이다. 이야기는 대개 안전하게 보호받는 상태에 놓인 주인공의 미숙한 모습에서 시작하여 외부의 추악한 세계가 주인공의 평화로운 삶에침투하는 것으로 이어진다. 사건의 계기는 부모의 죽음이나 이혼, 또는갑작스럽게 집에서 쫓겨나는 것 등이다. 이후 주인공은 크고 작은 사건을 겪으며 점진적으로 변화해 간다. 사례로 『허클베리 핀의 모험』, 『티보가의 사람들』, 『호밀밭의 파수꾼』이 있다.

⑭ 사랑

사랑의 플롯에서는 연인의 사랑을 막는 장애 요소가 반드시 출현한다. 이 장애 요소의 유형에 따라 『보바리 부인』, 『롤리타』 같은 법으로금지된 사랑Forbidden love, 『대위의 딸』, 『바람과 함께 사라지다』 같은 거대한 역사적 격동 속의 사랑Great romance, 『호반』, 『내 살갗 위의 소금』 같은 기나긴 시간을 이겨낸 사랑Love of long continuity, 『현대의 영웅』, 『지하생활자의 수기』처럼 주인공의 이기주의와 갈등하는 사랑Selfish love, 『나나』, 『카르멘』 같은 창녀가 겪는 사랑Love for sale, 『모르는 여인의 편지』, 『남아 있는 나날』같이 한 번 상실을 겪은 이후에 재발견한 사랑Love lost and found, 『시라노 드 베르주라크』, 『좁은 문』, 『순수의 시대』, 『잉글리쉬 페이션트』 같은 세속적인 계산을 내던진 순애보Love of pure heart, 『춘금초』, 『쉘터링 스카이』, 『37.2도의 아침』처럼 광기를 동반한 사랑Love and insanity 등의 8가지 유형으로 나뉜다. 사랑의 플롯은 인물의 플롯이다. 사랑에 빠진 등장인물은 매력이 넘치며, 평범한 존재에서 특별한 존재로 바뀐다. 사랑의 성공뿐 아니라 이별에 관한 이야기도 사랑의 플롯에 속한다.

⑮ 금지된 사랑

현상적으로 사랑의 플롯에 속하는 이야기의 과반수 이상이 법으로 금지된 사랑을 다루고 있는 까닭에 나머지 7가지 유형과는 별도로 다룬다. 이 플롯에서는 연인의 성애적 욕망이 반드시 나타나고 이에 반대하는 현실적, 물리적 세력이 등장한다. 여기서 연인들은 사회적 질서(상징계)를 초극하여 스스로의 육체(실재계)를 초월적인 주이상스의 사랑으로 승화시키고자 몸부림친다.[21] 그리고 그 몸부림에는 보통 비극적 결과가 따른다. 연인들은 대부분 죽음, 압력, 추방 등으로 헤어진다. 간통, 근친상간, 소아성애, 동성애 등이 대표적인 모티프이다. 시례로 『주홍글씨』, 『보바리 부인』, 『안나 카레니나』, 『롤리타』, 〈페드라〉, 〈데미지〉, 〈색, 계〉가 있다.

⑯ 희생

희생의 플롯은 신념을 위해 무엇인가를 포기하는 인물에 관한 이야기다. 주인공은 신체적으로든 정신적으로든 치명적인 대가를 치러야 한다. 이를 통해 주인공은 도덕적으로 낮은 차원에서 숭고한 차원으로 올라서는 중요한 변화를 겪는다. 희생자 플롯이 주인공의 캐릭터에 집중한다면 희생의 플롯은 희생하는 과정의 전후 관계와 변화에 집중한다. 사건은 주인공에게 결단을 촉구하고, 등장인물을 시험하고, 인물의 성격을 발전시킨다. 희생의 플롯은 인간의 근본적인 정의감에 대한 확신을 심어준다. 능력과 의지를 겸비한 고귀한 주인공이 억제할 수 없는 숭고한 사랑 때문에 스스로를 희생하는 종교적 이야기를 원형으로 한다. 사례로 『신약성서』, 〈카사블랑카〉, 온라인 게임 '길드워'(루릭 왕자의 죽음)가 있다.

⑰ 발견

발견의 플롯은 삶의 근본적인 의미를 탐구하는 인간에 관한 것이다. 일견 수수께끼의 플롯을 닮았으나, 주인공은 수수께끼를 풀기보다 자신에 대한 배움을 추구하는 데 더 관심을 기울인다. 이는 인물의 플롯이며 모든 플롯 중에서 가장 인물을 중요하게 다루는 플롯이다. 발견의 플롯은 성숙의 플롯과 구별된다. 성숙의 플롯에서는 주인공이 이 세상이나 자기 자신에 대하여 발견을 하지만, 그 초점은 발견 자체가 아니라 과정, 즉 발견이 인물에 미치는 영향에 맞춰져 있다. 그에 비해 발견의 플롯은 과정이 아니라 발견 그 자체, 인생의 해석을 다룬다. 사례로 『낙천주의자의 딸』, 『세일즈맨의 죽음』, 『여인의 초상』이 있다.

⑱ 지독한 행위

이 플롯은 비정상적 상황에 처한 정상적인 사람들, 또는 정상적인 상황에 처한 비정상적인 사람들에 관한 이야기이다. 다루는 주제는 알콜 중독, 탐욕, 야망, 전쟁 등의 어려운 문제들이다. 등장인물은 극단까지 몰리며 심리적으로 몰락한다. 그들의 몰락은 성격적 결함에 바탕한 것으로, 작가는 독자(관객)로 하여금 등장인물의 몰락을 동정하게 만들어야 한다. 끝에 가서 주인공은 완전히 파멸하든가 구원을 받든가 둘 중 하나의 결말을 맞이한다. 사례로 『오셀로』, 〈지옥의 묵시록〉, 〈델마와 루이스〉가 있다.

⑲ 상승

이 플롯 유형에서는 주로 신분, 계층, 계급적인 문제를 다룬다. 상승은 주인공의 의식 수준이 낮은 상태에서 높은 상태로 이동하는 이야기로서 '수난 → 좌절 → 극복'의 도식을 갖는다. 이 도식이 정신적인 국면에 적용될 때 '편협 → 변화 → 보편'의 변형이 나타나며, 등장인물의 성격은 죄인에서 성자로, 공감적 주인공에서 고귀한 주인공으로 이동한다. 고통스러운 상황 속에서 인간 성격의 긍정적 가치를 탐색하는 플롯이다. 사례로 『톰 존스』, 『이반 일리치의 죽음』, 〈대부 2〉가 있다.

⑳ 몰락

높은 지위에 있던 주인공이 성격적 결함 탓으로 몰락하는 이야기이다. 권력과 부패, 탐욕, 자존심, 열정 등이 그 원인이 된다. 몰락의 플롯은 인간 성격의 부정적 가치를 탐색한다. 악한 주인공이 일시적으로 성공했다가 결국은 파멸하는 징벌의 플롯과 공감적 주인공이 환멸에 빠져 파멸하는 퇴보의 플롯이 있다. 주인공의 정신은 위기의 순간에 파괴된다. 이는 철저하게 주인공의 플롯으로, 주인공의 몰락은 주인공이 스스로 선택한 결과이지 환경 때문이 아니다. 사례로 『리처드 3세』, 『베니스에서의 죽음』, 『위대한 개츠비』가 있다.

이상에서 살펴본 드라이빙 모티프가 1막의 세팅 모티프와 결합되는 사례를 살펴보면 [표 55]와 같다. 모두 '연쇄살인'의 세팅 모티프를 갖는 각기 다른 드라이빙 모티프의 작품들이다.

세팅 모티프	드라이빙 모티프	작품 예시	줄거리	설명
연쇄 살인	추격	〈추격자〉 (2008) (감독: 나홍진)	보도방을 운영하는 전직 형사 중호는 여자들이 잇따라 없어지고 미진마저 사라지자 수색을 벌이던 중 피 묻은 옷을 보고 영민이 범인임을 직감해 그를 추격한다.	중호와 영민의 쫓고 쫓기는 '추격'이 2막의 구조로 작용
	수수 께끼	〈살인의 추억〉 (2003) (감독: 봉준호)	경기도에서 연쇄살인이 일어나고, 토박이 형사 박두만과 서울서 지원 나온 서태윤이 증거를 하나씩 수집해 나간다. 그러나 범인의 흔적은 발견되지 않고 사건은 미궁에 빠진다.	연쇄살인범의 정체를 '추리'하는 과정이 2막의 구조로 작용
		〈양들의 침묵〉 (1991) (감독: 조나단 드미)	FBI 수습요원 스털링은 엽기 살인 사건을 수사하게 된다. 단서가 없어 정신이상 살인마 한니발 렉터 박사의 도움을 받지만, 연방상원의원의 딸 캐서린이 납치되면서 사건은 극에 달한다.	렉터 박사가 던져주는 단서를 하나씩 모으며 범인의 정체를 밝히는 '수수께끼 풀이' 과정이 2막의 구조로 작용
	라이벌	〈공공의 적〉 (2002) (감독: 강우석)	칼로 난자당한 노부부의 시체가 발견되자 철중은 잠복근무 중 마주쳤던 규환을 범인으로 지목한다. 펀드매니저 규환은 돈과 권력을 앞세워 철중과의 대결을 시작한다.	철중과 규환의 '라이벌 경쟁'이 2막의 구조로 작용
	지독한 행위	〈세븐〉 (1995) (감독: 데이빗 핀처)	범인은 천주교에서 말하는 7가지 죄악(탐식, 탐욕, 나태, 음란, 교만, 시기, 분노)을 저지른 사람들을 잔인하고 엽기적으로 살인해 나간다. 은퇴를 앞둔 노형사 윌리엄과 신참 형사는 이 범인을 쫓는다.	범인 추적과 함께 상식을 넘어선 잔인하고 '지독한 행위'가 2막의 구조로 작용

표 55 세팅 모티프 + 드라이빙 모티프 작품 사례

1막과 2막이 세팅 모티프와 드라이빙 모티프의 표층 구조를 갖는다면 3막은 네 가지 유형의 의미 생성 패턴에 따라 이야기의 결말을 이끌어낸다. 의미 생성 패턴이 넷으로 분할되는 이유는 이야기의 문제가 도달할 수 있는 궁극적인 문제 해결의 지점이 대립적인 두 영역과 대립적인 두 상태 사이에 위치하기 때문이다.

이러한 구분을 낳는 두 척도는 해결의 성과$^{Result\ of\ Solution}$와 성과의 의의$^{Significance\ of\ Result}$이다. 일찍이 노스럽 프라이는 이야기가 결말을 향해 움직이는 양상을 네 가지 유형으로 정리한 바 있다. ① 성과의 의의가 희망적이며 문제를 해결하는 데 성공한 낭만적 지향 운동, ② 성과의 의의가 절망적이며 문제를 해결하는 데도 실패한 시련의 회귀 운동, ③ 성과의 의의는 절망적이지만 어쨌든 문제를 해결하는 데 성공한 회복적 상승 운동, ④ 성과의 의의는 희망적이지만 문제를 해결하는 데는 실패한 파국적 하강 운동이 그것이다. ①에서는 사태가 계속 좋고 ②에서는 사태가 계속 나쁘며 ③에서는 사태가 개선되고 ④에서는 사태가 악화된다. 여기서 그의 유명한 플롯 4범주가 나타난다.[22]

①	낭만적 지향 운동	여름의 미토스	로망스	낭만의 플롯
②	시련의 회귀 운동	겨울의 미토스	아이러니와 풍자	개선의 결핍 플롯
③	회복적 상승 운동	봄의 미토스	희극	개선의 플롯
④	파국적 하강 운동	가을의 미토스	비극	타락의 플롯

표 56 노스럽 프라이의 플롯 4범주

해결의 성과란 주인공이 1막에서 제기된 문제를 해결하고 설정한 목표를 달성했는지 여부를 판단하는 것이다. 여기서의 판단은 철저히 사실에 기반한 판단이다. 메인 캐릭터가 문제를 해결하지 못하고 목표 달성에 실패한 경우는 '실패'이며, 문제를 해결하고 목표 달성에 성공한 경우는 '성공'이다.

성과의 의의란 주인공이 자신의 개인적, 내면적인 문제를 스토리 내에서 해결해 내는가에 대한 판단이다. 여기서의 판단은 가치에 기반한 판단이다. 주인공이 내면적 문제를 해결했다면 '희망적'이며, 해결하지 못한 경우에는 '절망적'이다. 객관적 평가가 가능한 해결의 성과와 달리 성과의 의의는 주인공의 감정을 중심으로 평가를 내리는 단계로, 주인공 내면의 성장 여부에 따라 성공과 실패에 대한 언급을 할 수 있다. 이를 유형화의 4분면으로 다시 그려보면 아래와 같다.

	문제 해결 성공 (success)	문제 해결 실패 (failure)
의의 희망적 (good)	① 로망스	④ 비극
의의 절망적 (bad)	③ 희극	② 아이러니와 풍자

표 57 3막의 의미 생성 패턴 4분면

첫째, 로망스는 모든 스토리 형식 가운데 욕구 충족의 꿈[wish-fulfillment dream]에 가장 가까운 것으로 동화적인 해피엔딩의 스토리라고 할 수 있다. 이때 동화적 해피엔딩이라는 말은 로망스의 퇴행적 성격을 뜻한다. 이는 행복했던 어린 시절이 복원되기를 원하는 내밀한 개인적 욕망을 보다 큰 공적 공간에 투영해 상상적인 황금시대를 추구할 때 나타난다.[23]

로망스의 결말과 가장 잘 어울리는 플롯 범주는 드라이빙 모티프 ①과

②, 즉 추구와 모험이다. 이 경우 자연스럽게 연속적이고 과정적인 플롯이 나타나서 '퀘스트 서사'[24]의 성격을 띠기도 한다. 로망스 결말의 특징은 사실상 결말이 없다는 것이다. 즉 로망스는 본질적으로 결코 성장하지 않고 나이도 먹지 않는 중심 인물이 하나의 모험이 끝나면 다음 모험을 계속하는 네버엔딩 스토리이다. 이 모험은 작가 자신이 이야기를 중단할 때까지 끝나지 않는다. 예컨대 도리야마 아키라의 걸작 만화 『드래곤볼』에서 손오공은 아버지가 되고 할아버지가 된다. 그러나 그의 성격은 조금도 변하지 않는다.

둘째, 아이러니와 풍자는 평범한 주인공과 추하고 부조리한 세계와 사실적이고 도덕적인 판단이 한데 어우러져 결말을 이끌어내는 스토리이다. 말하자면 이상화되지 않은 존재의 변화무쌍한 애매성과 복잡성이 형상화되면서 결국 아무것도 해결되지 않고 끝나는 결말이다. 풍자는 아이러니의 한 양상으로 호전적인 아이러니라고 말할 수 있다. 풍자가 도덕적 규범에 비추어 부조리를 비판하는 이야기라면 아이러니는 완벽한 사실주의에 입각하여 비판을 자제하는 태도를 견지한다. 풍자의 도덕성과 아이러니의 사실성 사이에는 6단계의 세부 유형이 존재한다.[25]

아이러니의 결말과 가장 잘 어울리는 플롯 범주는 드라이빙 모티프 ⑨와 ⑱과 ⑳, 즉 희생자와 지독한 행위와 몰락이다. 여기서는 비극의 영웅적인 측면과 대비되는 주인공의 인간적인 측면을 분명하게 부각시키면서 어떠한 환상에도 속지 않는 명확한 통찰의 결말을 지향한다. 아이러니의 결말이 가장 온건한 형태를 취할 경우, 주인공은 실패하지만 모든 것을 잃었기 때문에 더 이상 주위 세계로부터 아무것도 강요받지 않고 자기를 지키는 균형 상태, 즉 자기 자신을 지키며 살 수 있는 상태에 도달한다.

셋째, 희극은 관객들이 도리에 어긋나지 않는 바람직한 결말이라고 인식하는 사회의 출현으로 끝이 나는 스토리이다. 결혼을 원하는 젊은 남녀가 양친의 반대로 장애에 부딪히지만 마지막에는 플롯의 반전으로 경사스럽게 결합한다는 식의 이야기가 좋은 예인데, 결말에 등장하는 그들의 결혼식은 낡은 사회가 부서지고 새로운 사회가 출현하는 것을 상징한다. 이러한 결말은 해피엔드에 맞아떨어지게끔 고의적으로 이야기를 틀에 맞추는 인위적 성격을 띠기 때문에 박수갈채와 웃음 속에 막이 내려가는 것을 지켜보는 관객의 무의식에는 실제 현실이라면 저렇게 문제가 해결될 리 없다는 절망이 남는다.

희극의 결말과 가장 잘 어울리는 플롯 범주는 드라이빙 모티프 ⑭와 ⑲, 즉 사랑과 상승이다. 여기서는 낡은 사회, 낡은 세대를 상징하는 다양한 형태의 부친 대리자^{father-surrogate}들이 패퇴하면서 그 결과로 출현하는 새로운 사회에 가능한 한 많은 수의 사람들을 참여시키는 떠들썩한 축제의 결말을 지향한다. 그리고 이러한 포용을 가능하게 하는 관용과 자비의 정신이 결말이 이끌어내는 핵심 주제가 된다.[26]

넷째, 비극은 모든 몽상과 허구로부터 벗어나 엄격하게 존재하는 자연의 질서와 운명의 질서에 따라 끝을 맺는 결말이다. 비극의 주인공은 관객과 비교하면 위대하고 유능할지 모르지만 그의 배후에 있는 신, 운명, 환경, 적대 세력의 강력한 힘과 비교하면 하찮고 미약한 존재에 지나지 않는다. 그리하여 비극의 결말은 문제 해결에 실패하지만, 비극의 결말을 보면서 그런 강력한 힘과 자신이 중개되었다고 느낀 관객의 무의식에 희망을 남긴다.

비극의 결말과 가장 잘 어울리는 플롯 범주는 드라이빙 모티프 ⑯과 ⑰, 즉 희생과 발견이다. 모든 비극에는 보이지 않는 질서가 있다. 비극의 주인공은 이 질서를 어지럽혔기 때문에 그에 대한 인과응보, 즉 네메시스^{nemesis}로서 문제 해결에 실패하고 파멸하는 것이다. 자신에게 닥친 비극적 결말의 초인격적 본질을 발견하고 이를 수용하는 데 주인공의 구원이 있다.[27]

3부
디지털 스토리텔링
창작 도구

01 스토리헬퍼 사용하기

스토리헬퍼는 한국에서 최초로 상용 서비스를 시작한 디지털 스토리텔링 기획 저작 도구이다. 이 프로그램에는 흔히 기획이라고 부르는 소재 추출 기술과 저작이라고 부르는 원고 집필 기술이 적용되고 있다.

　　지금까지 우리는 스토리텔링 일반의 원리를 정리한 뒤 창작의 실상에 접근하는 유력한 연구 방법으로 컴퓨터가 어떻게 스토리를 생성하는가를 탐구하는 디지털 스토리텔링의 현황을 살펴보았다. 그리고 1990년 이후 발전해 온 탈고전 서사학의 구도 속에서 문제 기반 스토리텔링 학파와 스토리 문법 학파, 모티프 기반 문제 설정의 시도 등으로 이어진 생성 이론의 발전을 이해하게 되었다.

　　1990년대부터 시작된 정보화 혁명은 학습과 표현의 민주주의를 가져왔으며 창작의 기회를 수평적으로 확장시켰다. 이러한 변화는 창작자와 수용자의 상호작용을 촉진시키고 스토리 형식 사이의 장르 통합을 야기함으로써 다양하고 새로운 스토리들이 출현하는 계기를 만들었다.

그러나 문화산업 육성의 전통이 오래된 선진국에 비해 한국의 스토리텔링 인프라는 상대적으로 열악했다.

첫째는 작가 시장의 한계였다. 미국작가조합[WGA]과 비교할 때 한국은 작가의 직능 자체가 독자적인 전문 직종으로 성립하기 어려운 시장 한계를 가지고 있었다. 대부분의 작가들이 겸업 또는 비정기적 프리랜서 형태로 활동했기 때문에 창작 방법에 대한 연구와 지속적인 자기 계발이 어려웠다.

둘째로 전문 교육의 한계를 들 수 있다. 순수문학의 경우와는 달리 문화산업에서 상용화되는 본격 서사는 한국 사회에서 진지한 학문적 연구와 교육의 대상으로 고려되지 않았다. 그 결과 이 땅에서는 오랫동안 디지털 스토리텔링에 대한 사회적 인식이 미약했고 대부분의 작가들은 디지털 기술이 기획, 창작의 효율성을 개선하고 작품성을 재고하게 해주는 혁신적인 수단임을 이해하지 못했다.[1]

미국에서는 신문 기사를 작성할 때 특정 사건이나 용어에 대한 연관 개념을 구조화할 수 있는 컨셉 맵[concept map] 도구들을 활용하고 영화 시나리오를 작성할 때는 드라마티카 프로를 비롯한 수십 종의 전문화된 스토리텔링 소프트웨어들을 이용한다. 이러한 도구로 작성된 시나리오는 원고를 고치면 실시간으로 배역의 일정표가 조정되며, 장면별 촬영 시간이 재계산되고 관련 장소 및 촬영 소품, 장비의 재배치, 장면별 예산 산정까지 동시에 완료된다. 또한 스토리 가이드 프로그램들은 캐릭터 묘사, 주제와 모티프, 플롯화 방법, 감정선의 변화 등 당장의 스토리 개발에 필요한 참고 자료를 즉시 지원된다.

이에 반해 한국의 작가들은 아직도 막대한 시간과 노력과 자본을 낭비하는 '종이 시나리오 작업'을 계속하고 있다. 작가가 시나리오를 조금만 수정하면 씬 리스트, 장소 리스트, 캐스팅 리스트, 촬영 일정표, 소품, 의상, 분장, 특수효과, CT, 보조 출연자 리스트를 비롯한 스케줄 시트 등 방대한 서류들을 새로 만들어야 한다. 이런 상황에서 초반에 명확한 개념을 잡지 못하고 스토리 라인을 계속 바꿔가며 40고, 50고씩 수정하는 종이 시나리오는 콘텐츠 제작에 참여하는 모든 스태프들을 고통스럽게 한다.

2013년 7월 18일 출시된 스토리헬퍼는 한국에서 최초로 상용 서비스를 시작한 디지털 스토리텔링 기획 저작 도구이다. 이 프로그램에는 흔히 기획Ideation이라고 부르는 소재 추출 기술과 저작Writing이라고 부르는 원고 집필 기술이 적용되고 있다.

스토리헬퍼는 스토리의 기획을 위해 장르 기반 아이디어 데이터베이스와 전문가 문답식 체크리스트를 갖추었고, 주제 검색Topic Browsing, 기존의 영화와 애니메이션 작품들을 구조화하고 개작하는 신속 모형화fast prototyping 데이터베이스를 구축했다. 데이터베이스로부터 적절한 샘플을 불러내어 이를 재구성한다는 측면에서, 대체 모델, 결합 모델, 변형 모델로 나뉘는 생성 이론 가운데 변형 모델을 핵심 알고리즘으로 하는 프로그램이라고 할 수 있다.

하나의 컴퓨터 프로그램이 어떻게 작동하는지를 이해하기 위해서는 1그램의 예시가 1톤의 설명보다 더 효과적이다. 우리는 개인의 내밀한 심리적 사건으로 시작하는 작가의 창작 행위가 컴퓨터 프로그램의 가시적인 기능과 상호작용하는 과정을, 한 영화감독의 스토리헬퍼 사용기를 통해 살펴보고자 한다. 이 사용기는 스토리헬퍼의 기능을 알기 쉽게 보여주기 위한 허구의 예시이다.

한 영화감독이 새로운 영화의 스토리를 구상하고 있다. 그는 캐나다 온타리오 주에서 태어나 미국으로 이주한 뒤 캘리포니아에서 허름한 대학의 물리학과를 다니다 중퇴하고 트럭 운전수를 전전했다. 영화사에 취직하기 전까지는 험프리 보가트가 배우 이름인지도 몰랐다는 이 감독은 오직 스탠리 큐브릭의 〈2001 스페이스 오디세이〉(1968) 같은 영화에만 매료되어 있었다.

즉 이 감독이 지향하는 영화는 인생을 사실적으로 그린 리얼리즘 영화도 아니고 영상미학적으로 세계를 잘 재현한 예술 영화도 아니었다. 그에게 좋은 영화란 특수 효과^{SFX}가 좋은 영화였다. 즉 그는 혁신적인 테크놀러지를 영상에 적용함으로써 관객들의 상상을 뛰어넘는, 압도적인 스펙터클의 영화를 원했던 것이다.

2005년 3D 영상 이미지 기술을 영화에 본격적으로 적용할 기회를 얻게 되었을 때 이 감독은 새로운 영화의 스토리에 대해 정해 놓은 것이 거의 없었다. 자신이 구상하는 3D 이미지의 스펙터클을 화면에 충분히 표현할 수 있는, 특수 효과 구현의 자유도를 허용하는 스토리라야 한다는 원칙만이 있었을 뿐이다.

이 사례는 스토리헬퍼가 창작을 지원하는 최저 한도의 수준을 보여 준다. 스토리헬퍼를 사용하려는 작가들은 최악의 경우 이만큼 빈약한 구상으로도 스토리를 창작할 수 있다.

지금 이 감독은 스토리의 발상조차 시작되지 않은 '창조적 충동'의 단계에 있다. 그는 "3D 특수 효과를 극대화하겠다"라는, 스토리와 아무 관련도 없는 제작 기술상의 원칙 하나를 붙들고 혼란스러운 상상을 거듭하고 있다. 기셀린의 설명을 빌리면 창작 과정은 낱말의 소나기가 응결되어 있는 희미한 관념의 구름에서 시작하여 이처럼 혼란된 상상의 서스

펜스를 거쳐 비로소 적절한 귀납적 정의가 찾아오는 것이다.[2]

창작은 이런 단계에서도 시작할 수 있다. 1부에서 얘기했듯이 가장 중요한 것은 표상이 떠오르는대로 열심히 글을 써보는 표상 추출과 표상 재기술이다. 스토리에 대한 분명한 기획이 없는 상태가 반드시 나쁘다고 말할 수도 없다. 왜냐하면 창작의 과정에는 의도적으로 계획되고 조정되는 의식적 창작과 자연발생적이고 직관적으로 떠오르는 무의식적 창작이 동시에 작용하기 때문이다.

관찰과 소재의 발견, 소재의 동기화, 구상의 완성으로 이어지는 의식적인 기획은 윤리와 관습과 사회적 금기 같은 의식의 보수적인 관념들에 지배될 수 있고 참신한 가능 세계의 창조를 기피할 수 있다. 오히려 창작을 단순한 형식적 완성으로부터 낡은 방식을 초월하는 새로운 예술적 질서의 창조로 이끄는 것은 주관적인 심층 심리가 크게 작용하는 무의식적 창작일 수 있다.

3D 영상 이미지의 특수 효과가 화려하게 표현되기 위해서는 외부의 적대 세력과 싸우는 주인공의 외적 행동이 가시적으로 드러나는 스토리여야 할 것이다. 주인공은 외향적인 성향을 가져야 하며, 주인공이 가만히 앉아서 심사숙고하기보다 상황을 직관적으로 인식하고 능동적으로 뭔가를 쟁취하여 문제를 해결하려 할 때 다양한 행동의 가능성이 펼쳐질 것이다.

감독은 이 정도로 단순하고 초라한 아이디어들만 가지고 스토리헬퍼 앞에 앉았다. 웹브라우저에 "www.storyhelper.co.kr"을 입력하자 아래와 같은 로그인 화면이 나타났다.

① 스토리헬퍼 로그인 화면

스토리헬퍼는 한국어를 알고 있는 작가라면 모든 기능을 무료로 이용할 수 있으며 회원 가입 시 어떠한 개인 정보도 묻지 않는다. 감독은 회원 가입을 하고 자신이 능록한 아이디와 비밀번호로 로그인을 했다. 그러자 아래와 같은 셀렉션 화면이 나왔다.

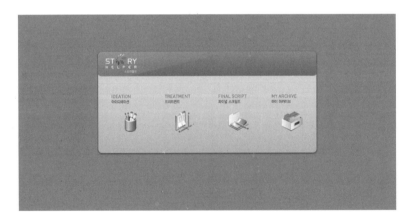

② 스토리헬퍼 셀렉션 화면

스토리에 대한 구상이라 할 것이 거의 없었기에 감독은 아이디에이션을 클릭했다. 아이디에이션이란 스토리에 보탬이 될 수 있는 모든 가능한 표상들을 떠올리는 확산적 사고와 그 가운데 가장 적합한 선택항을 찾는 수렴적 사고의 반복을 말한다.[3)]

아이디에이션은 창작의 시작 단계인 동시에 하나의 스토리가 완성될 때까지 무수히 반복되는 과정이다. 심지어 작가는 스토리를 탈고하는 단계에서도 아이디에이션을 클릭해서 한두 문장 정도 새로 첨가하고 싶은 사소한 에피소드 하나하나가 어떤 서사적 잠재력을 가지고 있는지를 검토하게 된다. 이러한 아이디어의 확산과 수렴은 1부의 5장에서 말한 마이크 샤플스의 집필-성찰 모델ER Model 중에서 성찰Reflection 행위를 구성하는 것이다.

아이디에이션을 선택하자 아래와 같은 스타트 메뉴 화면이 나타났다.

③ 스토리헬퍼 스타트 메뉴 화면

클래식 모드, 조합 모드, 랜덤 모드, 프리 모드 가운데 클래식 모드를 클릭하자 29개의 객관식 문항으로 구성된 질문이 나왔다. 이것은 감독의 머릿 속에 있는 시드 아이디어Seed Idea를 구체화하여 비슷한 모형을 찾기 위한 질문이다.

창작은 먹고살기 위해 반드시 해야 하는 노동의 영역이 아니라 스스로 하고 싶어서 하는 일종의 놀이, 유희의 영역에 속한다. 창작을 유희라는 관점에서 볼 때 아직 싹을 틔우지 않은 씨앗 단계의 아이디어를 구체화하는 작업은 개발자의 관점에서 작은 이야기들(에피소드들)을 자르고 붙이고 교정하는 편집 게임$^{editing\ game}$의 형식을 취할 수도 있고, 게이머의 관점에서 주인공(아바타) 하나를 움직이고 수수께끼를 풀어가는 역할 놀이 게임$^{role-playing\ game}$의 형식을 취할 수도 있다.[4] 스토리헬퍼 클래식 모드의 29개 질문은 후자의 형식을 취한다. 전자보다는 후자가 훨씬 단순하고 최초의 발상에서 연상을 늘려가기 쉽기 때문이다.

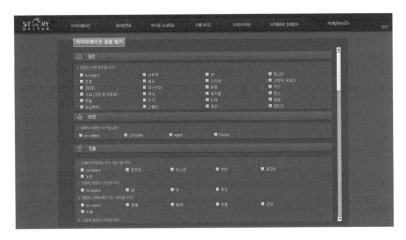

④ 스토리헬퍼 아이디에이션 화면

감독은 29개의 객관식 질문을 읽어보면서 자신의 구상을 떠올리고 각각의 질문에 대해 다음과 같이 답을 했다. 감독은 먼저 자신이 막 수중에 넣은 3D 영상 이미지 제작 기술을 가장 잘 시현할 수만 있다면 어떤 장르라도 괜찮다고 생각했다. 그래서 장르는 고르지 않았다.

감독은 특수 효과의 새로움이 전면에 부각되기 위해서는 스토리가 평면적이고 관습적이어야 한다고 생각했다. 너무 심오한 주제, 입체적인 갈등 관계, 복잡한 캐릭터가 등장하면 곤란했다. 세 살 먹은 아이도 이해할 수 있는 단순한 스토리를 원했기에 타깃은 '가족'을 선택했다. 감독은 이런 식으로 29개의 질문에 하나하나 답변을 체크해 갔다. 그 결과는 아래와 같다.

1. 장르		질문	구성 요소	답변
어떤 장르입니까?		1. 영화는 어떤 장르입니까?	No Select / 서부극 / SF / 전쟁 / 멜로 / 드라마 / 재난 / 에로 / 액션 / 스릴러 / 호러 / 판타지 / 뮤지컬 / 댄스 / 전기 / 다큐 / 실험 / 어드벤처 / 무협 / 역사	No Select
2. 타깃		질문	구성 요소	답변
타깃은 누구입니까?		1. 영화의 타깃은 누구입니까?	No Select / 어린이 / 어른 / 가족	Family
3. 인물		질문	구성 요소	답변
누구의 이야기 입니까?	Physical	1. 인물의 연령대는 어느 정도입니까? 2. 인물의 성별은 무엇입니까? 3. 인물의 신체 능력은 어느 정도입니까? 4. 인물의 종족은 무엇입니까?	1. No Select / 영유아 / 청소년/ 청년 / 중장년 / 노년 2. No Select / 남 / 여 / 중성 3. No Select / 장애 / 병약 / 보통 /건강 / 우월 4. No Select / 인간 / 외계인 / 영혼 / 동물 / 비인간	1. 중장년 2. 남 3. 건강 4. 인간
	Mental	5. 인물은 어떤 유형입니까? 6. 인물은 어떤 성향입니까? 7. 인물은 상황을 어떻게 인지합니까? 8. 인물은 무엇에따라 판단을 결정합니까? 9. 인물은 어떻게 행동을 실행합니까? 10. 인물의 관심사는 어떤 상황에 대한 것입니까? 11. 인물들이 취하는 행동의 주 관심사는 무엇입니까? 12. 인물들은 주어진 문제에 대해서 어떻게 대응합니까? 13. 인물들의 내적인 문제는 무엇 때문에 발발합니까?	5. No Select / 돈키호테형 / 햄릿형 인물 6. 외향형 / 내향형 인물 7. 감각 / 직관 8. 사고 / 감정 9. 판단 / 인식 10. 과거 / 진행 / 현재 / 미래 11. 공감 / 행동 / 쟁취 / 학습 12. 계획형 / 연기형 / 구현형 / 고안형 13. 기억 / 전의식 / 잠재의식 / 인지· 의식	5. 돈키 호테형 6. 외향형 7. 직관 8. 감정 9. 인식 10. 미래 11. 쟁취 12. 구현 13. 인지 의식

3. 인물		질문	구성 요소	답변
누구의 이야기 입니까?	Social	14. 인물의 계급은 무엇입니까? 15. 인물의 경제적 수준은 어떻습니까? 16. 인물의 교육 수준은 어떻습니까? 17. 인물의 정치적 성향은 어떻습니까? 18. 인물의 인간관계는 어떻습니까? 19. 인물의 인종은 무엇입니까?	14. 노예 / 평민 / 귀족 / 왕족 15. 저소득층 / 서민 / 중산층 / 고소득층 / 부유층 16. 낮음 / 일반수준 / 고등 / 받은적없음 17. No Select / 보수 / 중도 / 진보 / 혁명 / 무정부주의 18. No Select / 외톨이 / 독립적 / 사교적 / 타인 의존적 19. 백인 / 흑인 / 황인 / 혼혈	14. 평민 15. 서민 16. 고등 17. No 18. No 19. 백인
	History	20. 인물의 직업은 무엇입니까? 21. 인물의 아버지는 어떻습니까? 22. 인물의 어머니는 어떻습니까? 23. 인물의 어린 시절은 어떻습니까? 24. 인물의 혼인 관계는 어떻습니까? 25. 인물의 자녀 유무는 어떻습니까? 26. 인물의 성적 취향은 어떻습니까?	20. No Select / 학생 / 전문직 / 회사원 / 공무원 21. No Select / 무관심 / 가정적 / 가부장적 / 폭력적 22. No Select / 무관심 / 유약 / 가정적 / 학대 23. No Select / 불우 / 유복 / 총명 / 아둔 24. 미혼 / 기혼 / 이혼 / 재혼 / 사별 25. No Select / 없음 / 있음 / 떨어져 있거나 사망 26. No Select / 이성애자 / 동성애자 / 양성애자	20. No 21. No 22. No 23. No 24. 미혼 25. 없음 26. 이성애자
4. 행위		질문	구성 요소	답변
무엇을 하는 이야기입니까?		1. 영화는 다음 중 무엇에 관한 이야기 입니까?	추구 / 모험 / 추적 / 구출 / 탈출 / 복수 / 수수께끼 / 라이벌 / 희생사 / 유혹 / 변신 / 변모 / 성숙 / 사랑 / 금지된 사랑 / 희생자 / 발견 / 상승 / 지독한 행위 / 몰락	추구

⑤ 스토리헬퍼 아이디에이션 화면의 29가지 질문과 대답

이상의 29가지 질문은 대부분 사용자가 직관적으로 대답할 수 있는 것들이다. 다만 인물의 'Mental' 항목에 관해서는 약간의 이론적인 설명이 필요하다. 인물의 정신적 성향을 묻는 'Mental' 항목은 융의 심리 유형론을 기반으로 한다. 6번부터 9번까지의 질문은 인간의 인식 과정을 감각^{Sensing}과 직관^{Intuition}으로 구분하고, 판단 과정을 사고^{Thinking}와 감정 ^{Feeling}으로 구분하려는 목적을 갖는다. 또한 이를 사용해 어떤 태도를 취하는가에 따라 외향^{Extraversion}과 내향^{Introversion} 및 판단^{Judging}과 인식^{Perceiving}을 구분하여 주인공의 생활양식과 성향을 알 수 있도록 한 것이다. 이

러한 개념들을 표로 정리하면 다음과 같다.

질문	항목	설명
인물의 성향	외향형 (Extraversion)	폭넓은 대인 관계를 유지하며 사교적이며 정열적이고 활동적이다.
	내향형 (Introversion)	깊이 있는 대인 관계를 유지하며 조용하고 신중하며 이해한 다음에 경험한다.
인물이 상황을 인지하는 방법	감각형 (Sensing)	오감에 의한 실제 경험을 중시하며 현재에 집중하고 정확하고 철저한 일 처리를 한다.
	직관형 (iNtuition)	육감 또는 영감에 의존하며 미래 지향적이고 가능성과 의미를 추구하며 신속한 일 처리를 한다.
인물이 판단을 하는 기반	사고형 (Thinking)	진실과 사실에 주로 관심을 갖고 논리적이고 분석적이며 객관적으로 판단한다.
	감정형 (Feeling)	사람과 관계에 주로 관심을 갖고 상황적이며 정상을 참작하여 주관적으로 판단한다.
인물의 문제 대응 행동 실행 형태	판단형 (Judging)	분명한 목적과 방향이 있으며 기한을 엄수하고 철저히 사전 계획에 임하며 체계적이다.
	인식형 (Perceiving)	목적과 방향은 변화 가능하고 상황에 따라 일정이 달라지며 자율적이고 융통성이 있다.

표 58 융의 심리 유형론에 따른 인물의 정신적 성향 분류

여기에는 러시아의 문호 투르게네프의 인간 성향에 대한 이분법도 반영되어 있다. 인물 유형에 관해 묻는 5번 질문이 그것이다.

질문	항목	설명
인물 유형	햄릿형 인물 (Hamlet Type)	행동을 하기 전에 먼저 신중하게 생각을 하는 사람. 논리적인 판단을 통해 시행착오를 줄일 수 있지만 너무 생각이 많아 행동을 주저하는 경향이 있다.
	돈키호테형 인물 (Don Quixote Type)	생각보다는 행동을 먼저 하는 사람. 일을 밀어붙이는 추진력은 있지만 즉흥적인 판단과 성급한 결정으로 시행착오가 많다.

표 59 투르게네프의 이분법에 따른 인물 유형 분류

이러한 성향들은 인물들이 사건과 관계하는 방식으로 연결된다. 즉,

인물이 어떤 관심사를 갖고 있으며 어떻게 행동하는지, 내적인 문제는 무엇인지, 그리고 주어진 문제에 대해 어떤 식으로 대응하는지의 문제이다. 10번부터 13번 질문은 이에 관한 질문이다. 인물들이 취하는 행동이 어떤 상황에 관한 것이며, 행동의 주 성향은 어떤지를 묻는다. 또한 주어진 문제에 대응하는 방법과, 이들이 가진 문제의 내적인 근원은 어디에 속하는지를 묻는다.

질문	항목	설명
인물들이 취하는 행동의 주 관심사	과거(Past)	과거 상황에 대한 것, 이미 벌어진 일
	진행(Progress)	어떻게 상황을 변화시킬까에 대한 것
	현재(Present)	지금 일어나고 있는 일 그 자체
	미래 (Future)	앞으로 일어날 일이거나 미래
인물들이 취하는 행동의 방향	이해(Understanding)	상황을 이해하고 공감하는 데 초점을 둔다.
	활동(Doing)	직접 활동하고 수행하는 데 초점을 둔다.
	획득(Obtaining)	무엇을 소유하고 성취할 것인가에 집중한다.
	배움 (Learning)	지식 획득 그 자체를 중시한다.
주어진 문제에 대응하는 방식	계획형 (Developing a plan)	목적을 두고 계획을 세워 궁리하면서 치밀하게 대응한다.
	연기형 (Playing a role)	어떤 역할을 연기하며 일시적으로 라이프 스타일을 차용하는 방식을 택한다.
	구현형(Becoming)	자신의 본질 자체를 바꾸면서까지 새로운 아이덴티티를 획득하려 한다.
	고안형(Conceiving)	아이디어를 상상하면서 무엇이 좋은 방법인지 고민한다.
인물들이 가진 내적인 문제의 근원	기억(Memory)	이미 일어난 일, 무엇이 일어났는가에 대한 주관적 판단
	충동적 욕망, 전의식(Preconscious)	천성에 따른 욕망
	천성에 따른 욕망 잠재의식(Innermost)	인물의 내밀한 욕망으로 인물 자체도 인식하지 못하는 욕망
	인지-의식 (Comscious)	인물 당사자도 스스로의 행위가 갖는 긍정적, 부정적 측면을 인지

표 60 인물의 행동과 문제 대응 방식에 따른 분류

감독이 이러한 29개의 질문에 답을 하고 완료 버튼을 누르자 아래와 같은 아이디에이션 확인 화면이 나타난다.

⑥ 스토리헬퍼 아이디에이션 확인 화면

감독이 다시 확인 화면의 완료 버튼을 누르면 스토리헬퍼에 내장된 '시나리오 유사관계 분석 시스템'[5]이 작동한다. 이 분석 시스템은 스토리의 독창성과 보편성이 검증된 1,406편의 대표 영화 및 애니메이션(원시 데이터)과 이를 3막 8장 16시퀀스 36에피소드 110장면의 칼럼으로 나눈 데이터베이스(구조화된 데이터)를 모티프라는 열쇠어 추출[key extraction]로 연결한 것이다. 각각의 데이터베이스 테이블은 그것이 서사 안에서 차지하는 위치(예: '1막 3장의 5번째 장면')와 속성 태그에 의해 가중치를 부여받아 유사도가 계산된다.

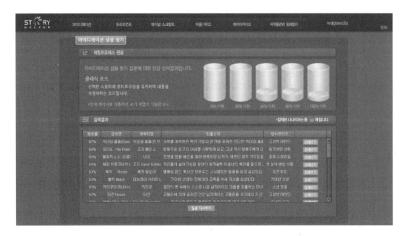

⑦ 스토리헬퍼 유사도 분석 화면

　시나리오 유사 관계 분석 결과, 감독이 구상하는 영화는 과거에 나왔던 영화들 가운데 〈늑대와 춤을〉과 87퍼센트(존 넨버 대위 시점), 〈피아노〉와 68퍼센트(조지 베인스 시점), 〈매트릭스2-리로디드〉와 66퍼센트(네오 시점) 유사한 것으로 드러났다. 스토리헬퍼는 이렇게 감독의 구상과 유사한 영화들을 유사도가 높은 순서대로 30편까지 추천해 주었다.

　여기서부터는 사용자의 창작 의도와 취향에 따라 여러 가지 모형의 선택이 가능하다. 보통의 작가들은 자신의 창의성을 크게 발휘하기 위해 기존의 사례를 개작revise할 수 있는 모형을 선택한다. 즉, 30편의 영화 가운데 가장 유사도가 낮은 모형인 〈호텔 르완다〉(57퍼센트)를 선택해서 그 모형으로부터 개작을 시작해 자신의 의도에 맞는 스토리를 작성해 나가려 할 것이다.

　그러나 이 감독의 경우는 기존의 사례를 재사용reuse하기를 원했다. 그래서 가장 유사도가 높은 모형, 즉 87퍼센트의 〈늑대와 춤을〉을 선택하고 상세보기를 눌렀다. 그는 관객들에게 이미 익숙한 관습적인 3막 구조의 틀 안에서 특수 효과의 성취가 더욱 빛나리라 생각했던 것이다. 말하자면 감독이 원했던 것은 3D 영화를 더 널리 확산시킬 수 있는 도구이자 수단으로서의 스토리였다.

상세보기를 누르자 다음과 같은 화면이 나타났다.

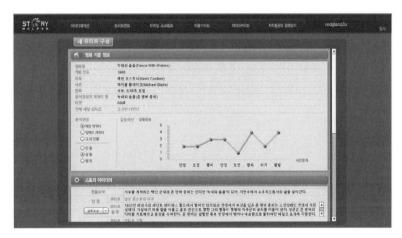

⑧ 스토리헬퍼 스토리라인 샘플 화면

그다음 단계는 이와 같은 기존 이야기의 모형을 고쳐서 시놉시스를 도출하는 것이다. 본래 시놉시스는 완전한 청사진이 아니라 스토리가 완성될 때까지 쓰이고 또 쓰이는 아이디에이션의 수단이다. 영화와 애니메이션의 완성도는 아이디어를 최초로 언어로 재현한 한 장짜리 시놉시스의 의미론적 지평에 지배된다.

한 장의 시놉시스 속에 실현된 단어 하나하나는 그것과 대치되어 나타날 수 있었던 무수히 많은 단어들의 잠재적 가능성 위에 선택된 것이다. 시놉시스 단계에서 하나의 단어가 완성되고 단어와 단어가 결합하여 최초의 문장을 이루면 그것은 그 소재로부터 잠재적으로 출현 가능했던 다른 스토리들과는 완전히 판이한 스토리를 낳게 된다. 수많은 심리적 표상들을 가장 힘이 센 하나의 표상으로 압축하고 그 표상에서 다른 표상으로 심리적 초점을 이동시키는 과정은 작가의 주체가 구성되고 욕망이 작동되는 선택과 결합의 과정이다.[6]

이런 이유 때문에 노련한 작가들은 시놉시스를 많이, 여러 번 쓴다. 시놉시스 혹은 시나리오의 도입부를 100번이 넘게 고쳐 쓰는 일도 많은데, 이것은 이런 쓰기가 실제 집필이 아니라 스토리를 구상하는 과정에 가깝기 때문이다. 창작 경험이 쌓일수록 작가들은 스토리의 구상에 점점 더 많은 시간을 쓰며 실제의 집필에는 상대적으로 더 적은 시간을 쓰게 된다.

그런데 이 감독은 처음 선택한 모형의 스토리가 마음에 들었다. 그가 선택한 스토리는 낯선 곳으로 이주한 주인공이 자신의 한계를 극복함으로써 토착민들의 사랑을 받고 그들을 내부로부터 지배한다는 개인영웅주의의 낭만적 신화를 내포하고 있었다. 감독은 '프리모드 전환'을 누르고 이 모형의 얼개를 크게 고치지 않는 선에서 자신의 스토리를 쓰기 시작했다.

먼저 주인공 이름을 '존 덴버'에서 '제이크 설리'로 바꾼다. 공간적 배경을 '수우족 인디언 계곡'에서 '판도라 행성'으로 시간적 배경을 과거에서 미래로 바꾼다. '수우족 인디언'을 '나비족'으로 바꾸고 그 밖의 여러 가지 디테일들을 서부극 장르에서 SF장르에 맞게 바꾼다. 3막 8장 구조의 어떤 모티프도 변경시키지 않은 상태로 단어만 조금씩 수정한 상태로 아래와 같은 영화의 시놉시스가 나타난다. 제임스 카메룬 감독의 〈아바타〉(2009)이다.

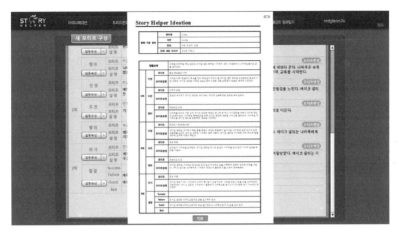

⑨ 스토리헬퍼 시놉시스 화면

영화를 영상미학의 예술로 보는 관점에서 〈아바타〉의 스토리에 대한 비판은 매우 자연스럽다. 〈아바타〉는 앞으로도 과연 영화가 예술일 수 있을까에 대한 도전이며 그 창작 의도는 기술결정주의에 다름 아니다.[7]

이 영화는 19년 전에 보았던 〈늑대와 춤을〉의 스토리와 지극히 유사하면서도 인물을 더 평면화시키고 사건과 주제를 더 단순화시켰다. 더 할 나위 없이 관습적이고 상투적이며 진부한 스토리에 3D 영상 이미지의 스펙터클만이 포장된 이것을 도저히 영화 예술이라고 부를 수는 없을 것이다. 그러나 현실적으로는 이것도 영화이며 광범위하게 소비되는 문화 상품이 된다.

우리는 이러한 〈아바타〉의 사례를 스토리헬퍼가 지원할 수 있는 창작의 최저 수준으로 설정한다. 이러한 수준의 스토리는 스토리헬퍼를 이용하면 5분 이내에 제작할 수 있기 때문이다. 그러나 독창적이고 진지한 스토리를 추구하는 대부분의 작가들은 '스토리라인 샘플 화면' 단계에서 재작성을 시도한다. 작가들은 조합 모드로 들어가서 샘플에서 제시되었던 갈등 곡선의 스토리 밸류 값을 재조정할 수 있다.

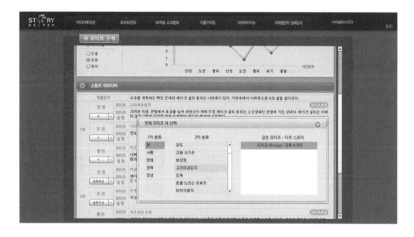

⑩ 스토리헬퍼 갈등 곡선 수정

　가장 중요한 것은 3막 8장에서 시퀀스를 추동하는 모티프를 다른 것으로 바꾸는 것이다. 이러한 모티프 변경을 위해 사용자는 같은 막, 같은 장에서 출현한 모티프들을 소환해 비교해 보고 수정하거나 채택하는 과정을 거칠 수도 있다.

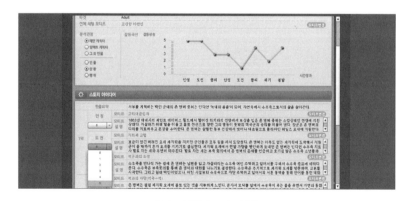

⑪ 스토리헬퍼 모티프 변경

이처럼 기존의 이야기를 모형으로 활용한 창작이라는 점에서 스토리헬퍼는 바흐친이 말한 '이미지의 재강조'와 상통한다. 스토리헬퍼는 기존의 시나리오를 인물, 모티프, 플롯 별로 해체하고 이질적인 이야기에 섞여 있던 각 요소들을 다시 또다른 언어적, 사회적, 이념적 공간에 재배열해 새로운 시나리오를 만든다.

이것은 작가의 강조 행위로 기존의 의미와 문맥을 바꾸는 이미지 재강조 개념에 의존하는 창작 방법이다. 바흐친은 일정한 규칙만 지켜진다면 재강조의 과정은 불가피할 뿐 아니라 생산적이기도 하다고 말한다.[8]

각 시대는 자기 나름의 방식으로 전前 시대의 작품들에 대해 새로운 강조점을 부여해 왔으며, 고전 작품의 역사적 삶이란 끊임없는 사회적, 이념적 재강조의 과정이었다. 이야기를 구성하는 요소들은 이질적인 것과의 새로운 만남과 갈등과 조합이라는 잠재력을 가지고 있다. 이것은 이야기가 끊임없이 스스로를 갱신하고 의미의 새로운 측면을 드러낼 수 있도록 만드는 토대였다.

낡은 형상의 재강조를 통한 새로운 형상의 창조는 특정한 등장인물을 희극에서 비극으로 이동시킴으로써, 희극에서 보았던 것과 똑같은 인물을 불행하고 고통스러워 하는 모습으로 재현해 주는 것이었다.[9] 위대한 소설적 형상들은 그것들이 창조되고 난 이후에도 계속 자라고 발전한다. 그 형상들은 자신들이 처음 태어났던 날로부터 아주 멀리 떨어진 다른 시대에 와서도 재강조라는 방법에 의해 거듭거듭 창조적 변형을 겪는다.[10]

스토리헬퍼는 이러한 재강조의 과정을 데이터베이스에 의한 유사관계 분석으로 체계화함으로써 독창성의 분석을 시도한다. 즉, 구성의 유사도를 정교하게 비교함으로써 작가는 자신의 작품이 과거의 작품과 얼마나 다른지를 통찰하고 점검할 수 있게 된다. 만약 유사도가 높게 나온다면 작가는 자신의 이야기를 새로운 배경으로 옮기고 강조점을 이동시켜 가면서 최선의 선택이 무엇인지를 예측해 볼 수 있다. 유사관계 분석 시스템에서 가장 높은 점수가 나온 한 작품뿐만 아니라 함께 출력된 30편의 목록 자체가 작가에게는 중요한 참고 자료가 된다. 자신의 구상과 유사하고 또 차별되는 여러 작품의 존재를 통해 작가는 아이디어를 발전시켜 나갈 영감을 얻을 수 있다.

02 스토리헬퍼의 기술

스토리헬퍼에서 단위들은 분절되어 있기에 상호 연동을 통해 계속해서 새로운 이야기로 생성된다. 이때 새로운 이야기가 생성되는 원인은 칸트적 의미의 미적 완결성, 미적 무관심성 때문이 아니라 순전히 도구적 효용성 때문이다. 이것은 디지털 스토리텔링이 전통적인 이야기 예술의 규범과 결정적으로 결별하는 지점이다.

예술 창작에 적용되는 기술은 과학이나 산업에서 적용되는 기술과는 성격이 다르다. 예술 창작에는 어떤 기술도 보편적으로 적용될 수 없으며 기술의 보편적 적용 가능성이 반드시 좋은 것도 아니다. 루카치는 이것을 현실에 대한 예술적 반영의 특수성이라고 말한다.[1]

현실을 미적으로, 예술적으로 반영하기 위해서는 작가가 자신의 의도와 세계관, 예술적 통찰을 가지고 창작을 하는 그 각각의 특수한 시점에서 기술을 새로 적용해야 한다. 하나의 구체적인 창작상의 문제에 대해 하나의 구체적인 기술을 선정해야 하는 것이다. 기술의 보편적인 발전을 배제하는 것은 아니지만 기술과 작가 개인의 상호작용으로부터 각각의 작품마다 새로이 해결되어야 하는 복잡한 과정이 생겨난다.

그런 의미에서 예술 창작의 기술에는 작가마다 다르고 작품마다 다른 창작의 특수성에 강하게 연관되어 있는 제작적 기술과, 모든 창작의 현상 형식들을 아울러 광범위하게 적용되는 객관적 기술이 있다. 이러한 이분법을 문화기술^{CT} 분류체계의 용어로 바꾸면 콘텐츠 제작 기술과 공통 기반 기술이라고 할 수 있다.[2]

스토리헬퍼의 기술은 객관적 기술, 공통 기반 기술에 속한다. 스토리텔링에서 이러한 객관적 기술이 가능한 것은 스토리헬퍼가 현대 영화와 애니메이션을 토대로 만들어졌기 때문이다. 소설에 비해 영화와 애니메이션은 비교할 수 없을 만큼 정확하게 재현의 효과를 계산한다. 110장면과 100분 내외라는 제약 안에서 재현되어야 하는 영화와 애니메이션은 작가의 대사 한 문장, 지문 한 문장이 모두 필연성을 갖추어야 할 뿐만 아니라, 그 필연성을 감독과 배우와 제작자에게 설득할 수 있어야 한다.

영화와 애니메이션의 대사, 지문, 장면은 소설이나 연극 같은 전통 서사의 그것에 비해 훨씬 더 인지적이며 기술적인 성격을 갖는다. 영화와 애니메이션 화면 속의 행동은 특정한 상황에서 특정한 효과를 위해 깨끗하게 잘 준비해서 제시하는 행동이다. 이것은 예술이면서 동시에 이야기 공학이며 과학적 지식에 가깝다.

현대 영화 및 애니메이션과 과학 기술의 관계는 르네상스 회화가 과학 기술과 맺었던 관계와 유사하다. 르네상스 회화는 해부학, 원근법, 수학, 기상학, 색채학의 총화였다. 레오나르도 디빈치는 자신의 그림이 당대 최고의 과학 기술이 응축된 보편적 지식이라고까지 말했다.[3] 스토리헬퍼는 예술적 반영이 과학적 반영에 최대한 근접한 현대 영화와 애니메이션을 분석하여 스토리텔링의 공통 기반이 되는 객관적 기술들을 추출한 프로그램이다.

1부 2장에서 살펴보았듯이 스토리 창작은 작가로부터 독자를 향해 나아가는 소통의 축과 소재로부터 최종적인 인터페이스를 향해 나아가는 재현의 축을 갖는다. 독자들은 소통의 축에 따라 작가의 메시지를 받아들이고 재현의 축에 따라 스토리의 미학적 효과를 느낀다. 작가는 소통의 축에 따라 명료한 의미 전달을 추구하며 재현의 축에 따라 예술적 독창성을 추구한다. 수직의 재현 축 아래에는 작가가 실재의 삶으로부터 스토리의 소재를 발견하고 이에 반응하는 상상의 과정이 있다. 재현의 축은 시간적으로 선행하는 이 상상을 객관화하는 과정이다.[4]

이러한 창작 과정을 디지털 컴퓨팅에 적용하면 실재가 데이터가 되고 데이터가 정리되어 데이터베이스가 되는 과정(상상)과, 데이터베이스에서 데이터가 추출된 후 일정한 알고리즘에 따라 결합해 콘텐츠가 되고 다시 인터페이스가 되는 과정(재현)으로 나뉜다.

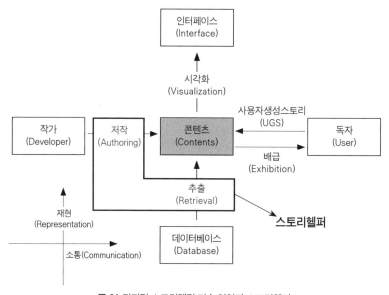

표 61 디지털 스토리텔링 기술 영역과 스토리헬퍼

실재 → 데이터 → 데이터베이스 → 알고리즘 → 콘텐츠 → 인터페이스
로 이어지는 재현 축을, 개발자가 어떤 구조의 메시지를 사용자에게 전달
하는 소통 축과 교차시키면 5가지 기술 영역들이 나타난다. 이는 저작,
추출, 시각화, 배급, 사용자 생성 스토리의 영역으로,[5] 스토리헬퍼는 이
가운데 저작과 추출의 두 기술 영역을 아우르는 소프트웨어이다.

디지털 스토리텔링의 5가지 기술 영역에는 24종의 요소 기술component
technology이 포함된다. 스토리텔링의 5가지 기술 영역에 대한 설명은 다른
지면에서 상세히 기술한 바 있기에 생략한다.[6] 이 가운데 저작 기술 영
역과 추출 기술 영역의 요소 기술들은 아래의 10종이다([표 62] 참조).

추출 기술, 혹은 기획 기술 영역이란 데이터베이스로부터 적절한 글
쓰기 소재를 추출해서 작가의 창작 활동을 도와주는 기술들을 의미한
다. 이는 작가가 수제를 정하고 다양한 소재를 활용하여 이야기의 전개
와 구성을 만드는 단계에서 작가의 판단을 돕는다. 캐릭터, 에피소드,
소재 등의 데이터베이스와 스토리 장르별 템플릿을 제공하여 플롯의

저작 기술 영역 **Authoring Tech**	① 스토리 요소 디자인 Story Component Design
	② 플롯 기획 Plot Planning
	③ 장면 정렬 및 검색 Scene Navigation
	④ 스토리 구조화 Story Structuring
	⑤ 문서 양식화 Document Template
추출 기술 영역 **Retrieval Tech**	① 주제 검색 Topic Browsing
	② 주제별 모듈화 데이터베이스 Topic Modules DB
	③ 스토리 개요 제시 Story Outlining
	④ 스토리 유형화 Story Morphologic Construction
	⑤ 협업적 기획 지원 Collaborative Ideation Supporting

표 62 저작 및 추출 기술 영역의 요소 기술

구성을 빨리, 효율적으로 달성하도록 지원한다.

추출 기술의 종류로는 첫째, 아이디어 및 주제의 발전과 상호 연관성을 도식으로 보여주는 주제 검색 기술이 있다. 주제 검색 기술의 프로그램화 사례로는 마인드맵Mindmap, 토픽 브라우저Topic Browsers 등이 있고, 국내 연구로는 최진원의 영화 서사 시각화 어플리케이션이 있다.[7] 둘째, 복수의 작가들이 공동 창작을 통해 하나의 스토리를 발전시키고 저작할 수 있도록 도와주는 협업적 기획 지원 기술이 있다. 협업적 기획 지원 기술의 프로그램화 사례로는 스케치 위저드Sketch Wizard, 엔터프라이즈 위키Enterprise Wiki, 사진을 매개로 한 협업적 스토리 저작을 돕는 포토 스토리Photo Story 등이 있다. 이 밖에도 주제별 모듈화 데이터베이스 기술, 스토리 개요 제시 기술, 스토리 유형화 기술 등이 추출 기술 영역에 속한다.

저작 기술 영역은 기획한 구상을 스토리로 집필하는 단계를 지원하는 기술들을 말한다. 이 단계에서는 정형화된 스토리 구조에 따라 저술을 위한 가이드를 제공한다. 저작 기술은 스토리 형태화 및 온톨로지를 정해주고 스토리 개요의 관리를 지원하며 집필에 참고할 수 있는 스토리 모티프 데이터베이스를 제공하기도 한다. 또한 스토리의 구체화를 위한 어휘 검색이나 자연어 기반 검색과 같은 데이터베이스 검색 및 가이드 기술이 있다. 광의의 저작 기술에는 앞서 2부에서 살펴본 이야기 자동 생성 기술도 포함된다.

저작 기술의 종류로는 첫째, 스토리에 들어갈 키워드를 입력하면 각단어들의 관계를 따라 문장을 만들도록 도와주는 스토리 요소 디자인 기술이 있다. 스토리 요소 디자인 기술의 프로그램화 사례로는 이야기를 생성하도록 지원해 주는 SGO,[8] 컨텍스트 온톨로지를 이용해 상황 추론과 지식 공유를 가능하게 하는 대규모 사용자 어휘 지능망 구축

기술 등이 있다.[9] 둘째, 스토리를 전부 글로 저작할 필요 없이 오브젝트 라이브러리에서 그림을 가져와 만화나 애니메이션 같은 형태로 저작할 수 있게 해주는 진화형 저작 지원 기술Advanced Writing Supporting Technology이 있다. 진화형 저작 지원 기술의 프로그램화 사례로는 PBIS[10]가 있다. 이 밖에도 플롯 기획 기술, 장면 정렬 및 검색 기술, 스토리 구조화 기술, 문서 양식화 기술 등이 저작 기술 영역에 속한다.

스토리헬퍼는 저작 기술 영역의 요소 기술 5종과 추출 기술 영역에서 협업적 기획 지원 기술을 제외한 요소 기술 4종을 구현한 소프트웨어이다. 작가 시장의 한계와 제작 및 배급 제도의 한계가 뚜렷한 한국에서는 집단 창작 시스템에 필요한 협업적 기획 지원 기술은 만들어도 쓰이지 않으리라 보았기 때문이다.

이처럼 스토리헬퍼는 구체적으로 한국이라는 지역에서 한국어로 영화 및 애니메이션, 넓게는 소설, 게임, 드라마, 다큐멘터리를 집필하는 작가들에게 실질적인 도움을 주려는 목적 아래 만들어졌다. 스토리헬퍼에는 특별한 첨단 기술도, 스토리 자동 생성을 위한 경이로운 시도도, 학자들의 눈을 번쩍 뜨이게 할 독창적인 서사 이론도 담겨 있지 않다. 스토리헬퍼는 철저한 현실적 유용성의 원칙, 즉 한국의 작가들은 이런 데이터베이스, 이런 모형화, 이런 기술적 지원을 아쉬워한다는 실제적인 지침에 따라 개발되었다. 이렇게 만들어진 스토리헬퍼의 시스템을 도해하면 [표 63]과 같다.

스토리헬퍼의 시스템은 작가가 손을 움직여서 스토리를 만드는 창작의 물리적인 프로세스를 그대로 따라가려고 노력했다. 1부의 표상 순환과 표상 재기술 이론에서 보았듯이 작가는 지금 자기가 적어보는 이야기가 무엇이 될지 알 수 없는 압도적인 불확실성 속에서 작업한다. 맨 처

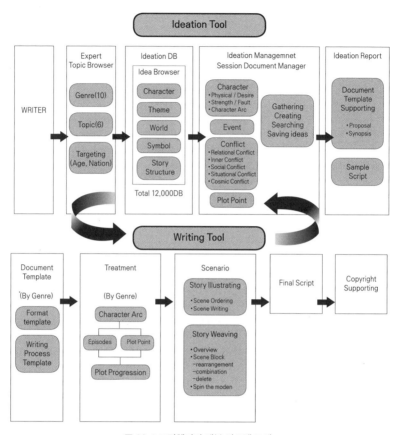

표 63 스토리헬퍼의 세부 시스템 도해

음 작가에게 주어지는 것은 이야기에 관한 아주 작은 표상 하나뿐이다.

우리가 사는 세계는 삶의 의미를 이해하기 어려운 세계다. 알베르 카뮈의 말처럼 우리는 실패한 혁명과 미처 날뛰는 기술과 죽은 신들과 기진맥진한 이데올로기가 뒤섞여 있는 썩은 역사의 상속자이다.[11] 별의별 미친 일들이 다 일어나는 이 부조리의 세계에서 작가는 자신이 이해할 수 있는 아주 작은 표상 하나, 의미 하나를 발견한다. 작가는 인생에서 발견한 그 의미를 더 많은 사람들이 납득할 수 있는 허구로 만들어서 다른 것(매체)에 정착시킨다. 아무리 사소한 것이라도 의미가 있다면 인간은 살아갈 것이다. 작가의 임무는 세상을 개혁하는 것이 아니라 세상이 자멸하지 않도록 막는 것이다.

스토리헬퍼 기획 도구의 첫 단계는 프로그램 형태로 입력된 전문가 주제 검색Expert Topic Browser이다. 이것은 작가가 스토리에 대한 표상 하나만 붙잡고 시작해도 질문에 답을 넣는 과정에서 표상 순환과 표상 재기술을 압축적으로 경험할 수 있는 단계이다. 작가가 로그인을 하고 아이디에이션을 클릭하면 4가지 모드가 나온다. 클래식 모드, 랜덤 모드, 조합 모드, 프리 모드 가운데 클래식 모드를 선택하면 "지금 당신이 쓰려는 스토리는 어떤 것인가요?"를 객관식 문항으로 묻는 전문가의 '모티프 구성 질문' 29개가 떠오른다.

두 번째 단계는 작가가 답한 내용에 따라 아이디에이션 데이디베이스Ideation DB가 구동되는 과정이다.

세 번째 단계는 작가의 아이디어와 가장 유사한 모티프 구성을 보이는 기존 영화 및 애니메이션 작품의 플롯을 3막 8장의 구조로 편집해 유사도 순서에 따라 30편까지 추천하는 아이디에이션 매니지먼트Ideation Management 과정이다.

네 번째 단계는 앞에서 추천한 30편의 작품 샘플 가운데 하나를 선택하여 장소와 인물을 수정하고 디테일을 원하는 대로 바꾸어 출력하는 아이디에이션 리포트Ideation Report 과정이다.

작가가 기존 스토리의 몇 개 장 전체를 다른 모티프로 다시 쓰고자 할 때는 조합 모드를, 모티프 구성 질문에 답하는 과정을 건너뛰고 무작위로 샘플을 보고 싶을 때는 랜덤 모드를, 백지에서 출발하여 스스로 이야기 모티프를 골라 넣고 싶을 때는 프리 모드를 선택한다.

이상의 기획 과정이 끝나면 스토리헬퍼 저작 도구가 가동된다. 저작 도구의 첫 단계는 스토리 아이디어를 시나리오로 확장하기 위한 중간 원고, 즉 트리트먼트를 쓸 수 있는 틀을 찾는 트리트먼트 템플릿Treatment Template 과정이다. 기획 도구와 유사한 모티프 구성 질문이 주어지는데 기획 도구의 질문들과 저작 도구의 질문들은 성격이 다르다. 기획 도구가 작가의 희미한 표상을 탐색하고자 캐릭터의 특성에 집중했다면, 저작 도구는 일단 스토리 라인이 나와 있는 상태에서 이것을 어떻게 구성할 것인가를 탐색하기 위해 플롯 구조에 집중한다.

저작 도구의 두 번째 단계는 트리트먼트 데이터베이스가 구동되고 작가의 아이디어와 가장 유사한 기존 영화 및 애니메이션 작품의 트리트먼트 샘플을 110개 정도의 장면 설명과 장면 분석, 플롯 패턴 시각화까지 완료된 상태로 유사도 순서에 따라 제시해 보이는 트리트먼트Treatment 과정이다.

저작 도구의 세 번째 단계는 작가가 유사 에피소드와 유사 모티프를 참조해 가면서 트리트먼트 샘플을 고치고 포스트잇 모드 등을 동원해 장면을 편집한 뒤 완성하여 저장하는 시나리오Scenario 과정이다.

저작 도구의 네 번째이자 마지막 단계는 완성하여 저장한 트리트먼트 파일을 최종 시나리오 원고로 바꾸는 파이널 스크립트Final Script 과정이다. 작가가 스토리헬퍼로부터 최종 원고 프로그램을 다운로드한 후에 프로그램을 구동시켜 트리트먼트 원고를 불러오면 트리트먼트 단계에서 작성된 원고가 최종 시나리오 형식으로 바뀐다. 작가는 대사를 삽입하고 지문을 고치는 방식으로 최종 시나리오를 완성한다.

이상에서 살펴보았듯이 스토리헬퍼는 디지털 스토리텔링의 두 가지 속성, 즉 분절과 생성의 원리를 구현해 본 창작 지원 도구이다.

알고리즘에서는 스토리텔링에 필요한 기술 영역을 5개로 분절하고 이 가운데 2개 영역을 9개의 요소 기술로 분절하여 적용했다. 데이터베이스에서는 각 샘플의 시놉시스를 3막 8장으로 분절했고, 하나의 트리트먼트를 16개 시퀀스와 36개 에피소드와 110개의 장면으로 분절했다. 그리고 모든 장면에 체계 동사, 연관 표상, 인과율 단위 등의 태그를 붙였다. 그리하여 1,406편의 영화와 애니메이션을 총 11만 6,796개의 데이터베이스 요소로 분절한 것이다.

이때 분절된 각각의 단위들은 2부 7장에서 설명한 서사 삼각형의 중층 구조를 이룬다. 서사 전체의 플롯을 결정하는 것이 체계[system] 수준이라면 체계를 이루는 삼각형 한 개에 해당하는 시퀀스, 즉 이야기 단위의 내용을 결정하는 것은 단위[unit] 수준이다. 각 시퀀스의 문제는 다른 단위로 교체 가능하며 다른 시퀀스의 문제와 상호 연관됨으로써 자신의 의미를 확보한다. 이러한 단위들의 중층 결정성이 최종적인 체계 수준을 이룬다.

스토리헬퍼는 데이터베이스 요소를 단위 수준까지 분절하여 그 각각의 단위에 서사의 중층 삼각형을 적용한다. 이러한 적용 방식은 생물학에서 유전자 개념을 적용하는 것과 유사하다. 유전자는 한 유기체의 발생 전체를 관리하는 시스템으로서의 체계 개념과 함께, 많은 유전자들 사이에서 기능적 행위자로 작용하는 요소로서의 단위 개념을 동시에 갖는다.

서사를 이렇듯 완결된 하나의 체계가 아니라 항상 다른 단위와의 상호 의존적 관계 속에서 존재하며 단위의 교체를 통해 계속 생성되는 것으로 이해하는 분석틀을 '단위 작용 이론[unit operation theory]'이라 한다. 단위 작용이란 결정론적인 체계를 거부하고 불연속적이며 독립적인 단위의 행동을 우선시하는 의미 생성 양식이다. 단위 작용 이론은 스토리를 비롯한 모든 표현 매체를 흩어져 있으면서도 상호 연동되어 있는 표현적 의미 단위들의 구성체로 이해한다.[12]

스토리헬퍼에서 단위들은 분절되어 있기에 상호 연동을 통해 계속해서 새로운 이야기로 생성된다. 이때 새로운 이야기가 생성되는 원인은 칸트적 의미의 미적 완결성, 미적 무관심성 때문이 아니라 순전히 도구적 효용성 때문이다. 이것은 디지털 스토리텔링이 전통적인 이야기 예술의 규범과 결정적으로 결별하는 지점이다. 디지털 스토리텔링은 객체 지향 철학의 도구적 존재론Tool-Being을 계승한다.

그레이엄 하만의 객체 지향 철학에 따르면 존재자들의 일차적 실재는 나무토막이나 금속 조각, 또는 원자 같은 단순한 현존이 아니다. 단검의 손잡이로서의 나무와 풍차의 바람막으로서의 나무는 전적으로 다른 실재이며 완전히 다른 힘을 세계에 펼친다. 강물 위에 걸린 다리는 볼트와 나무의 단순한 집합체가 아니라 총체적인 지리적 힘, 즉 일원적인 다리 효과이다. 이 효과로서의 다리조차도 절대적이고 명백한 존재가 아니다. 내가 밤에 몰래 애인을 만나러 가는 길에 건너는 다리와 사형수가 되어 형장에 끌려가며 건너는 다리는 그 용도에 따라서 전혀 다른 실재를 갖는다.[13]

모든 존재는 도구적 존재로서 그것의 쓸모, 목적과 밀접하게 관련되어 있다. 그리고 하나의 목적은 이어서 연계된 다른 목적들과 밀접하게 관련된다. 단위 작용 이론은 이러한 도구적 존재론을 스토리와 게임이라는 문화적 구조물에 적용시킨 것이다. 단위는 그 자체가 하나의 체계가 될 수도 있고, 다른 단위들과의 결합을 통해 더 큰 체계를 만들고 자신은 그 체계의 부분 요소가 될 수도 있다.

전통적인 서사학은 스토리 전체에 작용하는 구조와 규칙을 발견한 뒤 이런 구조와 규칙을 통해 단위를 설명하려고 했다. 그러나 스토리헬퍼는 텍스트를 체계를 통해 설명할 필요가 없는, 철저하게 자기 충족적인 단위들로 꽉 들어찬 소우주로 파악한다. 이러한 소우주의 핵심이 모티프인 것이다.

이때 스토리는 모티프와 모티프 형식으로 이루어진 최소 이야기(시퀀스) 단위들의 상호 의존적 결합으로 이루어진 체계이다. 그것은 새로 편집될 수 있고, 변형될 수 있고, 새로운 배우들과 새로운 감독을 얻어 새로운 배경에서 다시 촬영될 수도 있는 유동적인 체계이다.

03 드라마티카 비판

창작은 고도의 복잡한 인지능력을 요구하지만 공부를 잘한다고 창작을 잘 하는 것은 아니다. 창작에는 연역이나 귀납의 추론을 사용하는 인지 활동 일반과 분명히 다른 부분이 있다. 범주화는 작가들이 사용하는 직관과 가설 추론을 제약한다는 점에서 부정적이다.

지금까지 우리는 스토리헬퍼의 개요를 살펴보면서 그 심층에 분절과 생성의 원리가 적용되고 있음을 알았다. 디지털 스토리텔링 소프트웨어로서 스토리헬퍼의 성격을 보다 정확히 이해하기 위해 이 장에서는 스토리헬퍼를 미국의 드라마티카 프로와 상호 대비하는 관점에서 조망하기로 한다.

미국의 콘텐츠 산업은 ① 스토리 개발story development ② 제작 준비pre-production ③ 제작production ④ 후반 작업post-production ⑤ 배급distribution ⑥ 상영exhibition의 6단계 표준 공정으로 구분되어 있다.[1] 이 가운데 ①의 스토리 개발 공정은 예외 없이 디지털 스토리텔링 창작 지원 도구를 이용해 진행된다.

라이트 브러더스Write Brothers 사에서 만든 드라마티카 프로는 미국에서 가장 널리 사용되는 창작 지원 도구로, 1990년 이후 아카데미상 후보작의 80퍼센트, 에미상 수상작의 90퍼센트가 이 제품을 사용했다고 광고할 정도로 창작 지원 소프트웨어 시장에서 강력한 입지를 구축하고 있다.[2] 드라마티카 프로는 2014년 2월 현재 101달러에 판매되는 오리지널 프로그램이 4.0 버전까지 나왔고, 간편 버전인 라이터스 드림 키트[Writer's Dream Kit, ver. 4.0]와 스페셜 버전인 드라마티카 스토리 엑스퍼트[Dramatica Story Expert]까지 출시되었다.[3] 현재 미국에서 시판되고 있는 대표적인 저작 및 기획 소프트웨어들은 [표 64]와 같다.

미국 시장의 저작도구	특성 및 장점	문제점
Dramatica Pro (전문가용)	-스토리 생성을 위한 SW 도구 모음. 시나리오 저작, 즉 집필 공정을 보조해 주는 프로그램 -스토리가이드 Menu에 의해 plot을 체계화 -작가의 의도에 최적화된, 가장 논리적이고 구조적인 스토리 디자인을 제시해 줌 -각 단계에서 필요한 checklist를 질문화한 질의 시스템과 단계별 항목분류와 연관된 풍부한 예제 DB 제공	-비쥬얼 모델링 기능 부재 -지능형 추천 기능 부재 -스토리 DB의 편향성 Start Guide에 사용된 DB가 최근의 사례늘 포함하고 있지 못함. 또한 할리우드 영화로 한정되어 있음
Thought Office	-Idea 개발, 기획을 위한 데이터 검색, 정렬을 지원하는 브라우저와 주제/장르별 checklist 질의 시스템을 지원하는 Ideation 소프트웨어 -인용구, 동의어, 이미지 등 검색을 통한 Idea 수집 기능과 단편소설, 영화대본 등 장르별로 다른 질문 Module 제공 -검색 결과를 SW 내에서 click & drag로 바로 활용가능	-스토리 엔진 및 가이드 부재 -스토리 구성 지원 기능 부족
Truby's Blockbuster	-이론 가이드, 현재 가능한 작업 종류 등 스토리 코치의 조언을 제공하며 구상부터 씬 작성까지 중요 요소에 대한 질의 과정을 통해 체계적 스토리 구상을 지원하는 도구 -Checklist를 통해 체계적 인물설정, 스토리 구체화 지원 -캐릭터 이름 등을 한 번 입력하면 다음에 같은 사항 나왔을 때 자동 입력	-비쥬얼 모델링 기능 부재 -협업 기능 부재 -지능형 추천 기능부재
Final Draft	-영화, 시트콤 등 포맷을 인지하여 내용에 충실할 수 있도록 편의성을 지원하는 도구. -이름 DB, 철자 오류 정정 등의 스마트 입력 기능과 Format Assistant, 자동 Scene Numbering의 형식 지원 기능 -저작권 보호를 위한 스크립트 온라인 등록 기능 -집단 저작 가능한 공동 저작 기능과 수정 중 뒤바뀐 씬 번호를 정리해 주는 결과물 개요화 기능(Production Features Overview) 기능	-스토리 구성 지원 도구 부재 -초보자/신인작가 들이 사용하기 불편 -저장 기능에 잦은 오류 -작가들 간의 협업 시스템이 유용하지 않음

미국 시장의 저작도구	특성 및 장점	문제점
Power Structure	-스토리의 아웃트라인 구성 및 플롯과 캐릭터 개발을 돕는 질의응답형 스토리텔링 시스템 -갈등 구조 뷰 등 스토리 구조를 가시화하는 다양한 View 지원 및 TV물, 연극, 소설 등 장르별 템플릿 지원 -강력한 커스터마이징 스타일 맞춤 등 편리한 부가 기능	-전문적인 스토리를 발전시키는 데 필요한 스토리 가이드 부족 -멀티미디어에 필요한 협업 기능 부재
Outline 4D	-스토리 아웃트라인 작성과 프레젠테이션에 강력한 도구 -수직적 아웃트라인뿐 아니라 색인과 블록 시스템을 이용한 수평적 타임라인 제공으로 두 가지 관점에서 아이디어 구성과 스토리 검증 가능 -아웃트라인의 아이템, 컨셉 등을 따라갈 수 있는 트래킹 시스템 및 프로젝트 시각화 위한 비쥬얼 모델 제공	-블록 시스템 모형에 대한 이론적 설명과 예시 부족 -스토리 엔진과 가이드라인 부재 -협업 기능 부재
STORY CRAFT	-문학 고전과 신화를 바탕으로 만들어져 저작 방법을 배우는 모델로 적합 -캐릭터 개발과 구성에 캠벨의 신화 이론을 이용 -18개의 스토리 패턴을 제공하며 액션과 테마로 카테고리를 나누어 콘셉트를 발전시켜 줌 -스토리에 대한 즉각적인 조언과 온라인 첨삭 지원	-패턴에 대한 이론적 설명과 스토리 DB 부족 -비쥬얼 모델링 기능 부재
PLOTS UNLIMITED	-5,600개 이상의 상황 DB, 13,000개 이상의 마스터 플롯, 5,600개 이상의 풍부한 스토리 DB 보유 -각각의 이야기 분절(segment)은 링크화되어 20만 개의 가능한 플롯 제공	-전문가용으로서는 스토리 가이드의 심도 부족 -완성된 스토리 모형의 적용 가능 모델 제시 부족
StoryBuilder	-아웃트라인을 만들도록 도와주는 CAD(computer-aided design)툴 -12개의 템플릿과 캐릭터, 플롯 등 스토리 생성을 위한 100개 이상의 스토리 요소 제공 -작가의 저작을 돕기 위한 1,000개 이상의 제안 (suggestions).	-순간적인 재치와 웃음이 요구되는 웹툰 등에 유용하나 전문가용 스토리를 구현하는 데에는 부적합 -스토리 모형 부족
Movie magic Screenwriter 6	-고전 영화 구조를 사용한 8개의 주요 스토리 모형 및 멀티미디어(TV, 라디오, 만화)에 적용 가능한 스토리 모형을 제공 요약 -브레인스토밍(Brainstorm), 아웃트라인(outline) 등 100개 이상의 템플릿 지원 -인터넷을 이용해 공동 저작을 지원하는 i-Partner 기능 -기존 MS word 등에 써놓은 저작물 불러오기 가능 -생성 캐릭터의 음성을 지원하는 Text-to Speech 기능	-비쥬얼 모델링 기능 부재 -멀티미디어에 필요한 협업 기능 부재

표 64 미국 스토리텔링 소프트웨어의 현황[4]

드라마티카 프로는 캐릭터 설정, 플롯 구성, 주제 층위 관리, 용어 사전 등 창작을 지원하는 12가지 기획 도구를 제공하고 있으며, 각 기획 도구를 거쳐 산출된 내용을 스토리 엔진이라는 저작 도구를 통해 하나의 완결된 스토리로 생성한다.[5]

드라마티카 프로의 기획 도구는 스토리헬퍼에 비해 약소한 편이다. 작가에게 선택형 질문과 서술형 질문 70여 개를 질의해서 스토리의 구상을 구체화하도록 도와주는 '쿼리 시스템Query System', 캐릭터를 주동 인물과 반동 인물로 지정한 뒤 하나의 사각형 구조quad에서 서로 대각선 상에 위치한 캐릭터 간에는 첨예한 갈등의 대립적 관계를, 수평선상에 위치한 캐릭터 간에는 상호 보완적인 관계를 부여해 발전시키는 '캐릭터 빌더Character Builder' 등이 전부이다.

반면에 드라마티카 프로의 저작 도구는 스토리헬퍼와 비교했을 때 상당히 방대하며 정교하다. 먼저 쿼리 시스템과 별도로 다시 스토리 유형을 결정하는 선택형 질문들로 구성되어 있는 '스토리 엔진Story Engine'이 있다. 이 기능은 서사 창작에 익숙하지 않은 초보자가 스토리 가이드를 통해 실문을 선택하여 답하는 방식으로 자신의 스토리를 작성해 나가도록 유도하는 것이다. 스토리 엔진이 스토리를 구성하기 위한 전제들을 정하는 과정이라고 하면 '테마 브라우저Theme Browser'는 스토리를 직접 서술하기 위해 필요한 여러 선택 사항을 골라 그에 대해 구체적으로 서술하는 기능이다.

그 외에도 드라마티카 프로의 저작 도구에는 3막 구조(시작-중간-끝), 4막 구조(기-승-전-결), 5막 구조(발단-전개-절정-위기-결말)를 주고 플롯의 배치와 편집을 유도하는 '스토리 포인트Story Point'가 있다. 이 기능은 각 구조 속의 스토리 전개 단계외 권장하는 장면 수에 맞춰 단계별 스토리의 흐름을 기술하도록 되어 있다. 또 스토리 가이드 기능을 통해 저작 단계에 맞춰 질문을 던지는 '리포트report' 기능도 있다.

이상 두 프로그램의 주요 기능들을 비교하면 다음과 같다.

	드라마티카 프로 4.0	스토리헬퍼
기획 도구	쿼리 시스템, 캐릭터 빌더	쿼리 시스템, 모티프 구성 모드, 시놉시스 신속 모형화, 시나리오 유사도 분석, 모티프 변형
저작 도구	스토리 엔진, 테마 브라우저, 스토리 포인트, 리포트	트리트먼트 신속 모형화, 장면 인과율 분석, 장면 편집

표 65 드라마티카 프로와 스토리헬퍼의 기능 비교

이러한 차이는 두 프로그램이 서사 창작에 동원하는 추론 방법이 다르기 때문에 발생한 것이다. 드라마티카 프로가 서사를 만들어가는 방법은 철저한 연역에 기초하고 있다. 연역^{deduction}이란 일반 진술인 전제로부터 출발하여 가설을 제시하고 하나하나 사례를 검증하여 단칭 진술인 결론으로 이동하는 추론 방법이다. 이러한 연역은 많은 개별 사례들을 관찰하고 각각의 사례들을 비교, 분류, 분석해서 단칭 진술인 결론으로 이동하는 귀납^{deduction}에 반대된다.[6]

드라마티카 프로를 구동시키면 먼저 '서사 형식화^{story forming}'라는 단계가 나온다. 이것은 스토리 전체의 일반 진술에 해당하는 전제, 즉 스토리 컨셉^{Story Concept}을 결정하는 작업이다. 이러한 일반 진술로서의 전제는 캐릭터, 주제, 장르, 플롯의 4가지 요소로 이루어진다.[7] 즉, '어떤 캐릭터가 등장하는가', '어떤 주제를 이야기할 것인가', '어떤 장르 속에서 이야기할 것인가', '어떤 플롯으로 이야기할 것인가'를 미리 전제하고 출발하는 것이다.

스토리 컨셉이 결정되면 캐릭터와 플롯을 중심으로 다시금 연역이 이루어진다. 먼저 스토리의 등장인물들이 아래와 같은 8가지 범주로 구분된다. 드라마티카 프로는 이를 '전체 이야기 캐릭터^{Overall Story Character} 설정'이라고 부른다.

주동 인물(목표를 향해 나아가는 인물)	반동 인물(주동 인물의 대항자)
수호자(이야기의 목표 달성을 돕는 인물)	대결자(목표 달성의 방해자)
이성의 대변자(안정된 성격의 인물)	감정의 대변자(자유분방한 성격의 인물)
한 수 거드는 사람(Sidekick: 조력자)	투덜이(Skeptic: 회의론자)

표 66 드라마티카 프로의 전반적 이야기 캐릭터 8범주

이렇게 캐릭터를 범주화한 뒤에는 비슷한 방법으로 플롯을 범주화한다. 플롯의 범주화는 스토리의 기본 구조를 만드는 4가지 관통선[8]을 정하는 것으로 시작된다. 드라마티카 프로의 이론에 따르면 이야기의 플롯은 다음과 같은 4가지 범주로 이루어진다.

● 전체 이야기 관통선Overall Story Throughline: OS
● 중심 인물 이야기 관통선Main Character Story Throughline: MC
● 상대 인물 이야기 관통선Impact Character Story Throughline: IC
● 중심 인물 대 상대 인물 이야기 관통선M/I Story Throughline: MI

① 전체 이야기 관통선OS은 이야기의 전반적인 내용을 조망하는 시선으로, 이야기를 냉정하게 '그들의 이야기'로 바라보는 관점이다. ② 중심 인물 이야기 관통선MC은 주인공의 생애와 변화에 초점을 맞추어 조망하는 시선으로, 이야기를 '나의 이야기'로 바라보는 관점이다. ③ 상대 인물 이야기 관통선IC은 중심 인물에게 가장 큰 영향을 미치는 상대 인물의 시선으로, 이야기를 '너의 이야기'로 바라보는 관점이다. 여기서 상대 인물은 강한 성격(의지, 설득력, 호소력)의 소유자로 중심 인물에게 커다란 영향을 주게 되는데, 반드시 적대자Antagonist인 것은 아니며 주인

공의 멘토가 될 수도 있고 적이 될 수도 있다. ④ 중심 인물 대 상대 인물 이야기 관통선^{MI}은 중심 인물과 상대 인물 사이에 감정의 충돌이 발생하고 둘 중 하나가 의미심장한 변화를 일으키면서 갈등이 해소되는 과정을 조망하는 시선으로, 이야기를 '우리의 이야기'로 바라보는 관점이다.

드라마티카 프로는 이처럼 캐릭터를 8개 범주, 플롯을 4개 범주로 나눈 뒤 이것을 A. J. 그레마스가 제시한 기호학 사각형 가설로 재범주화한다. 여기서 사각형의 4개 항, 즉 상황^{Situation}, 활동^{Activity}, 조정^{Manipulation}, 고정된 태도$^{Fixed Attitude}$가 나타난다. 상황은 1막의 문제 설정 가운데 변하지 않는 외적 문제를, 활동은 변화하는 외적 문제를, 조정은 변화하는 내적 문제를, 고정된 태도는 변하지 않는 내적 문제를 말한다. 이때 4개 항의 속성은 그레마스가 제시한 대립 관계, 모순 관계, 함의 관계에 따라 미리 결정된다. 드라마티카 프로는 그레마스의 용어를 '대립적 쌍$^{dynamic pair}$', '동반적 쌍$^{conpanion pair}$', '의존적 쌍$^{dependent pair}$'으로 바꿔서 아래와 같은 도식을 제시한다.[9]

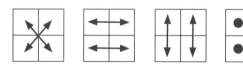

표 67 드라마티카 프로에 수용된 의미의 사각형

드라마티카 프로는 이와 같은 의미 사각형의 재범주화에 따라 스토리를 범주에 맞춰간다. 예를 들어 중심 인물 이야기 관통선^{MC}과 상대 인물 이야기 관통선^{IC}은 항상 대립적 쌍이다. 전체 이야기 관통선^{OS}과 중심 인물 대 상대 인물 이야기 관통선^{MI} 또한 항상 대립적 쌍이다.

드라마티카 프로는 이러한 가설과 전제에 바탕해 연역적으로 하위 문제에 접근한다. 대립적 쌍의 법칙, 동반적 쌍의 법칙, 의존적 쌍의 법칙을 적용할 경우 작가가 4개의 항 가운데 2개 항의 속성만 결정하면 나머지 항의 속성들은 자동적으로 결정된다. 이러한 결정을 필요로 하는 창작의 하위 문제들은 아래와 같은 열 가지이다.

① 중심 인물의 결말MC Resolve: Change or Steadfast

② 중심 인물의 판단MC Judgement: Good or Bad

③ 중심 인물의 문제 접근 방식MC Approach: Do-er or Be-er

④ 중심 인물의 문제 해결 방식MC Problem Solving Style: Male or Female

⑤ 전체 스토리의 관심사OS Concern

⑥ 전체 스토리의 결과OS Outcome: Success or Failure

⑦ 전체 스토리의 주도 방식OS Driver: Action or Decision

⑧ 전체 스토리의 제약OS Limit: Timelock or Optionlock

⑨ 주요 인물 사이의 쟁점M/I Issue

⑩ 중심 인물의 문제MC Problem

드라마티카 프로는 이렇게 서사 형식화 단계를 끝내고 구조가 짜여진 스토리에 구체적인 내용을 채우는 '서사 부호화story encoding' 단계로 넘어간다. 서사 부호화 단계에서는 도출된 스토리 구조에 세부 플롯을 가미하기도 하고, 앞에서 결정한 캐릭터들의 기본 성향을 더욱 극단적인 방향으로 확대하기도 하며, 캐릭터 간의 갈등을 추가하고 갈등 수준을 고조시키기도 한다.

이렇게 살이 붙은 스토리는 마지막 '서사 직조화story weaving' 단계로 넘어간다. 서사 직조화 단계에서는 장면 분할을 정교화하고 대사를 추가하며 영화 시나리오, 드라마 대본, 뮤지컬 대본 등 구현하고자 하는 담화 형식에 맞게 발단, 전개, 절정, 결말 부분의 분량(시간)을 안배한다.

지금까지 우리는 연역적 범주화라는 관점에서 드라마티카 프로의 내용을 압축하여 살펴보았다. 이상의 소개에서도 감지할 수 있는 이 프로그램의 약점은 드라마티카 프로 홈페이지의 '질문과 답변' 코너에서 명시적으로 드러난다. 이 프로그램이 처음 출시된 1991년 이후 22년간 똑같은 이론을 적용해 왔음에도 불구하고 아직도 사용자들의 질문은 기본 개념을 잘 모르겠다는 내용이 많다. "도메인과 문제의 차이가 뭔가요?", "중심 인물의 성장이라는 것이 뭔가요?"[10] 이와 같은 질문들은 드라마티카 프로가 내포하고 있는 사용자 편의성의 한계, 즉 난해성을 말해 준다.

드라마티카 프로는 이제 막 전문 작가가 되려고 하는 신인들이 새로운 스토리를 창작하기 위해 쓰기에 적합한 프로그램이 아니다. 사용자가 알아서 내용을 채워 넣도록 제시되는 범주들이 너무 어렵고 복잡하기 때문이다. 그 대신 드라마티카 프로는 이미 만들어진 스토리를 각색하면서 수정하고 조율할 때 탁월한 효용을 발휘한다. 즉, 이것은 스토리를 만드는 데 도움을 준다기보다 작가가 이미 쓴 스토리를 완성시키기 위해 어떻게 퇴고하고 수정해야 하는가를 알려주는 프로그램이다.

이것은 프로그램상의 기술적인 한계라기보다 범주화라는 추론 방식 자체의 한계에 가깝다. 드라마티카 프로는 마치 주역周易이 의미의 분절을 통해 효爻를 끊임없이 확장시키듯이 범주의 분할이라는 방식으로 서사 창작을 진행한다.[11]

예컨대 작가가 "스무 살 난 여성이 자신의 얼굴이 너무 예쁘다는 사실에 절망해서 깨진 유리병 조각으로 목을 그어 자살한다"라는 아이디어를 글로 쓰려고 한다고 가정할 때 드라마티카 프로는 이런 생각을 정의할 개념 범주들을 소환한다. 이것은 기본적으로 사회과학이 같은 사례를 가족 폭력, 계층적 불평등, 젠더, 범죄와 일탈 같은 범주로 정의하거나 정신의학이 해당 사례를 우울증, 강박증, 경계성 인격 장애 같은 범주로 정의하는 방식과 동일하다.

과학은 이런 방식으로 사례와 개념 범주를 비교하면서 적합성이 낮은 범주들은 배제하고 적합성이 높은 범주들은 보다 정확한 정의가 가능하도록 더 작은 범주로 분할해 나간다. 범주가 작아지면 작아질수록 그것은 주인공의 실존적 상황이 갖는 총체성과 유리된다.

이런 추론 방식은 작가의 방법과 거리가 멀다. 작가는 자신이 인생에서 발견한 것을 표현하는 사람이다. 그가 발견하는 것은 사회의 모순일 수도 있고 인간 본능의 진실일 수도 있고 영혼의 미세한 전율일 수도 있다. 어쨌든 작가는 그것을 글로 써서 발견자로서의 책임을 짊어진다.

작가의 발견은 개별 사례를 수집하여 현상의 규칙성을 설명하는 귀납법에 의해 일어나지 않는다. 작가는 현상의 규칙성이 아니라 현상의 원인을 지향하기 때문이다. 작가의 발견은 일반적인 전제로부터 출발하는 연역법에 의해서도 일어나지 않는다. 작가는 이론의 논리적 타당성이 아니라 대상 그 자체의 타당성, 진실의 탐구를 지향하기 때문이다.

창작은 고노의 복잡한 인지능력을 요구하지만 공부를 잘한다고 창작을 잘 하는 것은 아니다. 창작에는 연역이나 귀납의 추론을 사용하는 인지 활동 일반과 분명히 다른 부분이 있다. 범주화는 작가들이 사용하는 직관과 가설 추론을 제약한다는 점에서 부정적이다.

대부분의 작가들은 서사학자가 제시하는 이론적 범주들을 고려하지 않는다. 컴퓨팅 기술 같은 것은 안중에도 없다. 정확하게 말하면 작가들은 자신의 머릿속에 들끓고 있는 창작의 영감, 그 아이디어의 압박 때문에 그런 것들을 고려할 마음의 여유가 없다. 작가들은 보다 실질적이고 직관적인 방법으로 일을 한다.

먼저 작가는 아이디어를 떠올린다. 그 아이디어를 적어보고 읽어본다. 적은 것을 친구와 지인들에게 보여주고 반응을 관찰한다. 이 과정에서 자신의 아이디어가 관객 혹은 독자의 예상을 뛰어넘을 만큼 참신한 것이라는 확신이 생기면 그것을 구조화한다. 구조화 역시 실질적이고 직관적이다. 작가는 자신의 아이디어를 기존의 많은 스토리들과 비교해 본다. 기존 스토리들에 비해 어떤 점이 잘되었고 어떤 점이 잘못되었는지 파악한다. 그리고 자신의 스토리가 기존 스토리들보다 더 재미있고 더 심오한 것이 되도록 개선한다.

스토리헬퍼가 착안한 것은 이러한 실제의 창작 과정이다. 관점을 바꾸면 이것은 보통 사람들이 창작을 잘하게 되기 위해 거치는 상식적인 수련 과정이다. 창작을 잘하기 위해 사람들은 다른 사람의 잘 쓴 작품을 많이 읽고 자기 스스로 많이 써본다. 사람들은 읽고 쓰면서, 즉 독해 능력과 작문 능력을 동시에 강화하면서[12] 스스로 자신만의 창작 방법을 발견한다. 최종 결과물의 사례로부터 직관적으로 그 배후에 있는 인과관계와 패턴을 인식하고 활용하는 것이다. 이러한 추론 방식은 연역적이지 않고 가설 추론적이다.

가설 추론abduction이란 최종적 결과물을 관찰한 뒤 그 경험적 현상의 배후에 있는 인과적 힘과 관계의 '실재'를 추리하는 방법이다.[13] 가설 추론 과정에서는 경험의 영역으로부터 실재의 영역을 추리해 들어가는 창조적 도약creative leap이 일어난다.[14] 창조적인 만큼 틀릴 가능성도 큰 가설 추론적 학문은 두 가지 방법으로 오류 가능성을 최소화한다.

첫째는 협업collaboration이다. 한 사람의 가설 추론은 오류 가능성이 크지만 여러 사람의 가설 추론은 오류 가능성을 줄여준다. 범죄 사건에 대해 와트슨이 먼저 가설 추론을 전개하고 셜록 홈스가 두 번째 가설 추론을 전개해서 오류를 줄이고 거의 사실에 가까운 추리를 하는 아서 코난 도일의 추리소설은 가설 추론의 예증이다.[15] 둘째는 사례 연구case studies이다. 보다 많은 경험적 자료에 바탕해 추론의 타당성을 점검할수록 오류 가능성은 줄어든다.

창작은 이러한 협업과 사례 연구를 괄호 안에 집어넣은 가설 추론적 학문이라고 말할 수 있다. 창작과 학문이 분리되고 수천 년이 지난 뒤에 연구자의 감각은 창작자의 감각에 가까워지기 시작했고 창작은 무모한 상상 대신 학문의 냉쾌하고 기록적인 힘을 수용하기 시작했다.[16] 만약 컴퓨터 프로그램이 협업과 사례 연구의 데이터베이스를 지원할 수 있다면 작가는 가설 추론을 통해 자신의 발견을 표현하는 방법을 찾아낼 것이며 창작은 한결 손쉬워질 것이다. 드라마티카 프로의 범주화를 거부하는 스토리헬퍼의 모형화prototyping는 이러한 발상에서 시작되었다.

스토리헬퍼에서 클래식 모드를 클릭하면 '아이디에이션 샘플 찾기'라는 제목 아래 작가가 생각하는 장르와 타깃 관객, 인물, 행위와 관련된 29개의 모형화 질문이 나타난다. 모형화란 컴퓨터 이용 실계CAD에서 응용한 개념으로 작가가 자신의 아이디어와 유사한 형태를 신속하게 조형해 보는 것이다. 29개의 객관식 질문에 모두 답을 하고 '작성 완료'를 누르면 '내 모티프 답변'이라는 내가 작성한 응답 결과물이 나온다.

이러한 방법은 연역도 아니고 귀납도 아니다. 이것은 찰스 샌더스 퍼스가 "대전제가 이미 알려져 있고 결론이 사실인 삼단논법을 위한 가설적 해결로서 소전제를 수용 혹은 창조하는 것"이라고 정의한 가설추론이다. 가설 추론의 방법을 퍼스의 논문 「논증들의 자연 분류법」(1867)에 나오는 도표로 제시하면 아래와 같다.[17]

┌──► ① 대전제 : 이 주머니에서 나온 콩은 모두 하얗다(고 알려져 있다).
│   ② 소전제 : 이 콩들은 이 주머니에서 나왔다. ◄─────
└──► ③ 결론   : 이 콩들은 하얗다.

표 68 퍼스의 가설 추론

가설 추론, 가추법, 가설 창안, 가정적 추론 등으로 불리는 이 제3의 논증 형식은 이처럼 최종적 결과로 도출된 사실만으로 가설을 추측하고 나머지 사실들을 추론한다. 가설 추론은 추론이 불확실하다는 단점과 함께 빠르고 유용하다는 장점을 갖는다.[18] 작가들은 가설 추론을 많이 사용한다. 끝없이 떠오르는 창작의 아이디어들을 최대한 많이 살려서 작품화하기 위해서는 아이디어에 적합한 형식을 신속하게 추측해내야 하기 때문이다.

문제는 추측의 논리이다. 스토리헬퍼는 신속 모형화의 결과에 가설추론을 적용해서 기존의 영화 및 애니메이션 작품 가운데 작가의 아이디어와 유사한 작품들을 유사도가 높은 순서로 최대 30편까지 추천한다. 이 목록은 다시 새로운 가설 추론의 출발점이 된다. 즉 작가가 목록을 살펴보고 정확하게 자신이 표현하고자 하는 스토리의 플롯 패턴을 추론하는 것이다. 작가는 이 가운데 하나의 스토리 시트를 선택하고 그 시트의 형식을 유지하는 상태에서 세부적인 내용 및 모티프 구성을 변경하는 방식으로 창작 발상을 진행해 나간다.

04 스토리헬퍼의 미래

스토리헬퍼는 현재 완성된 데이터베이스를 근거로 사례 추론의 보다 정교한 알고리즘을 연구해 나갈 것이다. 프로프 함수 수준에 고착되어 버린 탓에 초보적인 스토리 생성 단계를 넘어서지 못한 오피아테와 프로토프로프를 뛰어넘어 영화와 애니메이션의 본격 서사를 만족시킬 수 있는 정교하고 복잡한 스토리를 자동으로 생성해 내는 것이 스토리헬퍼 연구가 지향하는 목표이다.

레비-스트로스는 원시공동체의 샤먼에게 이야기꾼으로서의 임무가 있다고 말했다. 샤먼에게 자신이 이야기하는 신화 체계가 객관적인 현실과 일치하지 않는 경우가 있다는 사실은 중요하지 않다. 중요한 것은 눈앞에 고통받고 있는 환자가 있고, 환자는 까닭 없이 제멋대로 닥쳐드는 부조리한 고통만은 도저히 참을 수 없다는 사실이다. 샤먼은 수호신과 악신, 초자연적인 괴물이나 주술적인 악령이 등장하는 이야기를 만들어서 환자의 고통을 모든 일이 의미를 지니는 전체 안으로 통합한다.[1]

현대의 작가는 의미를 찾기 힘든 세계 속에서 샤먼과 비슷한 역할을 수행한다. 작가가 표현하고자 하는 것은 부조리와 혼란 속에서 부대끼고 살아가는 한 사람 인간의 진실된 모습이며 그 인간이 느끼는 생명의 맛이다. 작가는 이러한 인생의 실질과 생명의 맛을 완결된 하나의 삶으로 표현해야 한다. 영화 〈라이프 오브 파이〉(2012)에서 바다를 표류하다가 구출된 뒤 본능적으로 벵골 호랑이 이야기를 지어내는 파이처럼 작가들은 이러한 표현을 통해 인생의 의미를 지키고 세상의 파멸을 유보시킨다.

스토리헬퍼는 이처럼 절박한 표현의 필요를 느끼는 작가들을 컴퓨터 프로그램의 형태로 지원한다. 그렇다면 신속하게, 작가의 미숙련성을 용인하면서, 어느 정도의 불명확성과 비논리성을 감수하면서, 작가가 생각하는 표상의 핵심을 눈으로 볼 수 있게 해주고 풍부한 상상과 발전이 가능한 형태로 문제를 제시해 주는 방법은 무엇일까?

스토리헬퍼는 그 방법을 스콧 터너의 민스트럴에서부터 스토리 자동 생성에 적용되기 시작한 사례 기반 추론에서 찾았다. 크리스 R. 페어클로의 오피아테(2004)에 이르면 사례 기반 추론은 31개 기능과 7개의 인물형이라는 블라디미르 프로프의 이론을 함수화하여 적용하는 데까지 발전한다.[2] 파블로 게르바스의 프로토프로프(2005)는 사용자에 대한 질문을 기반으로 프로프 함수와 사례 기반 추론을 적용해 플롯 구조를 만드는 스토리 자동 생성에 이르렀다.[3]

사례 기반 추론은 과거의 특정한 경험을 찾아내어 학습, 개발, 문제 해결에 활용하는 방법이다. 이러한 방법은 유추적 추론analogical reasoning의 일종이다.[4] 일반적인 유추적 추론이 여러 개의 도메인에 걸쳐서 이루어지는 데 비해 사례 기반 추론은 오직 하나의 도메인 안에서 이루어진다는 차이가 있다. 사례 기반 추론은 새로운 사례를 과거의 사례 위에 중첩시켜 둘을 비교한 뒤 과거의 사례를 각색해서 새로운 사례의 문제 해결 방법으로 활용한다.

사례 기반 추론의 순서를 요약하면 "① 1차 지식(과거 사례)의 발견 ② 유사성 평가 ③ 사례 각색 ④ 새로운 사례의 지식화"라고 말할 수 있다. 각각의 사례는 그러한 사례가 발생했던 상황, 그 상황과 다른 유사한 상황들의 차이점, 시스템이 그 상황에 대해 보였던 반응을 포함한다. 식당 주인은 이전의 서비스 사례를 기반으로 추론해서 새로운 손님의 요구에 맞춰 서빙을 하고, 카센터의 기술자는 이전에 자신이 고쳤던 차의 사례를 기반으로 추론해서 고장난 차를 고친다. 말하자면 우리 일상생활의 대부분은 오래된 과거의 문제 해법을 각색해서 새로운 상황을 해결하는 사례 기반 추론으로 이루어진다.[5]

사례 기반 추론은 모든 지식을 각색을 통해 재사용할 수 있는 표본으로 간주한다. 사례 기반 추론에 따른 프로그래밍은 지식을 컴퓨터 데이터로 정의한 뒤 사실과 사실 간의 관계를 코딩하고 수학적 방법론으로 각 지식의 유사성을 측정한다. 즉 확률적으로 무엇이 특정한 조건 아래 가장 중요하고 현실적인 가능성이며 무엇이 실현 불가능한 가능성인가를 계산하는 것이다.

가장 널리 알려진 사례 기반 추론 모델로는 아모트와 플라자 모델이 있다. [표 69]에서 보듯이 아모트와 플라자는 사례 기반 추론을 놀랍도록 간단하고 통일적인 4개의 과정으로 모델화했다. 즉, 추출[Retrieve], 재사용[Reuse], 수정[Revise], 유지[Retain]의 4R 모델이다. 그러나 이것은 가장 기초적인 모델이며 각각의 과업에 대해서는 이를 재정의한 보다 구체적인 변용이 필요하다. 스토리헬퍼의 경우 사례 기반 추론은 다음과 같은 순서로 진행된다.

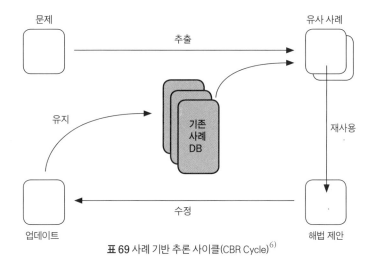

표 69 사례 기반 추론 사이클(CBR Cycle)[6]

신속 모형화(Fast Prototyping)

스토리헬퍼는 창작 발상 단계에서 작가의 발상을 신속히 과거의 사례와 연결시켜 모형을 찾아내고자 객관식 문제 형태로 질문을 던진다. 문제를 읽고 예시 문항 중에서 답변을 선택하면 작가가 구상하고 있는 스토리가 신속 모형화된 해답지의 형태로 주어지며 이 모형과 가장 유사한 기존 스토리의 사례가 최대 30개까지 제시된다.

병렬적으로 나열된 수십 개의 스토리들은 작가가 희미하게 부분적인 요소들은 의식하고 있지만 전체를 구성하지는 못한 문제, 즉 아직 해결을 모색 중인 문제와 과거 그와 유사한 문제를 해결하기 위해 동원되었던 요소들의 결합 양상을 대응시킨다. 이러한 대응 구조에서 우리는 레비-스트로스의 신화소^{mythéme}처럼 수많은 파롤의 배후에 존재하는 이야기의 랑그를 느낄 수 있다.[7] 작가는 이러한 목록을 통해 자신이 구상하는 스토리가 전체적으로 어떤 플롯 패턴을 가지고 있는가를 이해하게 되며 목록 가운데 하나를 선택함으로써 앞으로 자신이 작성해 나갈 스토리의 플롯 패턴 하나를 모형으로 얻게 된다.

객관식 문제 가운데에는 장르, 타깃, 행동에 관련한 것도 있지만 주인공의 상태 변수character status를 묻는 질문들이 대부분이다. 주인공이 어떤 사람이며 어떤 상황에 있는가가 스토리의 문제 설정에서 가장 중요한 요소이기 때문이다.

유사도 분석(Similarity Analysis)

스토리헬퍼는 세계 영화사에 이름을 올린 2만여 편의 영화들 가운데 1930년대부터 2010년대까지의 극장 개봉 작품을 대상으로 첫째, 글로벌 흥행성이 입증된 작품, 둘째, 국제 영화제의 작품상과 각본상을 수상한 작품, 셋째, 명확한 3막 구조의 아크 플롯을 지닌 작품이라는 대중성, 작품성, 서사성의 기준에서 가장 우수한 1,406편의 영화를 선정하였다.

이후 연구자들은 이 1,406편의 데이터베이스화 작업에 들어가서 각 영화들을 3막, 8장, 16시퀀스, 36에피소드, 110장면의 요소로 분할하고 각각의 요소마다 내용을 분석한 태그를 달아 분리와 결합이 자유로운 모듈module로 만들었다. 또한 매 장면마다 관계되는 표상(등장인물, 장소, 소품, 상황, 주제, 행동)과 인과율 위치(사건-감정-행위)를 표기하여 관계를 계산했다. 그리고 신속 모형화 과정에서 구성된 질문 체계에 대응하도록 이와 같은 모듈에 가중치 계산을 적용하여 모형과 기존 시나리오 사이의 유사도를 측정하는 알고리즘을 만들었다. 그리하여 작가는 자신의 구상과 가장 유사한 영화들의 목록을 유사도가 높은 순서로 제공받게 된다.

모티프 변형(Motif Transformation)

사례 기반 추론 모델에서의 '수정' 작업은 스토리헬퍼에서 '모티프 변형'으로 나타난다. 이는 스토리를 바꿔가면서 반복되는 동일한 내용 요소로서 소재의 핵심적인 성격에 해당하는 모티프를 각 시퀀스 단위에서 찾아내 다른 모티프로 바꾸는 것이다.

〈아바타〉(2009)에는 〈늑대와 춤을〉(1990)의 뭔가가, 〈타이타닉〉(1997)에는 〈로미오와 줄리엣〉(1968)의 무언가가, 〈아포칼립토〉(2007)에는 〈도망자〉(1993)의 무언가가 반복되고 있다. 이 무언가 비슷하며 반복되는 것은 전체 플롯과 관련이 있는 모티프 하나가 아니라 시퀀스마다 다른 제각각의 모티프들 여럿이 모여서 중층적으로 결정되는 인지적 특징이다.

스토리헬퍼는 3막, 8장, 16시퀀스 단위까지를 모티프로 모듈화했다. 이러한 모티프들은 다른 언어적 구성물처럼 가로축의 통합체^{syntagma}와 세로축의 계열체^{paradigma}라는 두 방향으로 변형될 수 있다. 모티프는 예컨대 가로축의 통합화를 통해 인물에서 상황으로, 인물에서 행동으로 전이될 수 있다. 즉 고리대금업자라는 인물 모티프는 고리채를 징수하려는 상황으로 전이될 수도 있고 고리대금업이라는 행동으로 전이될 수도 있다. 또 세로축의 계열화를 통해 고리대금업자라는 인물 모티프를 사랑에 빠진 노인이라는 인물 모티프로, 혹은 고등 사기꾼이라는 인물 모티프로 전환시킬 수도 있다.

세로축의 계열화에는 일정한 분할이 존재한다. 모티프는 안정된 상태를 흩트려놓는 위반성을 내포하며 이러한 안정의 위반은 인간의 욕망 때문에 발생한다. 따라서 모티프는 인간 욕망의 다섯 가지 계열, 즉 돈, 사랑, 명예, 권력, 영생의 계열로 분류되며 이야기상의 동일한 위치에서 같은 계열에 속한 모티프끼리는 대체될 수 있다. 예를 들어 '몸 파는 아내'라는 돈 계열의 모티프는 전혀 다른 욕망 계열보다 '신데렐라(여자의 신분 상승 결혼)', '파산자', '벼락부자', '분에 넘치는 사치'와 같은 돈 계열의 모티프로 대체되기 쉽다.

구조화 가이드(Structuring Guide)

모티프 변형이 사례로 추천된 스토리의 내용을 개선하는 단계라면 구조화 가이드는 스토리 각 부분의 형식을 개선하는 단계이다.

스토리헬퍼는 먼저 110개의 장면 각각에 상태의 변화를 야기하는 주동 인물의 행동을 보여주는 체계 동사$^{system verb}$를 설정한다. 사용자는 체계 동사를 통해 시나리오의 각 부분에 나타나는 등장인물의 행동과 장면과 장면을 연결시키는 행동의 흐름을 직관적으로 이해할 수 있다. 나아가 체계 동사는 에피소드의 구성을 위한 인과율 단위의 히위 단위가 된다.

이어 스토리헬퍼는 36개의 에피소드 각각에 원인과 결과 사이의 서사적 논리를 체계화한 인과율 단위$^{causality unit}$를 설정한다. 인과율 단위란 하나의 원인과 하나의 결과 사이에는 여러 개의 감정적 반응이 있음을 보여주는 모델이다. 체계 동사의 태그가 붙은 스토리의 각 장면들은 한 개의 원인을 제공하는 동사, 여러 개의 감정 반응을 제공하는 동사, 한 개의 결과를 제공하는 동사라는 사건-감정-행동$^{event-emotion-action}$의 묶음을 만들어서 히니의 인과율 단위를 이루게 된다.

상업적인 극영화 및 텔레비전 드라마의 제작 현장에서는 아주 오래 전부터 이와 같은 사례 기반 추론에 의한 플롯 구축 방법이 사용되어 왔다. 작가는 참신한 아이디어로 새로운 작품을 쓰기를 원하며 관객은 자신이 옛날에 좋아했던 이야기를 다시 한 번 불러오기를 원한다. 그래서 할리우드의 제작자들은 작가와 관객의 상충되는 욕구를 조율해 작가의 새로운 아이디어를 과거에 이미 만들어진 영화의 잘 짜인 구조에 녹여 넣는 방식으로 상업영화를 제작한다.[8] 이렇게 정형화된 플롯 구축 방법은 일종의 장르 개념에 가깝다고도 볼 수 있다.[9] 할리우드의 시나리오 작가들은 이렇게 이미 만들어진 영화들이 형성한 장르의 특징, 구성 요소, 사건 구조를 과거의 사례로 삼아 새로운 아이디어의 서사화라는 문제를 해결해 왔다.

그러나 이와 같은 플롯 구축 방법은 소수의 전문가가 추천한 데이터베이스를 참조한다는 점에서 선택의 자의성을 극복하기 어려웠다. 스토리헬퍼는 민스트럴에서 오피아테를 거쳐 프로토프로프에 이르는 스토리 플롯 생성에서의 사례 기반 추론에, 스토리텔링을 전공한 연구자들이 온전히 인간지능으로 작성한 사례 데이터베이스fully human-authored Case DB를 접목한다는 절충적 방식을 택했다. 이것은 프로토프로프를 개발했던 파블로 게르바스가 최근 서정시와 단편소설을 자동 생성하는 프로그램인 크리톰Creatome(2012)을 개발하면서 고려한 방식이기도 하다.[10]

스토리헬퍼는 2003년의 스토리 모티프 필드데이터 연구로부터 귀납적으로 수집한 데이터 분석에서 시작되었다.[11] 이화여자대학교 디지털스토리텔링연구소는 2003년부터 2013년까지 기존에 성공적이라고 평가받은 영화와 애니메이션의 스토리 모티프를 수집하고 분류하는 방식으로 사례 기반 추론의 이론화 가능성을 연구했다. 한국콘텐츠진흥원의 후원과 ㈜엔씨소프트의 협력으로 일단락되어 2013년 7월 18일에 공개된 스토리헬퍼는 이러한 연구의 1차 결과물이다. 이 프로그램은 현재 스토리 창작에 도움을 얻고자 하는 한국어 사용 문화권의 모든 작가들에게 무료로 제공되고 있다.

앞으로 스토리헬퍼는 현재 완성된 데이터베이스를 근거로 사례 추론의 보다 정교한 알고리즘을 연구해 나갈 것이다. 프로프 함수 수준에 고착되어 버린 탓에 초보적인 스토리 생성 단계를 넘어서지 못한 오피아테와 프로토프로프를 뛰어넘어 영화와 애니메이션의 본격 서사를 만족시킬 수 있는 정교하고 복잡한 스토리를 자동으로 생성해 내는 것이 스토리헬퍼 연구가 지향하는 목표이다.

또 스토리헬퍼는 보다 많은 일반인들이 스토리 창작에 참여할 수 있도록 모티프 변형과 구조화를 통한 기존 사례 개선 단계의 작업을 발전시켜 갈 것이다. 스토리헬퍼는 스토리를 전부 글로 저작하지 않고도 오브젝트 리이브러리에서 그림을 가져와 만화나 애니메이션 같은 형태로 저작할 수 있게 해주는 진화형 저작 지원 기술의 융복합 도구가 되어야 한다. 창작을 소수 전문 작가의 전유물에서 창작의 의지와 아이디어가 있는 모든 사람들이 참여할 수 있는 일상생활의 활동으로 확산시키는 것이 이 연구의 또다른 목표라 하겠다.

05 모든 인간은 작가다

스토리텔링은 사건에 대한 진술이 지배적인 담화 양식이다. 사건 진술의 내용을 이야기라고 하고 그 형식을 담화라 할 때 스토리텔링은 이야기, 담화, 이야기가 담화로 변하는 과정이라는 세 가지 의미를 모두 포괄하는 개념이다.

      어릴 때 우리는 누구나 그림을 그리고 글을 썼다. 종이에 그린 옷을 가위로 오려낸 종이 인형에 입혀 움직이며 유희를 했다. 그 그림과 글과 유희 속에서 우리는 앞으로 가야 할 길의 빛나는 정점을 생각하고 상상했다.

    어른이 된다는 것은 결국 시시해지는 것이다. 대통령이 되었건 대기업 회장이 되었건 검사가 되었건 어린 시절의 그 가슴 벅찬 꿈과 비전에 비하면 그 사람은 무조건 시시해진 것이다. 우리 시대의 가장 위대한 서사 작가 중 한 사람인 미야자키 하야오는 "나는 자신이 얼마나 시시해졌는지도 모르는 어른들이 그들의 어린 시절을 돌아보도록 하기 위해 영화를 만든다"라고 했다.[1]

우리는 거대한 조직의 톱니바퀴가 되어 눈치를 보면서 불안에 떨며 월급에서 이동통신비를 제하고, 카드빚과 관리비를 제하고, 밥값을 내고 기름값을 내면서 도시를 서성거린다. 우리는 사회과학이 책임 회피를 위해 만들어내는 거짓말들을 믿지 않는다. 우리는 인생이 결국 나 개인의 선택이며 이 시시함은 결국 내가 혼자 책임져야 한다는 것을 알고 있다.

창작은 어린 시절 내게 얼마나 빛나는 꿈과 비전이 있었는지를 다시 생각하게 하는 작업이다. 창작은 꿈을 현실로 가져오는 정신의 모험이다. 그것은 이미 돌이킬 수 없을 만큼 시시해져버린 나에게 한갓된 꿈일지도 모른다. 그러나 내가 진정으로 누구인지 말해 주는 것은 나의 현실이면서 동시에 나의 꿈이다.

우리는 부한한 자유의시를 가지고 유한한 인생을 살아간다. 그래서 우리에겐 있는 그대로의 현실만큼이나 가능한 대안적 세계가 중요하다. 잠재되어 있지만 현실화되기를 희망하면서 꿈틀거리는 나의 꿈과 욕망과 고뇌까지가 진정한 나이기 때문이다. 이러한 꿈의 영역이 우리 존재의 나머지 부분인 현실에 덧붙여질 때 우리는 비로소 온전한 인생을 느낄 수 있다.

그럼에도 불구하고 우리는 언제부터인가 글을 쓰고 그림을 그리는 것을 남의 일이라고 생각하게 되었다. 그와 같은 창작은 오랜 수련 끝에 전문적인 역량을 획득한 작가나 화가, 영화감독의 몫이며 우리는 수동적인 소비자로서 그것을 구매하고 향유하는 존재라고 생각하게 되었다. 이것은 우리가 결정적으로 시시해져버렸음을 말해 주는 증거이다. 글을 쓰고 그림을 그리는 대신 우리는 자신이 뭔가를 '생산'하고 있다고 착각한다. 자신은 이 세상의 존립을 위해 꼭 필요한 생산을 하고 있기 때문에 글을 쓰거나 그림을 그리는 것 같은 창작의 유희는 전문가에게 맡기는 거라고 스스로를 기만한다.

인간의 본질은 생산자가 아니라 '남에게 얹혀사는 존재', 기식자이다. 어린 시절 우리는 부모님이라는 숙주에 얹혀사는 기생충 같은 존재였다. 필요한 모든 것을 부모님이 증여했고 우리는 얻어먹었다. 어른이 된 우리는 자신의 노동력을 팔고 월급을 받는 사람이 되었으며 스스로 숙주가 되어 아이들을 키운다. 그러나 그럼에도 불구하고 우리는 지구라는 어머니에 얹혀사는 기식자이다. 우리는 지구에 아무런 대가도 돌려주지 않는다. 우리가 증여의 세계로부터 교환의 세계로 이동했다고 생각하는 관념은 인간중심주의가 만든 시장의 허상이다. 농부는 대지에 얹혀살면서 얻어먹는다. 농부는 대지의 기식자다. 징세관은 농부의 기식자이고 도시 쥐는 징세관의 기식자이며 시골 쥐는 도시 쥐의 기식자인 것이다.[2]

누군가에게 얹혀사는 우리는 호모 파베르, 일하는 인간이 아니라 호모 루덴스, 노는 인간이다. 그리고 창작은 놀이의 가장 고차원적인 형식이다. 사용자가 거의 무한한 콘텐츠를 향유하고 자유롭게 개조할 수도 있는 21세기의 매체 환경은 의미를 결정함에 있어서 대상에 대한 해석자Interpreter의 역할을 강조하는 사유를 부각시켰다. 에드문트 후설에서 마르틴 하이데거를 거쳐 한스 게오르그 가다머에 이르는 현상학적, 해석학적 사유가 그것이다. 가다머에 따르면 예술 창작의 존재 방식은 근본적으로 놀이에 기원한다. 놀이는 놀이하는 사람, 즉 창작자나 해석자로부터 독립되어 있을 뿐만 아니라 놀이를 하는 사람의 의식보다 우위에 있다.[3]

창작자는 자신이 속한 언어 공동체의 언어라는 규칙을 존중하면서 그 규칙의 창조적 사용을 통해 자기만의 개인적 표현인 놀이를 수행한다. 모든 게임이 그러하듯이 창작 유희에서도 결과란 미리 존재하지 않으며 어떤 결과가 나타날지는 예측할 수 없다. 놀이의 관점에서 볼 때 창작자는 해석자인 동시에 수용자이다. 마치 게이머가 게임의 환경을 수용하면서 자신의 플레이를 진행하듯이 창작자는 자기보다 선행해서 존재하는 규칙을 수용하면서 자신의 텍스트를 창조한다.

이러한 규칙은 공동체의 언어와 관습을 통해 형성된 교양일 수도 있고 언어의 사용 그 자체에 내재한 선입견일 수도 있으며 창작자가 읽은 선행 텍스트일 수도 있다. 윌리엄 셰익스피어는 『플루타르크 영웅전』을 비롯한 수많은 선행 텍스트의 수용자였으며 요한 볼프강 폰 괴테는 크리스토퍼 말로가 쓴 『파우스트 박사』의 수용자였다. 이들은 선행 텍스트들이 제시한 캐릭터와 플롯에 새로운 생각을 추가하여 창조적으로 변형했고 그것이 그들의 창작이었다. 그런 의미에서 스토리텔링은 일종의 놀이이다. 발터 벤야민의 번역 개념처럼 설명이나 정보의 전달이 아니라 이미 있는 뭔가를 새롭게 반복하는 예술인 것이다.[4]

생산중심주의는 생활의 의식주를 해결할 수 있는 재화의 획득과 관련된 물질적 유용성을 사회의 중심에 두었다. 그 결과 생산에 기여하는 사회적 활동은 가치 있는 삶 자체와 동일시되었고 개인적인 노력의 가치는 생활의 보존과 재생산이라는 목적에 비추어 평가되었다.[5] 그러나 생산력이 일정 수준을 넘어선 오늘날의 세계는 고질적인 공급 과잉과 수요 부족으로 경제공황의 위험에 만성적으로 노출되어 있다. 인간이 자신의 힘을 생산에 집중해서 자연과 대결하고 자연으로부터 인간 생활에 필요한 물자를 획득하고 가공하고 분배해야 한다는 생산중심주의는 낡고 잘못된 패러다임이 되었다.

조르주 바타이유의 말을 인용하면 우리 삶의 고유성은 탕진^{Expenditure}, 즉 생존을 위한 최소한의 필수적 소비^{consumption}와는 아무 관련이 없는 비생산적인 낭비에 의해 창조된다. 우리가 스스로 할 일을 선택할 수 있는 여가 시간에 무엇으로 시간과 돈을 탕진하는가 하는 것이 우리가 어떤 사람인가를 말해 준다. 이 정체성의 추구 때문에 먹고 입고 섹스하는, 육체와 관계된 현실적 탕진은 집단 제의나 사회적 제도를 통해 승화된 정신적 쾌락과 관계된 놀이, 즉 노래와 춤과 시와 연극 등의 상징적 탕진으로 발전한다.

스토리는 간결하게 절약된 언어의 일상적 의미 작용을 거부하고 엄청난 말의 낭비를 감행하는 상징적 탕진의 일종으로서 놀이의 중심 형식이 된다. 아리스토텔레스의 『시학』에서 알 수 있듯이 애초에 스토리는 죽음과 몰락에 이르는 삶의 비극적 탕진을 상징적으로 재현함으로써 청자로 하여금 두려움과 전율을 느끼게 하는 언어였다.[6]

우리는 일반인이 쉽게 스토리를 구성하게 돕는 디지털 창작 도구가 이야기의 예술적 가치를 훼손한다는 우려에 동의하지 않는다. 역사와 더불어 예술적 가치에 대한 인식은 계속 변해왔다. 새로운 발명들은 예술을 만들어내는 기술을 변화시키고 창작의 발상에도 영향을 주었으며 크게는 예술의 개념 자체까지도 변화시켰다. 그리하여 현대 예술은 비의적이고 고립적인 종교 의식적 가치보다 대중이 자유롭게 향유할 수 있는 전시적 가치를 점점 더 소중히 생각하게 되었다. 디지털 스토리텔링 창작 도구는 이러한 변화의 산물이다.

발터 벤야민이 부정적 신학이라고 비판했던 순수 예술의 신학[7]은 이미 오래 전부터 무너져내리고 있었다. 스토리는 사회적인 현실로부터 독립된 형상체가 아니라 열심히 살아가는 생활인들이 창작하고 공유하고 공감하는 사회적 도구이다. 그러므로 스토리는 완전한 예술적 담화를 위한 선행체, 소재가 아니다. 현대인은 누구나 작가가 되어 스토리를 창작할 수 있으며 그가 창작하는 스토리는 그 자체로 완전하고 최종적인 것이다. 우리는 소위 스토리/담화 이원론이라는 관념, 즉 시모어 채트먼으로 대표되는 "먼저 스토리가 있고 나중에 이를 다듬은 담화가 있다"는 생각이 얼마나 철저하게 비판되고 부정되었는지를 알고 있다.

바버라 헤른스타인 스미스는 채트먼이 말하는 '스토리'란 플라톤의 '이데아' 개념과 마찬가지라고 비판했다. 스토리는 언제 어디서나 담론화된 구조물로 존재했다. 스토리와 담화의 구분은 개념적으로는 가능하지만 실제로 검증되지는 않는다. 절대로 담화가 아닌 순수한 스토리라는 것은 현실 세계에 존재하지 않는 관념에 불과하기 때문이다.[8]

조너신 컬러는 "결정의 가역성"이라는 말로 채트먼의 이원론을 비판했다. 서사의 결정은 스토리에서 담화라는 방향으로만 진행되지 않는다. 사건, 인물, 배경으로 이루어진 연대기적 순서의 스토리를 초점화시켜서 담화를 만드는 것이 아니라, 많은 서사에서는 오히려 순수하게 담화적인 요구를 충족시키기 위해 스토리에 사건을 삽입한다.[9]

리처드 월시는 채트먼의 모델을 뒤집어 먼저 담화가 있고 나중에 스토리가 존재한다고 말한다. "담화는 우리가 특정 서사로서 이해하게 된 것what이고, 스토리는 담화를 어떻게how 이해하는가 하는 것"이기 때문이다. 스토리는 담화가 수사학적으로 세어하는 서사 정보를 독자가 추론하는 과정에서 생긴 결과물이다.[10]

모니카 플루더니크는 「신데렐라」를 예로 들어 채트먼이 말하는 소위 '스토리'로부터 변형이 시작되지 않는다고 말한다. 연대기적 순서를 갖는 '스토리'에서 변형이 일어나 시간 모순적인 순서로 재구성된 '담화'가

되는 것이 아니라, 자신에 앞서 존재하는 선행 담화 구성체, 즉 기존 담화 버전의 「신데렐라」가 새로운 담화 버전의 「신데렐라」로 변해가는 것이다.[11]

신데렐라 이야기는 샤를 페로가 구비 설화를 각색하여 1695년에 「상드리용 또는 작은 유리구두」라는 제목으로 『페로 동화집』에 수록하기까지 이미 450종이 넘는 이본의 민담으로 존재했다. 그 분포 범위는 프랑스, 일본, 스리랑카, 페루 등 지구 전 지역에 이르며 가장 오래된 형태는 중석기 시대의 벽화에서 찾아볼 수 있다.[12] 그렇다면 의식적인 창작이 시작된 이래 신데렐라는 한 번도 담화가 아닌 스토리로만 존재한 적이 없었던 것이다.

스토리가 단순한 소재로만 존재할 수 없고 창작이 반드시 스토리에서 담화로 진행되는 것도 아니라는 사실을 이해할 때 우리는 스토리 중심적이고 독자 중심적인 새로운 서사학을 발견하게 된다. 관객은 영화라는 담화를 보면서 스토리의 연대기적 개요를 파악하려고 하며, 독자는 소설이라는 담화를 읽으면서 스토리를 재구성하려고 한다. 독자의 관점에서는 언제나 스토리가 완벽해야 한다. 담화가 아니라 스토리가 멋지고 감동적이어야 하며 지적으로나 정서적으로 만족스러워야 하는 것이다.

스토리헬퍼와 같은 디지털 스토리텔링 저작 도구는 모든 인간이 작가이며 그 작가는 담화가 아닌 스토리를 지향한다는 입장을 지지하고 희망한다. 스토리헬퍼는 지나치게 전문화되어 대중의 감성적이며 직관적인 이해와 멀어져버린 '고급한' 이야기 예술을 비판적으로 생각한다. 모더니즘 이후 고급 문화의 전문가들이 높이 평가하는 소설, 영화, 애니메이션은 많든 적든 대중이 쉽게 이해할 수 있는 인간의 모습과 감정들

을 배제하고 그 자체의 완결된 세계를 갖추려는 순수화 경향을 내포하고 있다.[13]

스토리헬퍼는 이러한 경향과 대립하는 의식의 물질적 산물이다. 스토리텔링이라고 지칭될 수 있는 창작은 아주 옛날부터 인류의 역사와 더불어 존재했다. 그러나 하나의 개념으로서의 스토리텔링, 패러다임으로서의 스토리텔링은 정보화 혁명의 충격이 이야기 예술을 엄습하고 포스트모더니즘의 미학적 대중주의가 확산되기 전까지는 미처 발견되지 않았다고 말할 수 있다.

스토리텔링이란 중학교 1학년생이 이해할 수 있는 문장으로 인간의 근본적인 문제를 이야기하는 것이다. 에드거 앨런 포, 로버트 루이스 스티븐슨, 조지프 콘래드, 조르주 심농, 이노우에 야스시, J. R. R. 톨킨처럼 좋은 소설이 좋은 스토리텔링인 경우도 있지만 소설이 곧 스토리텔링은 아니다. 소설은 문학작품이기 때문에 언어 지체의 미학적 효과민을 위해 존재하는 문장, 표현 자체가 아름답고 참신해서 읽는 순간에 즐거움을 주지만 그것이 없어도 이야기 자체는 달라지지 않는 문장들이 있다. 그런 문학적 장식을 제거할 때 비로소 스토리텔링이 만들어진다. 스토리텔링의 언어는 하나의 단어가 반드시 그 단어로만 표현되는 하나의 사물과 연결될 정도로 구체적이고, 물질적이며, 필연적이다.

스토리텔링에서는 모든 사물 하나하나가 진지하고 유일무이하고 비할 데 없다. 스토리텔링은 모티프 형식으로, 즉 안정적인 일상으로부터 쫓겨나 갑자기 궁지에 몰린 주인공의 눈으로 세상을 바라보기 때문이다. 스토리텔링은 점점 더 문제를 확대하면서 주인공을 벼랑 끝까지 밀어붙인다. 이 과정에 장식은 개입할 여지가 없다.

한편 스토리헬퍼는 지나치게 상업화되어 콘텐츠를 상품으로, 사용자를 소비자로 인식하는 문화산업의 게임과 미디어 콘텐츠 및 IT 서비스를 비판적으로 생각한다. 오늘날 첨단 미디어를 통해 제공되는 많은 서비스들은 낡은 매스미디어 시대의 관념을 여전히 반복하고 있다. 기업들은 시장 조사를 통해 사용자의 '니즈'를 분석하려고 하고 거기에 부응하는 서비스를 팔려고 한다. 서비스가 팔리지 않으면 시장 분석이 잘못되었다고 생각한다. 이는 IT 기술은 축적되었지만 그 기술을 이용해서 무엇을 할 수 있는가에 대한 철학과 비전이 부재하는 변방 문화의 한계를 보여준다.

희소성과 전문성이 있는 생산자가 상품과 서비스를 만들고 불특정 다수의 대규모 사용자가 그것을 소비한다는 관념은 많은 분야에서 붕괴되고 있다. 광범위한 소셜 네트워크와 스마트 환경을 기반으로 성장한 사용자들은 그 자신이 사회와 인생의 중요한 문제들에 대한 발견자이자 표현자이다. 모든 인간은 작가인 것이다.

타인의 수요에 부응하는 생산과 판매라는 자본주의의 시장 형식은 타율적인 것이며 불완전한 것이다. 인간 활동의 최종 형식은 이윤의 계산 없이, 내면적 동기에 의해, 스스로 자발적으로 몰입하는 주체성의 형식이다. 이 같은 주체성의 형식만이 지속적으로 인간과 세계의 관계를 풍요롭게 만들 수 있다.[14]

우리 시대의 가장 독창적인 게임 개발자 가운데 한 사람인 메리 플래너건은 스토리 창작이 랭귀지 게임과 유사하다고 말한다. 모든 예술 창작은 본질적으로 상업적 동기와 상관없이 행해지는, 순수하게 유희적이고 순수하게 낭비적인 놀이다. 예술 창작과 놀이는 인간이 외부적 환경에 직면하여 뭔가를 내부로부터 표출하려는 동일한 욕구에 기인한다. 놀이로서의 게임이 확률과 불확실성 속에서 일정한 규칙을 정하고 시뮬레이션을 하는 것이라면, 그 게임의 시뮬레이션을 보다 선형적으로 만들고 캐릭터가 선택할 수 있는 옵션을 보다 적게 제공하면 스토리텔링이 된다. 소설을 쓰고, 시나리오를 쓰고, 시를 쓰는 창작 행위 역시 하나의 랭귀지 게임^{language game}인 것이다.¹⁵⁾

『논어』는 일평생 주변 사람들에게 『시경』의 시와 음악을 소재로 한 이야기를 들려주며 관악기 연주와 노래 부르기로 세월을 보냈던 늙은 스토리텔러의 이야기이다. 평범한 남녀의 감정과 욕구를 공감하면서 덕과 성실에 반하지 않는 쾌락을 옹호했던 노인에게는 놀이와 스토리텔링의 경계가 모호했다. 노인의 말에는 때때로 감동적이고 고상한 것은 있었지만 정교하거나 화려한 기교는 거의 없었다. 노인은 겉으로만 그럴싸하게 꾸며낸 이야기를 선천적으로 싫어했다.

노인은 종종 『시경』의 노래들을 인용하면서 자신의 이야기를 했는데 한번은 노인이 살았던 시대로부터도 아득히 먼 옛날인 고대 중국의 봄맞이 축제 이야기를 꺼냈다.

이른 봄. 복숭아나무 어여쁘게 싹트고 눈 녹은 물 여린 풀을 적시며 메추라기 짝지어 날아가는 전원. 한 무리의 젊은 남녀들이 맑은 강가로 모여든다. 젊은이들은 한 송이씩 난초를 손에 들고 있다. 이윽고 그들은 강 이쪽과 저쪽에 두 패로 나뉘어 춤을 추며 노래를 부른다. 노래는 두 진영에서 허공으로 쏘아 보낸 화살처럼 바람결에 뒤섞인다. 교대로 이어지는 노래 겨루기가 끝날 때쯤 처녀들은 치마를 걷고 강물을 건너 마음에 드는 남자를 찾아간다.¹⁶⁾

이것은 농경사회의 풍요 제의와 노래 경연, 남녀의 데이팅 이벤트가 결합된 일종의 공연형 놀이^{performative game}였다. 공연형 놀이란 사회에 영향을 끼치고 현실 세계에 유토피아적이고 유희적인 비전을 제공하려는 시도로서 공연 혹은 전시의 형태로 수행되는 놀이이다.[17] 이 행사는 놀이 본연의 휘발성 때문에 어느 봄날의 덧없는 사건으로 사라져버렸다.

그러나 축제의 남녀들에게 인생의 가장 아름다운 한때였을 화양연화花樣年華의 순간은 『시경』의 시가 되어 남았다. 후대의 유학자들은 이러한 시들이 백성을 교화하려는 목적에서 쓰였다고도 했고, 지배계급을 풍자하려는 목적에서 쓰였다고도 했다.[18] 그런 주석은 옳을 수도 있고 또 틀릴 수도 있다. 서정적 순간 속에 펼쳐진 주관성의 신화, 주체의 그 심리적 역사는 세계와 무관하며 따라서 누구도 검증할 수 없기 때문이다. 노인에게 그런 것은 중요하지 않았다.

인간 존재의 본질적인 의미는 무엇인가? 그런 것은 없다. 나는 그저 여기 있을 뿐이다. 들꽃의 의미는 무엇이고 잠자리의 의미는 무엇인가? 그것들은 그저 거기 있을 뿐이다. 인간이 존재해야 할 외재적인 가치를 지닌 의미 혹은 목표는 없다. 내가 살아 있다는 것이야말로 진정한 가치이며 내재적 가치인 것이다. 이 살아 있음의 황홀감이 노래를 낳고 노래가 스토리텔링을 낳는다.

스토리헬퍼는 노인이 때때로 보자기에서 꺼내 보던 죽간에 쓰인 시들과 같은 이야기의 도구가 되기를 희망한다. 이야기꾼은 현실적으로 화려하지 않으며 이야기꾼의 도구 또한 화려하지 않다. 그러나 우리는 이 도구를 모든 인간이 작가가 되는 그날까지 계속 개선하고 수집하고 연구할 것이다.

감사의 말

아래 여러분들께 감사의 마음을 담아 이 보잘것없는 책을 바칩니다.

제가 들은 생애 첫 서사 강의는 이광수의 『무정』에 대한 아버님의 강의였습니다. 병석에 계신 아버님께 이 책을 헌정하며 감사드립니다.

디지털 창작 도구의 중요성을 일깨워주신 고욱 교수님, 스토리 모티프 DB 연구에 참여해 주신 전봉관, 이영아, 강심호, 배주영, 이정엽 교수님, 국외 디지털 스토리텔링 기술들을 익힐 수 있도록 지도해 주신 남양희 교수님, 인공지능 분야의 스토리텔링 연구들을 정리한 노트를 보내주신 이만재 교수님께 감사드립니다. 학회에서 관련 연구에 참여해 주신 양진건, 이재홍, 박여성, 김유중, 박기수, 이용욱, 김탁환, 오규환 교수님, 디지털스토리텔링학회의 선생님들께 심심한 감사를 드립니다.

이 책은 스토리헬퍼 프로그램의 이론적 배경을 다루고 있습니다. 프로그래밍을 맡아주신 김명준 교수님과 김민수 연구원, 최은선 연구원에게 감사드립니다. 스토리 가이드 및 DB 구축을 맡아주신 한혜원 교수님, 이동은 교수님, 서성은 교수님, 이영수 교수님, 윤현정 선생님, 김은정 선생님, 권보연 선생님, 길선영 선생님, 윤혜영 선생님(이상 박사), 신새미 씨, 김영주 씨, 박나영 씨, 송미선 씨, 안진경 씨, 이진 씨, 장정운 씨, 임하나 씨, 정소윤 씨, 정다희 씨, 안보라 씨, 손형전 씨, 남승희 씨, 조성희 씨, 박은경 씨, 김한나 씨, 임수미 씨, 정은욱 씨, 함고운 씨, 조예슬 씨, 변성연 씨, 이유영 씨, 강윤정 씨, 심세라 씨, 안지숙 씨, 배효진 씨, 박경은 씨, 양혜림 씨, 윤선미 씨, 최예슬 씨, 정유진 씨, 한혜진 씨, 김다혜 씨, 홍연경 씨, 조가비 씨, 송하린 씨, 이주희 씨, 박나래 씨, 유지은 씨, 박유진 씨, 안수지 씨, 황주원 씨, 임현정 씨, 김은희 씨, 권민경 씨, 김연 씨, 류민수 씨, 김유나 씨, 문아름 씨, 배효진(14기) 씨, 이지영 씨, 송세진 씨, 이슬기 씨, 고지애 씨, 김서연 씨(이상 석사), 김동균 연구원, 최세진 연구원, 홍유표 연구원, 박두진 연구원, 김현주 연구원, 이상현 연구원(이상 연구소)께 이 자리를 빌려 감사드립니다. 이 책이 거둔 중요한 성과들은 이분들의 노력에서 나온 것입니다. 책의 오류는 전적으로 집필을 담당한 저의 책임입니다.

　이 연구는 한국의 작가들에게 도움을 주고 싶다는 사회 공헌의 의도에서 참여해 주신 (주)엔씨소프트에 큰 도움을 받았습니다. 김택진 사장님, 이재성 전무님, 김수 팀장님, 경광호 팀장님, 정재훈 실장님, 이혜경 차장님, 김희진 차장님, 가혜숙 과장님 이하 엔씨소프트 임직원 여러분들과 엔씨소프트 문화재단의 윤송이 이사장님께 깊은 감사를 드립니다. 지난 3년간 스토리헬퍼 개발 사업을 지원해 주신 한국콘텐츠진흥원의 후의에 심심한 감사를 드립니다.

[주註]

들어가는 말

1) Graham Harman, *Toward Speculative Realism-Essay and Lecture*, Winchester:Zero Book, 2010. 97-99쪽.

2) David Bayles & Ted Orland, 임경아 옮김, 『예술가여 무엇이 두려운가』, 서울:루비박스, 2012. 109쪽.

3) Joan Fujimura, *Crafting Science:A Sociohistory of the Quest for the Genetics of Cancer*, Cambridge: Harvard University Press, 1996. 27쪽.

1부 스토리텔링의 원리

1-1

1) 이인화, 「디지털 스토리텔링 창작론」, 『디지털 스토리텔링』, 서울:황금가지, 2003. 13쪽.

2) Walter Benjamin, "Erzahler(Storyteller)", 반성완 옮김, 『발터 벤야민의 문예이론』, 서울:민음사, 1983. 170-172쪽.

3) Mircea Eliade, 이용주 옮김, 『세계종교사상사(*Histoire des croyances et des idées religieuses*)』 제1권, 서울:이학사, 2005. 44쪽.

4) 김동리는 스토리텔링의 본질적인 속성을 비일상성에서 찾고 이것을 '사고(事故)'와 '사건성(事件性)'이라는 용어로 표현했다. 김동리에 따르면 소설의 원형은 이야기 창작[談創作], 즉 "서술 형태로 창작된 이야기"이며 이야기는 "어떤 사건성을 띠고 있는 말"이다. 김동리, 「서사형태론」, 『문예학개론』, 서울:한국교육문화원, 1958. 172쪽.

5) Walter Benjamin, 앞의 책. 104쪽.

6) 이부영, 『한국민담의 심층분석』, 서울:집문당, 1995. 25쪽.

7) Leo Lowenthal, 윤준 옮김, 『문학과 인간 이미지』, 서울:종로서적, 1983. 10쪽.

8) 오혜정, 「가능 세계 이론을 통한 허구성의 탐구」, 서울대학교 미학과 석사학위논문, 2001. 8쪽에서 재인용.

9) Homer, 천병희 옮김, 『오뒷세이아』, 서울: 단국대학교 출판부, 1996. 77쪽.

10) Georg Lukács 외, 이훈길 옮김, 『리얼리즘 미학의 기초 이론』, 서울: 한길사, 1986. 58쪽.

11) 디에게시스(diegesis)는 대화나 행동을 화자가 정리해서 재현하기이며 미메시스(mimesis)는 대화나 행동을 화자가 정리하지 않고 직접 재현하기이다. Aristotle, 이상섭 옮김, 『시학』, 서울: 문학과지성사, 2005. 20쪽.

12) Alan Spiegel, 박유희·김종수 옮김, 『소설과 카메라의 눈(*Fiction and the Camera Eye*)』, 서울: 르네상스, 2005. 56-75쪽.

13) Gérard Genette, trans by Channa Newman & Claude Doubinsky, *Palimpsests : Literature in the Second Degree*, Lincoln: University of Nebraska Press, 1997. 1쪽.

14) Gérard Genette, 권택영 옮김, 『서사 담론(*Discours du recit*)』, 서울: 교보문고, 1992. 280쪽.

15) 류철균·조성희, 「디지털 게임에서의 초점화 양상 연구」, 《어문학》 제105집, 2009. 392-394쪽.

16) 趙起彬, 조남호·신정근 옮김, 『반논어(論語新探)』, 서울: 예문서원, 1996. 29-30쪽.

17) H. G. Creel, 이성규 옮김, 『공자, 인간과 신화(*Confucius and Chinese way*)』, 서울: 지식산업사, 1983. 57-72쪽.

18) 子貢曰, "何爲其莫知子也?" 子曰, "不怨天, 不尤人, 下學而上達. 知我者其天乎!" 『논어』 헌문편 35장.

19) 子曰, "幼而不孫弟, 長而無述焉, 老而不死, 是爲賊." 以杖叩其脛. 『논어』 헌문편 43장.

20) 서성은, 「디지털 게임 스토리텔링과 사용자 경험 연구 ─ 발터 벤야민의 '이야기' 개념을 중심으로」, 《인문콘텐츠》 제27호, 2012. 135-136쪽.

1-2

1) 홍성철, 『유곽의 역사』, 서울: 페이퍼로드, 2007. 75쪽.

2) 김종욱, 「팔베개 노래조」, 『원본 소월 전집』 하권, 서울: 홍성사, 1982. 759쪽(현대어 역 인용자).

3) 류철균, 「1920년대 민요조 서정시 연구」, 서울대학교 국어국문학과 석사학위논문, 1993. 17-18쪽. 김소월의 시대에 이르면 농민이 부르는 민요는 이미 민멸되었다. 김소월 같은 서도 지역 출신의 민요조 서정시인들이 전통의 모델로 삼았던 것은 사실 민요가 아니라 채란과 같은 기생들이 부르는 잡가였다.

4) Chris R. Fairclough, "Story Games and the OPIATE System", Ph.D thesis of department of Communication, Vol.32, 1981. 52-53쪽.

5) Brenda Laurel, 유민호·차경애 옮김, 『컴퓨터는 극장이다』, 서울 : 커뮤니케이션북스, 2008. 63-68쪽.

6) 류철균, 「대상화된 운명의 형식」, 《작가세계》 제9호, 1991. 69쪽.

7) G. W. F. Hegel, 임석진 옮김, 『법철학』 2, 서울 : 지식산업사, 1990. 277-279쪽.

8) Vilem Flusser, 윤종석 옮김, 『디지털시대의 글쓰기(Die Schrift : Hat Schreiben Zukunft?)』, 서울 : 문예출판사, 1998. 140쪽.

9) 이인화, 「창의성과 스토리텔링」, 한국게임학회 2009년 추계학술발표대회, 2009.

10) Julia Kristeva, 서민원 옮김, 『기호분석론 세미오티케(Semiotike : Recherches pour une semanalyse)』, 서울 : 동문선, 2005. 106쪽.

11) Linda Hutcheon, A Theory of Adaptation, New York : Routledge, 2006. 33-51쪽.

1-3

1) Christopher R. Beha, "What Makes Literature Literature", New York Times, 2011.

2) Nick Couldry, "On the Set of The Sopranos : "Inside" a Fan's Construction of Nearness", Fandom : Identities and communities in a mediated world, NewYork : NYU, 2007. 142-143쪽.

3) 헤겔주의의 몰락과 더불어 진리의 인식에서 철학을 대신하기 시작한 문학문화는 "인간이란 무엇인가?"라는 질문 대신 "우리가 어떤 삶을 살 수 있는가에 대한 어떤 새로운 생각을 누가 지니고 있는가?"라는 질문을 제기했다. 이것은 인간은 다양하고 다양해야만 하기 때문에 다양한 구원의 방식이 존재한다는 믿음의 산물이다. Richard Rorty, 신중섭 옮김, 「구원적 진리의 쇠퇴와 문학문화의 발흥」, 『구원적 진리, 문학문화, 그리고 도덕철학』, 서울 : 아카넷, 2001. 11-14쪽.

4) Noam Chomsky 외, 이창희 옮김, 『사이언스 이즈 컬처』, 서울:동아시아, 2012. 51쪽.

5) Jeremy Rifkin, 이경남 옮김, 『공감의 시대』, 서울:민음사, 2010. 697쪽.

6) Robert Mckee, "Robert Mckee Seoul Story Seminar", 2012.10.29.-2012.11.2.

7) Mike Sharples, "An Account of Writing as Creative Design", *Science of Writing: Theories, Methodes, Individual Differences and Applications* edited by C.M. Levy & S. Randell, Erlbaum Press, 1996. 127쪽.

8) Charles. S. Peirce, 김성도 옮김, 『퍼스의 기호 사상』, 서울:민음사, 2006. 136쪽.

9) 이용욱, 「디지털 서사 자질 연구」, 《국어국문학》 158호, 2011. 342쪽.

10) 김효명, 「근대 과학의 철학적 조명」 제1장, 한국연구재단(NRF) 기초학문자료센터 연구성과.

11) Roger C. Schank, 신현정 옮김, 『역동적 기억-학습과 교육에 주는 함의(*Dynamic Memory*)』, 서울:시그마프레스, 2002. 93쪽.

12) Gary Saul Morson, 오문석·차승기·이진형 옮김, 『바흐친의 산문학(*Mikhail Bakhtin: Creation of a Prosaics*)』, 서울:책세상, 2006. 107-109쪽.

13) 추출(retrieval)이란 정보통신용어로서 파일 속의 레코드에 포함된 레이블 또는 키(key)를 비교함으로써 파일 속에서 특정한 데이터를 뽑아내는 행위이다. 이 개념은 검색(sereach)과 비슷하지만 검색보다 주체적인 행동의 의미가 한층 강화된 '선택해서 찾다'라는 뜻이다. 구윤모, 「인터넷 포탈에서의 검색 서비스의 역할에 관한 연구」, 고려대학교 경영학과 석사학위논문, 2006. 10쪽.

14) Roger C. Schank, 앞의 책. 98쪽.

15) Northrop Frye, *A study of English Romanticism*, Chicago:University of Chicago Press, 1958. 31쪽.

16) Roland barthes, 김희영 옮김. 「저자의 죽음」, 『텍스트의 즐거움』, 서울:동문선, 2002. 28쪽.

17) Roland Barthes, 위의 책. 63-69쪽.

18) Jacque Ranciere, 진태원 옮김, 「미학 혁명과 그 결과」, 『뉴레프트리뷰 1』, 서울:길, 2009. 486쪽.

19) 노르웨이 오슬로 대학 영화학과 바게 교수의 '관객 공감도' 이론을 인용자가 재구성했음. Margrethe Bruun Vaage, "The Empathetic Film Spectator in Analytic Philosophy and Naturalized Phenomenology", *Film and Philosophy* Vol. 10, 2006. 33쪽.

20) Moira Dorsey 외, "How Personas Drive Experience-Based Differentiation", *Client Choice Report*, 2007. 9. 6. (www.forrester.com)

21) 원준식, 「비아리스토텔레스적 연극 미학(I)」, 《미학-예술학 연구》 제33호, 2011. 148쪽.

22) 원준식, 위의 논문. 153쪽.

23) K. Dent-Brown와 Michael Wang의 논문 324쪽에 나온 도해를 인용자가 재구성. K. Dent-Brown & Michael Wang, "The Mechanism of Storymaking : A Grounded Theory Study of the 6-Part Story Metho", *The Arts in Psychotherapy* Vol. 33, 2006. 324쪽 참조.

24) James Meehan, "TALE-SPIN, AN INTERACTIVE PROGRAM THAT WRITES STORIES", *Proceedings of 5 international joint conference on Artificial intelligence* Vol. 1, 1977. 93쪽.

25) R. Ramond Lang, "A Declarative Model for Simple Narratives AAAI", *Proceedings of the AAAI Fall Symposium on Narrative Intelligence*, 1999, 139쪽.

1-4

1) 김병욱, 최상규 옮김, 『현대 소설의 이론』, 서울 : 예림기획, 2007. 96-97쪽.

2) Victor Shklovsky, "Sterne's Tristram Shandy : Stylistic Commentary", *Russian Formalist Criticism*, Four Essays Trans by T. Lemon & Marion J. Reis, London : Univ. of Nebraska Press, 1965. 57쪽.

3) Gérard Genette, 권택영 옮김, 앞의 책. 177쪽.

4) Mieke Bal, 성충훈·송병선 옮김, 『소설이란 무엇인가』, 울산 : 울산대학교 출판부, 1997. 169-172쪽.

5) H. Porter Abbot, 우찬제 외 옮김, 『서사학 강의-이야기에 대한 모든 것』, 서울 : 문학과 지성사, 2010. 146-147쪽.

6) 이인화, 「디지털 기술과 영화의 스토리텔링」, 『디지털 스토리텔링』, 서울 : 황금가지, 2003. 143쪽.

7) Chujo Shohei, 윤성원 옮김, 『이 책 잘 읽으면 소설가 된다 2』, 서울 : 문학사상, 2005. 252쪽.

8) Gabriel Garcia Marquez, 송병선 옮김, 『내 슬픈 창녀들의 추억』, 서울 : 민음사, 2005. 159쪽.

9) Robert L. Wilensky, "Story grammar versus story point", *The Behavioral and Brain*

Science Vol.6(4), 1983. 621쪽.

10) L. A. Flower & J. R. Hayes, "A cognitive process theory of writing", *College Composition and Communication* Vol. 32, 1981. 368쪽.

11) C. Michael Levy & Sarah Ransdell (edited by), *The Science of Writing*, New York:Routledge, 1996. J. R. Hayes, "Modeling and Remodeling Writing", *Written Communication* Vol. 29(3), 2012. 369-388쪽.

12) L. A. Flower & J. R. Hayes, 앞의 논문. 370쪽.

13) L. A. Flower & J. R. Hayes, 앞의 논문. 377쪽.

14) J. R. Hayes, 앞의 논문(2012). 371쪽.

15) J. R. Hayes, *Handbook of Writing Research* edited by Charles A. MacArthur, Steve Graham & Jill Fitzgerald, New York:The Guilford Press, 2006. 32쪽.

16) Peter Elbow, *Writing without Teachers*, London:Oxford University Press, 1998, 70-75쪽.

1-5

1) Mark O. Riedl, "Narrative Planning: Balancing plot and character", *Journal of Artificial Intelligence Research* Vol. 39, 2010. 217-219쪽.

2) 권보연, 「시나리오 저작 프로그램에 있어 컨셉 맵(Concept map)을 활용한 캐릭터 기반 스토리 창작 지원체계의 설계 방향 연구」, 이화여자대학교 디지털미디어학부 박사과정 디지털 스토리텔링 방법론 강의 기말제출논문(미간행), 2011.

3) Andre Maurois, 송면 옮김, 『레미제라블』, 서울:동서문화사, 2003. 2306-2396쪽.

4) Rafael Pérez, "MEXICA:A Computer Model of Creativity in Writing", University of Sussex. Ph.D degree thesis, 1999. 8-9쪽.

5) E. Conklin, "Concept mapping:impact on content and organization of technical writing in science", Dissertation abstract international, 2007.

6) Linda H. Straubel, "Creative concept mapping: From reverse engineering to writing inspiration", *Proceedings of the second international conference on concept mapping*, San Jose, Costa Rica, 2006.

7) 이청준,『작가의 작은 손』, 서울 : 열화당, 1978. 240-241쪽.

8) 이청준, 위의 책. 267쪽.

9) Michael Rabiger, 양기석 옮김,『작가의 탄생(*Developing Story Ideas*)』, 서울 : 커뮤니케이션북스, 2006. 53-60쪽.

10) 남양희·류철균,「스토리텔링 중장기 기술 개발 로드맵 수립 연구 보고서」, 한국콘텐츠진흥원, 2008. 201-202쪽.

11) Georg Lukács, 홍승용 옮김,『미학서설 : 미학적 범주로서의 특수성』, 서울 : 실천문학사, 1989. 127쪽.

12) Roger C. Schank, 앞의 책. 95쪽.

13) 이용권,「범주화의 고전이론과 원형이론 비교연구」,《언어과학》제17권 4호, 2010. 152-153쪽.

14) Annette Karmiloff-smith, *Beyond Modularity*, Cambridge : MIT Press, 1996. 28쪽.

15) Annette Karmiloff-smith, 위의 책. 16쪽.

16) Stefan Zweig, 원당희 옮김,『톨스토이를 쓰다』, 서울 : 세창미디어, 2013. 63-64쪽.

17) Stefan Zweig, 안인희 옮김,『발자크 평전』, 서울 : 푸른숲, 1998. 249-253쪽.

18) David Bayles & Ted Orland, 앞의 책. 46쪽.

19) 집필(engagement) 상태에서 작가는 완전히 몰입하여 외부적 매체에 물질적으로 현존하는 글을 만든다(워드프로세스 프로그램이 돌아가는 컴퓨터 모니터 위의 전기신호도 어쨌든 물질적으로 현존하는 글이다). 작업 기억(working memory)이 완전히 이 일에 몰두하고 있기 때문에 뇌는 집필 이외의 다른 섬세한 인지 활동을 수행할 수가 없다. 작가가 자신이 쓴 것을 성찰해야 할 필요가 있을 때는 반드시 작업 상태에서 벗어나야 한다. 이런 식으로 집필이 중단되고 성찰(reflection)이 시작된다. 성찰은 6가지 행동으로 구성된다. 쓴 것을 검토하기(reviewing) 기억을 상기하기(conjuring up), 연상에 의해 새로운 아이디어를 생성하기(generating), 아이디어를 형태화하기(forming), 아이디어를 변형하기(transforming), 새로운 글 소재를 기획하기(planning)이다. 이와 같은 집필과 성찰의 순환이 글쓰기를 전진시킨다. 집필은 성찰에 새로운 생각할 거리를 제공하며 성찰은 집필에 재해석과 착수해야 할 새로운 계획을 제공한다. Mike Sharples, 앞의 책. 144쪽.

20) M. Torrance, G.V. Thomas & E.J. Robinson, edited by C.M. Levy & S. Ransdell, *The Science of Writing : Theories, Methods, Individual Differences and Applications*, Mahwah, N. J. : Erlbaum, 1996. 189쪽.

21) M. Torrance 외, 위의 논문. 193쪽.

1-6

1) 류철균, 「디지털 콘텐츠 스토리 모티프 DB 필드 데이터 및 모델 연구보고서」, 《한국소프트웨어진흥원 정책연구》 03-26호, 2004. 4쪽.

2) 주제와 모티프는 서로 연관된 개념이다. 모티프가 이야기의 비개인적이고 기본적인 내용 요소를 가리킨다면 주제는 모티프가 특정한 작품으로 개별화된 양상이다. 이재선 편, 『문학주제학이란 무엇인가』, 서울 : 민음사, 1996. 8-10쪽.

3) Norman Friedman, 최상규 옮김, 「단편소설은 왜 짧은가」, 『단편소설의 이론』, 서울 : 예림기획, 1997. 209-211쪽.

4) Tzvetan Todorov, 곽광수 옮김, 『구조시학』, 서울 : 문학과지성사, 1987. 127쪽.

5) Frederic Jamerson, *The Political Unconscious-Narrative as a Socially Simbolic Act*, London : Methuen, 1981. 276쪽.

6) Kenneth E. Boulding, "Twelve Friendly Quarrels with Johan Galtung," 정천구, 「평화의 두 가지 개념에 관한 논쟁」, 《서석사회과학논총》 제4권 제1호, 2011. 54쪽에서 재인용.

7) Dorothy Parker, "A Telephone Call."(http://www.classicshorts.com/stories/teleycal.html)

8) Vladimir Propp, 유영대 옮김, 『민담 형태론』, 서울 : 새문사, 2007. 33쪽.

9) Horst S. Daemrich & Ingrid Daemrich, 이재선 편역, 『문학 주제학이란 무엇인가』, 서울 : 민음사, 1996. 148-153쪽.

10) Northrop Frye, 임철규 옮김, 『비평의 해부』, 서울 : 한길사, 1982. 228쪽.

11) Roger C. Schank, 앞의 책. 98쪽.

12) Robert Scholes, 위미숙 옮김, 『문학과 구조주의』 서울 : 새문사, 1987. 65쪽.

13) Stith Thomson, 윤승준 옮김, 『설화학원론』, 서울 : 계명문화사, 1992. 4쪽.

14) Sandra. K. D. Stahl, The Personal Narrative as Folklore, *JOURNAL OF FOLKLORE RESEARCH* Vol. 14-1, 1977. 17쪽.

15) 권순긍, 「고전 소설의 영화화-1960년대 이후 〈춘향전〉 영화 중심으로-」, 《고소설 연구》 23권, 한국고소설학회, 2007. 〈춘향전〉 영화 18편의 분석은 김주희, 「춘향전의 현대적

변용과 교육적 활용-패러디 작품 중심으로-」, 이화여자대학교 교육대학원 석사학위논문, 2000. 92-93쪽.

16) Vladimir Propp, 최애리 옮김,『민담의 역사적 기원』, 서울 : 문학과 지성사, 1990. 18쪽.

17) 류선정, 「프랑스 전래동화『미녀와 야수』의 에니메이션화」,《프랑스학 연구》제55호, 2011. 395쪽.

18) Charles Bukowski, 김철인 옮김,『일상의 광기에 대한 이야기 1』, 서울 : 바다출판사, 2000. 7-17쪽

19) 마르시아스 심, 「베개」,『떨림』, 서울 : 문학동네, 2000. 239쪽.

1-7

1) 류철균, 「문화원형에 기반한 한국형스토리텔링 개발사업 보고서 : 한국형 스토리분류 체계 및 모티프 DB」, 한국문화콘텐츠진흥원, 2008. 14-20쪽.

2) 류철균,「한국 현대 소설 창작론 연구」, 서울대학교 국어국문학과 박사학위논문, 2001. 119쪽.

3) Tzvetan Todorov, 김치수 옮김,『러시아 형식주의』, 이화여자대학교 출판부, 1988. 233-250쪽.

4) 류철균, 앞의 논문(2001). 114쪽.

5) 이인화, 「인간의 다섯 가지 욕망과 디지털 스토리텔링」,《작가세계》제59호(2003년 겨울). 69쪽.

6) 인터랙티브 드라마 시스템이란 컴퓨터 프로그램상에서 캐릭터가 사용자와 자동적으로 상호작용하는, 극적으로 흥미로운 가상 세계이다. 인터랙티브 스토리텔링 시스템이라고도 불린다. 대표적인 인터랙티브 드라마 시스템으로 마이클 영이 개발한 미메시스(Mimesis)(2003), 마르크 카바차가 개발한 아이-스토리텔링(I-storytelling)(2002), 니콜러스 실러즈가 개발한 아이디텐션(IDtention)(2003) 등이 있다. 이 가운데 파사드가 가장 완성도 높은 시스템으로 평가받는다. 손형전·안보라, 「사용자의 극적 경험을 위한 인터랙티브 드라마 연구」,《디지털 스토리텔링 연구》제3호, 2008. 204쪽.

7) 파사드에 접속하면 사용자는 트립(Trip)과 그레이스(Grace)라는 부부가 살고 있는 아파트를 방문하게 된다. 트립과 그레이스는 겉보기에는 매력적이고 물질적으로 부족함이 없는 행복한 부부이다. 사용자는 이 부부의 대학 동창으로 오랫동안 만나지 못하다가 재회했

다는 설정이다. 그 집에서 사용자는 그들의 결혼 생활이 붕괴될지도 모르는 사건에 깊숙이 얽히게 된다. 파사드에는 갈등의 원인이 되는 4가지의 스토리 토픽이 있다. (1)예술가와 광고 (artist/advertising) : 그레이스는 원래 미술을 전공해서 계속 그림을 그리고 싶었지만, 트립 과 가족들의 강요로 돈이 되는 광고 일을 하게 된다. (2)험난한 결혼 생활(rocky marriage) : 그들의 결혼은 시작되기 전부터 부적절한 관계로 인한 갈등을 내포하고 있었고, 시간이 지 날수록 더 나빠졌다. (3)허울(Façade): 그들의 결혼 생활은 불만과 불신으로 점철되어 있었 지만, 다른 사람들이 그것을 눈치 채지 못하도록 꾸미고 살아왔다. (4)트립의 바람기(Trip's affairs) : 트립은 결혼 생활에서 찾지 못한 행복을 불륜을 통해 얻고 있었고, 그레이스는 그 사실을 어렴풋이 알면서도 모르는 척한다. Michael Mateas, "Interactive Drama, Art and Artificial Intelligence", *Carnegie Mellon University Ph.D degree Thesis in School of Computer Science*, 2002. 156쪽.

8) 손형전·안보라, 앞의 논문. 205쪽.

2부 디지털 스토리텔링

2-1

1) 이인화 외, 『디지털 스토리텔링』, 황금가지, 2003. 14쪽.

2) Bryan Alexander, *The New Digital Storytelling: Creating Narratives with New Media*, Praeger Press, 2011. 3쪽.

3) 최유준, 「〈강남스타일〉은 강남스타일이다」, 《음악과 민족》 제44호, 2012. 8쪽.

4) Vilem Flusser, 김성재 옮김, 『코무니콜로기 : 코드를 통해 본 커뮤니케이션의 역사와 이론 및 철학』, 서울 : 커뮤니케이션북스, 2001. 243쪽.

5) 김탁환, 「디지털 시대 전통 기록과 스토리텔링 연구」, 《국학연구》 제12집, 2008. 307쪽.

6) Roland Barthes, 김치수 옮김, 「이야기의 구조적 분석 입문」, 『구조주의와 문학비평』, 서울 : 홍성사, 1980. 93쪽.

7) 황임경, 「의학과 서사」, 서울대학교 의학과 박사학위논문, 2011. 195-199쪽.

8) Lev Manovich, 서정신 옮김, 『뉴 미디어의 언어』, 서울 : 생각의 나무, 2004. 70-81쪽.

9) 波多野完治, 앞의 책. 8쪽.

10) 류철균, 「영화 및 애니메이션 스토리텔링 지원도구 개발사업 1차년도 단계평가 보고서」, 한국콘텐츠진흥원, 2011. 7-8쪽.

11) 류철균·정유진, 「디지털 서사도구의 인과율 개념 연구」, 《인문콘텐츠》 제22호, 2011. 184쪽.

12) 서정남, 『영화 서사학』, 서울:생각의나무, 2004. 18-24쪽.

13) Cesare Segre, 앞의 책. 105-144쪽.

14) Thomas Kuhn, 김명자 옮김, 『과학혁명의 구조』, 서울:정음사, 1981. 33쪽.

15) 삼각법(triangulation):자료의 두 독립적 요인에 의해 확증되는 명제는 단일한 요인에 의해 확증되는 것보다 더 신뢰성이 있다는 연구 방법.

16) David Herman, "Directions in Cognitive Narratology" edited by Jan Alber & Monika Fludernik, *Postclassical Narratology*, State Univ. of Ohio Press, 2010. 137쪽.

17) 소영현, 「좀비 비평의 미래-비평의 죽음에 관한 다섯 개의 주석」, 《문학과 사회》 제100호, 2012. 403쪽.

18) http://www.computerhope.com/history/1990.htm (최종접속 2013년 3월 29일)

19) 이성노, 「인지과학과 학문간 융합의 원리와 실제」, 《한국사회과학》 제32호, 2010. 25쪽.

20) Jan Alber & Monika Fludernik, 'Introduction', *Postclassical Narratology*, 6쪽.

21) Marie Laure Ryan, "In Search of the Narrative Theme", *The Return of Thematic Criticism* edited by Werner Sollors, Cambridge MA:Harvard Univ. Press, 1993. 171쪽.

22) 한혜원, 「디지털 게임의 다변수적 서사 연구」, 이화여자대학교 국어국문학과 박사학위논문, 2009. 3-5쪽.

23) Marie Laure Ryan, 위의 논문. 같은 쪽.

24) '상호 이해 지향성'이란 "세계 내에 있는 무엇인가에 관해 타자와 의견을 나눔으로써 서로의 행위 계획을 조정하고자 하는 실행적 태도"를 말한다. Jürgen Habermas, 「Kommunikative vs subjektzentrirte Vernunft」, *Der philosophische Diskurs der Moderne*, Frankfurt:Suhrkamp, 1985. 346쪽.

25) 권호창, 「디지털 스토리텔링에 있어 스토리 생성 시스템 연구-스토리 엔진 모델링을 중심으로」, 한국예술종합학교 예술전문사학위 청구논문, 2009. 11쪽.

26) 손형전·안보라, 앞의 논문. 204-206쪽.

27) 류철균·서성은, 「디지털 서사 창작 도구의 서사 알고리즘 연구-드라마티카 프로를 중심으로」, 《현대소설연구》 제38권, 2008.

28) 남양희·류철균, 앞의 논문. 248-257쪽.

29) Leandro Motta Barros & Soraia Raupp Musse, "Introducing Narrative Principles into Planning-Based Interactive Storytelling", *Proceeding of International Conference on Advances in Computer Entertainment Technology*, 2005. 35-42쪽.

30) Jaroslav Prusek, 김진곤 옮김, 「도시 : 통속소설의 요람」, 《중국소설연구회보》 제31호, 1997. 53-54쪽.

31) 류철균·윤혜영, 「디지털 서사 창작도구의 CBR 모델 비교 연구 :〈민스트럴〉과〈스토리헬퍼〉를 중심으로」, 《한국디지털콘텐츠학회 논문지》 제13권 제2호, 2012. 217쪽.

2-2

1) Aristotle, 앞의 책. 33쪽.

2) Hubert Dreyfus & Sean Dorrance Kelly, 김동규 옮김, 『모든 것인 빛난다』, 서울 : 사월의 책, 2013. 354-359쪽.

3) Jason Ohler, *Digital Storytelling in the Classroom : New Media Pathways to Literacy, Learning, and Creativity*, Thousand Oaks : Corwin, 2008. 72-73쪽.

4) http://www.writersstore.com/writing-loglines-that-sell/

5) 夏目漱石, 『문학론』, 小森陽一, 「나쓰메 소세키에 있어 문학의 보편성」, 《한국학연구》 27권, 2012. 13쪽에서 재인용.

6) 테일스펀을 켜면 시작과 동시에 다음과 같은 화면이 등장한다. "이야기의 주인공은 누구인가? 1.조지(개미) 2. 아서(곰)". 사용자가 조지를 선택하면 다시 다음과 같은 화면이 등장한다. "조지의 문제는 다음 중 어느 것인가? 1. 배고프다 2. 피곤하다 3. 목마르다 4. 흥분했다" 사용자가 '목마르다'를 선택하면 캐릭터의 상태 변수 '배고픔, 피곤함, 목마름, 흥분함(Sigma-Hunger, Sigma-Rest, Sigma-Thirst, Sigma-Sex)' 가운데 목마름(Sigma-Thirst)이 생성되고 이 상태 변수에 맞게 플래닝이 작동된다. James R. Meehan, "An Interactive Program that writes story", *IJCAI'77 Proceedings of the 5th international joint conference on Artificial intelligence* Vol. 1, 1977. 91-92쪽. http://dl.acm.org/citation.cfm?id=1624452(최종접속 2013. 3. 4).

7) 테일스펀의 델타 함수의 하나로 PROX(X, Y, Z)를 예를 들면 이 함수는 "X는 Y가 Z 근

처로 이동하기를 원한다"를 표시한다. 이것은 아래와 같은 프로그램 코드가 된다.

```
Planbox 1 : X tries to move Y to Z
Preconditions
X is self-movable
If X is different from Y
then DPROX(X, X, Y)
and DO-GRASP (X, Y)
DKNOW (X, where is Z?)
DKNOW (X, where is X?)
DLINK (X, loc (Z))
act : DO-PTRANS (X, Y, loca (Z))
postcondition :
Is Y really at Z? (DKNOW could have goofed)
postact : if X is defferent from Y,
Then DO-NEG_GRASP (X, Y)
```

이때 X가 Y 근처에 있지 않으면 X는 Y 근처로 이동해서 Y를 붙잡아 이동시킬 수 있음을
표시한다. 이 함수가 수행되기 위해서는 X가 스스로 이동할 수 있어야 한다. 이때 Z가 Y의
현재 위치와 다른 위치에 있을 경우 DKNOW라는 다른 델타 함수를 부른다. 이를 위해서 X
는 자신의 위치를 알아야 한다. 그다음 X의 위치로부터 Z까지 가는 경로를 찾아내야 한다.
그런 다음 PTRANS라는 함수를 이용해 Z로 이동한다. 이러한 함수의 조합으로 플랜을 만
들고 이를 수행하여 이야기를 만들 수 있다(상기 프로그램 코드의 해석은 서울대 융합기술대
학원 이만재 교수님의 도움을 받았음). James Meehan, 앞의 논문. 93쪽.

8) Natalie Dehn, "Story Generation after TALE-SPIN", *IJCAI'81 Proceedings of the 7th
international joint conference on Artificial intelligence* Vol. 1. 16쪽.

9) Michael Lebowitz. "Creating Characters in a Story-Telling Universe", *Poetics* Vol.
13, 1984. 171-194쪽.

10) 류철균·윤혜영, 「디지털 서사 창작도구의 CBR 모델 비교 연구:〈민스트럴〉과〈스토리
헬퍼〉를 중심으로」,《한국디지털콘텐츠학회 논문지》제13권 제2호, 2012. 213-224쪽.

11) Michael Lebowitz. "Story-Telling as Planning and Learning", *Poetics*
Vol. 14, 1985. 486쪽.(http://classes.soe.ucsc.edu/cmps148/Winter10/readings/

LebowitzUniversePoetics14.pdf)

12) Mark Payne, *Theocritus and the Invention of Fiction*, Cambridge : Cambridge University Press, 2007. 제3장 참조.

13) Lev Manovich, 서정신 옮김, 앞의 책. 285쪽.

14) 안경진, 「작가의 스토리텔링 집필 직무 분석 및 지원 시스템의 설계」, 한국과학기술원 (KAIST) 문화기술학제전공 석사학위논문, 2005. 18쪽.

15) 최미란, 「디지털 스토리텔링 모델을 활용한 스토리뱅크 설계 방안」, 고려대학교 문화 콘텐츠학 석사학위논문, 2007. 58쪽.

16) 권호창, 「디지털 스토리텔링에 있어 스토리 생성 시스템 연구 : 스토리 엔진 모델링을 중심으로」, 한국예술종합학교 영상원 석사학위논문, 2010. 18-22쪽.

17) 이찬욱·이채영, 「영화·애니메이션 스토리텔링 기획·창작 지원 시스템 연구」,《인문콘텐츠》제19권, 2010.

18) Scott. R. Turner, "MINSTREL : A computer model of creativity and storytelling", Ph.D Dissertation, University of California LA, 1993. 19쪽.

19) Scott. R. Turner, 앞의 논문. 41쪽.

20) Rafaely Pérez y Pérez & Mike Sharples, "Three computer-based models of storytelling : BRUTUS, MINSTREL and MEXICA", *Knowledge-Based Systems* Vol. 17, 2004. 20쪽.

21) Roger C. Schank, 앞의 책. 116쪽.

22) Scott. R. Turner, 위의 논문. 48-55쪽 사이의 도표 통합. 류철균·윤혜영, 앞의 논문, 2012. 217쪽.

23) 류철균·윤혜영, 앞의 논문. 218쪽.

2-3

1) http://www.icosilune.com/2009/01/scott-turner-the-creative-process/

2) Roland Barthes, 김인식 편역,『이미지와 글쓰기』, 서울 : 세계사, 1993. 134-136쪽.

3) Robert Ebert, 최보은·윤철희 옮김,『위대한 영화(*The Great Movies*)』, 서울 : 을유문화사, 2003. 294쪽.

4) 이인화, 〈세기말에 띄우는 편지-아라비아의 로렌스를 생각한다〉, 《조선일보》(1999. 12. 1).

5) Thomas Edward Lawrence, 최인자 옮김, 『지혜의 일곱 기둥』 제1권, 서울 : 뿔, 2006. 52-53쪽.

6) Harold Bloom, 윤병우 옮김, 『해럴드 블룸의 독서 기술(How To Read and Why)』, 서울 : 을유문화사, 2011. 41쪽.

7) Vladimir Nabokov, 이혜승 옮김, 『나보코프의 러시아 문학 강의(Lectures On Russian Literature)』, 서울 : 을유문화사, 2012. 465쪽.

8) 小野理子, 김욱 옮김, 『러시아의 사랑과 고뇌』, 서울 : 고려원, 1991. 260-267쪽.

9) Aristotle, 앞의 책. 46쪽.

10) L. Z. Tiedens & S. Linton, "Judgment under emotional certainty and uncertainty : The effects of specific emotions on information processing", Journal of Personality and Social Psychology 81(6), 2001. 973-988쪽.

11) Leon Golden, 최상규 옮김, 『아리스토텔레스의 시학』, 서울 : 예림기획, 1997. 263-264쪽.

12) Aristotle, 앞의 책. 47쪽.

13) 진창의, 「반전 결말 서사물에서의 편향과 은닉 기법」, KAIST 문화기술대학원 석사학위논문, 2008. 26쪽.

14) "만화 원작을 통독하고 나서 우리는 '고담 시에 배트맨이 존재한다는 사실 자체가 범죄자들과 미치광이들을 고담 시로 유인한다'라는 매혹적인 아이디어를 발견했습니다. 정의감에 불타는 사람들이 악에 대해 사적 제재를 가하게 된다면 어떤 일이 벌어질까요? 이것이 배트맨이라는 캐릭터가 그토록 어둡고 복수욕을 표출하는 인물이 되어가는 이유입니다." ('선과 악의 에스컬레이션' 주제에 대한 크리스토퍼 놀란 감독의 답변) David M. Halbfinger, "A Director Confronts Darkness and Death", The New York Times(March 8, 2008).

2-4

1) David Everett Rumelhart(1942~2011). 1967년부터 1987년까지 UC 샌디에이고 대학교 심리학과, 1987년부터 1998년까지 스탠퍼드 대학교 심리학과에 재직하면서 인간 두뇌의 정보처리 과정을 컴퓨터 시뮬레이션으로 구현하는 연구를 하였으며 많은 제자들을 길러냈다. 그의 학덕을 기리는 데이비드 에버릿 루멜하트 상은 2000년부터 지금까지 매년 인

지과학 분야의 연구자에게 10만 달러의 상금과 메달을 수여한다. (http://www.nytimes.com/2011/03/19/health/19rumelhart.html?_r=0)

2) Dimitrios N. Konstantinou, "HOMER:A Creative Story Generation System", University of Ulster Ph.D thesis in School of Computing and Intelligent Systems, 2003. 34쪽.

3) 도표는 루멜하트 자신이 작성한 것이 아니며 인용자가 아래 논문의 설명을 요약, 정리한 것이다. David Everett Rumelhart, "Notes on a schema for stories", edited by D. G. Bobrow, A. Collins, *Representation and Understanding: Studies in Cognitive Science*, New York:Academic Press, 1975. 221-234쪽.

4) 이승희, 「한국어 교육에서의 이야기 읽기 교수 방안 연구」, 이화여자대학교 교육대학원 외국어로서의 한국어교육전공 석사학위논문, 2005. 19쪽.

5) Mikhail M. Bakhtin, "Forms of Time and of the Chronotope in the Novel", 전승희·서경희·박유미 옮김, 『장편소설과 민중언어』, 서울:창작과비평사, 1998. 260-261쪽.

6) Gary Saul Morson, 앞의 책. 419쪽.

7) 김은정·윤선미·최예슬, 「〈도스토예프스키의 시학〉과 스토리헬퍼」, 이화여자대학교 디지털미디어학부 2010년 2학기 디지털문화론2(미간행 발제문). 23쪽.

8) 김윤식, 『한국문학의 근대성과 이데올로기 비판』, 서울:서울대출판부, 1987. 210쪽.

9) R. De Sousa, "Emotions, what I know, what I'd like to think I know, and what I'd like to think", *Thinking about feeling*, 2004. 69쪽. 김원철, 「데카르트, 인지주의 감정이론의 기원과 한계」,《철학》제114집, 2013. 23쪽에서 재인용.

10) David Everett Rumelhart, 앞의 논문. 226-234쪽.

11) N. L. Stein & C. G. Glenn, "An analysis of story comprehension in elementary school children", edited by R.O. Freedle, *New Directions in discourse processing*, New Jersey:Ablex, 1979. 61쪽.

12) Robert de Beaugrande, "The Story of Grammars and The Grammar of Stories", *Journal of Pragmatics* Vol. 6 issue5-6, 1982. 383-422쪽

13) Lyn Pemberton, "A Modular Approach to Story Generation", *Association for Computational Linguistics*, Stroudsburg, 89 *Proceedings of the fourth conference*, 1989. 217-224쪽의 설명을 인용자가 요약, 정리했음.

14) Lyn Pemberton, 위의 논문. 219-220쪽.

15) Lyn Pemberton, 위의 논문. 223쪽.

16) R. Raymond Lang, "A Declarative Model For Simple Narratives", *Proceedings of the AAAI Fall Symposium on Narrative Intelligence*, 1999. 135-138쪽.

17) Chris Crawford, "Deikto:A Language for Interactive Storytelling", 2008. (http://www.electronicbookreview.com/thread/firstperson/algorhythmic)

18) R. Raymond Lang, 앞의 논문. 139-140쪽.

19) 1973년 프랑스 마르세유 대학교의 알랭 콜메르(Alan Colmerauer)가 개발한 언어로서, 논리식을 토대로 하여 오브젝트와 오브젝트 간의 관계에 관한 문제를 해결하기 위해 사용한다. 추론을 간결하게 표현할 수 있기 때문에 인공지능 분야에서 사용하는 기본 언어이기도 하다. Programming in Logic의 약자인 Prolog는 기호 처리를 쉽게 할 수 있고 강력한 추론 기능을 가졌으며 프롤로그 그 자체로 문법을 표현하고 자체적인 프로그램 환경을 개발할 수 있다. 프롤로그는 절차 지향이 아닌 서술적 언어이며, 프로그램의 대부분은 일련의 사실과 규칙의 형태로 기술된다. 추론 기능을 이용해 문제에 대한 모든 해를 구할 수 있으며 대화식 프로그램의 개발이 가능하다. 송태옥·안성훈·김태영, 「논리적 사고력 함양을 위한 교육용 한글 프롤로그 언어의 사용자 인터페이스 설계에 관한 연구」, 《한국컴퓨터교육학회》 제2권 제1호, 1999. 138쪽.

20) 류철균·정유진, 「디지털 서사도구의 인과율 개념 연구」, 《인문콘텐츠》 제22호, 2011. 193쪽.

21) 류철균·정유진, 위의 논문. 194쪽.

22) R. Raymond Lang, 앞의 논문. 140쪽.

2-5

1) http://en.wikipedia.org/wiki/Dramatica_Theory_of_Story_Structure

2) 류철균·서성은, 앞의 논문. 135쪽.

3) Robert Mckee, 고영범·이승민 옮김, 『STORY 시나리오 어떻게 쓸 것인가』, 서울:민음인, 2002. 224-228쪽.

4) 이무영, 『소설작법』, 서울:계진문화사, 1949. 49쪽.

5) Immanuel Kant, 백종현 옮김, 『판단력 비판』, 서울:아카넷, 2009. 제46절.

6) Cesare Lombroso, 조풍연 옮김, 『천재론』, 서울:을유문화사, 1963. 21-22쪽.

7) Murakami Haruki & Kawai Hayao, 고은진 옮김, 『하루키, 하야오를 만나러 가다』, 서울 : 문학사상사, 2010. 92쪽.

8) Georg Lukács, 홍승용 옮김, 『미학 서설 : 미적 범주로서의 특수성』, 서울 : 실천문학사, 1987. 199쪽.

9) René Girard, 김진식 옮김, 『문화의 기원(Les Origines de la Culture)』, 서울 : 기파랑, 2006. 214쪽.

10) René Girard, 김진식·박무호 옮김, 『폭력과 성스러움(La Violence et le Sacré)』, 서울 : 민음사, 1993. 195쪽.

11) René Girard, 위의 책(1993). 253쪽.

12) Espen Aarseth, "Game Trouble", edited by. J. Murray *First Person*, Cambridge : MIT press, 2004. 54쪽.

13) 조희연, 「수동혁명적 민주화 체제로서의 87년 체제, 복합적 모순, 균열, 전환에 대하여」, 《민주사회와 정책연구》 통권 24호, 2013. 153쪽.

14) 이인화, 『한국형 디지털 스토리텔링-〈리니지2〉 바츠 해방 전쟁 이야기』, 서울 : 살림, 2005. 76-78쪽.

15) 이동은, 「디지털 게임 플레이의 신화성 연구-MMOG를 중심으로」, 이화여자대학교 디지털미디어학부 박사학위논문, 2013. 201쪽.

16) 이재홍, 「문화 원형을 활용한 게임 스토리텔링 사례 연구」, 《한국문학과 예술》 제7호, 2011. 269쪽.

2-6

1) 1987년 카네기멜론 대학에서 존 E. 레이어드 등에 의해 제작된 인지반응 구조 프로그램.

2) Rafael Pérez y Pérez & Mike Sharples, "Three Computer-Based Models of Storytelling : BRUTUS, MINSTEL and MEXICA", *Knowledge-Based Systems* Vol. 17 No. 1, 2004. 19쪽.

3) Selmer Bringsjord, *Artificial Intelligence and Literary Creativity*, Mahwah : Lawrence Erlbaum Associates, 2000. 19-21쪽.

4) Selmer Bringsjord, 위의 책. 81-82쪽.

5) Selmer Bringsjord, 앞의 책. 96쪽.

6) Lev Manovich, 앞의 책. 288쪽.

7) Selmer Bringsjord, 앞의 책. 166쪽.

8) 남양희·류철균, 앞의 논문. 248-257쪽.

9) Selmer Bringsjord, 앞의 책. 172-173쪽.

10) Selmer Bringsjord, 앞의 책. 199-200쪽.

11) 류철균, 「안정효와 엄우흠의 소설」, 《세계의 문학》 제61호(1991년 가을). 277쪽.

12) Selmer Bringsjord, "Chess Is Too Easy", *MIT TECHNOLOGY REVIEW*, 1998 March/April, 25쪽.

13) Rafael Pérez y Pérez & Mike Sharples, 앞의 논문. 20쪽.

14) http://www.imdb.com/title/tt1796960/awards?ref_=tt_ql_4

15) 각 작가의 참여 현황은 다음과 같다. Henry Bromell(5 episodes, 2011-2013), William Bromell(1 episode, 2013), Alexander Cary(5 episodes, 2011-2012), Alex Gansa(36 episodes, 2011-2013), Howard Gordon(36 episodes, 2011-2013), Barbara Hall(1 episode, 2013) Chip Johannessen(9 episodes, 2011-2013), Gideon Raff(36 episodes, 2011-2013), Meredith Stiehm(5 episodes, 2011-2012). 이상 9명의 작가들 가운데 소설가이자 텔레비전 드라마 작가인 헨리 브로멜은 5개 에피소드밖에 집필하지 않았으나 프라임타임 에미상 각본상을 비롯해 〈홈랜드〉의 스토리에 관련한 상들이 그에게 수여되었다. 이것은 66세의 고령이던 그가 드라마가 제작 중이던 2013년 3월 19일 심장마비로 사망했고 제작에도 관여했기 때문에 제작진들이 수상의 영광을 그에게 돌린 것으로 보인다.(http://www.heavy.com/news/2013/03/henry-bromell-dies-death-homeland-producer/)

16) 류철균, 「문화원형에 기반한 한국형스토리텔링 개발사업 보고서 제2권 : 한국형 스토리텔링 전략 로드맵」, 한국문화콘텐츠진흥원, 2008. 305-313쪽.

17) Claude Levi-Strauss, 김진욱 옮김, 『구조인류학』, 서울 : 종로서적, 1983. 206쪽.

18) "Fx(a) : Fy(b)≃Fx(b) : Fa^{-1}(y)"(x, y=기능 / a, b=신화에 등장하는 주체) Claude Levi-Strauss, 위의 책. 217쪽.

1) Jerome S. Bruner, *Making Stories: Law, Literature, Life*, NewYork: Farrar, Strauss and Giroux, 2002. 90쪽.

2) 박기수, 「문화콘텐츠 스토리텔링의 창의성 구현 전략 시론」, 《디지털 스토리텔링 연구》 제4호, 2009. 54쪽.

3) Brewster Ghiselin, 이상섭 옮김, 『예술창조의 과정(*The Creative process*)』, 서울: 연세대학교 출판부, 1964. 12쪽.

4) S. Freud, 정장진 옮김, 「빌헬름 옌젠의 『그라디바』에 나타난 망상과 꿈」, 『창조적인 작가와 몽상』, 서울: 열린책들, 1996. 234쪽.

5) 창작 사건의 구조는 창작 발상법의 장(場), 서사 구성법의 장, 문장 수사법의 장, 소설 유형화의 장이라는 4분법으로 분류된다. 이는 작가가 창작 과정에서 부딪힐 수 있는, 객관적으로 잠재하는 문제들을 각각의 논리적 성격에 따라 문제장(問題場)들의 체계로 분류한 것이다. 류철균, 「한국현대소설창작론연구」, 서울대학교 국어국문학과 박사학위논문, 2001. 90-91쪽.

6) Carl Bovill, *Fractal Geometry in Architecture and Design*, 1996. 김수경·이정만, 「프랙탈 이론을 적용한 건축형태 생성 원리에 관한 연구」, 《건축학회 학술발표논문집》 20권 2호, 2000. 586쪽에서 재인용.

7) A. J. Greimas, 김성도 옮김, 『의미에 대하여(*Du Sens I, II*)』, 서울: 인간사랑, 1997. 214쪽.

8) 대립 관계(contrary relation)에서 한 항의 존재는 다른 항의 존재를 전제하고, 한 항의 부재는 다른 항의 부재를 전제한다. 즉, 대립 관계인 두 항은 서로 반대되지만 같은 공간에 공존하는 것이다. 반면 두 항이 공존할 수 없고 서로 배제의 논리를 가지고 있는 것을 모순 관계(contradictory relation)라고 한다. 예컨대 "왕자와 비(非)왕자" "야수와 비(非)야수" 사이의 관계가 모순 관계이다. 이렇게 될 때 비(非)왕자와 비(非)야수는 하위 대립 관계(subcontrary relation)가 된다. 비(非)왕자의 범주 안에는 야수가 포함되므로 비(非)왕자는 야수를 함의하고 있고 비(非)야수는 왕자를 함의하고 있다. 따라서 비(非)왕자와 야수, 비(非)야수와 왕자는 서로 함의 관계(implicative relation)가 된다. A. J. Greimas, 앞의 책. 382쪽.

9) 그레마스는 담화 아래에 어떤 체계가 있어서 이것이 담화의 의미를 조직하고 지배한다고 가정했다. 그리고 이 체계를 의미 생성 행로(parcours generatif de la signification)라고 불렀다. 의미 생성 행로에는 가장 밑바닥에 깔린 심층 구조와 표층구조가 있고 이 심층 구조와 표층 구조를 합쳐서 기호-서술 구조라고 불렀다. 기호-서술 구조 위에 담화 구조가

있고, 담화 구조 위에 의미가 최종적으로 성립된 텍스트 구조가 있다. 김성도, 『구조에서 감성으로』, 서울 : 고려대학교 출판부, 2002. 231쪽.

10) Douglas Bauer, *The Stuff of Fiction-Advice on Craft*, Detroit : Univ. of Michigan Press, 2000. 30쪽.

11) Alexander Veselovsky, *poetika*. 김열규 옮김, 『민담학개론 : 전파론에서 구조주의까지』, 서울 : 일조각, 1982. 46-47쪽에서 재인용.

12) Northrop Frye, 임철규 옮김, 『비평의 해부(*Anatomy of Criticism*)』, 서울 : 한길사, 1982. 192쪽.

13) Northrop Frye, 앞의 책. 227쪽.

14) Norman Friedman, 앞의 책. 265-301쪽.

15) 토바이어스의 경우 20개 범주의 구분은 상호 대칭적이다. 가령 '어떤 대상을 추구한다'는 플롯이 마음의 추구로 나타날 때에는 '추구의 플롯'으로, 몸의 행동으로 나타날 때에는 '모험의 플롯'으로 규정된다. Ronald B. Tobias, 『인간의 마음을 사로잡는 스무 가지 플롯』, 서울 : 풀빛, 1997. 71-77쪽.

16) Ronald B. Tobias, 앞의 책. 110-369쪽. ※각 플롯의 설명 끝에 첨부한 예시 작품은 토바이어스의 예시뿐만 아니라 이해를 돕기 위해 본고에서 새롭게 첨부한 작품도 있음.

17) Vladimir Propp, 앞의 책. 88, 123쪽.

18) Sam Blufard, *The Escape Motif in the American Novel*, 1972. 이재선, 「탈출과 방랑의 모티프」,《한국문학이론과 비평》제17호, 2002. 11쪽에서 재인용.

19) Ernst Bloch, 김영희·여홍상 옮김, 『변증법적 문학이론의 전개』, 서울 : 창작과비평사, 1984. 138-139쪽.

20) 오은엽, 「김동리 소설의 변신 모티프 연구」,《한국언어문학》제82호, 2012. 430쪽.

21) 김석, 「남자의 사랑, 여자의 사랑 : 〈색, 계〉를 중심으로」,《라깡과 현대정신분석》제10호, 2008. 156쪽.

22) Northrop Frye, 앞의 책. 228쪽.

23) Northrop Frye, 앞의 책. 260-261쪽.

24) 'Quest Narrative'의 원뜻은 주인공이 의미 있는 목표를 성취하기 위해 상징적이고 환상적인 공간을 가로질러 물건을 얻고 사람을 만나는 여행의 이야기이다. '임무와 보상 (Mission & Reward)'의 형식으로 전개되며, 게임 서사의 대부분이 퀘스트 서사라고 할 수 있다. Jeff Howard, *Quests*, Wellesley MA. : A K Peters, 2008. x쪽.

25) 아이러니로부터 풍자로 향하는 좌표축을 따라 ① 상식의 아이러니 ② 메니푸스 아이러니 ③ 라블레적 아이러니 ④ 리얼리스트의 아이러니 ⑤ 견인주의자의 아이러니 ⑥ 희생양의 아이러니가 위치한다. Northrop Frye, 앞의 책. 312-337쪽.

26) Northrop Frye, 앞의 책. 230-232쪽.

27) Northrop Frye, 앞의 책. 291쪽.

3부 디지털 스토리텔링 창작 도구

3-1

1) 남양희·류철균, 앞의 논문, 22쪽.

2) Brewster Ghiselin, 앞의 책, 12쪽.

3) 波多野完治, 『創作心理學』, 東京 : 大日本圖書, 1966. 11-12쪽.

4) 김경래, 「인터랙티브 무비의 내러티브 구조와 인터랙션에 관한 연구」, 한국과학기술원(KAIST) 산업디자인전공 석사학위논문, 2004. 23쪽.

5) 류철균·권보연, '시나리오 유사관계 분석 시스템', 특허등록번호 10-1238985(2013.2.25). 대한민국 특허청 특허정보검색(http://www.kipris.or.kr/khome/main.jsp)

6) Jacque Lacan, 김석 옮김, 『에크리』, 서울 : 살림, 2008. 75쪽.

7) 정성일, 「아바타와 영화의 미래」, 광주미디어센터 특강(2010.2.17)

8) Mikhail M. Bakhtin, 앞의 책. 254쪽.

9) 고통은 희극적 인물을 보다 높은 다른 차원의 인물로 바꾸는 데 도움을 준다. 전통적으로 희극적인 인물인 수전노의 형상이 자본가라는 새로운 형상의 헤게모니 확립에 기여하며, 그러한 형상이 다시 돔비(Domby : 디킨즈의 『돔비와 아들』의 주인공)라는 비극적 형상으로 고양되는 것이다. Mikhail M, Bakhtin, 앞의 책. 256쪽.

10) Mikhail M, Bakhtin, 앞의 책. 252-257쪽.

1) Georg Lukács, 앞의 책 185쪽.

2) 김효영·박진환, 「문화콘텐츠 특수성을 반영한 문화기술 분류체계 연구」, 《한국콘텐츠학회논문지》 제13권 5호, 2013. 186쪽.

3) Walter Benjamin, 「기술복제시대의 예술작품」, 앞의 책. 223쪽.

4) 류철균, 「한국현대소설창작론연구」, 서울대학교 국어국문학과 박사학위논문, 2001. 1쪽.

5) 류철균·서성은, 앞의 논문. 122쪽.

6) 남양희·류철균, 앞의 논문 제4부 및 류철균·서성은, 앞의 논문, 123-125쪽 참조.

7) 최진원, 「키워드 태그를 활용한 영화 서사의 연관성 계산 및 시각화 어플리케이션」, KAIST 문화기술대학원 석사학위 논문 디지털스토리텔링랩, 2008.

8) A. Jaya & G.V. Uma, "A Knowledge Based Approach for Story Generation from Ontology", *Asian Journal of Information Technology*, 2006.

9) 최호섭, 「대규모 사용자 어휘지능망 구축과 활용」, 울산대학교 정보통신공학 박사학위논문, 2007.

10) L. M. Barros and S. R. Musse, "Introducing narrative principles into planning-based interactive storytelling" *SIGCHI*, 2005.

11) Albert Camus, 김화영 옮김, 「예술과 작가의 역할-1957년 노벨문학상 수상 연설」, 『아버지의 여행가방-노벨문학상 수상 연설집』, 서울 : 문학동네, 2009. 298쪽.

12) Ian Bogost, *Unit Operation : A Approach To Videogame Criticism*, London : MIT Press, 2008. iX쪽.

13) Graham Harman, 앞의 책. 95-96쪽.

1) 이인화, 앞의 책(2003). 14쪽.

2) http://www.write-bros.com/

3) Glen C. Strathy, 「Dramatica : Fiction Writing Software」

4) 류철균·서성은, 앞의 논문에서 발췌 요약.

5) 남양희·류철균, 앞의 논문. 제5장(205-314쪽)에서 이들 소프트웨어의 내용을 분석하고 41종의 요소 기술을 정리했다.

6) 이기홍, 「사회 연구에서 가추와 역행추론의 방법」, 《사회와 역사》 제80집, 2008. 한국사회사학회. 288-301쪽.

7) Melanie Anne Phillips & Chris Huntley, *Dramatica-A New Theory of Story 4.0*, LA: Screenplay Systems Inc., 2001. 20쪽.

8) Melanie Anne Phillips & Chris Huntley, 위의 책. 21-25쪽.

9) Melanie Anne Phillips & Chris Huntley, 위의 책. 68-69쪽.

10) http://dramatica.com/questions

11) 윤현정, 「주역을 활용한 한국형 스토리텔링 창작 지원 도구 개발 방향 연구」, 《디지털 스토리텔링연구》 제5권, 2010. 209쪽.

12) 박영목, 「작문의 인지적 과정에 영향을 미치는 요인」, 《작문연구》 제16집, 2012. 232쪽.

13) 신진욱, 「구조해석학과 의미구조의 재해석」, 《한국사회학》 제42집 2호, 2008. 209쪽.

14) 이기홍, 앞의 논문. 309쪽.

15) Umberto Eco 외, 김주환·한은경 옮김, 『논리와 추리의 기호학』, 서울: 인간사랑, 1994. 157-158쪽.

16) Stefan Zweig, 나누리 옮김, 『츠바이크가 본 카사노바, 스탕달, 톨스토이(*Drei Dichter ihres Leben*)』, 서울: 필맥, 2005. 19쪽.

17) 강미정, 「C. S. Peirce의 기호학 연구」, 서울대학교 미학과 박사학위논문, 2007. 150쪽에서 재인용.

18) Umberto Eco 외, 앞의 책. 11쪽.

3-4

1) Claude Levi-Strauss, trans by Claire Jacobson & Brooke Grundfest Schoepf, *Structural Anthropology*, London: Penguin Books, 1972. 162쪽.

2) Chris R. Fairclough, 앞의 논문. 55-59쪽.

3) Pablo Gervas 외 3인 공저, "Story Plot Generation based on CBR"(http://citeseerx.ist.psu.edu/viewdoc/summary?doi=10.1.1.97.2353)

4) Michael M. Richter & Agnar Aamodt, "Case-based reasoning foundations", *The Knowledge Engineering Review* Vol.1-4, 2005. 2쪽.

5) Janet L. Kolodner, "Case-Based Reasoning：An Overview", 2000(http://citeseerx. ist.psu.edu/viewdoc/summary?doi=10.1.1.195.4782)

6) A. Aamodt, E. Plaza, "Case-based reasoning：Foundational issues, methodological variations, and system approaches", *AI Communications* 7-1(1994). 39-59쪽.

7) Claude Levi-Strauss, 앞의 책. 201쪽.

8) Blake Snyder, *Save the Cat! Goes to the Movies*, McNaughton & Gunn, 2007. xi쪽.

9) 블레이크 스나이더는 할리우드 상업 영화의 플롯을 ① 집안의 괴물(Monster in the House), ② 황금 양털(Golden Fleece), ③ 병 밖으로(Out of Bottle), ④ 문제가 생긴 멋쟁이 (Dude with a Problem), ⑤ 통과의례(Rites of passage), ⑥ 끈끈한 우정(Buddy love), ⑦ 왜 죽였나(Whydunit)? 혹은 누가 죽였나(Whodunit)? ⑧ 어리석은 승리(Fool Triumphant), ⑨ 공 공시설에 수용되다(institutionalized), ⑩ 슈퍼히어로(superhero)의 열 개 장르로 구분한다. Blake Snyder, 앞의 책. xv쪽.

10) Pable Gervas, "Creatome, How to build machines that write tales"(TED 강연) (http://www.youtube.com/watch?v=he_8m4tT9Oc)

11) 류철균, 「디지털 콘텐츠 스토리 모티프 DB 필드 데이터 및 모델 연구보고서」, 한국소 프트웨어진흥원 정책연구 03-26호, 2004.

3-5

1) 영화평론가 정성일과의 인터뷰(https://twitter.com/cafenoir_me/status/ 10866566807691264).

2) Michel Serres, 김웅권 옮김, 『기식자』, 서울：동문선, 2002. 20쪽.

3) Hans-Georg Gadamer, 이길우·이선관·임호일 옮김, 『진리와 방법 1-철학적 해석학 의 기본 특징들(*Wahrheit und Methode*)』, 서울：문학동네, 2012. 151-155쪽.

4) 발터 벤야민의 '번역' 개념은 근본적이면서 포괄적이다. 원문은 어떤 살아 있는 것의 재생으로서 일종의 번역이며, 번역은 원문이 가지고 있는 그 재생의 핵심을 새롭게 보여주 는 번역이다. Walter Benjamin, 앞의 책. 323쪽.

5) Georges Bataille, trans by Allan Stoekl, "Notion of Expenditure", *Vision of Excess*, Minneapolis : Univ. of Minnesota Press, 1985. 117쪽.

6) Georges Bataille, 위의 책. 120쪽.

7) Walter Benjamin, 「기술복제시대의 예술작품」, 앞의 책. 209쪽.

8) Barbara Herrnstein Smith, "Afterthoughts on Narrative. Ⅲ. Narrative Versions, Narrative Theories.", *Critical Inquiry* 7-1(1980). 213쪽.

9) Jonathan Culler, *The Pursuit of Signs, Semiotics, Literature, Deconstruction*, Ithaca : Cornell University, 1981. 186쪽.

10) Richard Walsh, "Fabula and Fictionality in Narrative Theory", *The Rhetoric of Fictionality*, Columbus : The Ohio State University Press, 2007. 68쪽.

11) Monika Fludernik, "Mediacy, Mediation, and Focalization", 앞의 책. 110쪽.

12) 中沢新一, 김옥희 옮김, 『신화, 인류 최고의 철학』, 서울 : 동아시아, 2008. 96-118쪽.

13) José Ortega Y Gasset, 장선영 옮김, 『생의 비극적 의미/예술의 비인간화』, 서울 : 삼성출판사, 1977. 321쪽.

14) Félix Guattari, trans by Paul Bain & Julian Pefanis, *Chaosmosis : An Ethico-aesthetic paradigm*, Bloomington & Indianapolis : Indiana Univ. Press, 1995. 14쪽.

15) Mary Flanagan, *Critical Play*, Cambridge : MIT Press, 2009. 185, 7, 148쪽(인용 문장 순).

16) Marcel Granet, 신하령·김태완 옮김, 『중국의 고대 축제와 가요』, 서울 : 살림, 2005. 194-195쪽.

17) Mary Flanagan, 앞의 책. 149쪽.

18) 上以風化下 下以風刺上 : 시경의 효용에 대한 전통적인 입장이다. 김흥규, 『조선후기의 시경론과 시의식』, 서울 : 고려대학교 민족문화연구소, 1982. 15-17쪽.

[참고문헌]

논문

Aamodt, A. & Plaza, E., "Case-based reasoning: Foundational issues, methodological variations, and system approaches", *AI Communications*, Vol. 7, 1994.

Barros, L. M. & Musse, S. R., "Introducing narrative principles into planning-based interactive storytelling", *SIGCHI*, 2005.

_____, "Introducing narrative principles into planning-based interactive storytelling", *International Conference on Advances in Computer Entertainment Technology*, 2005.

Conklin, E., "Concept mapping:Impact on content and organization of technical writing in science", *Dissertation Abstract International*, 2007.

Dehn, N., "Story generation after TALE-SPIN", *IJCAI '81 Proceedings of the 7th International Joint Conference on Artificial Intelligence*, Vol. 1, 1981.

Dent-Brown, K. & Wang, M., "The mechanism of storymaking:A grounded theory study of the 6-Part Story Method", *The Arts in Psychotherapy*, Vol 33, 2006.

Fairclough, C. R., "Story games and the OPIATE system", *Ph.D thesis of department of Computer Science*, Univ. of Dublin, 2004.

Flower, L. A. & Hayes, J. R., "A cognitive process theory of writing", *College Composition and Communication*, Vol. 32, 1981.

Hayes, J. R., "Modeling and remodeling writing", *Written Communication*, Vol. 29, 2012.

Jaya, A. & Uma, G. V., "A knowledge based approach for story generation from ontology", *Asian Journal of Information Technology*, 2006.

Karmiloff-smith, A., "Is creativity domain-specific or domain-general?", *Newsletter of the Society for the Study of Artificial Intelligence and Simulation of Behaviour*,

Vol. 85, 1993.

Konstantinou, D. N., "HOMER:A creative story generation system", *University of Ulster Ph.D thesis in School of Computing and Intelligent Systems*, 2003.

Lang, R. R., "A declarative model for simple narratives AAAI", *Proceedings of the AAAI Fall Symposium on Narrative Intelligence*, 1999.

Lebowitz, M., "Creating characters in a story-telling universe", *Poetics*, Vol. 13, 1984.

_____, "Story-telling as planning and learning", *Poetics*, Vol. 14, 1985.

Mateas, M., "Interactive drama, art and artificial intelligence", *Carnegie Mellon University Ph.D Thesis in School of Computer Science*, 2002.

Meehan, J., "TALE-SPIN, an interactive program that writes stories" *Proceedings of 5 international joint conference on Artificial intelligence*, Vol. 1, 1977.

_____, "An interactive program that writes story", *IJCAI '77 Proceedings of the 5th International Joint Conference of Artificial Intelligence*, 1977.

Pérez, R., "MEXICA:A computer model of creativity in writing", *University of Sussex Ph.D Thesis*, 1999.

Pérez, R. & Sharples, M., "Three computer-based models of storytelling:BRUTUS, MINSTREL and MEXICA", *Knowledge-Based Systems*, Vol. 17, 2004.

Phillips, M. A. & Huntley, C., "Dramatica:A new theory of story 4.0", LA:Screenplay Systems Inc. 2001.

Prusek, J., 김진곤 옮김, 「도시:통속소설의 요람」, 《중국소설연구회보》 제31호, 1997.

Richter, M. M. & Aamodt, A., "Case-based reasoning foundations", *The Knowledge Engineering Review*, Vol. 1, 2005.

Riedl, M. O., "Narrative Planning:Balancing plot and character", *Journal of Artificial Intelligence Research*, Vol. 39, 2010.

Smith, B. H., "After thoughts on Narrative. Ⅲ. Narrative Versions, Narrative Theories", *Critical Inquiry*, Vol. 7, 1980.

Stahl, S. K. D., "The personal narrative as folklore", *Journal of Folklore Research*, Vol. 14, 1977.

Straubel, L. H., "Creative concept mapping:From reverse engineering to writing inspiration", *Proceeding of the Second International Conference on Concept Mapping*, San

Jose, Costa Rica, 2006.

Tiedens, L. Z. & Linton, S. "Judgment under emotional certainty and uncertainty: The effects of specific emotions on information processing", *Journal of Personality and Social Psychology*, Vol. 81, 2001.

Turner, S. R., "MINSTREL: A computer model of creativity and storytelling", *University of California Ph.D Dissertation*, 1993.

Vaage, M. B., "The empathetic film spectator in analytic philosophy and naturalized phenomenology", *Film and Philosophy*, Vol. 10, 2006.

Wilensky, R. L., "Story grammar versus story point", *The Behavioral and Brain Science*, Vol. 6, 1983.

강미정, 「C. S. Peirce의 기호학 연구」, 서울대학교 미학과 박사학위논문, 2007.

구윤모, 「인터넷 포탈에서의 검색 서비스의 역할에 관한 연구」, 고려대학교 경영학과 석사학위논문, 2006.

권보연, 「시나리오 저작 프로그램에 있어 컨셉 맵(Concept map)을 활용한 캐릭터 기반 스토리 창작 지원체계의 설계 방향 연구」, 이화여자대학교 디지털미디어학부 박사과정 디지털스토리텔링 방법론 강의 기말제출논문(미간행), 2011.

권순긍, 「고전 소설의 영화화: 1960년대 이후 〈춘향전〉영화 중심으로」, 《고소설 연구》 23권, 2007.

권호창, 「디지털 스토리텔링에 있어 스토리 생성 시스템 연구: 스토리 엔진 모델링을 중심으로」, 한국예술종합학교 예술전문사학위 논문, 2009

김석, 「남자의 사랑, 여자의 사랑: 〈색, 계〉를 중심으로」, 《라깡과 현대정신분석》 제10호, 2008.

김수경·이정만, 「프랙탈 이론을 적용한 건축형태 생성 원리에 관한 연구」, 《건축학회 학술발표논문집》 20권, 2000.

김원철, 「데카르트, 인지주의 감정이론의 기원과 한계」, 《철학》 제114집, 2013.

김은정·윤선미·최예슬, 「〈도스토예프스키의 시학〉과 스토리헬퍼」, 이화여자대학교 디지털미디어학부 디지털문화론2(미간행 발제문), 2010.

김주희, 「춘향전의 현대적 변용과 교육적 활용: 패러디 작품 중심으로」, 이화여자대학교 교육대학원 석사학위논문, 2000.

김효명, 「근대 과학의 철학적 조명」 제1장, 한국연구재단(NRF) 기초학문자료센터 연구성과,

2006.

남양희·류철균, 「스토리텔링 중장기 기술 개발 로드맵 수립 연구 보고서」, 한국콘텐츠진흥원, 2008.

류철균, 「대상화된 운명의 형식」, 《작가세계》 제9호, 1991.

_____, 「안정효와 엄우흠의 소설」, 《세계의 문학》 제61호, 1991.

_____, 「1920년대 민요조 서정시 연구」, 서울대학교 국어국문학과 석사학위논문, 1993.

_____, 「한국 현대소설 창작론 연구」, 서울대학교 국어국문학과 박사학위논문, 2001.

_____, 「디지털 콘텐츠 스토리 모티프 DB 필드 데이터 및 모델 연구 보고서」, 제1권, 한국소프트웨어진흥원 정책연구 03-26호, 2004.

_____, 「문화원형에 기반한 한국형스토리텔링 개발사업 보고서: 한국형 스토리분류체계 및 모티프 DB」, 한국문화콘텐츠진흥원, 2008.

_____, 「문화원형에 기반한 한국형스토리텔링 개발사업 보고서 제2권: 한국형 스토리텔링 전략 로드맵」, 한국문화콘텐츠진흥원, 2008.

_____, 「영화 및 애니메이션 스토리텔링 지원도구 개발사업 1차년도 단계평가 보고서」, 한국콘텐츠진흥원, 2011.

류철균·서성은, 「디지털 서사 창작 도구의 서사 알고리즘 연구: 드라마티카 프로를 중심으로」, 《현대소설연구》 제38권, 2008.

류철균·윤혜영, 「디지털 서사 창작도구의 CBR 모델 비교 연구: 〈민스트럴〉과 〈스토리헬퍼〉를 중심으로」, 《한국디지털콘텐츠학회 논문지》 제13권, 2012.

류철균·조성희, 「디지털 게임에서의 초점화 양상 연구」, 《어문학》 제105집, 2009.

류철균·정유진, 「디지털 서사도구의 인과율 개념 연구」, 《인문콘텐츠》 제22호, 2011.

박영목, 「작문의 인지적 과정에 영향을 미치는 요인」, 《작문연구》 제16집, 2012.

서성은, 「디지털 게임 스토리텔링과 사용자 경험 연구: 발터 벤야민의 '이야기' 개념을 중심으로」, 《인문콘텐츠》 제27호, 2012.

소영현, 「좀비 비평의 미래: 비평의 죽음에 관한 다섯 개의 주석」, 《문학과 사회》 제100호, 2012.

손형전·안보라, 「사용자의 극적 경험을 위한 인터랙티브 드라마 연구」, 《디지털 스토리텔링 연구》 제3호, 2008.

송태옥·안성훈·김태영, 「논리적 사고력 함양을 위한 교육용 한글 프롤로그 언어의 사용자 인터페이스 설계에 관한 연구」, 《한국컴퓨터교육학회》 제2권, 1999.

신진욱, 「구조해석학과 의미구조의 재해석」, 《한국사회학》 제42집, 2008.

안경진, 「작가의 스토리텔링 집필 직무 분석 및 지원 시스템의 설계」, 한국과학기술원 (KAIST) 문화기술제전공 석사학위논문, 2005.

오은엽, 「김동리 소설의 변신 모티프 연구」, 《한국언어문학》 제82호, 2012.

오혜정, 「가능 세계 이론을 통한 허구성의 탐구」, 서울대학교 미학과 석사학위논문, 2001.

원준식, 「비아리스토텔레스적 연극 미학(I)」, 《미학 – 예술학 연구》 제33호, 2011.

윤현정, 「주역을 활용한 한국형 스토리텔링 창작 지원 도구 개발 방향 연구」, 《디지털 스토리텔링 연구》 제5권, 2010.

이기홍, 「사회 연구에서 가추와 역행추론의 방법」, 《사회와 역사》 제80집, 2008.

이동은, 「디지털 게임 플레이의 신화성 연구:MMOG를 중심으로」, 이화여자대학교 디지털미디어학부 박사학위논문, 2013.

이승희, 「한국어 교육에서의 이야기 읽기 교수 방안 연구」, 이화여자대학교 교육대학원 외국어로서의 한국어교육전공 석사학위논문, 2005.

이용권, 「범주화의 고전이론과 원형이론 비교연구」, 《언어과학》 제17권 4호, 2010.

이용욱, 「디지털 서사 자질 연구」, 《국어국문학》 제158호, 2011.

이인화, 「인간의 다섯 가지 욕망과 디지털 스토리텔링」, 《작가세계》 제59호, 2003.

_____, 「창의성과 스토리텔링」, 한국게임학회 2009년 추계학술발표대회, 2009.

이재선, 「탈출과 방랑의 모티프」, 《한국문학이론과 비평》 제17호. 2002.

이정모, 「인지과학과 학문간 융합의 원리와 실제」, 《한국사회과학》 제32호, 2010.

이찬욱·이채영, 「영화·애니메이션 스토리텔링 기획·창작 지원 시스템 연구」, 《인문콘텐츠》 제19권, 2010.

전창의, 「반전 결말 서사물에서의 편향과 은닉 기법」, KAIST 문화기술대학원 석사학위논문. 2008.

정천구, 「평화의 두 가지 개념에 관한 논쟁」, 《서석사회과학논총》 제4권, 2011.

조희연, 「수동혁명적 민주화 체제로서의 87년 체제, 복합적 모순, 균열, 전환에 대하여」, 《민주사회와 정책연구》 제24호, 2013.

최미란, 「디지털스토리텔링 모델을 활용한 스토리뱅크 설계 방안」, 고려대학교 문화콘텐츠학 석사학위논문, 2007.

최유준, 「〈강남스타일〉은 강남스타일이다」, 《음악과 민족》 제44호, 2012.

최진원, 「키워드 태그를 활용한 영화 서사의 연관성 계산 및 시각화 어플리케이션」, 디지

털스토리텔링랩, 2008

최호섭, 「대규모 사용자 어휘지능망 구축과 활용」, 울산대학교 정보통신공학 박사학위논문, 2007.

한혜원, 「디지털 게임의 다변수적 서사 연구」, 이화여자대학교 국어국문학과 박사학위논문, 2009.

황임경, 「의학과 서사」, 서울대학교 의학과 박사학위논문, 2011.

小森陽一, 「나쓰메 소세키에 있어 문학의 보편성」, 《한국학연구》 27권, 2012.

단행본

Aarseth, E., edited by J. Murray, *First Person*, Cambridge:MIT press, 2004.

Abbot, H. P., 우찬제 외 옮김, 『서사학 강의-이야기에 대한 모든 것』, 서울:문학과지성사, 2010.

Alexander, B., *The New Digital Storytelling:Creating Narratives with New Media*, Praeger Press, 2011.

Aristotle, 이상섭 옮김, 『시학』, 서울:문학과지성사, 2005.

Bakhtin, M. M., 전승희·서경희·박유미 옮김, 『장편소설과 민중언어』, 서울:창비, 2009.

Bal, M., 송병선 옮김, 『소설이란 무엇인가』, 울산:울산대학교 출판부, 1997.

Barthes, R., 김치수 옮김, 「이야기의 구조적 분석 입문」, 『구조주의와 문학비평』, 서울:홍성사, 1980.

_____, 김인식 편역, 『이미지와 글쓰기』, 서울:세계사, 1993.

_____, 김희영 옮김, 「저자의 죽음」, 『텍스트의 즐거움』, 서울:동문선, 2002.

Bataille, G., trans by Allan Stoekl, Notion of Expenditure, *Vision of Excess*, Minneapolis:University of Minnesota Press, 1985.

Bauer, D., *The Stuff of Fiction-Advice on Craft*, Detroit:Univ of Michigan Press, 2000.

Bayles, D. & Orland, T., 임경아 옮김, 『예술가여 무엇이 두려운가』, 서울:루비박스, 2012.

Benjamin, W., 반성완 옮김, 「번역가의 과제」, 『발터 벤야민의 문예이론』, 서울:민음사, 1983.

Bloch, E., 김영희·여홍상 옮김, 『변증법적 문학이론의 전개』, 서울:창작과비평사, 1984.

Bloom, H., 윤병우 옮김, 『해롤드 블룸의 독서 기술』, 서울:을유문화사, 2000.

Bogost, I., *Unit Operation: A Approach To Videogame Criticism*, London: MIT Press, 2008.

Bringsjord, S., *Artificial Intelligence and Literary Creativity*, Mahwah: Lawrence Erlbaum Associates, 2000.

_____, *Chess Is Too Easy*, MIT TECHNOLOGY REVIEW, 1998. 4/5월 합본호.

Bruner, J. S., *Making Stories: Law, Literature, Life*, New York: Farrar, Strauss and Giroux, 2002.

Bukowski, C., 김철인 옮김, 『일상의 광기에 대한 이야기 그 첫 번째』, 서울: 바다출판사, 2000.

Camus, A., 김화영 옮김, 「예술과 작가의 역할: 1957년 노벨문학상 수상 연설」, 『아버지의 여행가방 - 노벨문학상 수상 연설집』, 서울: 문학동네, 2009.

Chomsky, N. 외, 이창희 옮김, 『사이언스 이즈 컬처』, 서울: 동아시아, 2012.

Couldry, N., "On the Set of The Sopranos: "Inside" a Fan's Construction of Nearness", *Fandom: Identities and Communities in a Mediated World*, New York: NYU, 2007.

Creel, H. G., 이성규 옮김, 『공자, 인간과 신화(*Confucius and Chinese way*)』, 서울: 지식산업사, 1983.

Culler, J. *The Pursuit of Signs, Semiotics, Literature, Deconstruction*, Ithaca: Cornell University, 1981.

Ebert, R., 최보은·윤철희 옮김, 『위대한 영화』, 서울: 을유문화사, 2002.

Eco, U., 김주환·김은경 옮김, 『논리와 추리의 기호학』, 서울: 인간사랑, 1994.

Elbow, P., *Writing without Teachers*, London: Oxford University Press, 1998.

Eliade, M., 이용주 옮김, 『세계종교사상사 제1권』, 서울: 이학사, 2005.

Flanagan, M., *Critical Play*, Cambridge: MIT Press, 2009.

Flusser, V., 윤종석 옮김, 『디지털 시대의 글쓰기』, 서울: 문예출판사, 1998.

_____, 김성재 옮김, 『코무니콜로기: 코드를 통해 본 커뮤니케이션의 역사와 이론 및 철학』, 서울: 커뮤니케이션북스, 2001.

Freud, S., 정장진 옮김, 「빌헬름 옌젠의 『그라디바』에 나타난 망상과 꿈」, 『창조적인 작가와 몽상』, 서울: 열린책들, 1996.

Friedman, N., 최상규 옮김, 「단편소설은 왜 짧은가」, 『단편소설의 이론』, 서울: 예림기획, 1997.

Frye, N., 임철규 옮김, 『비평의 해부』, 서울: 한길사, 1982.

Frye, N., *A study of English Romanticism*. Chicago: Univ. of Chicago Press, 1968.

Fujimura, J. *Crafting Science: A Sociohistory of the Quest for the Genetics of Cancer*, Cambridge: Harvard University Press, 1996.

_____, 이성규 옮김, 『공자, 인간과 신화』, 서울: 지식산업사, 1983.

Gadamer, H. G., 이길우 외 옮김, 『진리와 방법 1: 철학적 해석학의 기본 특징들』, 서울: 문학동네, 2012.

Gasset, J. O. Y., 장선영 옮김, 『생의 비극적 의미/예술의비인간화』, 서울: 삼성, 1977.

Genette, G., 권택영 옮김, 『서사 담론』, 서울: 교보문고, 1992.

_____, trans by Channa Newman & Claude Doubinsky, *Palimpsests: Literature in the Second Degree, Lincoln*: University of Nebraska Press, 1997.

Ghiselin, B., 이상섭 옮김, 『예술창조의 과정』, 서울: 연세대학교 출판부, 1980.

Girard, R., 김진식·박무호 옮김, 『폭력과 성스러움』, 서울: 민음사, 1993.

_____, 김진식 옮김, 『문화의 기원』, 서울: 기파랑, 2006.

Golden, L., 최상규 옮김, 『아리스토텔레스의 시학』, 서울: 예림기획, 1997.

Granet, M., 신하령·김태완 옮김, 『중국의 고대 축제와 가요』, 서울: 살림, 2005.

Greimas, A. J., 김성도 옮김, 『의미에 대하여』, 서울: 인간사랑, 1997.

Guattari, F., trans by Paul Bain & Julian Pefanis, *Chaosmosis: An Ethico-aesthetic paradigm*, Bloomington & Indianapolis: Indiana University. Press, 1995.

Harman, G., *Toward Speculative Realism-Essay and Lecture*, Winchester: Zero Book, 2010.

Hegel, G. W. F., 임석진 옮김, 『법철학』 제2권, 서울: 지식산업사, 1990.

Herman, D., edited by Jan Alber & Monika Fludernik, *Postclassical Narratology*, State University of Ohio Press, 2010.

Homer, 천병희 옮김, 『오뒷세이아』, 서울: 단국대학교 출판부, 1996.

Horst, S. & Daemrich, I., 이재선 편역, 『문학 주제학이란 무엇인가』, 서울: 민음사, 1996.

Howard, J., *Quests*, Wellesley MA: A K Peters, 2008.

Hutcheon, L., *A Theory of Adaptation*, New York: Routledge, 2006.

Karmiloff-smith, A., *Beyond Modularity*, Cambridge, Massachusetts: MIT Press, 1996.

Kristeva, J., 서민원 옮김, 『기호분석론 세미오티케』, 서울: 동문선, 2005.

Kuhn, T., 김명자 옮김, 『과학 혁명의 구조』, 서울: 정음사, 1984.

Laurel, B., 유민호·차경애 옮김, 『컴퓨터는 극장이다(*Computer as Theatre*)』, 서울: 커뮤니케이션북스, 2008.

Levy, C. M. & Ransdell, S., *The Science of Writing*, New York:Routledge, 1996.

Levi-Strauss, C., trans by Claire Jacobson & Brooke Grundfest Schoepf, *Structural Anthropology*, London:Penguin Books, 1972.

Lowenthal, L., 윤준 옮김, 『문학과 인간 이미지』, 서울:종로서적, 1983.

Lukac, G., 홍승용 옮김, 『미학서설:미학적 범주로서의 특수성』, 서울:실천문학사, 1989

MacArther, C. A., Graham, S., & Fitzgerald, J., *Handbook of Writing Research*, New York:The Guilford Press, 2006.

Manovich, L., 서정신 옮김, 『뉴 미디어의 언어』, 서울:생각의나무, 2004.

Marquez, G. G., 송병선 옮김, 『내 슬픈 창녀들의 추억』, 서울:민음사, 2005.

Maurois, A., 송면 옮김, 『레미제라블』, 서울:동서문화사, 2003.

Michiko, O., 김욱 옮김, 『러시아의 사랑과 고뇌』, 서울:고려원, 1991.

Morson, G. S., 오문석·차승기·이진형 옮김, 『바흐친의 산문학(*Mikhail Bakhtin:Creation of a Prosaics*)』, 서울:책세상, 2006.

Nabokov, V., 이혜승 옮김, 『나보코프의 러시아 문학 강의』, 서울:을유문화사, 2012.

Ohler, J., *Digital Storytelling in the Classroom:New Media Pathways to Literacy, Learning, and Creativity*, Thousand Oaks:Corwin, 2008.

Payne, M., *Theocritus and the Invention of Fiction*, Cambridge:Cambridge University Press, 2007.

Peirce, C. S., 김성도 옮김, 『퍼스의 기호사상』, 서울:민음사, 2006.

Propp, V., 최애리 옮김, 『민담의 역사적 기원』, 서울:문학과 지성사, 1990.

_____, 유영대 옮김, 『민담 형태론』, 서울:새문사, 2007.

Rabiger, M., 양기석 옮김, 『작가의 탄생(*Developing Story Ideas*)』, 서울:커뮤니케이션북스, 2006.

Ranciere, J., 진태원 옮김, 「미학 혁명과 그 결과」, 『뉴레프트리뷰 1』, 서울:길, 2009.

Rifkin, J., 이경남 옮김, 『공감의 시대』, 서울:민음사, 2010.

Rorty, R., 신중섭 옮김, 「구원적 진리의 쇠퇴와 문학문화의 발흥」, 『구원적 진리, 문학문화, 그리고 도덕철학』, 서울:아카넷, 2001.

Rumelhart, D. E., edited by Bobrow, D. G., Collins, A., *Representation and Understanding:Studies in Cognitive Science*, New York:Academic Press, 1975.

Ryan, M. L., edited by Werner Sollors, *In Search of the Narrative Theme in The Return of Thematic Criticism*, Cambridge MA:Harvard Univ. Press, 1993.

Schank, R. C., 신현정 옮김, 『역동적 기억-학습과 교육에 주는 함의(*Dynamic Memory*)』, 서울:시그마프레스, 2002.

Scholes, R., 위미숙 옮김, 『문학과 구조주의』, 서울:새문사, 1997.

Segre, C., 최상규 옮김, 『현대소설의 이론』, 서울:예림기획, 2007.

Serres, M., 김웅권 옮김, 『기식자』, 서울:동문선, 2002.

Sharples, M., 'An Account of Writing as Creative Design' in *Science of Writing: Theories, Methodes, Individual Differences and Applications* edited by C. M. Levy & S. Randell Erlbaum Press, 1996.

Shinichi, N., 김옥희 옮김, 『신화, 인류 최고의 철학』, 서울:동아시아, 2008.

Shklovsky, V., 'Sterne's Tristram Shandy:Stylistic Commentary' *Russian Formalist Criticism*, Four Essays, trans by T. Lemon & Marion J. Reis London:Univ. of Nebraska Press, 1965.

Shohei, C., 윤성원 옮김, 『이 책 잘 읽으면 소설가 된다 2』, 서울:문학사상, 2005.

Snyder, B., *Save the Cat! Goes to the Movies*, McNaughton & Gunn, 2007.

Spiegel, A., 박유희·김종수 옮김, 『소설과 카메라의 눈(*Fiction and the Camera Eye*)』, 서울:르네상스, 2005.

Thomson, S., 윤승준 옮김, 『설화학원론』, 서울:계명문화사, 1992.

Tobias, R. B., 김석만 옮김, 『인간의 마음을 사로잡는 스무 가지 플롯』, 서울:풀빛, 1997.

Todorov, T., 곽광수 옮김, 『구조시학』, 서울:문학과지성사, 1997.

_____, 김치수 옮김, 『러시아 형식주의』, 서울:이화여자대학교 출판부, 1988.

Torrance, M., Thomas, G. V. & Robinson, E. J., edited by C. M. Levy & S. Ransdell, S. *The Science of Writing:Theories, Methods, Individual Differences and Applications*, Mahwah, NJ:Erlbaum, 1996.

Veselovsky, A., 김열규 편, 『민담학개론:전파론에서 구조주의까지』, 서울:일조각, 1982.

Walsh, R., "Fabula and Fictionality in Narrative Theory", *The Rhetoric of Fictionality*, Columbus:The Ohio State University Press, 2007.

Zweig, S., 안인희 옮김, 『발자크 평전』, 서울:푸른숲, 1998.

_____, 나누리 옮김, 『츠바이크가 본 카사노바, 스탕달, 톨스토이』, 서울:필맥, 2005.

_____, 원당희 옮김, 『톨스토이를 쓰다』, 서울:세창미디어, 2013.

김동리, 「서사형태론」, 『문예학개론』, 서울 : 한국교육문화원, 1958.

김성도, 『구조에서 감성으로』, 서울 : 고려대학교 출판부, 2002.

김윤식, 『한국문학의 근대성과 이데올로기 비판』, 서울 : 서울대학교 출판부, 1987.

김종욱, 「팔베개 노래조」, 『원본 소월 전집』 하권, 서울 : 홍성사, 1982.

김흥규, 『조선후기의 시경론과 시의식』, 서울 : 고려대학교 민족문화연구소, 1982.

마르시아스 심, 「베개」, 『떨림』, 서울 : 문학동네, 2000.

서정남, 『영화 서사학』, 서울 : 생각의나무, 2004.

이부영, 『한국민담의 심층분석』, 서울 : 집문당, 1995.

이인화, 「디지털 스토리텔링 창작론」, 『디지털 스토리텔링』, 서울 : 황금가지, 2003.

_____, 「디지털 기술과 영화의 스토리텔링」, 『디지털 스토리텔링』, 서울 : 황금가지, 2003.

_____, 『한국형 디지털 스토리텔링 : 〈리니지2〉 바츠 해방 전쟁 이야기』, 서울 : 살림, 2005.

이청준, 『작가의 작은 손』, 서울 : 열화당, 1978.

홍성철, 『유곽의 역사』, 서울 : 페이퍼로드, 2007.

趙起彬, 조남호·신정근 옮김, 『반논어(論語新探)』, 서울 : 예문서원, 1996.

링크

Gervas, P. 외 3인 공저, 「Story Plot Generation based on CBR」(http://citeseerx.ist. psu.edu/viewdoc/summary?doi=10.1.1.97.2353)

Gervas, P., "Creatome, How to build machines that write tales"(TED 강연)(http:// www.youtube.com/watch?v=he_8m4tT9Oc)

https://twitter.com/cafenoir_me/status/10866566807691264

Kolodner, J. L., 「Case-Based Reasoning : An Overview」(2000)(http://citeseerx.ist. psu.edu/viewdoc/summary?doi=10.1.1.195.4782)

Parker, D., "A Telephone Call"(http://www.classicshorts.com/stories/teleycal. html)

http://www.computerhope.com/history/1990.htm

http://www.writersstore.com/writing-loglines-that-sell/

http://www.icosilune.com/2009/01/scott-turner-the-creative-process/

http://www.nytimes.com/2011/03/19/health/19rumelhart.html?_r=0

http://en.wikipedia.org/wiki/Dramatica_Theory_of_Story_Structure

http://www.imdb.com/title/tt1796960/awards?ref_=tt_ql_4

http://www.heavy.com/news/2013/03/henry-bromell-dies-death-homeland-producer/

http://dramatica.com/questions

http://www.write-bros.com/

기사 및 기타

Beha, C. R., "What Makes Literature Literature", *New York Times*, 2011.

Crawford, C., "Deikto: A Language for Interactive Storytelling", 2008. (http://www.electronicbookreview.com/thread/firstperson/algorhythmic)

Dorsey, M. 외, "How Personas Drive Experience-Based Differentiation", *Client Choice Report*, 2007.9.6. (www.forrester.com)

Halbfinger, M., "A Director Confronts Darkness and Death". *New York Times*. 2008.

Mckee, R., "Robert Mckee Seoul Story Seminar", 2012.10.29.-2012.11.2.

Strathy, G. C., 「Dramatica: Fiction Writing Software」

류철균·권보연, 〈시나리오 유사관계 분석 시스템〉 특허등록번호 10-1238985 (2013.02.25.) 대한민국 특허청 특허정보검색 (http://www.kipris.or.kr/khome/main.jsp)

이인화, 〈세기말에 띄우는 편지: 아라비아의 로렌스를 생각한다〉,《조선일보》, 1999.

인명

ㄱ~ㄴ

ㄷ~ㄹ

ㅁ~ㅂ

스토리텔링 진화론

초판 1쇄 2014년 3월 5일
초판 4쇄 2022년 8월 20일

지은이 | 이인화
펴낸이 | 송영석

주간 | 이혜진
기획편집 | 박신애 · 최미혜 · 최예은 · 조아혜
외서기획편집 | 정혜경 · 송하린
디자인 | 박윤정 · 유보람
마케팅 | 이종우 · 김유종 · 한승민
관리 | 송우석 · 전지연 · 채경민

펴낸곳 | (株)해냄출판사
등록번호 | 제10-229호
등록일자 | 1988년 5월 11일(설립일자 | 1983년 6월 24일)

04042 서울시 마포구 잔다리로 30 해냄빌딩 5 · 6층
대표전화 | 326-1600 **팩스** | 326-1624
홈페이지 | www.hainaim.com

ISBN 978-89-6574-435-1